현대시의 발견과 성찰

엄경희

보고사

머리말

　모든 시에 관한 논의는 '시란 무엇인가' 하는 물음으로 회귀한다. 이는 곧 '삶이란 무엇인가', 우리가 끝내 버릴 수 없는 '꿈은 무엇인가' 하는 물음과 맞닿아 있다. '시란 무엇인가' 하는 물음을 쉽게 해결할 수 없는 까닭은 우리의 삶을 단숨에 정의할 수 없는 것과 같은 이유에서이다. 여러 겹으로 뒤엉켜 있는 삶의 현상과 이면은 다성적(多聲的)이고 모순적이며 때로 분열적이다. 복합적인 삶 속에 은폐되어 있는 진실을 발견하고 그 진실에 좀더 가까이 도달하기 위해 시의 언어는 헌신한다. 여기에는 세상의 모든 벽을 밀어내고자 하는 성찰적 자아의 치열한 정신이 담겨있다. 무엇보다 심미적으로! 심미성은 포즈가 아니라 꿈을 버리지 않으려 하는 삶의 태도이다. 심미성을 잃어버린 자는 꿈과 이상을 잃어버린 자이다. 꿈과 이상을 되찾기 위해 시적 심미성은 결코 포기되지 않을 것이다. 그리고 시마(詩魔)에 빠져든 자가 감행하는 '발견'과 '성찰'은 인간이 위대한 존재라는 사실을 일깨워 줄 것이다. 이 글들은 시인들의 발견과 성찰을 탐구해온 결과물이다. 나는 시인들의 시에 대해 때로 화답하고 때로 비판하면서 나 자신의 삶과 문학에 대한 발견과 성찰을 이뤄보고자 노력중이다.

3

"서론 ─ 시란 무엇인가"는 학생들에게 시를 가르치면서 제기되었던 문제를 중심으로 기술한 것이다. 학생들과 시에 대해 토론하면서 내가 받았던 질문은 이 책에서 소개하고 있는 여섯 가지 외에도 시가 애매한 이유는?, 시와 음악은 어떤 관계인가?, 여백이란?, 맘대로 시를 읽으면 왜 안 되는가?, 이성적 사유는 시가 될 수 없는가?, 개성이 어떻게 보편성을 얻을 수 있는가? 등등 스무 가지가 더 있다. 책을 묶기로 결정하면서 이 모두에 대한 답을 함께 싣고 싶었지만 게으른 탓에 몇 가지 핵심적인 질문에 답하는 것으로 '시란 무엇인가'에 접근할 수밖에 없었다. 유보시킨 나머지 질문에 답해야 하는 숙제가 나에게 남아있음을 잊지 않을 것이다.

"1부 ─ 우리 시대의 담론"은 우리 시대에 주요 화두가 되고 있는 시적 주제를 중심으로 그 내용을 구성하였다. 후기산업사회의 가족 해체 현상, 환경과 생태 문제, 페미니즘의 가치와 한계, 죽음에 맞서는 인간 실존의 문제, 90년대 시의 새로운 방법적 전략으로서의 환상시 등이 그것이다. 이 모두는 지금만이 아니라 앞으로도 현대시의 중요한 테마로 거듭 논의되어야 할 사항으로 여겨진다.

"2부 ─ 우리 시대의 시와 시인"에서는 60년대 이후부터 현재까지 논의할 가치가 있다고 판단되는 시와 시인들에 대해 집중적으로 검토하였다. 이 책에서 언급하고 있는 김종삼, 박용래, 오규원, 정진규, 정현종, 강은교, 최승자, 안도현, 기형도, 박정대, 김언희 외에도 다수의 중요한 시인들이 있다는 사실을 감안한다면 여기에 실려 있는 논의는 매우 빈약한 것이라 할 수 있다. 그러나 나의 시적 탐구가 계속되는 가운데 보다 풍성한 내용들로 채워지리라 생각한다.

미흡한 글로 한 권의 책을 묶는다는 게 부끄럽지만 한편으론 즐겁

4

다. 내 방에 있는 아주 작은 동백나무가 이 겨울에 네 개의 붉은 꽃을 피워내고 있다. 저 동백꽃은 아직 가난하지만 생명의 불꽃인 것만은 틀림없다. 내 글들도 그러하리라 믿고 싶다. 많은 어려움에도 불구하고 출판을 허락해주신 도서출판 보고사, 김흥국 사장님께 마음 깊이 감사드린다.

2005년 2월
엄경희

글순서

2부 · 우리 시대의 시와 시인 / 115

서문 · 시란 무엇인가

−시읽기의 괴로움과 즐거움−

시란 무엇인가

― 시 읽기의 괴로움과 즐거움 ―

1. 시는 왜 어려운가

　시가 소수의 독자층을 벗어나지 못하는 이유는 어디에 있는가? 고등학교 졸업과 더불어 대부분의 사람들은 시와 결별한다. 사람들은 교과서에서 배운 몇몇 작품을 기억할 뿐이다. 다시 말해 시는 생활 속에서 즐기는 다른 문화 예술, 즉 소설, 영화, 음악, 드라마 등과 달리 여전히 '낯선 것'으로 인식된다. 이 낯섦은 어디에서 연유하는 것인가? 일차적으로는 시의 강렬한 매력을 일깨워 주는 교육의 장이 전무하다는 점을 들 수 있다. 학생들에게 시는 매력적인 것이 아니라 풀어야 할 암담한 시험문제일 뿐이다. 수업시간에 다루었던 시를 벗어나 전혀 새로운 작품을 제시했을 때 학생들은 난감해하기 일쑤다. 왜냐하면 수업시간에 주입받은 지식만으로는 새로운 시를 독해할 수 없기 때문이다. 응용이 불가능한 것이다. 그래서 학생들은 시를 한국말로 씌었지만 읽을 수 없는 수수께끼 같은 것으로 생각한다. 이는 시가 무엇인지 체득할 기회가 없었기 때문에 발생하는 결과라 할 수 있다. 시 교육은 있지만 진정한 의미에서의 시 교육은 이루어지지 않고 있다는 것이 나의 솔직한 판단이다. 따라서 시는 학생들만이 아니라 일반 성인들에게조차 늘 낯선 것으로 여겨진다. 문제는 이러한 결과가 시를 기피하는, 혹은 시에 다가설 수 없게 하는 가장 큰 장애 요인이라는 점이다. 수많은 시인들이 시를 창작하고 있지만 시의 향유자는 극단적으로 말해 시인 자신이거나 전문비평가밖에 없는 것이 현실이라 할 수 있다.

그러나 분명한 것은 시의 가치를 함부로 폄하할 수 없다는 것이다. 논리의 힘만으로 다 해결할 수 없는 인간의 복잡한 내면을 시만큼 섬세하게 드러내는 장르는 없다. 시는 인간을 이해할 수 있게 하는 중요한 매개일 뿐만 아니라 삶의 척박함을 견디게 하는 정신적, 심미적 힘을 간직하고 있는 예술 장르이다. 시의 매력을 되살리기 위해 우리는 시를 경험할 때 촉발되었던 최초의 물음, 즉 '시는 왜 어려운가'를 묻지 않을 수 없다. 시가 무엇인지를 알기 원하는 사람이라면 이러한 질문을 빗겨가서는 안 될 것이다. 시가 어렵게 받아들여지는 까닭을 시 교육의 열악함에서 찾을 수 있지만, 한편 이는 시 자체 구조가 안고 있는 문제이기도 하다. 나는 이 글에서 시가 어려운 몇 가지 이유를 시의 내적 문제에 접근함으로써 설명하고자 한다. 이는 궁극적으로 시가 무엇인지를 설명하고자 하는 의도와 닿아있다.

2. 시가 아름답다는 편견에 대하여

일반적으로 시는 아름다운 것이라고 생각된다. 그러나 우리가 시의 아름다움이 구체적으로 무엇인가를 물음 했을 때 답은 간단치 않다. 대부분의 사람들은 자신을 적당히 감상적으로 만들어주는 것, 정서의 상태를 막연하게 환기해주는 것, 예를 들어 그리움이나 사랑, 슬픔, 따뜻함 등을 시적인 것이라고 여긴다. 이와 같은 생각은 시에 대한 대중적 통념이라 할 수 있다. 시에 대한 이러한 대중적 통념은 감정적 포즈를 적당하게 취한 '예쁜 말'이 시일 수 있다는 편견으로 이어진다. 이는 아주 좁은 범주에 시를 가두는 것이며, 시가 지닌 치열함이나 위대함을 저버리는 일이라 할 수 있다. 나아가서 시에 대한 그릇된 편견에 빠져있는 사람은 실험적이고 전위적인 작품에 대해서는 배타적 감정을 갖기도 한다. 시에 대한 배타적 감정이 심하게 갈등을 일으켰을 경우 더 이상 새로운 시 읽기를 거부할 가능성도 있다. 여기에는 시를 통해 엷은 감상을 얻거나 막연한 위안을 얻는 정도 이상의 것을 바라지 않는 태도가 잠복되어 있다.

이러한 시 읽기의 태도는 생의 다양한 국면을 인정하지 않는 것과 연관된다. 삶의 방식은 헤아릴 수 없이 많은 변수를 내포하고 있다. 시는 이 모든 것을 아우를 수 있는 개방적 형식이다. 그렇다면 시적 형식도 무한대일 수 있는 것이다. 그럼에도 단 하나의 시각만으로 시를 보는 것은 세계에 대해 폐쇄적 태도를 드러내는 것이라 할 수 있다. 삶의 방식이 다양하듯이, 시 또한 그 다양한 방식과 더불어 호흡하는 장르라는 사실을 기억할 필요가 있다. 따라서 시인은 '예쁜 말'로만 시를 쓰지 않는다. 시인은 때로 의도적으로 독자의 혐오감이나 불쾌감을 자극할 수도 있으며, 그러기 위해 욕설이나 비속어도 사용할 수 있다. 다시 한 번 강조하건대 우리가 시는 아름다운 것이라고 말할 때 그 아름다움은 달콤하고 예쁜 말에 있는 것이 아니라는 뜻이다.

시적 아름다움은 한 마디로 말해 '긴장감'(tension)을 의미한다. 긴장감을 상실한 언어는 연과 행갈이가 되어 있다하더라도 엄밀하게 말해 시라 할 수 없다. 느슨하게 풀어져 아무런 자극을 줄 수 없는 말이란 수다나 객설에 불과한 것이다. 시적 긴장감은 치열한 상상력의 소산이다. 그렇다고 무조건 과격한 언어를 남발한다고 해서 시적 긴장감이 얻어지는 것은 아니다. 시적 긴장은 감정의 무차별적인 배설이 아니라 감정을 적절하게 절제하는 데서 얻어진다. 말을 적게 하고도 풍부한 의미를 표현할 수 있다면 그것은 시의 묘(妙)에 다다른 말의 진경일 것이다. 시는 말할 수 없는 것을, 말하기 어려운 것을 말로 되살려낸다. 그러기 위해서 시인은 남김없이 말하지 않는다. 남김없이 말하는 것은 시가 아니다. 시는 말을 절제하고 그 뜻을 숨김으로써, 그리고 숨겼다는 사실을 내비치면서 언어화되기 어려운 것들의 본질에 도달한다. 이는 시의 길이가 무조건 짧아야 한다는 것을 의미하지 않는다. 중요한 것은 길이가 아니라 표현된 말들이 일으키는 파문의 힘이다. 그 파문의 힘이 문면에 드러나지 않은 침묵까지도 능숙하게 경영할 때 비로소 시다운 시가 탄생한다.

> 그것하고 하고 와서 첫번째로 여편네와
> 하던 날은 바로 그 이튿날 밤은
> 아니 바로 그 첫날 밤은 반시간도 넘어 했는데도
> 여편네가 만족하지 않는다
> 그년하고 하듯이 혓바닥이 떨어져나가게
> 물어제끼지는 않았지만 그래도
> 어지간히 다부지게 해줬는데도
> 여편네가 만족하지 않는다
> 이게 아무래도 내가 저의 섹스를 개관(槪觀)하고

있는 것을 아는 모양이다
똑똑히는 몰라도 어렴풋이 느껴지는
모양이다

나는 섬찟해서 그전의 둔감한 내 자신으로
다시 돌아간다
연민(憐憫)의 순간이다 황홀(恍惚)의 순간이 아니라
속아 사는 연민(憐憫)의 순간이다

나는 이것이 쏟고난 뒤에도 보통때보다
완연히 한참 더 오래 끌다가 쏟았다
한번 더 고비를 넘을 수도 있었는데 그만큼
지독하게 속이면 내가 곧 속고 만다

김수영, 「성(性)」 전문

　윤동주의 「서시」나 김춘수의 「꽃」과 같은 시를 가장 아름다운 시
(모범적인 시)로 기억하고 있는 독자에게 이 시는 거부감을 불러일
으킬지도 모른다. 왜냐하면 이 시의 화자는 표면적으로 고귀하거나
품격이 있어 보이지 않기 때문이다. 예를 들어 '여편네' '혓바닥이 떨
어져나가게' '물어제끼지는' '오래 끌다가 쏟았다' 등과 같은 시어와
구절이 환기하는 적나라하고도 비천한 말투가 그러하다. 화자인 '나'
는 가부장적이면서 부도덕한 인물이라 할 수 있다. 그러나 이러한 화
자를 내세움으로써 고귀한 화자가 이루어낼 수 없는 또 다른 시적
긴장을 획득한다.
　이 시의 초점은 '그년'하고 외도를 하고 온 '나'의 기만적이고 위선
적인 상태를 드러내는 데 있는 것이 아니라, 기만적이고 위선적인

'나'를 의식하고 있는 '나의 자의식'을 드러내는 데 있다. 여편네를 속이기 위해 어지간히 다부지게 해줬는데도 아내는 '저의 섹스를 개관(槪觀)'하고 있는 나를 알고 있다고 화자는 생각한다. 즉 화자는 아내가 자신의 위선을 느끼고 있다고 생각하는 것이다. 이러한 자의식의 상태는 아내와 나의 성관계를 황홀한 순간이 아니라 연민의 순간으로 만든다. 속아주고 속이는 잘못된 관계를 의식함으로써 시인은 자기의 위선과 기만을 반성으로 이끌고 있는 것이다. 그런 의미에서 이 시의 마지막 구절 '지독하게 속이면 내가 속고 만다'라는 표현은 매우 의미심장하다. 남을 속이는 것이 곧 자기를 기만하는 일이라는 사실을 말하고 있는 것이다. 이 시는 치열한 자아 성찰을 긴장된 언어로 담아내고 있다는 점에서 성공적인 작품이라 할 수 있다. 이때 표면적으로 외설스럽거나 비천한 말투는 진정한 의미의 시적 아름다움을, 혹은 시적 리얼리티를 드러내는 데 기여한다. 시가 아름답다고 할 때 그 아름다움에는 이와 같은 것들이 포함된다는 사실을 열린 마음으로 받아들일 때 시의 다양한 영역과 만날 수 있을 것이다.

3. 시 읽기는 의미해석을 목표로 하지 않는다

시에 매혹되어 시를 읽어온 지 20여 년이 되었지만 나는 지금도 시는 어려운 것이라고 말하기를 주저하지 않는다. 시의 난해성은 시의 본질이다. 물론 읽자마자 감흥할 수 있는 비교적 쉬운 문법의 시도 많이 있다. 그러나 시를 제대로 읽는다는 것이 무엇인가를 생각해볼 때 해석이 잘 된다고 해서 쉽다고 말할 수만은 없다. 예를 들어

김소월의 「진달래꽃」을 사람들은 낯설지 않게 해석할 수 있을 것이다. 그러나 「진달래꽃」의 미감(美感)을 설명하라고 하면 그것은 여전히 괴로운 일이 될 것이다. 시를 제대로 읽는다는 것은 의미를 해석하는 일이 아니다. 의미해석이 이루어지지 않은 채 그 다음 단계로 갈 순 없지만, 궁극적으로 시 감상의 목표는 의미해석이 아니다. 만일 시를 읽는 사람이 의미해석 이상의 것에 도달하지 못했다면 그는 시를 읽은 것이라기보다 어떤 문장의 뜻을 해석한 것에 불과하다. 이런 소박한 감상 태도가 결국 시에서 멀어지게 하는 요인이 되기도 한다. 왜냐하면 의미해석에 몇 번 실패한 독자는 시의 매력을 알기도 전에 시를 버리게 될 것이기 때문이다.

　시는 신문 사설이나 경전, 철학서 등과 엄연히 다른 무엇을 가지고 있다. 시인은 그 '다름'을 독자에게 주고자 하는 것이다. 그 다름은 의미에 국한되는 것이 아니라 의미를 발현하는 독특한 방식(형식)에 있다. 고독과 자유와 사랑을 시인이 '어떻게 말하고 있는가'를 알 때 시를 제대로 읽을 수 있다. 떠나버린 님에 대한 심경고백을 김소월과 한용운은 각각 어떻게 달리하고 있는가? 부조리하고 억압적인 사회에 대해 신경림과 김지하는 어떻게 다른 목소리를 내고 있는가? 허수경과 김혜순은 각각 어떻게 다르게 여성성을 드러내고 있는가? 비슷한 주제와 비슷한 시적 대상을 기조로 하는 시편들 사이에서 독자가 감지해야 하는 것은 그것들 각각의 다름과 수준이다. 시의 예술적 가치는 주제의 옳고 그름이 아니라, 주제를 구현하는 심미성의 높고 낮음에 따라 달라지는 것이다. 즉 시를 감상할 때 우리가 도달해야 하는 것은 의미해석이 아니라 그 작품이 지닌 미적 수준이라 할 수 있다. 똑같은 흙으로 똑같은 모양의 도자기를 빚어도 도공의 수준에 따라 결과물이 다른 것과 같은 이치라 할 수 있다. 중요한 것은 시가 뜻을 지닌 문장의 나열 이상의 것이라는 사실, 즉 시는 일종의 예술이라는 사실을 잊어서는 안 되는 것이다. 시를 대하는 마음가짐은 이로부터 출발해야 한다. 시의 진정한 매력을 만끽하기 위해서는 시를 예술로 받아들일 마음의 준비가 필요하다.

4. 시는 다른 사람의 내적 고백이다

자기의 마음을 고백하는 일은 결코 쉬운 일이 아니다. 우리는 고백하기에 앞서 자기의 절박한 고백이 과연 제대로 전달될 수 있을지 불안해한다. 눈에 보이지 않는 내면을 실감나게 전달할 수 없는 경우 고백의 욕구는 침묵으로 돌아가거나 발설하는 순간 실패할 수밖에 없기 때문이다. 물질화할 수 없는, 즉 감각에 직접 호소할 수 없는 내면을 드러내고자 할 때 겪는 어려움은 거꾸로 그런 내면의 고백을 듣는 자의 위치에서도 발생한다. 고백을 하기도 어렵듯이 고백을 듣기도 어렵다. 모든 고백은 비물질적인 세계, 비가시적인 세계에서 시도되는 소통이기 때문이다. 질량도 부피도 색깔도 형체도 없는 내면을 교환하는 일이야말로 인간들 사이에서 가장 어려운 일일지도 모른다.

시가 어려운 근본적 이유 가운데 하나가 바로 여기에 있다. 시는 내적 고백의 양식이다. 물론 모든 시가 개인의 내적 고백만으로 이루어지는 것은 아니다. 참여시나 민중시처럼 주관적 내면이 아니라 객관적 사회에 대한 비판을 우선시하는 시도 있다. 그럼에도 내적 고백이 시의 가장 두드러진 특성 가운데 하나라는 사실을 부정하기는 어렵다. 시집을 여는 순간은 독자가 지금 나와는 전혀 무관한 타인의 고백을 접하는 순간이다. 그 고백들은 독자의 정서와 항상 부합하지는 않는다. 때로 극단적인 이질감과 거부감마저 느낄 수도 있다. 이때 시집을 덮어버리는 것은 독자의 자유다. 그러나 다름을 즐기는 것도 놀이의 한 방식일 수 있다. 아니 우린 궁극적으로 나와 다른 것을 발견하기 위해, 지금 여기와는 다른 세계로 진입하기 위해 타인의 저술을 읽는 것이 아니겠는가. 경우는 다르지만 사람들이 돈을 지불하고 일부러 공포 체험관을 찾는 이유를 생각해 보라.

시집을 읽을 때 중요한 것은 거기서 나와 다른 누군가가 말을 하고 있다는 사실을 알아채야 한다는 것이다. 그 누군가는, 즉 시적 화자는 인쇄된 문장의 생명 없는 물질성을 벗어나 시의 생기를 되살려 내는 살아있는 존재이다. 그는 오로지 목소리(어조)에 의탁해서 자신을 독자 앞에 드러낸다. 보이지도 만져지지도 않지만 그는 시 텍스트를 이끌어가는 '너'라 할 수 있다. 따라서 시집을 여는 순간 독자는 화석화된 문장이 아니라 나에게 말을 하고 있는 어떤 살아있는 존재와 대면하는 것이다. 화자의 존재를 기억하는 것은 시를 이해하는 데 매우 중요한 요인으로 작용한다. 화자의 나이, 성별, 감정 상태(슬픔, 분노, 환희 등등)를 파악하는 것은 시의 어려움을 벗어나는 데 중요한 관건이 된다. 시를 해석해야 한다는 자동화된 습관 혹은 강박감으로부터 벗어날 수 있는 첫 번째 단계가 바로 화자의 상태를 파악하는 일이다. 이것이 텍스트의 구체성 속으로 진입할 수 있는 첫 번째 관문이다.

9. 조화(造花)

아직 비석도 세우지 못한 네 무덤
꽂아놓은 조화는 아름답구나.
큰비 온 다음날도, 불볕의 며칠도
조화는 쓰러지지 않고 웃고 있구나.
무심한 모습이 죽지 않아서 좋구나.
향기를 남기지 않아서 좋구나.

나는 이제 살아 있는 꽃을 보면
가슴 아파진다.
며칠이면 시들어 떨어질 꽃의 눈매
그 눈매 깨끗하고 싱싱할수록
가슴 아파진다.
살아 있는 모든 것이 아프다.

마종기, 「동생을 위한 조시(弔詩)
― 외국에서 변을 당한 훈(壎)에게」 부분

위에 제시한 시에서 제일 먼저 간파해야 하는 것은 화자가 동생의
죽음이라는 비극적 상황 속에 놓여 있다는 사실이다. 그는 동생의 죽
음 앞에서 자신의 슬픔을 일차적으로는 동생에게, 이차적으로는 독
자에게 고백하고 있다. 이때 화자는 자신의 슬픔을 전달하기 위해 생
화와 조화에 대한 일반적 생각을 역전시킨다. 무생명성을 지닌 조화
의 무미건조함을 화자는 오히려 아름답다고 말한다. 여기에는 생명
있는 존재들이 감내해야 하는 시듦과 소멸, 그것이 불러일으키는 슬
픔과 고통에 대한 시인의 자각이 담겨있다. 화자는 '눈매 깨끗하고,
싱싱'한 꽃을 통해 생생했던 동생의 모습을 떠올리고 있다. 살아있는

생화는 그리움과 안타까움이라는 내적 고통을 불러일으킨다. 무심하고 향기도 없는 조화가 아름다운 이유는 그것이 이런 아픔을 남기지 않기 때문이다. 그러나 이런 아픔이 곧 동생에 대한 사랑이라는 사실은 두말할 것도 없다. 시인은 동생에 대한 사랑과 그리움을 조화를 통해 역설적으로 드러내고 있는 것이다. 주목할 것은 시인이 동생의 사망 경위에 대해서는 설명하지 않는다는 점이다. 시는 사건과 상황에 대한 자세한 설명을 거두절미한 채 최소한의 정보를 기저로 자신의 감정을 부각시키는 형식이다. 즉 초점이 사건 설명이 아니라 자신의 감정 고백에 있는 것이다. 따라서 화자가 어떤 감정 상태에 있는가를 파악하는 것이 중요하다. 사건이나 시적 상황을 짐작하는 것은 독자의 몫이다.

이때 독자는 시에 등장하는 화자의 목소리에 언제나 공감해야 한다는 강박적인 태도를 버릴 필요가 있다. 공감할 수 없는 화자도 있지 않겠는가? 더불어 공감할 수 없는 고백들도 있지 않겠는가? 공감은 절대로 독자의 의무 사항이 아니다. 간혹 잘 알려진 시인의 작품에 대해서 무조건적으로 수긍하고 예찬하려고 하는 자동화된 태도를 학생들에게서 발견하게 되는데, 이러한 자세는 바람직하다고 할 수 없다. 훌륭한 독자란 시에 공감하고 시를 무조건 신성시하는 사람을 뜻하지 않는다. 물론 위대한 시에 대해 마음을 기꺼이 내주는 태도는 시 읽기에 절대적으로 필요한 태도라 할 수 있다. 공감하고 도취하는 일이야말로 시 읽기의 행복과 직결되는 것이며, 우린 그런 행복을 맛보기 위해 시를 읽는지도 모른다. 그러나 진정으로 활달한 상상력의 소유자라면 수동적으로 시에 끌려가지 않을 것이다. 독자는 시에 매혹됨과 동시에 수준이 낮은 시에 대해 비판할 줄도 알아야 한다. 유명한 시인이라고 해서 모두 탁월한 시만을 창작했다고 할 수 없으며, 또 유명한 시라 해서 그 질이 백 퍼센트 보장되는 것도 아니다.

5. 시의 문장은 본질적으로 일탈을 지향한다

우리가 일반적으로 합의하고 있는 문장구조에 비추어 본다면 시의 문법은 우리의 언어 규약을 의도적으로 벗어난 문장구조를 지향한다. 시가 어려운 가장 근본적 이유는 여기에 있다. 이러한 언어적 특성이 시에 대한 반감을 초래하기도 한다. 뒤틀린 문장, 비정상적으로 짜인 문장이 쉽게 읽힐 리 없다. 그러나 어려운 것이 곧 나쁜 것은 아니다. 그런 어려움에는 시가 도달하고자 하는 예술적 야심이 담겨 있다. 시는 사전 속에 결박되어 있는 단어들을 해방시키고자 한다. 사전은 언어 사용자들 간의 약속을 집대성한 것이다. 그것은 단어의 의미와 사용방식을 규정하는 것, 말하자면 언어를 질서화하고 의사소통을 편리하게 하기 위한 규약을 특징으로 한다. 이러한 특징을 재음미해 보면 사전은 언어의 감옥이기도 하다. 언어가 인간의 사유를 드러내는 형식이라면 언어를 규약화하는 것은 사유를 규제하는 것과 동일한 의미를 갖는다. 시인은 이러한 규제를 벗어나고자 한다.

시인이 자신의 내적 의식을 시로 표출하는 필연적 이유는 기존의 지시적 언어에 대한 절망에서 비롯한다. 지시적 언어는 언어를 공유하고 있는 언어공동체 구성원들 사이에 전제된 약속이면서 체계이다. 규정된 체계는 개별적 존재의 복잡하거나 미묘한 내면세계를 그 체계에 맞출 것을 강요한다. 그러나 언어공통체가 공유하는 언어체계만으로 개인의 고유한 내면을 제대로 드러내기는 불가능한 일이다. 그러나 지시적 언어체계를 거부한 시적 영혼이 타자와의 대화를 감행하기 위해서는 지시적 언어를 시적 질료로 가져 올 수밖에 없다. 이처럼 이미 의미가 확정된 언어를 질료로 삼을 수밖에 없다는 것이 시인의 숙명이며 딜레마이다. 그럼에도 시인은 언어의 불완정성을 뛰어넘어 자신을 표현하고자 하는 욕구를 지닌다. 아직은 드러나지 않은 최초의 감정과 정황은 자신에게는 고유하고 새로운 것이다. 이 고유함과 새로움을 손상하지 않은 채 타자와의 소통을 시도해야 한다. 따라서 시인은 기존의 문법체계를 변형시켜야 할 운명에 처하게 된다. 비유나 상징, 아이러니, 이미지 등 시의 언어미를 구성하는 주요 요소들은 이와 같은 욕구로부터 생성된다.

Ⅱ

구름 발바닥을 보여다오.
풀 발바닥을 보여다오.
그대가 바람이라면
보여다오.
별 겨드랑이를 보여다오.
별 겨드랑이의 하얀 눈을 보여다오.

Ⅲ

살려다오.
북 치는 어린 곰을 살려다오.
북을 살려다오.

오늘 하루만이라도 살려다오.
눈이 멎을 때까지라도 살려다오.
눈이 멎은 뒤에 죽여다오.
북 치는 어린 곰을 살려다오.
북을 살려다오.

김춘수, 「처용단장(處容斷章) 제이부(第二部)
— 들리는 소리」 부분

　이 시를 규정된 문법에 의거하여 읽는다면 해독이 불가능할 것이다. 대부분의 사람들은 당혹감과 더불어 "도대체 무슨 소리야?"라고 말할 것이다. 그러나 주어진 시적 정보를 이용해서 유추해 본다면 이 시가 난해한 것만은 아니다. 이 시를 난해하게 만드는 것은 우리들의 고착된 의식일지도 모른다. 이 시는 제목이 주는 정보를 절대 간과해서는 안 되는 작품이다. 처용단장이라는 제목에서 알 수 있듯이 이 시의 화자는 처용이라 할 수 있다. 앞서 말했듯이 화자가 누구인지를 간파하는 일은 시를 추상적으로 읽지 않는 중요한 방법이라 할 수 있다. 아내의 간통 현장을 목격했던 비참한 처용의 심정을 헤아려 본다면 이 시의 목소리가 지닌 절박함을 눈치챌 수 있을 것이다. 이 시에서 압도적으로 드러나는 것은 우선 애걸복걸하는 화자의 목소리다. 그 절박한 심정은 '보여다오'와 '살려다오'의 반복을 통해서 전달된다. 반복은 리듬을 빠르게 만드는 특성을 지닌다. 처용은 빠르고 다급한 목소리로 자기의 비통한 심정을 드러내고 있는 것이다. 리듬은 장식이 아니라 화자의 호흡과 감정 상태를 드러내는 원초적 요소이다. 그것은 의미 형성에 직접적으로 관여한다.
　한편 이와 같이 시의 전체적 분위기를 파악했다고 해서 이 시를 완전히 이해했다고 볼 수 없다. 이 시의 세부 이미지들이 상식적이지 않기 때문이다. 구름 발바닥, 풀 발바닥, 별 겨드랑이, 북 치는 곰 등은 다 무엇인가? 상식을 벗어나는 말의 조합은 그 단어의 용도가 변경되었음을 암시하는 것이다. 예를 들어 김춘수의 대표작 「꽃」에서 "내가 그의 이름을 불러 주었을 때 / 그는 나에게로 와서 / 꽃이 되었다"라는 문장을 상기해 보자. 여기에서 '꽃'은 식물로서의 꽃이 아님을 쉽게 눈치챌 수 있을 것이다. 꽃이라는 단어가 개인의 시적 문법에 의해 용도변경된 사례이다. 마찬가지로 위에 인용한 시에서의 발바닥, 겨드랑이, 하얀 눈과 같은 신체어 또한 단어의 쓰임이 용도변경된 사례이다. 구름, 풀, 별과 어울릴 수 없는 단어를 함께 붙여놓음으로써 시인은 의미의 단순성을 벗어나고 있는 것이다. 이런 낯선 이미지들이 열거 혹은 병치될 때 이들의 공통점을 찾는 것은 시 해석을 위해 매우 유용한 방법이다. 구름, 풀, 별은 자연물들이며, 발바닥, 겨드랑이, 겨드랑이의 하얀 눈은 모두 신체 부위로서 겉으로 드러나지 않고 숨겨져 있다는 특징을 지닌다. 처용은 진실 혹은 비밀을 알아내고자 하는 욕구에 시달리고 있는 것이다. 즉 자신의 힘으로 헤아릴 수 없는 비밀이 우주 속에 있음을 느끼고 있는 것이다. 깨달음은 생의 난관을 극복할 수 있는 힘이다. 아내의 간통 앞에서 갖게 되는 인간적 고뇌와 그것을 벗어날 수 있는 방법은 무엇인가? 고대 처용신화에서는 처용이 춤추고 노래했다고 전한다. 이 해탈의 경지는 비범한 것이다. 김춘수의 처용은 아직 그러한 경지에 도달하지 못한 인간적 고뇌를 상징화한다. 갈구하고 애걸하는 화자를 내세우고 있는 까닭이 여기에 있다.

그렇다면 「처용단장 제이부 Ⅲ」은 어떻게 해석해야 하는가? 이 시에서 중요한 것은 '어린 곰'이 아니라 '북'과 '어린 곰'의 관계이다. 때리는 자와 맞는 자 가운데 누가 더 불행한가? 둘은 불화 관계에 있다는 점에서 동일하다. 아내와의 불화를 벗어나고자 하는 몸부림이 '살려다오'로 표현되고 있는 것이다. '하루만' '눈이 멎을 때까지' 등이 함의하는 시간성은 화자의 절박함을 대변해 주는 역할을 한다. 그런데 이 시의 6행에서 화자는 '죽여다오'라고 말한다. 그리고 다시 살려달라고 말한다. 이때 처용의 감정이 극점에 이르고 있음을 간파하지 못하면 잘못된 해석을 내리게 된다. 여기서의 '죽여다오'는 모순어법으로 사용된 말이다. 진짜 '죽여달라'는 말이 아니라 제발 '살려달라'는 말이다. 애걸복걸이 극에 달하면 살려달라가 아니라 죽여달라는 모순된 표현을 사용할 수 있다는 점을 생각해 볼 필요가 있다. 모순어법 또한 의미를 일탈시킨 용도변경의 사례라 할 수 있다.

기존의 문법을 뒤틀고 전복시킴으로써 새로운 의미를 창조하는 것이 시의 언어라 할 수 있다. 언어의 사전적 의미는 의미를 확정함과 동시에 언어를 가둔다. 그러나 시적 언어는 객관적 의미를 개인의 문맥 속에서 새롭게 재규정함으로써 의미를 확장시킴과 동시에 해방시킨다. 이와 같은 시적 언어의 특성은 시 읽기의 어려움을 부추기는 요인이기도 하지만 우리에게 새로운 인식의 경지를 제공하는 요인이기도 한다. 새로운 의미와 인식을 창조하는 순간은 인간 존재를 고착된 삶으로부터 벗어나게 하는 존재 전환의 순간으로 이어진다. 고착된 의미로부터 해방된 언어는 새로운 생명력을 가지고 독자의 의미부여 작용을 자극한다. 창조적 언어와 조우하는 순간은 창조적 세계와 만나는 순간이다. 시 읽기의 괴로움과 시 읽기의 즐거움은 동전의 앞뒷면이라 할 수 있다.

6. 함축된 시어를 풀어내는 열쇠는 문맥에 있다

학생들에게 시가 무엇이냐고 물으면 대다수가 함축된 언어라고 대답한다. 그것은 부족하지만 핵심에 가까운 대답이라 할 수 있다. 시적 언어는 산문처럼 풀어진 말의 사용을 자제한다. 말을 풀어서 사용한다는 것은 설명하는 것이고, 이는 대상에 대한 논리적 진술을 지향함을 뜻한다. 시는 인간의 감정이 비논리적이듯이 비논리적으로 언어를 사용한다. 논리를 거두절미한 채 자신의 감정을 발설하는 것이 시이다. 이때 시인의 언어는 함축을 향해 치닫게 된다. 말의 양적 부피를 버리고 말의 밀도를 지향하는 것이다.

그렇다면 왜 함축해야 하는가? 이는 다시 말하면 '시는 왜 짧아야하는가' 하는 문제와 동일한 질문이다. 여기서 시가 내면을 고백하는 양식이라는 사실을 상기할 필요가 있다. 인간의 감정이 극단에 이르렀을 때 쏟아지는 표현방식이 비명이나 울음, 눈물, 웃음, 욕설 등과 같은 것이라고 할 때 이와 등가의 것을 나타내는 말이 짧아지는 것은 당연한 일이다. 장시간 동안 지속할 수 없는 감정표현방식들을 장황한 말로 표현하는 것은 그 강렬한 호소력을 파괴하는 일이다. 비명이나 울음, 눈물, 웃음, 욕설 등이 지닌 강렬함을 몇몇 단어로 실현함으로써 시인은 자신의 내면을 드러내고자 한다. 그러기 위해서 시어는 조밀한 밀도를 지닌 언어가 되지 않으면 안 된다. 그런데 논리를 벗어난 언어의 함축은 시 해독을 어렵게 만드는 요인이 된다. 독자는 조밀하게 압축된 의미의 덩어리를 풀어야 할 입장에 처하게 되는 것이다. 그것은 괴로운 일이지만 한편으로는 지적 놀이를 경험할 수 있는 즐거운 과정이기도 하다. 수수께끼로 이루어진 시를 버리는 것이 독자의 권리일 수 있듯이 수수께끼의 풀이를 즐기는 것 또한 독자의 권리이다. 분명한 것은 지적 즐거움을 택하는 것이 버리는 쪽보다는 훨씬 이롭다는 것을 나는 강조하고 싶다. 시는 괴롭고 쓴 약이 아니라 그 맛이 깊고 이로운 약이라 할 수 있다. 다만 먹는 방법이 까다로울 뿐이다. 그렇다면 함축된 시어는 어떻게 풀어내야 하는가?

> 두 눈에 조개껍질을 박은 사람이 안개 속에서
> 오래된 철교를 부수는 소리
>
> 두 눈에 조개껍질을 박은 사람이 안개 속에서
> 허리에 돋아난 제 발들을 떼어내는 소리
>
> 두 눈에 조개껍질을 박은 사람이 안개 속에서
> 내 눈동자를 빼가는 소리
>
> 박상순, 「내가 본 마지막 겨울」 전문

6행으로 이루어진 이 시는 동일한 형태의 문장을 반복함과 동시에 동일한 내용의 구절, 즉 '두 눈에 조개껍질을 박은 사람이 안개 속에서'를 세 번이나 반복하고 있음에도 불구하고 그 의미에 접근하기가 쉽지 않다. 그로테스크한 이미지가 우리의 상상력과 충돌하고 있기 때문이다. 실제의 삶에서 벗어난 그로테스크한 장면, 혹은 환상적 장면과 마주쳤을 때 사람들은 곧바로 이에 동의하기 어려울 수 있다. 이러한 현상은 특히 시에서 더욱 두드러진다. 영화나 만화, 소설을 접할 때 사람들은 시보다 훨씬 빠르게 적응한다. 이유는 영화나 만화, 소설이 허구라는 사실에 익숙해 있기 때문이다. 그에 비해 시는 시인의 솔직한 고해성사라는 인식이 보편적으로 강하게 작용한다. 이러한 소박한 인식은 맞기도 하고 틀리기도 하다. 왜냐하면 다른 장르에 비해 시는 분명 내면을 고백하는 성향이 강하기 때문이다. 그러나 여기서 시가 단순한 고백이 아닌 예술이라는 사실을 다시 한 번 생각할 필요가 있다. 비명이나 울음, 눈물, 웃음, 욕설 등과 같은 강렬함을 지닌 것이 시이지만 시는 비명이나 울음, 눈물, 웃음, 욕설 자체는 아니다. 사실 아무런 언어적 기교를 구사하지 않는 솔직한 고백은 시가 아니다. 시인은 자기를 표현하기 위해 얼마든지 신비와 환상, 그로테스크한 이미지를 동원할 수 있다. 일단 기괴한 영화의 한 장면을 보듯 이 시를 본다면 해석에 접근하기가 훨씬 용이해진다.

이 시를 읽는 독자라면 '두 눈에 조개껍질을 박은 사람'에 대해 공포감을 느낄 것이다. 그것은 그 자체 이미지가 공포스럽기 때문이 아니다. 만일 두 눈에 조개껍질을 박은 사람이 코믹 프로에 등장했다고 하면 우린 공포가 아니라 웃음을 자극받을 것이다. 두 눈에 조개껍질을 박은 사람의 분위기와 상징적 의미를 확정해 주는 것은 그의 모습이 아니라 시적 상황 혹은 문맥인 것이다. 기괴한 모습을 한 이 사람은 안개 속에서 잘 보이지 않는다. 그리고 그는 무언가를 부수고, 떼어내고, 빼가는 폭력적이고 파괴적인 소리를 만들어내고 있다. 어렴풋함 속에서 들려오는 소리, 그것이 두 눈에 조개껍질을 박은 사람을 공포스럽게 여기게 하는 것이다.

그렇다면 이 시의 그로테스크한 세부 묘사에 좀더 가까이 가보자. 그는 오래된 철교를 부수고 있다. 철교는 '길'이다. 그는 이미 있었던 오래된 길을 부수고 있는 것이다. 이를 좀더 비약해서 해석한다면 그에겐 오래된 철교는 길이 아니라 할 수 있다. 다시 말해 그에겐 길이 없는 것이다. 길을 부순 다음 '허리에 돋아난 제 발들'을 떼어낸다. 허리에 돋아난 발은 무엇을 뜻하는가? 왜 허리에 발이 돋아나 있는가? 우린 당연히 이런 질문을 해야 한다. 비정상적 이미지는 반드시 무언가를 내포하고 있는 경우라 할 수 있다. 허리(혹은 겨드랑이)에 돋아날 수 있는 것은 발이 아니라 날개다. 날개는 가벼운 것이고 발은 무거운 것이다. 즉 그는 날 수 없는 무거운 발을 떼어내고 있는 것이 아닐까? 여기서 다시 앞의 연에 등장한 '철교'를 떠올려 보면, 길 없는 자에게 발은 불필요한 것이라 할 수 있다. 이 자학의 심연에서 우리는 절망을 읽게 된다. 갈 수 없는 자, 길을 잃어버린 자, 그래서 자기를 파괴하는 자가 그인 것이다. 그런 의미에서 우린 두 눈에 조개껍질을 박은 사람을 파괴적이고 폭력적인 부정적 인물로 규정할 수 없게 된다. 그는 마지막으로 '내 눈동자를 빼'간다. 안개 속에서 눈동자는 무용하다. 안개 속에서 감각되는 것은 소리일 뿐이다. 그가 갈 수 없듯이 '나'는 볼 수 없는 것이다. 여기서 '(그의) 발'과 '(나의) 눈동자'가 갈 수 없고 볼 수 없다는 무용성으로 의미화되고 있음을 짐작할 수 있다. 이때 안개 속에서 만난 '사람'은 다름 아닌 '나' 자신일 수 있다는 가능성을 배제할 수 없다. 그는 '나'의 내면에 있는 또 다른 자아일 수 있다. 따라서 길(발)과 눈동자를 잃음으로써 '가다'와 '보다'라는 행위가 거세된 공간과 시간이 '내가 본 마지막 겨울'이라 할 수 있다. 이 시는 모든 희망이 말소된 절망을, 갇혀 있는 존재의 고통을 표현하고 있는 작품으로 해석된다. 앞선 해석과정에서처럼 의미를 함축하고 있는 이 시의 이미지는 문맥과 문맥의 연합 속에서 유기적으로 파악해야 한다. 이것이 시의 자의적 해석을 벗어나는 방법 가운데 하나이다.

1부 · 우리 시대의 담론

현대시에 나타난 가족 해체의 문제

1. 전통적 가족주의의 붕괴

유교적 이념에 의해 완성된 우리의 전통적 가족주의(familism)는 일종의 이데올로기적 성격을 가지고 있다[1]. 서양에서 가족은 경제적 하부구조의 단위로 인식되는 것과 달리, 우리의 가족은 부자, 군신, 친인척, 국가 등을 포함한 유교의 '가(家)'개념으로부터 파생한 사회 존속의 중심원리로 인식되고 있다. 특히 부계중심의 조상숭배의 전통 은 구체적 생활단위인 가족뿐 아니라 사회조직과 국가를 유지시키는 효나 충, 우애, 단결과 같은 기본적 이념을 제공함으로써 독특한 가족 주의 개념을 낳고 있다. 이러한 형태의 가족주의는 부계혈연의 배타 적 가족, 가족 우선성과 가족 내 역할의 위계성(권위성), 남아를 통한 가문의 계승과 발전[2]이라는 내용들을 그 세부 성격으로 지닌다. '가

---

1) 권명아, 『가족이야기는 어떻게 만들어지는가』, 책세상, 2000, 15면.
  권명아는 가족주의(familism)가 가족을 옹호하거나 강화하려는 보수주의자의 입장 이라면, 가족 이데올로기(familialism)란 가족은 어떠어떠해야 한다는 가치 기반을 뜻 한다고 설명한다. 즉 가족 이데올로기는 가족의 역할과 행동 방식을 규정하고 그것을 실천하도록 유도하는 이념적 토대를 말한다.

(家)'를 중심으로 한 가족과 집단의 존속 원리는 공동체의 이익과 가치를 우선시함으로써 구성원들의 유대를 두텁게 하는 장치로 기능하는 반면 개인을 공동의 이념에 종속시킨다는 문제점을 내포한다.

이와 같은 전통적 가족주의의 붕괴는 그것의 이념적 토대였던 유교사회의 붕괴와 더불어 진행된다. 유교사회의 붕괴는 이미 17세기부터 시작되었지만 개화와 일제강점기를 거치면서 더욱 급속하게 진행되었다. 낯선 서양의 제도와 종교, 생활방식이 강압적으로 수용되는 과정을 통해 가족주의의 전통은 혼란을 겪게 된다.3) 이 혼란은 유교적 이념의 핵이라 할 수 있는 부계중심으로 이루어진 위계성의 붕괴를 뜻한다. 이와 더불어 집단의 보편적 정서를 중시해 온 우리의 전통은 서구의 개인주의와 충돌하면서 점차 약화되는 현상을 보이게 된다. 이때 부권은 자식이나 여성에게는 억압으로, 그리고 한 가정을 책임지고 있는 가장에게는 무거운 부담으로 그 의미가 전환된다. 이는 곧 전통적 가족주의에 균열이 생기고 있음을 말해 준다. 따라서 현대시에 나타난 가족 해체의 징후들 또한 '아버지'의 위상 변화를 통해서 파악하는 것이 바람직할 것이다.

---

2) 신수진, 「한국의 가족주의 전통과 그 변화」, 이화여대 가정관리학과 박사학위 논문, 1998, 58~61면 참조.
3) 신범순, 「시에서 '가족'의 기호와 상징」, 『포에티카』, 1997, 여름호, 74면.
　　가족이란 "하나의 육체가 자신의 욕망을 풀어나가기 위해서 끊임없이 사회관계들 속으로 뻗어 나가는 곳이며, 또한 역으로 사회의 여러 가지 힘과 권력 그리고 이념과 상징들이 스며 들어오는 장소"라고 신범순은 설명하고 있다. 즉 가족은 혈연적 관계를 넘어서 존재의 욕망과 사회구조가 상호침투하는 장이라 할 수 있다. 사회 변화와 가족주의의 균열이 긴밀한 연관을 갖는 것은 이 때문이다.

2. 문벌에 대한 부정과 반(反)전통성

근대에 접어들어 우리 전통적 가족주의에 대해 최초로 전폭적인 부정과 갈등의식을 드러낸 시인은 이상이다. 개인보다는 집단이나 공동체의 이데올로기가 강하게 작용했던 우리의 전통 문화에 대해 그는 반전통적 태도를 서슴없이 드러냈던 대표적 시인이다. 이상이 처해 있던 식민시대와 6·25를 겪은 1950년대는 민족의 분열과 국가의 상실이라는 위기로부터 개인을 보호해 줄 수 있는 울타리가 직계 가족 단위로 위축되었던 시기라 할 수 있다. 이 시기에 가족은 사회적 위협으로부터 개인을 보호해 줄 수 있는 유일한 관계로서 기능한다. 한편 민족 존립의 위기와 더불어 상공업의 발달, 외래 종교의 유입에 따른 제사문화의 균열, 우리나라의 고유한 풍습을 억압하는 다양한 제도의 개입에 따른 생활양식의 변화는 그간 사회적 영역을 담당해온 전통적 아버지의 역할을 축소시키기에 이른다. 대(對)사회성으로부터 절연된 가부장은 실질적인 권리와 능력을 상실하고 가족에 대한 책임을 어머니에게 양도하는 현상을 보이게 되는 것이다.

그러나 이러한 실생활의 변화에도 불구하고 강력한 가장권이 실추한 것은 아니라고 조혜정은 설명한다. 그에 따르면 부계혈통을 이어갈 남성이 생존의 위기에 직면했을 때 여성들은 오히려 가장권을 지켜내기 위해 온 힘을 쏟았으며, 남성의 부재를 일시적 현상으로 간주하고자 하는 태도를 보여왔다. 따라서 남성은 상징적 권위로 가족들 사이에 군림하면서 그 실제적 역할과는 무관하게 절대적 존재로 건재해 왔던 것이다.[4] 따라서 식민시대에 전통적 가족이데올로기는 실

---

4) 조혜정, 「한국 가부장제에 대한 해석적 분석」, 『성, 가족, 그리고 문화』(한국인류학

제 사회 변동과 다르게 여전히 가족들 사이에서 지배력을 유지하고 있었다고 보는 것이 타당할 것이다.

이는 식민시대만이 아니라 한국전쟁 직후에도 계속되는 현상이다. 6·25에 의한 분단은 수많은 이산가족과 실향민을 양산함으로써 또 한 번의 가족 위기를 낳게 된다. 가족을 지키기 위한 억척스러운 '어머니'상이 생성되는 시기는 바로 이 시점에서이다. 이와 같이 식민지와 한국전쟁이라는 외부의 강압적 힘에 의한 가족 붕괴와 거기에 맞서 내적으로 붕괴를 최소화하고자 하는 노력 즉 전통적 가장권을 보호하고 회복시키고자 하는 내적 노력이 서로 마찰하는 분열현상에 비추어 볼 때 이상의 시에 드러난 문벌과 조상, 아버지에 대한 과감한 부정은 반전통적·반시대적이라 할 수 있다.

문(門)을암만잡아다녀도안열리는것은안에생활(生活)이모자라는까닭이다. 밤이사나운꾸지람으로나를졸른다. 나는우리집내문패(門牌)앞에서여간성가신게아니다. 나는밤속에들어서서제웅처럼자꾸만감(減)해간다. 식구(食口)야봉(封)한창호(窓戶)어데라도한구석터놓아다고내가수입(收入)되어들어가야하지않나. 지붕에서리가내리고뾰족한데는침(鍼)처럼월광(月光)이묻었다. 우리집이앓나보다. 그러고누가힘에겨운도장을찍나보다. 수명(壽命)을헐어서전당(典當)잡히나보다. 나는그냥문(門)고리에쇠사슬느러지듯매어달렸다. 문(門)을열고안열리는문(門)을열려고.

「가정(家庭)」 전문

이상의 가난했던 집안 형편을 '전당(典當)'이라는 시어로 암시하고

회 편), 집문당, 1997, 42~43면 참조.

있는 이 시는 가족들과 가족에 대한 자신의 의식이 어떤 불화의 상태에 있나를 잘 드러낸다. 화자인 '나'는 '우리집'의 문 밖에서 안으로 들어가지 못한다. 이 시에서 집은 봉(封)해져 있으며 나는 밀봉된 집의 문을 열기 위해 애를 쓴다. 즉 나는 집 밖으로 떠밀려난 사람이다. 그의 또 다른 시 「정식(正式)Ⅳ」에서 "문(門)은안으로만고리가걸린것이아니라밖으로도너는모르게잠겨있으니안에서만열어주면무엇을하느냐"라는 구절을 발견할 수 있는데, 이를 미루어 짐작해 본다면 그의 시에서 '문'은 안에서도 밖에서도 열 수 없다는 점에서 '벽'과 같은 의미를 지닌다. 안에서 열어주어도 나의 의지가 문을 열고자 하지 않으면 그것은 열리지 않는 것이다. 이는 가족으로부터 소외된 그리고 스스로 소외되고자 하는 이중의 의미를 포함한다. 한편 이 시의 시적 자아는 안으로 들어가지 못하지만 문 앞에서 액막이를 해야 하는 '제웅'에 비유되고 있다. 가족에 대한 책임과 부담을 걸머져야 하는 불운한 존재로서의 자기 인식을 제웅이라는 비유가 드러내고 있는 것이다. 따라서 이 시의 화자는 '자꾸만 감(減)'해 가는 소모적 삶을 견뎌야만 한다. 이때 집 안으로 들어가 가족과 화해하고자 하는 자아가 가족에 대한 부담과 책임을 회피하고 싶은 자아와 서로 갈등을 빚는 아이러니를 읽을 수 있다. "내문패(門牌)앞에서여간성가신게아니다"라는 시구절은 이러한 아이러니한 삶 속에서 이상이 겪는 심리적 괴로움을 의미한다.

이상에게 가족이라는 존재는 이처럼 이중적 의미를 지닌다. 시 「시제이호(詩第二號)」의 "나는왜드디어나와나의아버지와나의아버지의아버지와나의아버지의아버지의아버지노릇을한꺼번에하면서살아야하는것이냐", 「시제십사호(詩第十四號)」의 "성(城)위에서나는내기억(記憶)에꽤무거운돌을매어달아서는내힘과거리(距離)껏팔매질쳤다. 포물선(抛物線)을역행(逆行)하는역사(歷史)의슬픈울음소리", 「문벌 (門閥)」의 "분총(墳塚)에계신백골(白骨)까지가내게혈청(血淸)의 원 가상환(原價償還)을강청(强請)하고있다", 「정식(正式) Ⅴ」의 "궤조 (軌條)가평편(平偏)한곳에풍매식물(風媒植物)의종자(種子)가떨어지 지만냉담(冷膽)한배척(排斥)이한결같"다와 같은 구절은 모두 가족과 조상, 혹은 누적된 역사에 대한 부담과 그것을 견딜 수 없는 자신의 심리를 드러내고 있는 예이다. 반면 시 「화로(火爐)」에서 "잘다져진 방(房)바닥에서어머니가생(生)기고어머니는내아픈데에서화로(火爐) 를떼어가지고부엌으로나가신다", 「육친(肉親)의 장(章)」에서 "냉청 (冷淸)을극(極)하고있는가족(家族)을위(爲)하여빨리안해를맞아야겠 다고초조(焦燥)하는마음이었다. 나는24세(歲)나도어머니가나를낳으 시드키무엇인가를낳아야겠다고생각하는것이었다"와 같은 구절은 어 머니의 따뜻함, 어머니가 이룬 가족을 긍정하는 시인의 의식을 나타 낸다. 이는 '아버지' 혹은 '조상'과는 대조적인 의미를 만든다. 즉 이 상은 부계혈통 중심의 가부장적 세계, 혹은 남성적 세계의 부담과 책 임에 대해 거부반응을 보이고 있는 것이다. 한편 '어머니'에 대한 긍 정에도 불구하고 같은 여성인 '신부'나 '아내'에 대한 이상의 의식은 여전히 부정적이다. 이는 시 「생애(生涯)」「시제육호(詩第六號)」「추 구(追求)」「지비(紙碑)」 등에서도 반복된다. 이상은 이들 시를 통해 결혼, 관계, 공동체 등이 지닌 기만적·허위적 측면을 들추어낸다.5)

---

5) 이어령, 「이상론—'순수 의식'의 완성과 그 파벽(破壁)」, 『이상(李箱)문학전집 4』, 문학사상사, 1995, 31~58면 참조. 아내와의 부조리한 관계는 이상의 소설에서도 자주 발견되는 모티브라 할 수 있다. 이어령은 「지주회시」「날개」「봉별기」등을 분석함으 로써 아내 혹은 일상성과 타협할 수 없었던 이상의 자의식을 해부하고 있다.

이러한 이상의 가족관계에 대한 부정의식은 그의 전기적 측면과도 연관될 수 있으나 한편으로는 집단이나 공동체보다는 개인적 삶을 전폭적으로 옹호하는 근대적 인식의 소산으로 볼 수도 있다. 이상은 문벌과 조상, 가장, 장남, 남편 등의 역할이 중심이 되는 부계혈통의 가족제도가 개인을 억압하는 부조리한 이데올로기임을 이들 시를 통해 강조함으로써 전통적 가족주의의 해체를 선취적으로 보여준 시인이라 할 수 있다.

3. 가부장의 모순과 분열

1950년대를 지나 본격적인 산업사회에 돌입하면서 우리의 전통적 가족 이데올로기는 또 다시 붕괴를 경험하게 된다. 사회의 중심이 도시로 옮겨짐으로써 가족의 형태는 핵가족, 분거가족, 독신가구 등으로 변화하게 된다. 이에 따라 부자관계가 중심이었던 부계혈통구조는 점차 부부관계 중심으로 재편성되기에 이른다. 이때 한 가정의 가장은 사회적 임금 노동자로서 위치하게 되며 가족은 가장의 임금에 의존하는 생활방식을 취한다. 아버지의 권위가 가문의 계승 따위보다는 경제적 가치에 의해 유동적으로 조정되고 있는 것이다. 이와 같은 산업화의 구조는 부권의 권위를 축소시킬 뿐만 아니라 부권에 대한 또 다른 형태의 부담을 낳는다. 김수영의 시에 드러난 모순적이고도 분열적인 가장의 모습은 이러한 사회 변화와 맞물려 있다.

김수영은 아버지 세대가 보여주었던 과거의 비참과 습관을 "재차(再次)는 다시 보지 않을 편력(遍歷)의 역사(歷史)"(「아버지의 사진(寫眞)」)라고 규정하고 그것을 변혁하고자 했던 장본인이다. 그러나

그가 고뇌했던 자유의 문제는 대사회성을 벗어나 가족이라는 범주로
좁혀질 경우 매우 모순적인 형태로 드러난다. 아이러니컬하게도 그
의 시에 나타난 '아버지' 혹은 '남편'은 민주적 가장이 아니라 권위적
이고 폭력적인 가부장의 모습을 반복적으로 보여준다.

그것하고 하고 와서 첫번째로 여편네와
하던 날은 바로 그 이튿날 밤은
아니 바로 그 첫날 밤은 반시간도 넘어 했는데도
여편네가 만족하지 않는다
그년하고 하듯이 혓바닥이 떨어져나가게
물어제끼지는 않았지만 그래도
어지간히 다부지게 해줬는데도
여편네가 만족하지 않는다

이게 아무래도 내가 저의 섹스를 개관(槪觀)하고
있는 것을 아는 모양이다
똑똑히는 몰라도 어렴풋이 느껴지는
모양이다

나는 섬찍해서 그전의 둔감한 내 자신으로
다시 돌아간다
연민(憐憫)의 순간이다 황홀(恍惚)의 순간이 아니라
속아 사는 연민(憐憫)의 순간이다

나는 이것이 쏟고난 뒤에도 보통때보다
완연히 한참 더 오래 끌다가 쏟았다

한번 더 고비를 넘을 수도 있었는데 그 만큼
지독하게 속이면 내가 곧 속고 만다

「성(性)」전문

　　아내, 처, 여편네 등 다양한 호칭이 김수영의 시에 등장하지만 그
가운데 '여편네'라는 비천하고 비하적인 호칭을 자주 사용함으로써
김수영은 부부관계의 차등을 만들어낸다.[6] 이 시에 등장하는 남편은
허위적이고 기만적인 자기 자신을 여편네와의 성관계를 통해서 되비
추어 보는 인물이다. 집 밖에서 있었던 자신의 외도를 속이기 위해
'나'는 과장된 성행위를 연출하지만 여편네는 '내가 저의 섹스를 개관
(槪觀)하고 / 있는 것을 아는' 것처럼 느껴진다. 즉 내가 속이고 있다
는 사실을 여편네는 속아주는 포즈로 받아들이고 있는 것이다. 이때
교차하는 감정은 '황홀'이 아니라 '연민'이다. 이들 부부에게 성은 황
홀과 사랑이 아니라 서로를 속여야 하는 위악적 행위인 것이다. 진실
이 가장된 이러한 부부관계 속에는 존재 간의 균열과 모순이 함의되
어 있다. 「성」에서 보였던 남편의 위악성이 시 「이혼취소(離婚取消)」
에서는 "당신은 나와의 이혼(離婚)을 결정하고 / 내 친구의 미망인의
빚보를 선 것을 / 물어주기로 한 것이 이렇게 좋군"이라는 허위적 제
스처로 나타나며 시 「죄(罪)와 벌(罰)」에서는 물리적 폭력으로 나타
나기도 한다.
　　남편의 허위적이고 위악적인 태도의 이면에는 여성을 단순하고 비

　6) 이은정, 『현대시학의 두 구도』, 소명출판사, 1999, 180면. 이은정은 김수영의 시 「이
혼취소(離婚取消)」를 설명하는 부분에서 "김수영이 자기 아내를 늘 '여편네'로 표현
하는 다른 시와 달리 '이혼'이라는 상황이 설정되자 오히려 '아내'로 지칭하는 점이 두
드러진다"고 지적함으로써 그가 지닌 위악적 어조를 밝히고 있다.

천한 대상으로 간주하는 김수영의 의식뿐만 아니라 가족에 대한 부정적 인식 또한 자리잡고 있다. 그는 「생활(生活)」에서 "생활(生活)은 고절(孤絶)이며 / 비애(悲哀)이었다 / 그처럼 나는 조용히 미쳐간다 / 조용히 조용히……"라고 고백한다. 그리고 「어느날 고궁(古宮)을 나오면서」에서는 "왜 나는 조그마한 일에만 분개하는가"라고 말한다. 김수영에게 가족과 함께하는 일상생활은 휴식과 삶의 자양을 뜻하는 것이 아니라 일종의 장애로 여겨진다. 시 「여편네의 방에 와서」에서 보이는 "여편네의 방에 와서 기거(起居)를 같이해도 / 나는 이렇듯 소년(少年)처럼 되었다 / 흥분(興奮)해도 소년(少年) / 계산(計算)해도 소년(少年) / 애무(愛撫)해도 소년(少年)"이라는 고백은 일상이, 그리고 여편네가 자신을 초라하고 작은 존재로 만들고 있음을 표현하고 있는 구절이다. 이는 그의 의식이 산업사회의 '마이 홈 이데올로기'(My Home Ideology)[7]와 정면으로 충돌하고 있음을 시사한다. 즉 사회로부터 은둔한 채 사적인 영역에서 행복을 찾고자 하는 산업사회의 가족 이데올로기의 특성은 김수영이 지향하는 사회 참여적 성향과 엇갈리면서 심리적 갈등을 야기하는 요인이 되는 것이다.

이러한 강박심리를 만들어낸 근본 원인은 시 「나의 가족(家族)」이나 「구름의 파수병」을 보면 "유순(柔順)한 가족(家族)"과 "애처로운 처(妻)"로 나타난다. 이들은 시적 화자의 위대해지고자 하는 욕망을

---

7) 신수진, 앞의 책, 78면. 마이 홈 이데올로기는 산업사회의 가족이 '부부'와 '자녀'라는 현재 구성원들이 정서적으로 결합하는 장의 역할을 함으로써 발생한다. 즉 "가족이란 외부의 영향력으로부터 가족들을 보호하는 '최후의 보루'로서, 가족 성원들의 욕구를 사적인 테두리 안에서 충족시킬 의무를 가진다. 그래서 각 개인은 '사회로부터 은둔'하고 정신적 안정을 얻는 장으로서 가정을 인식하게 되고, 개인의 원자화와 조직의 관료제화가 진행되는 데 따른 긴장을 '나의 집'에서 해소시키고자 하는" 것이 마이 홈 이데올로기이다.

가로막는 존재이다. 여기에는 분명 예술가이자 당대의 지식인인 김수영의 고뇌가 담겨있는 것이 사실이다. 시인의 의식이 일상의 무거움에 짓눌리면서 밖으로 활기차게 뻗어나가지 못할 때 가족이라는 사적인 영역으로의 은둔은 휴식이 아니라 갈등이 되어버리는 것이다. 그런데 중요한 것은 앞서 보았던 허위적이고 기만적인 가장의 모습과 위대해지고자 하는 욕망이 서로 모순된다는 사실이다. 즉 김수영의 내면에서는 자신의 기만성과 위대함, 평범함과 비범함이 뒤섞이면서 분열된 자아를 만들어내고 있는 것이다. 이러한 분열은 가장으로서의 권위가 실추될 징후를 내포한다. 그는 권위적이고 위엄 있는 가장의 얼굴을 하면서 동시에 그 허위성을 들키고 마는 근대의 가부장적 위기의식을 대변하고 있는 것이다.

4. 무능한 아버지, 혹은 부재하는 아버지

산업자본주의의 모순과 정치적 파행성이 심각하게 노출되기 시작한 1980년대 중반 이후부터 '해체'라는 말은 수많은 담론의 화두가 되었다. 그리고 1990년대에 이르면 사회주의 진영이 무너짐과 동시에 기존의 중심과 권위가 일종의 부조리한 권력이라는 인식이 팽배해짐으로써 탈중심성, 탈정치성, 탈남성성 등과 같은 문제들이 전면화되기 시작한다. 이러한 해체주의 기류를 타고 산업사회의 가족구조 또한 기존의 가부장적 구조와 강하게 대치하게 된다. 이러한 상황에서 근대의 아버지들은 황지우의 시 「서벌(徐伐), 셔블, 셔볼, 서울, SEOUL」에서처럼 부도덕하거나 아니면 역으로 무력하고 누추한 몰골을 보이

면서 가족의 짐으로 전락한다. 함성호의 「가족, 닐리리 맘보」에 나오는
자식을 버린 아버지, 장정일의 「아빠」 「p.13~35」「공기 가운데 들려
올려진 남자」에서 암시되고 있는 고아의식 등이 이와 관련된 예라 할
수 있다. 특히 무능한 아버지 혹은 부재하는 아버지는 이성복과 기형
도의 시에서 맹렬한 공격을 받는 대상으로 부각된다.

> 아버지가 회사를 그만두기 며칠 전부터 벌레가 나왕 책장을 갉아 먹고
> 있었다 처음엔 두 군데, 다음엔 다섯 군데 쬐그만 홈을 파고
> 고운 톱밥 같은 것을 쏟아냈다 저도 먹어야 살지, 청소할 때마다
> 마른 걸레로 훔쳐냈다 아버지는 회사를 그만두고 집에만 계셨다
> 텔레비 앞에서 프로가 끝날 때까지 담배만 피우셨다 벌레들은
> 더 많은 구멍을 파고 고운 나무 가루를 쏟아냈다 보자 누가 이기나,
> 구멍마다 접착제로 틀어 막았다 아버지는 낮잠을 주무시다 지겨우면
> 하릴없이, 자전거를 타고 수색(水色)에 다녀오시고 어머니가 한숨
> 쉬었다
> 그만하세요 어머니, 이젠 연세도 많으시고…… 어머니는 먼 산을 바
> 라보며
> 또 한 주일이 지나고 나는 보았다 전에 구멍 뚫린 나무 뒷편으로
> 새 구멍이 여러 개 뚫리고 노오란 나무 가루가 무더기, 무더기
> 쌓여 있었다 닦아내도, 닦아내도 노오랗게 묻어났다 숟가락을 지우며
> 어머니가 말했다 창틀에 문턱에 식탁에까지 구멍이…… 약이 없다
> 는데,
> 아버지는 밥을, 소처럼, 오래오래 씹고 계셨다
> 「꽃 피는 아버지」 부분

위에 인용한 이성복의 시에서 보이는 아버지는 가족들의 생계를

위험에 빠뜨린 부정적 인물로 그려져 있다. 그는 TV를 보거나 낮잠을 자지 않으면 하릴없이 자전거를 타고 외출이나 하는 룸펜으로 등장한다. 그의 무능한 삶의 태도는 이 시에서 책장과 창틀, 문턱, 식탁을 갉아먹는 벌레와 동일한 것으로 비유된다. 접착제로 구멍을 막아도 계속해서 집안 곳곳에 구멍을 뚫고 있는 벌레가 가족에게 위협적이듯이 아버지의 무능함은 집안의 생계에 구멍을 내고 가족을 파경으로 몰고 간다. 이 무능한 아버지는 벌레가 가구들을 갉듯이 '밥을, 소처럼, 오래오래 씹'으며 가산을 축내고 있는 것이다.

이와 같이 무능한 아버지는 결국 가장의 실질적 책임과 의무를 다른 사람에게 위임할 수밖에 없게 된다. 우리의 경우 한 가정의 장남을 아버지의 대리자로 인식하는 것이 보편적이다. 이는 부계혈통주의가 가장 끈질기게 존속하고 있다는 증거이기도 하다. 그러나 무능한 아버지와 숙명적으로 얽혀 있는 장남은 아버지의 위대한 유산을 이어받는 장남과는 다르다. 이성복의 시에서 장남은 아버지의 무능과 그것이 불러온 가족간의 불화에 의해 희생될 수밖에 없는 상징적 인물이라 할 수 있다. 「가족풍경(家族風景)」8)에 등장하는 '형'이 그러한 인물이다. 한편 무능한 아버지와 그 곁에서 해체되어 가는 가족의 모습은 기형도의 시에서도 중요한 비중을 차지한다.

이튿날이 되어도 아버지는 돌아오지 않았다. 아버지는 간유리 같은

---

8) 가족이라는 테마를 중심으로 이 시에 나타난 장남 콤플렉스를 분석하고 있는 글로는 강웅식의 「아버지에 '대해' 말하기와 아버지'로서' 말하기 — 한국의 가족 체계와 개인의 자율성의 문제와 관련하여」(『시와 사람』, 2003, 가을호, 96~97면), 김춘식의 「아버지의 이름으로 — 신경림, 이성복, 기형도의 시를 중심으로」(『시와 사람』, 2003, 가을호, 115면) 등이 있다.

밤을 지났다.

　그날 우리들의 언덕에는 몇백 개 칼자국을 그으며 미친 바람이 불었
다. 구부러진 핀처럼 웃으며 누이는 긴 팽이 모자를 쓰고 언덕을 넘어
갔다. 어디에서 바람은 불어오는 걸까? 어머니 왜 나는 왼손잡이여요.
부엌은 거대한 한 개 스푼이다. 하루종일 나는 문지방 위에 앉아서 지
붕 위에서 가파른 예각으로 울고 있는 유지 소리를 구깃구깃 삼켜넣었
다. 어머니가 말했다. 너는 아버지가 끊어뜨린 한 가닥 실정맥이야. 조
용히 골동품 속으로 낙하하는 폭풍의 하오. 나는 빨랫줄에서 힘없이
떨어지는 아버지의 러닝 셔츠가 흙투성이가 되어 어디만큼 날아가는
가를 두 눈 부릅뜨고 헤아려보았다. 공중에서 휙휙 솟구치는 수천 개
주삿바늘. 그리고 나서 저녁 무렵 땅거미 한 겹의 무게를 데리고 누이
는 뽀뽈린 치마 가득 삘기의 푸른 즙액을 물들인 채 절룩거리며 돌아
오는 것이다.

「폭풍의 언덕」 부분

　인용한 시에서 아버지의 부재는 부재 자체로서 끝나는 것이 아니
라, '몇백 개 칼자국'을 그으며 부는 '미친 바람' '가파른 예각으로 울
고 있는 유지 소리' 등의 원인으로 의미화된다. 기형도의 시에서 '바
람'은 가족의 위기를 나타내는 상징적 이미지라 할 수 있는데, 예를
들면 아버지의 풍병, 바람든 무들, 구멍난 잠바(「위험한 가계(家
計)·1969」), 바람의 집(「바람의 집 ─ 겨울 판화(版畵) 1」) 등으로
구체화된다. 즉 아버지가 일으키는 바람은 일종의 평지풍파라 할 수
있다. '나는 빨랫줄에서 힘없이 떨어지는 아버지의 러닝셔츠가 흙투
성이가 되어 어디만큼 날아가는 가를 두 눈 부릅뜨고 헤아려보았다'
는 표현의 이면에는 가족을 위기로 몰고 가는 아버지를 증오하는 화

자의 태도가 내재해 있다. 누이를 절룩이게 하고, 어머니를 '가늘은 유리막대처럼' 위태롭게 하는 아버지를 그는 용납할 수 없는 것이다.

이성복과 기형도의 시에서 보이는 무능한 아버지, 부재하는 아버지는 그 무능성이나 부재성을 떠나 한 가족을 위기에 직면하게 하는 부정적 인물들이다. 아버지의 무능성에 대한 두 시인의 태도는 증오와 혐오로 뒤범벅되어 있다. 이는 허황하게 권위만을 내세우는 기존의 체제와 질서에 대한 불만을 의미하며 그런 불만을 전환시키고자 하는 의도를 내포한다.

이와 같은 부계혈통 중심 가족주의의 해체와 균열은 1990년대 이후의 시에서도 지속적으로 드러난다. 김언희의 연작시 「가족극장」, 유종인의 「그 여름의 삽화 — 마리아와 여인숙」 「부려먹을 뱀이 없다 2」 「정신병원으로부터 온 편지」 「광인일기(狂人日記) 5 — 불에게 바친다」 「광인일기(狂人日記) 3 — 옷 혹은 틀니」, 박성우의 「누에」 「두꺼비」 「생솔」 등이 그 예이다.

5. 맺음말

가족은 보호와 안정을 제공하는 긍정적 측면과 개인을 억압하는 부정적 측면 모두를 지닌 양가적 조직체라 할 수 있다. 본 연구는 현대시에 나타난 가족 해체의 징후에 주목하여 논의를 전개하였다. 시인 이상은 붕괴되고 있는 가족주의를 완강하게 유지하고자 하는 보편적 흐름에 맞서 문벌과 가족, 숙명적으로 주어진 장자권, 부부관계 등을 부정함으로써 반전통적 의식을 선취적으로 드러낸 시인이라 할

수 있다. 이는 개인주의를 옹호하는 근대적 의식과 맞물린다 할 수
있다. 산업사회의 도시 메커니즘과 깊은 연관이 있는 김수영의 시는
분열된 아버지의 초상을 보여줌으로써 가부장권의 동요를 드러내고
있는 예이다. 산업사회에서 가장은 사회적 임금 노동자로서 위치하
게 되며 가족은 가장의 임금에 의존하는 생활방식을 취한다. 아버지
의 권위가 가문의 계승 따위보다는 경제적 가치에 의해 유동적으로
조정되고 있는 이러한 구조는 가장권을 실추시키는 계기가 된다. 김
수영의 시에서 보이는 분열과 모순은 바로 이와 같은 산업사회의 지
배적 가치라 할 수 있는 교환가치의 원리와 깊이 관련된다. 1980년
중반 이후 드러나는 '아버지'의 초상에는 그나마 김수영이 보여주었
던 위엄과 권위의 잔재가 완전히 사라진다. 비윤리적인 아버지, 무능
한 아버지, 부재하는 아버지, 가계를 위협하는 방해자로서의 아버지
가 그것이다. 특히 이성복과 기형도의 시에서 무능한 아버지는 한 가
정을 파탄으로 몰고 가는 부정적인 존재로 부각된다. 혐오와 증오,
연민의 감정을 드러내고 있는 이 시인들의 의식은 가부장권에 대한
부정과 더불어 새로운 형태의 가족의 필요성을 간접적으로 시사하고
있는 것으로 해석할 수 있다. 새로운 가족이란 전통적 가족 이데올로
기가 지닌 억압의 요소들에 대한 부정을 통해서 지금의 형태와는 다
른 삶의 토대를 형성하는 가족을 의미한다. 즉 아버지와 장남, 그들
에게 귀속되어 있는 다른 가족들 간의 억압적 위계질서는 완화되는
반면, 개체의 자유가 더욱 존중되는 가족 형태를 뜻한다. 아버지와
장남을 억압했던 부담과 책임, 그리고 그들의 권위나 권력에 종속되
어 있던 가족들의 심리적 구속감 등은 미래의 가족이 해결해야 할
가장 중요한 과제인 것이다.

격변하는 역사 속에서 진행되었던 가족 해체의 징후들은 새로운 삶의 이상적 모형이 무엇인가를 우리에게 묻는다. 해체는 위기와 새로운 삶의 가능성을 함께 내포한다는 점에서 부정과 긍정 모두를 내포한다. 가족 해체 과정에서 나타나는 과도기적 현상은 사회와 그 하위단위로서의 가족, 집단과 개인, 혈연과 비혈연 간의 문제를 예민하게 드러냄으로써 보다 나은 미래의 삶의 구조를 성찰하게 한다는 점에서 그 의의를 갖는다.

자본주의에 대한 대응전략으로서의 생태문학

1. 생태적 사유의 기저

환경시 혹은 생태시[1]는 고도성장을 추구해 왔던 산업화의 부산물인 환경문제가 두드러지면서 발생한 일군의 자연시이다. 한국 사회에서 환경운동이 대두된 것은 1970년대 후반[2]이며, 이러한 기류가 생태문학적 담론[3]으로 본격화된 것은 민중문학의 기운이 가라앉기

---

1) '문학생태학'이란 용어는 1774년 미국의 문학이론가 조셉 미커(Joseph W. Meeker)의 저서 *The Comedy of Survival: Studies in Literary Ecology*(New York : Charles Scribner's Sons, 1974)에서 처음 사용되었으며, '생태시'라는 개념은 1980년대 독일에서 처음 사용되었다. 문학생태학은 눈에 보이는 환경파괴현상만이 아니라 환경문제를 일으키는 우리의 생활방식과 의식구조, 욕망 등을 문제삼는다. 환경문학은 환경파괴문제를 다루고 있는 문학을, 생태문학은 생태적 인식을 바탕으로 삼고 있는 경우를 말한다. 그러나 환경과 생태적 인식의 촉발은 서로 불가분의 관계에 놓여 있다는 점을 생각할 때 이 둘을 엄밀하게 나누는 것은 불가능하다(김용민, 「생태사회를 위한 문학」, 『현대문학』, 2000, 7월, 159~166면 참조). 한편 환경문학이나 생태문학의 경계가 모호한 것과는 달리, '환경주의'와 '생태주의'는 자연에 대해 서로 다른 태도나 입장을 나타내는 용어라는 것을 주지할 필요가 있다. 환경주의는 인류의 과학기술이 지금의 환경을 개선할 수 있을 거라는 인간중심주의적 태도를 견지하고 있는 반면, 생태주의는 테크놀로지의 오용과 남용을 경계함과 동시에 인간의 환경만이 아니라 지구상의 모든 생명체에 관심을 갖는다(김성곤, 「자기중심 의식에서 생태의식으로 ─ 환경을 넘어서는 예술」, 『문화예술』, 한국문화예술진흥원, 2000, 4월, 27~29면 참조).
2) 김호기, 「환경사상과 환경운동의 흐름 및 쟁점」, 『창작과 비평』, 1995, 겨울호, 63면.

시작한 1990년대에 이르러서이다. 생태시는 문명적 인간 삶의 양태를 전면 반성한다는 점에서 문명비판적 시들과 연계됨과 동시에 그 이전의 자연시와는 차이를 보인다. 이전의 자연시들이 현실의 부조리를 자연과의 합일로 대체함으로써 보다 나은 인간 삶의 이상을 실현하고자 했다면, 생태시가 추구하고 있는 자연 지향은 대체가 아니라 자연과 인간의 공생 자체를 문제삼는다는 특징을 지닌다.

근대 이후 발생한 생태시의 기저는 우리 전통 시가의 자연인식의 틀[4], 즉 우주관과 근본적으로 동일하다. 산업화에 따른 자연의 황폐화가 생명체의 공동 기반을 와해시키고 있다는 비판적 인식은 새로운 환경을 인간의 삶의 조건으로서 건설하고자 하는 생태적 사유의 근간이 된다. 따라서 생태적 사유는 삶의 조건에 대한 비판적 인식을 바탕으로 자연과 인간의 공생의 토대를 만들고자 한다. 즉 생태적 사

---

3) 1990년대 이후 환경과 생태에 대한 문학적 담론은 양적으로 질적으로 큰 성과를 보이고 있는데, 이에 대해 종합정리하고 있는 논의로는 신덕룡의 「생명시 논의의 흐름과 갈래」(『시와 사람』, 1997, 봄호)와 임도한의 「생태문학론의 현황과 과제」(『동강문학』, 2002, 통권 제3호) 등이 있다.

4) 윤사순, 「존재와 당위에 관한 퇴계의 일치시(一致視)」, 『한국유학사상론』, 열음사, 1986, 77~96면 참조. 성리학을 정리 집성한 퇴계 이황의 우주관에 따르면 우주는 태극이라는 '한 리(理)의 체계'라 할 수 있다. 이는 곧 조화로운 생성의 우주를 의미하는 것으로, 소이연(所以然)(존재로서의 자연법칙)과 소당연(所當然)(당위로서의 규범법칙)의 일치, 즉 변화와 생성의 필연성과 목적이 서로 일치하는 유기체적 질서를 함의한다. 그는 우주 전체의 견지에서는 일종의 부조화를 의미하는 '세(勢)'(사물 밖의 외적 조건)로서의 '편리(偏理)'의 현상이 있을 수 없다고 보며, 우주 만물의 생성은 궁극적으로 하나의 자기 원인에 의한 조화로운 생성을 거듭한다고 본다. 이와 같은 그의 우주관은 인간의 윤리의식에도 그대로 적용된다. 퇴계는 소당연으로서의 '사(事)'에는 리(理)의 성질이 내포되어 있다고 역설한다. 즉 소당연인 사(事)는 자연적인 본성의 실현인데, 그 본성이 다름 아닌 소이연인 리인 것이다. 인간에게도 소이연과 소당연은 별개의 것이 아니라 하나인 것이다. 이와 같은 관점은 인간과 자연(우주)이 근본적으로 동일하다는 인식을 드러낸다. 따라서 그는 '천인합일'의 경지를 윤리적 행위의 최상의 경지로 간주한다.

유가 지향하는 친자연적 세계는 오로지 자연만을 위한 것도, 반대로 인간만을 위한 것도 아니다. 여기에는 천인합일(天人合一)의 연속적 세계관이 작용하고 있는 것이다. 곽신환은 그의 저서 『주역의 이해』에서 "만물이 다같이 자라되 서로 해치지 않고, 도가 함께 행해져도 서로 어긋나지 않는다(萬物並育而不相害 道幷行而不上悖)"는 『중용 (中庸)』 30장의 말을 근거로 "자연 속에서 사는 인간이야말로 이 대 생명의 과정에 참여하여 화육하는, 이른바 공동의 창조자이다. 따라 서 자연과 인간은 대립자가 아니다. 양자는 둘이면서 하나이다"5)라 고 동양적 우주관에서의 인간의 위치를 밝히고 있다. 이와 같은 우주 론적 전제는 자연과 이상적 사회를 연속적 관계로 파악하는 '강호가 도'의 지향과 맞닿아 있다. 성기옥은 고산 윤선도의 자연인식의 틀을 "그에게 역시 자아의 완성은 사사로운 개인의 차원에서 이루어질 수 있는 문제도, 자연 안에서 이루어질 수 있는 문제도, 사회 속에서 이 루어질 수 있는 문제도 아닌 것이다. 그것은 자연과 사회로 열려져 궁극적으로 우주에까지 확산된 세계와의 합일에서 이룰 수 있는 문 제인 것이다"6)라고 규명함과 더불어 유가의 천인합일의 본질을 다 음과 같이 설명하고 있다.

　　우주적 자연(天)과 인간과의 관계를 연속적이며 동시적인 질서 속에 서 보는 연속적 실재관은 유가나 도가를 막론하고 세계의 존재에 대하 여 가해온 가장 전통적인 해석이라 할 수 있다. (…) 유가의 천인합일 의 사상은 오히려 이러한 인식을 기반으로, 천인합일의 이상을 실현해

---

5) 곽신환, 『주역의 이해』, 서광사, 1990, 301~302면.
6) 성기옥, 「고산 시가에 나타난 자연인식의 기본 틀」, 『고산연구』, 고산연구회, 1987, 233면.

나가야할 주체로서의 인간적 실천의 문제가 중심을 이룬다. 따라서 이 이론적 성격은 본체론적이기보다는 인성론에 가깝고 존재론적이기보다는 당위론에 가깝다. 인간의 완성이 궁극적으로 전일적 우주(天)의 완전성과 하나됨에 있다는 명제의 실천론으로서, 하늘로부터, 부여받은 인간의 본성(本然之性)을 다함으로써 우주와의 조화로운 전체성을 이룰 수 있는 길을 밝히는 것이 그 궁극적 목적이라 할 수 있다.[7]

유가의 우주론이 강조하고 있는 인간과 자연의 연속적 세계관은 인간과 분리된 절대자연의 세계로의 귀의를 뜻하는 것이 아니다. 이 때의 우주론은 인간사회와 자연 모두를 포괄한다. 따라서 강호가도는 자연으로의 도피가 아니라, 자연의 순리와 합일하는 이상적 사회 건설이라는 과제를 내포하고 있다. 인용문에서 볼 수 있듯이 천인합일이 당위론과 실천론으로 인식되는 것은 이 때문이다. 생태시의 발생론 또한 세계에 대한 부정적 인식을 기저로 새로운 세계 건설, 즉 인간사회와 자연이 연속적으로 상생하는 세계를 만들어야 한다는 의식에서 비롯되었다는 점에서 우리의 전통적 우주론과 상통한다. 유가에서 강조하고 있는 당위와 실천으로서의 천인합일 정신 또한 생태시의 근본적 성향이라 할 수 있다. 그러나 앞서 지적했듯이 생태시는 전통적 자연시와 달리 자연 자체의 위기 상황을 문제삼고, 인간의 생존마저 위협하는 황폐한 생명적 토대를 극복할 방법을 모색한다. 즉 전통적 자연시에 나탄난 자연과 우주에 대한 인식은 그것이 생태지향성을 드러낼지라도 자연 자체에 대한 위기감을 내포하고 있는 것은 아니라 할 수 있다.

---

7) 성기옥, 앞의 책, 231면.

2. 한국 생태문학의 발생 원인

생태적 사유의 뿌리와 더불어 짚고 넘어가야 할 것은 우리의 생태문학적 담론이 출발하고 있는 거점이다. 대부분의 생태문학 담론은 서구 이성주의와 인간중심주의를 비판하는 데서 출발하고 있다는 공통점을 지닌다. 환경문제가 전지구적인 문제라는 점에서, 그리고 그것이 전지구적인 범주로 확산된 데는 서구의 근대 기획이 근본 원인이라는 점에서 서구의 근대적 사유를 비판의 대상으로 삼는 것은 일견 타당한 일인지도 모른다. 그러나 이러한 거시적 인식의 틀은 환경문학 담론을 피상화하거나 혹은 모든 환경파괴의 책임을 서구에 전가하려는 태도를 내포할 소지를 갖는다.

여기서 서구에서 말해지는 '인간중심주의'를 다시 생각해 볼 필요가 있다. 17세기 합리주의와 18세기 계몽주의를 기저로 하는 그들의 인간중심주의는 인간이 가지고 있는 이성적 능력을 확신하는 데서 비롯한다. 이성적 능력에 대한 확신은 곧 진보에 대한 믿음을 의미하며, 이러한 믿음을 통해 서구세계는 물질문명과 과학문명의 획기적인 발전을 이룩하였다. 문제는 이러한 발전의 이면에서 증식하고 있는 근대의 부정적 측면들이다. 그 가운데 하나가 환경문제라 할 수 있다. 20세기 후기구조주의 철학에서 자주 언급되었던 이성에 대한 부정, 진보에 대한 회의, 새로운 패러다임의 모색 등은 그들이 자기 이해를 위해 이끌어낸 반성적 사유라 할 수 있다.

이때 유의해야 할 사항은 그들의 인간중심주의에는 양가적 의미가 함의되어 있다는 점이다. 인간의 이성 능력을 신의 자리에 올려놓으므로 자연을 착취와 도구의 대상으로 삼았던 서구의 태도는 결과적으로 인간의 능력을 과신하는 오만으로 낙인찍히게 되었지만, 한편으로 이러한 태도에는 인간 존재에 대한 믿음과 존중, 그리고 그 믿음을 실현시키고자 했던 자존심이 함께 내포되어 있음을 간과해서는 안 된다. 이는 신과 불가항력적인 자연성으로부터 인간을 해방시키고자 했던 노력이기도 한 것이다. 이러한 노력이 현재의 혼란과 파괴, 불확실성, 무질서를 낳았다는 것은 결과적인 문제이다. 물론 그 결과 또한 그들이 책임져야 할 몫이다.

이와 같은 서구 인간중심주의의 양가성을 생각해 볼 때 우리의 문학적 생태 담론은 그 거점을 달리할 필요성을 갖는다. 근대로 이행하는 과정에서 우리는 과연 인간 존재에 대한 자존심을 가지고 있었던가? 합리주의나 이성주의에 대한 집요한 반성철학이 있었던가? 혹은 홍익인간이나 인내천 사상과 같은 인간존중의 전통이 계승되었던가? 이러한 질문에 대한 답은 지극히 회의적이다. 식민지와 6·25, 그리고 산업화로 점철되는 과정에서 우리가 몰두했던 것은 '실용적 가치'가 전부라 해도 과언이 아니다. 특히 우리의 산업화 과정은 인간 착취와 자연 착취가 동시에 이루어지면서 진행되었다고 보는 것이 더 정확할 것이다. 그런 의미에서 우리의 환경문제는 서구적 의미의 인간중심주의에서 발생한 것이 아니라 천박한 자본주의의 권력과 그 자본주의가 대중들을 물질의 노예로 몰아가는 과정에서 자행된 것이라 할 수 있다.8) 우리의 경제개발 정책은 '잘 살아 보자'라는 구호 아

---

8) 최병두, 「자본주의 사회와 환경문제」, 『한국 공간환경의 재인식』, 한울, 1992 ; 최병두, 「자본주의의 위기이면서 동시에 포드주의의 위기인 환경위기」, 『경제와 사회』, 1992, 겨울호 참조. 국내의 환경문제가 실용주의적 가치 태도에서 기인했다는 것은 곧 자본주의체제의 파행성과 직결됨을 의미한다. 그런 의미에서 자본의 이윤추구, 자본의 자기증식과정, 욕구와 소비의 확대재생산을 환경문제의 발생원인으로 지적하고 있

래 사람들을 종속시켰을 뿐, 진정 무엇이 잘 사는 것인지에 대한 가치론을 제공하지 못했다. 산하는 파헤쳐지고 사람들은 고향과 안식처를 잃어갔지만 '잘 산다'는 의미는 지금도 여전히 '돈'과 관련되어 있을 뿐이다. 그런 의미에서 한국의 환경과 생태문학은 실용주의, 혹은 산업 자본주의의 가치관을 극복할 전략 가운데 하나라 할 수 있다.

3. 한국 생태시의 양상과 문제점

생태시에 대한 논의에서 가장 빈번하게 거론되고 있는 작품은 신경림의 「이제 이 땅은 썩어만 가고 있는 것이 아니다」, 이하석의 「폐차장」, 김지하의 연작시 「새봄」, 최승호의 「공장지대」, 이형기의 「전천후 산성비」, 김광규의 「서울꿩」, 정현종의 「환합니다」 등이다. 그간 수많은 생태시가 문학지면을 통해서 발표었음에도 불구하고 줄곧 이들 몇몇 작품이 반복 거론되는 까닭은 이들 시가 보여주고 있는 시적 긴장미와 생태 지향성이 조화를 이루고 있기 때문이기도 하지만, 이후 발표되고 있는 작품들이 내용과 형식면에서 도식화되고 있거나, 더 이상의 진전을 이루지 못하고 있기 때문이기도 하다. 이는 생태에 대한 문제의식을 좀더 복합적으로 밀고 갈 세계관적 지평이 미비하기 때문에 일어나는 현상이라 할 수 있다. 작품 자체의 내재성만을 본다면 비교적 성공작으로 평가할 수 있는 2000년대 생태시의 일면을 통해 그 문제점을 살펴보면 다음과 같다.

는 최병두의 환경이론을 주목할 필요가 있다. 그는 자본주의 자기증식적 본성이 노동의 착취만이 아니라 생산수단을 제공하는 자연을 착취해 왔다고 지적하고 있다.

한겨울에 다리공사를 한 적이 있다

콘크리트를 치는 삽질 속으로 소복눈이 쏟아졌다. 내장을 삶는 가마
솥에도, 김장김치와 돼지비계를 볶는 솥뚜껑 위에도, 수제비만한 눈송
이 뛰어들었다. 공사를 마치고 거푸집을 떼내자, 돼지 불알만한 구멍들
숭숭했다. 오줌보만한 것도 두엇 있었다. 그래도 볏가마니 그득한 경운
기가 다니고, 트랙터며 콤바인 잘도 건너다녔다. 그런데 삼 년 만에 다
리를 철거해야 했다. 산골짝 다랑 논까지 경지정리를 하기 때문이었다.
다리는 한나절도 안 되어 가라앉았다. 콘크리트 덩어리가 냇물을 막고
철근더미가 둑에 쌓였다

엉성했던 콘크리트의 구멍과 교각 틈바구니에 둥우리가 껴 있었다.
새들이 지푸라기며 보드라운 이끼로 공사를 마무리한 것이었다. 둥우
리 위로 리어카가 지나가고 트럭이 부릉거리는 사이, 주먹만한 비곗덩
어리와 돼지 불알 속으로 어미 새가 먹이를 나른 것이었다. 배고픈 눈
송이와 돼지 오줌보에게 한 꾸러미씩 새알을 건넨 것이었다. 얼었다
풀렸다 하던 너털웃음과 김 무럭무럭 솟구치던 솥단지를 점찍어놨던
새들. 눈송이와 새들의 하늘 길처럼 아름다웠던 논두렁도 경지정리에
만신창이가 되었다. 논배미의 이름도 몽땅 사라져버렸다

사람 한 명 부르지 않고 레미콘이 새로운 다리를 놓고 있었다. 헛배
부른 익룡의 내장 안에 사람 하나 꼼지락거리고 있었다. 하늘 깊숙이,
다시 새들이 날고 있었던가. 눈송이와 돼지 오줌보에 둥지를 트는 새
가 있었다.

이정록, 「눈송이에 둥지를 트는 새」 전문
(『제비꽃 여인숙』, 민음사, 2001)

섭새마을부터 정선까지
길이 없으리라.
道理(도리)없으리라. 우선, 만지동이 잠기면
만지동 사람 목이 잠겨
아리랑 가락 나오지 않으리라.
그 위 된꼬까리 여울물 소리 없고
어디에서든 구석진 수달의 사랑은 끝나고
어라연의 하선암 중선암 상선암은
별을 비추지 못하리라.
                        이하석, 「동강댐 막으면」 부분(『녹』, 세계사, 2001)

서해에 닿기 전에, 만경강과 동진강은
개펄에 이르러
진흙에다 몸을 문지르며 좀 놀았는데요

  밤이 되면 물가에 알을 슬어 놓고는 어기적어기적 걸어가는 도둑게
들의 발자국 소리를 다 듣고
  손바닥만한 대합이 달빛을 한입에 넙죽 받아먹는 소리를 다 듣고
  갯지렁이가 허리를 오므렸다 폈다 하면서 자기 삶을 밀고 나가는 소
리를 다 듣고
  때로는 가까운 바다에서 새우떼가 꼬리로 일제히 세상을 탁탁 치는
소리도 다 들었다는데요

  그때서야 바다로 스며들어
  바다하고 한 몸이 되었다는데요

  씨펄씨펄,
  개펄이 소리 없이 죽어 가요

바다는 저만치 물러나서 울음바다

강은 인제 망했어요
　　　　　　　　　　안도현, 「개펄에서 놀던 강」 전문
　　　　　　　　(『아무것도 아닌 것에 대하여』, 현대문학북스, 2001)

「눈송이에 둥지를 트는 새」에서 이정록은 '돼지 부랄만한 구멍들
숭숭' 나있는 엉성한 다리, 부실하기 그지없는 다리를 지탱시켜준 것
은 다름 아니라 새들이 만든 둥지의 지푸라기와 이끼와 알이었음을
밝힘으로써 인간과 자연이 공생하는 아름다운 세계를 부각시킨다.
이와 더불어 부실한 다리 위로 '볏가마니 그득한 경운기가 다니고,
트랙터며 콤바인 잘도 건너다'닐 수 있었던 것은 내장을 삶고 돼지비
계를 볶으며 다리 공사를 함께 했던 마을 사람들이 공유한 의식임을
아울러 드러낸다. '다리'를 헐겁게 하는 '구멍'들이 이러한 것들로 채
워질 때 비로소 자연과 인간, 그리고 인간과 인간의 관계는 온전한
것이 될 수 있다. 그러나 이러한 세계가 '만신창'이가 되어 가고 있음
을 이 시는 역설하고 있다. '사람 한 명 부르지 안고' 새로운 다리를
놓고 있는 '레미콘'은 공생의 모든 질서를 파괴하는 기계적 삶의 방
식을 표상한다. 즉 우리가 잃어버린 것은 새와 논두렁과 논배미만이
아니라 그것들에 붙여졌던 '이름'이며, 그 이름 속에 담겨있던 공생의
시간들이다. 기계문명은 이 모두를 밀어내며 삶의 '틈'에 서려있던 아
름다운 가치들을 시멘트로 무참하게 지워버리고 있는 것이다. 과연
새와 인간의 정으로 메워졌던 삶의 '틈'을 시멘트 문화가 대신할 수
있을지 시인은 회의하고 있다. 공생을 역설하는 이 시의 생태지향적
상상력은 우리에게 잃어버린 세계를 일깨워주고 있다는 점에서, 그

리고 이러한 맥락을 구체적인 상황 묘사를 통해서 드러내고 있다는 점에서 호소력을 지닌 작품으로 평가할 수 있다. 그러나 이 시는 과거에 대한 향수로 윤색되어 있다는 한계를 갖는다. 생태시는 과거에 대한 향수보다는 현실의 심각한 사태의 원인을 문제삼아야 할 것이다.

이하석은 시집 『투명한 속』(문학과지성사, 1980)을 1980년대 초에 선보임으로써 환경과 생태에 대한 관심을 선취적으로 보여준 시인으로 평가되고 있다. 그런 의미에서 최근에 출간한 생태시집 『녹』(세계사, 2001)은 그가 얼마나 지속적으로 환경과 생태에 관심을 보이고 있는가를 입증해 주는 또 하나의 시집이라 할 수 있다. 이하석의 「동강댐 막으면」은 『녹』에 실려 있는 작품 가운데 하나이다. 이 시는 동강댐이 수몰시킬 수많은 생명체와 만지동 사람들의 터전에 대한 시인의 비감함을 드러내고 있다. 세간을 떠들썩하게 했던 동강댐 사태는 정책 집행자들의 일관성 없는 태도와 환경단체의 극렬한 저항, 그리고 그 틈에서 몰락한 동강 주민들의 삶이 이해관계의 측면에서 서로 엇갈리면서 자연과 인간의 조화로운 공생을 도모하기가 결코 쉽지 않음을 시사한 사건이었다. 이와 같이 날카롭게 대립되는 현실에 비추어 본다면 이 시는 다소 감상적인 차원에 머무는 감이 없지 않다. 즉 시가 현실의 복잡성을 다 간파해내지 못하고 있는 것이다.

안도현의 「개펄에서 놀던 강」은 『현대문학』(2001, 6월)에서 마련한 '새만금 특집'에 실린 작품이다. 시인은 이 시를 통해서 낙원으로서의 자연과 그것이 붕괴되고 있는 우리의 현실을 아울러 말하고 있다. 그가 상상하는 낙원은 투쟁과 대립이 소거된, 모든 생명이 하나로 몸 섞는 유기체적 공간이다. 게와 대합, 갯지렁이, 새우는 물, 달, 개펄과 뒤엉켜 자기 삶을 밀고 가는 생명체들이다. '만경강과 동진강'

은 바다와 하나가 되어 가면서 이 모든 것들의 소리를 '다 듣'는다. 이처럼 강과 개펄, 바다가 드러내고 있는 연속적 공간 구도는 도시의 직선로와 대조되는 곡선의 세계이다. 그러나 자본의 논리 앞에서 이러한 세계는 붕괴된다. 이때 '개펄'에서 동일 음상을 따오고 있는 '씨펄 씨펄'은 난폭한 현실의 논리에 대한 불만과 분노를 드러내는 시인의 태도를 반영한다. 그리고 '강은 인제 망했어요'라는 말을 통해 '우리는 이제 망했음'을 시인은 아울러 환기시킨다. 하나의 생명적 고리가 끊어져 버릴 때 유기적 세계는 결핍으로 인한 불균형 상태에 놓이게 된다. 거기에 인간의 삶도 한 부분으로 자리해 있음을 이 시는 암시하고 있는 것이다. 그러나 이 시가 드러내고 있는 귀엽고 부드러운 어조와 아름다운 수사가 생태의식을 고무시키는 데 얼마나 기여할 수 있는지 의문을 갖게 된다. 자칫하면 독자를 비판보다는 몽상의 차원으로 이끌고 갈 위험은 없는 것인지 묻게 된다.

우리의 환경시나 생태시의 내용은 주로 ①아름다웠던 과거의 자연이나 농경문화를 회상하고 있는 경우, ②자연이 붕괴되고 있는 현재 상황을 단순하게 드러내고 있는 경우, ③독자를 비판의식보다는 감상적인 쪽으로 유도하고 있는 경우로 이루어져 있다. 이러한 시적 내용은 향토적 세계 혹은 낙원에 대한 향수를 불러일으키거나, 아니면 자연에 대한 막연한 예찬과 동경을 일깨워주는 것 이상을 넘어가지 못한다. 중요한 것은 이러한 내용 구성이 반복되고 있다는 것이며, 이는 곧 환경시나 생태시가 도식화되고 있음을 말해 주는 것이다. 이 같은 현상은 리얼리즘적 상상력이 서정적 정서와 결합되고 있는 최근의 경향과 무관하지 않다. 리얼리즘적 상상력이 서정화될 때 비판의식을 토대로 한 새로운 세계로의 전환은 약화될 가능성을 갖는다.

우리의 환경파괴가 근본적으로 자본주의 권력과 그 권력이 유포시킨 실용주의라는 막강한 가치관에서 기인한 것이라면 환경시와 생태시 또한 막연한 향수와 감상이 아니라 보다 날카로운 비판의식으로써 이에 맞서야 한다고 생각한다. 그렇다고 생경한 사회비판의 구호를 외치는 어색하고도 경직된 시가 되어도 좋다는 것은 아니다. 우리가 직시할 것은 파괴된 자연 자체의 현상이 아니라 그것을 파괴한 힘의 실체이며, 그 힘을 만들어내는 모순된 구조이다. 그리고 그 힘의 지배하에서 들끓고 있는 과도한 욕망일 것이다. 이를 더욱 치열하게 파고들 때 생태시가 지닌 저항의 의미와 부정의 정신이 비로소 진정한 가치를 가지게 되리라 여겨진다. 이와 더불어 새로운 생태사회에 대한 성찰을 제공할 수 있는 시가 필요하리라 생각한다. 장석주는 "생태학적 상상력이란 인간의 생존의 근거를 위협하는 환경의 파괴와 훼손에 대한 주체의 대응으로서의 생태지향적 상상력이어야 한다. 그 상상력은 강력하게 문제 제기적이어야 하고, 생태계의 기본 질서를 파괴하는 모든 형태의 문명과 생활양식에 대해 단호하게 항의적이어야 한다"9)고 말한 바 있다. 이와 같은 견해에 하나 더 보태어 말한다면 생태학적 상상력은 자연으로서의 인간 존재에 대한 성찰을 무엇보다 앞서 감행해야 할 것이다. 생태학적 상상력은 궁극적으로 인간을 배제한 상상력이 아니라 인간과 자연 모두에 대한 사유이자 인식이다.

---

9) 장석주, 「환경과 시—환경/생태계의 죽음, 그 이후의 상상력」, 『현대시세계』, 1991, 가을호, 37면.

페미니즘 시의 풍요와 결핍

1. 돌아보기

지난 십여 년 간 사람들의 지속적인 관심을 불러일으켰던 것은 환경생태와 여성문제에 관한 것으로 보여진다. 환경과 여성문제는 60년대 이후 실용주의를 기반으로 하는 산업화와 군부독재의 억압이라는 복합적 현안에 밀려 사회적으로 전면화될 수 없었다. 이런 가운데 이 둘은 지배—종속관계를 규정하는 위계구조 속에 방치되면서 극심한 상처와 고통을 받게 된다. 자연과 여성은 남성중심적 사회가 만들어낸 갖가지 이념에 의해 도구화되었으며, 그 고유의 가치를 착취당해야만 했다. 이와 같은 상황에서 페미니즘이 정치화되기 시작한 것은 80년대 중반부터이며 이에 따라 페미니즘과 관련된 창작물과 이론적 담론은 양적·질적으로 가장 풍성한 성과를 거두었다. 페미니즘에 관한 논의는 이제 더 이상 낯선 것이 아니며 어찌 보면 진부한 느낌마저 불러일으킬 정도로 반복과 진전을 거듭해 왔다고 할 수 있다.

페미니즘의 이같은 여파는 여성시라는 예술 영역에서도 마찬가지로 나타난다. 남성중심주의에 의해 붙여진 '여류 시인'이라는 명칭이 내포하고 있는 내적 감정의 고백과 부드러움, 따뜻함, 우아함 등의 태도와 더불어 주로 사랑, 외로움, 고독과 같은 주제의식은 남성성의 대척어로서의 여성성이라는 개념이 부각되면서 좁은 울타리를 벗어나게 된다. 여성시의 화자는 전사와 마녀로서의 자신의 위치를 스스로 구가했으며, 시의 언어는 도발적이고 때로 외설적인 과격한 상상력에 의해 예전의 전형성을 탈피하게 된다. 이러한 과정을 거친 90년대는 여성 문학의 시대라고 할 만큼 여성시의 가치와 위상이 예전과는 판이하게 평가되었다. 여성시는 더 이상 피식민성과 주변성을 대변하는 제3지대로 소외된 영역일 수 없는 것이다. '여류'를 '여성'이라는 명칭으로 바꾸어 인식을 변화시키고 남성중심의 지배력을 약화시키면서 여성 고유의 성격을 되찾기 위한 여성시의 이같은 노력은 패러다임의 전환점을 제공했다는 점에서, 평등과 평화의 절대적 필요성을 이끌어내는 전략이라는 점에서, 그리고 우리 문학의 영토에 새로운 지형도를 그리는 과업을 수행하는 일이라는 점에서 소중한 가치로 기록되어야 마땅할 것이다. 따라서 여기서는 이와 같은 여성시의 전도를 더욱 확고히 하기 위해 여성시가 성취한 그 동안의 성과보다는 결핍하고 있는 것들에 주목하고자 한다.

2. 추상적 계몽성

김승희의 시집 『왼손을 위한 협주곡』(문학사상사, 1983)에 실려 있는 시 가운데 연작 「배꼽을 위한 연가」는 우리 사회의 페미니즘 운동이 본격화되기 이전에 쓰인 선취적 작품이라 할 수 있다. 80년대

중반 이전의 사회 분위기는 광주민주화운동의 여파 속에서 지속적으로 진통을 앓고 있었으며, 대부분의 지식인이나 대학생들은 파쇼 체제를 불식시키기 위해 모든 노력을 기울였다. 이와 같은 상황에서도 여성 억압에 주목했다는 점에서 김승희의 페미니즘적 성향의 시들은 남다른 의의를 지닌다. 그러나 다른 종류의 사회운동이 갖는 초기적 특성이 계몽성에 입각해 있는 것처럼 그의 「배꼽을 위한 연가」 또한 그러한 특성을 지니고 있음을 간과할 수 없다.

> 인당수에 빠질 수는 없읍니다
> 어머니,
> 저는 살아서 시를 짓겠읍니다
>
> 공양미 삼백석을 구하지 못하여
> 당신이 평생을 어둡더라도
> 결코 인당수에 빠지지는 않겠읍니다
> 어머니,
> 저는 여기 남아 책을 보겠읍니다
>
> 나비여,
> 나비여,
> 애벌레가 나비로 나르기 위하여
> 누에고치를 버리는 것이
> 죄입니까?
> 하나의 알이 새가 되기 위하여
> 껍질을 부시는 것이
> 죄일까요?

그대신 점자책을 사드리겠읍니다
어머니,
점자 읽는 법도 가르쳐 드리지요
우리의 삶은 모두 이와 같습니다
우리들 각자가 배우지 않으면 안되는
외국어와 같은 것-
어디에도 인당수는 없읍니다
어머니,
우리는 스스로 눈을 떠야 합니다

김승희, 「배꼽을 위한 연가 5」 전문

전통 소설 「심청전」을 패러디하고 있는 이 시는 심청이와 아버지와의 관계를 나와 어머니와의 관계로 변형시켜 여성적 삶이 지닌 비극성을 극복하고자 하는 시인의 의식을 드러내고 있다. 여기서 '인당수'는 여성이 운명적으로 받아들여야 하는 죽음의 공간으로 의미화된다. 즉 인당수는 여성에게 부여된 억압적 상황이며, 이에 순응함으로써 여성은 자신의 본질과는 거리가 먼 남성중심적 이념의 희생양이 되어야 하는 것이다. 이 시에서 화자는 이러한 부조리한 전제에 대해 '어디에도 인당수는 없읍니다'라고 단호한 입장을 취한다. 이는 인당수가 여성에게 본래부터 주어진 운명이 아니라 누군가에 의해 부당하게 만들어진 것임을 함의한다. 따라서 인당수는 버려야 할 것이며, 부수어야 할 것임을 화자는 확신한다.

이때 중요한 것은 화자가 제시하고 있는 대응방법이다. 화자는 '저는 살아서 시를 짓겠읍니다' '저는 여기 남아 책을 보겠읍니다' '점자책을 사드리겠읍니다' 등의 발언을 통해 우리는 모두 배워야 한다는 것을 강조한다. 이와 같은 화자의 태도는 한편으로 어머니의 삶이 지닌 순응성과 맹목성을 부정하면서 그것을 이어가서는 안 된다는 의지를 드러낸다. 이는 '당신이 평생을 어둡더라도' 어찌할 수 없다는 또 다른 소외의 빌미를 제공할 위험을 내포하기도 한다. 아울러 이 시에 담겨있는 지식인의 목소리는 교조적 성격을 강하게 드러냄으로써 '어머니'처럼 눈 먼 독자(?)를 가르쳐야 한다는 사명을 드러내기도 한다. 시인의 이러한 의지의 바탕에는 '시'와 '책'이 해결책을 가져다 줄 수 있다는 인식이 내재해 있다. 결국 지식의 함양이 여성의 삶을 부조리한 체제로부터 구원해 줄 것이라는 믿음이 내포되어 있는 것이다.

앎에 대한 욕구는 부조리한 세계를 바로 읽어내기 위한 기본적 태도이다. 그러나 이 시에서 지식으로 무장해야 한다는 발언은 계몽기의 근대적 방법과 상통하는 것은 아닌가 하는 의문 또한 갖게 한다. 지식의 권력화가 세계를 지배와 피지배의 구조로 양분하면서 근대의 남성중심주의를 이끌지 않았던가. 이 시가 의도하는 바가 지식의 권력화는 아닐지라도, 그리고 80년대가 페미니즘의 개화기일지라도 배움에 대한 강조는 추상적이고 구태의연하며 교조적인 성격을 면키 어렵다. 새로운 패러다임은 새로운 과정과 방법에 의해서만 형성될 수 있다. 인간의 미래 세계가 지금과는 달라야 한다는 지향에 의해 페미니즘이 야기된 것이라면 페미니즘을 정치화하는 방식 또한 기존의 세계와 변별될 수 있는 방향에서 모색되어야 마땅할 것이다. 한편 김승희의 여성과 남성의 '평등'문제가 '배꼽'이라는 중성적 상징으로 희석되는 이유도 그의 이와 같은 계몽적 의식과 무관하지 않게 여겨진다.

그대여, 당신이 누구든지간에, 당신의 배꼽을 보여준다며는, 나 그대
를 사랑하겠읍니다, 더럽게 뒤엉킨 자그만 동그람이 굽이굽이 꼬불쳐
진 그대의 서러운 배꼽도 나의 배꼽과 똑같이 부끄러운 죄와 어리석은
욕망이 고불고불 서리서리 끼어있을 테지요, 그대여, 어둠의 태 속에서
영문 모르고 튀어나와 정처없이 죄를 짓고 죽어가는 그대여, 그대여,

우리는 배꼽 위에서 평등하다
그것은 생일날의 흉터,
고아들의 패찰,
인광을 칠한 백골의 주황색 입술이
아삭아삭 제일 먼저 뜯어먹는
온순한 육체의 이삭,
우리는 배꼽 위에서 너무나 평등하다

김승희, 「배꼽을 위한 연가 1」 부분

여성과 남성의 평등은 서로를 동등한 인격체로 인정함으로써 차등
과 위계를 유지시키는 지배력을 해체하여 좀더 바람직한 삶의 체제
를 구축하는 가운데 이루어질 수 있을 것이다. 김승희는 이러한 평등
의 의미를 '배꼽'이라는 신체 상징으로 함축하고 있다. 배꼽은 탄생과
죽음이라는 모든 생명체의 근원적 흔적이라고 이 시의 2연은 말한다.
평등의 의미로 배꼽을 강조하는 이면에는 생물학적 본질주의에서 비
롯되는 성적 차별주의를 지워버리고자 하는 시인의 의도가 깔려있
다. 즉 생물학적 본질주의는 성적 차등의 문제가 신체적 특성에서 발
생한다는 관점을 제시함으로써 문화적 성으로서의 젠더(gender)의
의미를 약화시킨다. 김승희의 배꼽은 이러한 생물학적 본질주의를
건너뛰어 인간은 동일한 존재임을 나타내고자 하는 것이다.

그러나 평등의 상징으로서 '배꼽'은 여성과 남성 모두가 공유하고 있다는 점에서 동등함의 등가물로 의미화될 수 있을지는 모르지만 문제는 이것이 인간이라는 추상적 이름하에 두 개의 성을 중성화하고 있다는 사실이다. 여성성이 무엇인지 확실하게 구분하는 일은 그리 쉬운 일이 아니다. 더욱이 어느 것이 타고난 성(sex)이고 어느 것이 문화적으로 규정된 성(gender)인지 확실하게 말하기는 어렵다. 그렇다고 억압된 여성 섹슈얼리티(sexuality)의 문제를 해결하기 위해 피상적 차원에서 인간의 평등성을 주장하는 것이 이 문제의 복합적 성질을 제대로 돌파하는 것으로 판단되지는 않는다. 진정한 성의 정체성과 그에 따른 평등의 문제는 오히려 여성성과 남성성의 차이를 인정하고 그 차이를 차등이 아니라 조화로 이끄는 데 있을 것이다. 그런 의미에서 여성은 오히려 여성의 섹슈얼리티를 더욱 강화하고 강조함으로써 동등한 위치에서 '다름'을 인식시킬 필요가 있다. 이는 여성과 남성의 분리 지점을 만드는 것이 아니라 억압되어 왔던 여성성을 회복하고 남성성과 균형을 맞추기 위한 시도이다. 김승희 시에서 보이는 한계는 페미니즘적 기반이 마련되기 이전의 시대적 한계와 맞물려 있음도 물론 감안되어야 할 것으로 생각한다.

3. 여성 정체성의 혼란

여성의 정체성을 규정하는 데 가장 많은 논쟁을 불러일으켰던 것은 아마 '모성성'에 대한 관점일 것이다. 이는 모성성이 희생과 사랑이라는 양가성을 지니고 있기 때문에 야기되는 문제라 할 수 있다.

임신과 출산, 수유 그리고 양육과 보살핌은 여성의 신체 조건에 의해 결정된 것이라는 생물학적 결정론(biological determinism)의 관점과 모성성이 생물학적으로 결정된 것이 아니라 남성중심주의 문화가 만들어낸 이념들에 의해 부여된 여성적 자질이라는 관점의 대립은 어느 것이 온당한 견해인가를 떠나 여성으로 살아간다는 것의 어려움을 잘 말해 주는 대목이 아닐 수 없다. 문제는 모성성으로 이야기되어온 여러 가지 여성적 자질이 여성을 가정이라는 울타리 안에 묶어 두고 사회적 영향력을 약화시켰다는 데 있다. 즉 여성의 진정한 모습은 가족에 대한 헌신에 있다는 여성 정체성의 고착화가 여성의 섹슈얼리티를 억압하고 나아가서는 여성의 능력과 가치를 도구화하는 데 이용되어온 것이다.

이와 같은 모성성의 문제는 여성시에서도 관점의 차이를 드러내고 있다. 모성성에 대해 박서원의 「산고(産苦)」와 「생리불순」에서는 출산 욕망을 반복적으로 표현함으로써 강렬한 옹호를, 김정란의 「엄마 버리기, 또는 뒤집기」에서는 내 안에서 청산해야 할 대상으로, 김승희의 「쌍봉낙타」에서는 '피의 인연'으로 맺어진 숙명으로, 그리고 김승희의 또 다른 시 「배꼽을 위한 연가 4」에서는 무자비한 희생과 사랑의 현신으로, 고정희의 「어머니」에서는 삶의 불행을 감싸는 위대한 힘으로, 문정희의 「남자를 위하여」에서는 신성성으로 각각 다르게 드러나고 있다. 뿐만 아니라 한 시인의 시에서도 모성성은 견해 차이를 빚는 분열적 모습으로 나타나기도 한다.

가르쳐주지 않아도
열려진 입술은 젖을 찾아낸다

그리곤 내 몸 속에서 단물을 빼내간다
금방 먹고도 또 빨아먹으려고 한다
제일 처음
내 입안에서 침이 마른다
두 눈에서 눈물이 사라지고
혈관이 말라 붙는다
흐르던 피가 사라지고
산천초목이 쓰러지고
낙동강 물이 마르고 강바닥이
외마디 비명을 지르며 터진다
전신이 흠뻑 빨려 나간다
먹은 것을 토하면서도
열려진 너희들의 입술은
젖꼭지를 물고야 만다
마침내 온몸이 텅 비어
마른 뼈와 가죽이 남을 때까지
천궁이 갈라지고
은하수 길이 부숴져 내릴 때까지
아무런 생각도 떠오르지 않고
영혼마저 말라 죽을 때까지.

김혜순, 「껍질의 노래」 전문

이 시는 '젖'이라는 시어가 환기하듯이 수유하는 어머니 이미지를
통해서 모성성이 극단적인 희생임을 보여준다. 어머니의 젖을 빨고
있는 '너희들'은 다의적으로 읽힐 수 있는데, 일차적으로는 소박하게
'아기'로 그 의미를 구체화할 수 있다. '가르쳐주지 않아도'라는 이 시

의 첫 구절은 본능적으로 젖을 찾아내는 아기의 모습을 자연스럽게 떠올리게 한다. 이와 더불어 침, 눈물, 혈관, 피 등 어머니의 체액이 강물, 천궁, 은하수 등 자연 이미지로 변용되는 과정에 비추어 '너희들'을 황폐하게 자연을 소진시키는 가해자로 확장 해석할 수 있다. 즉 이 시는 수탈당하는 모성성을 여성과 자연 모두에 적용시키고 있는 에코페미니즘(ecofeminism)적 사유를 내포하고 있는 것이다. 그렇더라도 아기의 영상이 지워지는 것은 아니다.

한편 무서운 본능과 탐욕으로 '젖'을 찾는 '너희들'은 매우 그로테스크하게 그려져 있다. 특히 '먹은 것을 토하면서도' '마른 뼈와 가죽이 남을 때까지'와 같은 구절은 너희들에게 악마적인 이미지를 부여한다. 이 사악한 이미지에 의해 아기와 엄마의 관계는 매우 공포스러운 관계가 되고 만다. 이는 역으로 착취와 희생을 당하면서 죽음에 이르는 어머니 상을 강조함으로써 독자로 하여금 희생적 모성성을 거부하거나 혹은 부정하도록 유도한다. 이때의 모성은 오로지 피해자로서의 어머니 상인 것이다. 공포스럽게 수탈당하는 어머니를 극도로 강조함으로써 어머니에게 부여될 수 있는 거룩함이나 위대함의 의미를 이차적인 것으로 제어한다.

　　달 어머니가 국을 푸신다
　　퍼올리는 국자마다 달덩이 하나씩
　　폭풍우 끝난 밤
　　달 아기들이 밥상 아래
　　둥글게 앉아 있다
　　그 집은 문을 닫아도
　　달 냄새 멀리까지 퍼지는 집

꿈 냄새 요란한 여자의 집
사람들은 꿈속에 나타난 달
어머니에게 오줌을 누고
옷을 벗기고 뺨을 때리고
돼지처럼 구석으로 몰아대고
엉덩이를 때리고
달 아기들은 문밖에서 울고

그러나 아무도 달이 꾸는 꿈
속의 꿈인 줄도 모르고

(당신의 꿈속은 내 밤속의 낮
내 몸이 당신 꿈으로 환해지나이다)

달 어머니 탯줄을 자르시고
썰물처럼 떠나가는 날

밤부엉이 한 마리
창밖 어두운 나뭇가지 위에 앉아
어두운 내 몸 속을 노리고

나는 또 달 어머니 퍼주시는 국 한 그릇
빈집처럼 기다리고
달 어머니 머리 풀고 어디어디 다녀오시는지
그건 아무도 모르고

김혜순, 「달이 꾸는 꿈」 전문

김혜순의 「껍질의 노래」(『아버지가 세운 허수아비』, 문학과지성사,
1985)와 위에 인용한 「달이 꾸는 꿈」(『달력 공장 공장장님 보세요』,

문학과지성사, 2000)은 시간적으로 십오 년이라는 간극을 보여준다는 점에서 관점의 변화로 읽힐 가능성을 배제할 수 없지만, 이 두 편의 시에 나타난 모성성은 매우 다르게 판단되는 것이 사실이다. 「달이 꾸는 꿈」에서의 모성은 '오줌을 누고 / 옷을 벗기고 뺨을 때리고 / 돼지처럼 구석으로 몰아대고 / 엉덩이를 때리고'에서 볼 수 있듯이 비천하게 구타당하는 존재이지만 그럼에도 불구하고 아기들을 밥상 아래 둥글게 앉히고 '국'과 '꿈'을 나누어주는 위대한 존재라 할 수 있다. 이는 모성의 일방적 희생을 강조하고 있는 「껍질의 노래」와는 상당한 차이를 드러낸다. '달 어머니 퍼주시는 국 한 그릇'은 '폭풍우'와 '밤 부엉이'의 고통을 견디게 하는 자양분이며, 나의 밤을 환하게 밝혀주는 '빛'이라는 점에서 달 어머니는 생명을 기르는 근원적 에너지인 것이다. 그러나 '사람들'은 이러한 모성적 가치를 폭력적으로 다루고 있다고 이 시는 말하고 있다. 이와 같은 시의 맥락은 「껍질의 노래」에서와는 달리 피해자로서의 모성보다는 위대한 자양으로서의 모성을 각인시킨다.

여성시에 나타난 혼란스러운 자기 정체성을 어떻게 받아들여야 온당한가? 중요한 것은 임신과 출산, 수유와 같은 생물학적 차원의 여성성은 여성의 고유성이라는 점을 부정하기 어렵다는 점이다. 말하자면 남성이데올로기가 이러한 여성의 고유성에 어떠한 가치를 부여하고 있는가가 관건이다. 기존의 사회는 이러한 모성성이 역사와 사회 발전의 근본적 힘이라는 점을 은폐시켰다는 혐의를 피할 수 없다. 아울러 모성성을 여성성을 대표하는 성 정체성으로 강조하고 강요함으로써 여성의 성욕구와 자아실현의 욕망을 저지시켰다는 비난도 피할 수 없을 것이다. 따라서 여성시의 거점도 모성성을 자기 정체성으

로 받아들여야 하느냐 마느냐 하는 갈등의 논리보다는 여성의 가치
를 폄하하고 수단화하는 남성이데올로기의 모순에 더 날카롭게 반응
할 필요가 있을 것이다. 그리고 여성 자신도 임신, 출산, 수유와 같은
부정할 수 없는 고유성에 대해서는 강한 긍정의식을 가짐으로써 스
스로 자기 존재의 가치를 부각시킬 필요가 있을 것이다. 아울러 가족
의 일원으로서 바람직한 부성성을 제시함으로써 ― 우리 여성시에는
이러한 발상이 매우 희박한 편이라 할 수 있는데 ― 여성에게 부여된
가족 자아의 무게를 나누어 가지는 지혜 또한 필요하리라 생각한다.

4. 과도한 상상력들

여성시에 나타난 과격한 발언이나 성적 묘사는 고질화되어 있는
남성중심주의적 세계를 위반하고 전복시키려는 전략 가운데 하나로
볼 수 있다. 남성중심주의는 순응적이고 온건한 이미지를 여성의 미
덕으로 고착시켜 여성의 행동과 삶의 반경을 규정하고, 나아가서는
윤리의식을 조장함으로써 자신들의 규범과 질서를 유지할 수 있는
암묵적 기반을 만들어왔던 것이다. 이러한 길들임은 곧 여성의 삶을
종속화하고 자유의지를 억압하는 기제로 작용한다. 따라서 여성시는
기만적 이데올로기에 의해 만들어진 여성상을 해체하기 위해 좀더
과격하고 대담한 여성 이미지를 창출하기에 이른다. 그러나 모든 과
격함이 곧 깊이 있는 의미를 담아내는 것은 아니다. 때로 여성시에
나타난 과격함은 과도함으로 보인다는 데 문제가 있다. 깊이를 상실
한 과격함 또한 새로운 여성상을 만드는 데 역기능으로 작용할 공산

이 있는 것이다. 최영미의 「Personal Computer」, 양선희의 「노상에서의 휴일」, 박서원의 「간음」 등이 그러한 예이다.

새로운 시간을 입력하세요
그는 점잖게 말한다

노련한 공화국처럼
품안의 계집처럼
그는 부드럽게 명령한다
　　　(…)
이 기록을 삭제해도 될까요?
친절하게도 그는 유감스런 과거를 지워준다
깨끗이, 없었던 듯, 없애준다

우리의 시간과 정열을, 그대에게

어쨌든 그는 매우 인간적이다
필요할 때 늘 곁에서 깜박거리는
친구보다도 낫다
애인보다도 낫다
말은 없어도 알아서 챙겨주는
그 앞에서 한없이 착해지고픈
이게 사랑이라면

아아 **컴 - 퓨 -터**와 **씹**할 수만 있다면!
　　　　　　　　　　최영미, 「Personal Computer」 부분

90년대 중반에 최영미의 첫 시집 『서른, 잔치는 끝났다』(창작과비평사, 1994)를 읽었던 독자라면 누구나 이 시를 기억할 것이다. 그것은 '씹'이라는 단어를 여성 시인의 시집에서 마주치게 됨으로써 오는 충격과 '씹'의 대상이 컴퓨터라는 점에서 오는 충격 때문일 것이다. 여성시에서 욕설과 비속어, 은어 등이 등장한 것은 이 시가 발표되기 이전부터였음에도 불구하고 이러한 이중의 충격은 최영미의 시를 강렬한 것으로 기억시키기에 충분하다. 독자를 자극하기 위해 '컴퓨터'와 '씹'이라는 단어를 진한 고딕체로 강조하고 있는 시인의 전략은 그런 점에서 백 퍼센트 효과를 거두었다고 할 수 있다.

'씹'은 여성의 성기를 지칭하는 우리의 고유어이다. 그러나 누구나 알고 있듯이 이 말을 자연스럽게 내뱉는 사람은 여전히 상스럽고 천박한 인상을 남긴다. 이는 '씹'이라는 단어가 금기어로 우리의 의식 속에 각인되어 있기 때문이다. 성적 담론이 예전에 비해 훨씬 공론화되고 있는 지금의 상황에서도 이 단어가 지닌 금기성은 전혀 해체되지 않고 있다. 앞으로도 그럴 것이라는 생각이 든다. '씹'이라는 단어가 갖는 완강한 금기성은 다른 성적인 용어에 비해 더욱 비속한 밀담 속에서만 사용되었기 때문에 비롯된 것이다. 즉 오랜 언어의 관습이 이 단어에 묻어 있는 것이다. 그것이 여성을 성적 유희 대상으로 삼았던 남성문화의 한 부분을 말해 주는 것일지라도 이 시에서 감행되는 금기의 위반이 남성 문화에 대한 저항으로 이어질 수 있을지는 회의적이다. 그리고 과연 이 시가 꿈꾸는 전복이 무엇인지도 의문스럽다.

이 시의 화자가 원하는 사랑은 무엇인가? 시인이 강조하고 있는 것은 사이보그적 세계의 완벽함이다. '컴퓨터', 즉 '그'는 점잖고 부드러우며, 유감스런 과거를 지워줌으로써 '나'를 괴롭히는 것들을 남겨 놓지 않는다. 그런 그가 '인간적'이라고 시인은 말한다. 그러나 이와 같은 인간 혹은 남성은 존재하지 않는다. 여기에는 인간에 대한 심한 절망과 혐오가 깔려 있다. 그럼에도 시에서 보이는 화자의 욕망이 물신적이고 편의주의적임을 지적하지 않을 수 없다. 한편 '**컴-퓨-터**와 **씹**할 수만 있다면!'은 시인의 욕망을 표현함과 동시에 혐오스러운 인간에 대한 욕설로도 기능한다. 즉 인간 족속보다는 차라리 컴퓨터와 성교하는 게 훨씬 낫다는 냉소적 감정이 깔려 있는 것이다. 이와 같은 혐오와 냉소가 최영미가 부정하고 있는 인간들을, 그리고 그들의 사랑의 방식을 반성으로까지 몰고 갈 수 있는가? 만약 이 시가 거기에 이르는 데 실패했다면 이는 최영미의 개인적 기분풀이 이상의 의미를 갖지 못할 것이다.

　(심한 생리통을 참으면서) 상경하신 아버지를 모시고 서울의 봄구경을 나갔다. 덧칠을 새로 끝낸 회색 건물들 사이로 언뜻언뜻 보이는 꽃빛에 반해 마음을 다 주고 있는데, 아버지가 캑캑 기침을 하신다. 택시 창문을 닫아드려도 줄줄 눈물을 흘리신다. 건네드린 손수건과 물휴지도 무용지물이다. 면역이 생길 만큼 생긴 나는, 아버지 보기가 민망하다. 한참을 망설이고 망설이다 나는, 착용감이 좋아 기분이 상쾌하고 흡수력이 기적적인 생리대 뉴후리덤을 꺼내서, 아버지 얼굴을 덮어드렸다. 스타일은 좀 구기지만 그래도 이것 덕분에 위기를 넘기겠다고, 아버지는 허허 웃으신다. 쥐구멍에라도 들고픈 시간 곁에 서 있는 신호등은 여전히 붉은 색이다.

　2
　올 때가 지나도 오지 않는
　제비를 기다리는 우리들 가없는 눈길에

지랄탄을 퍼부으며 지랄하는
병 깊은 이 한 세월을 눕힐 곳은 안 보이고
잠긴 목으로 누가 아리아를 부른다.
오! 내게 희망을 돌려주든지
나를 죽게 내버려 두오.

양선희, 「노상에서의 휴일」 전문

'지랄탄을 퍼부으며 지랄하는 / 병 깊은 한세월'이라는 구절을 통해 볼 때 이 시는 화자와 화자의 아버지가 최루탄 가스가 자욱한 곳을 지나며 겪었던 일을 기록하고 있음을 알 수 있다. 독한 최루가스에 기침을 연발하며 눈물을 줄줄 흘리시는 아버지의 얼굴을 화자는 '생리대'로 덮어드린다. 이와 같은 시적 상황에 대해 놀라지 않을 사람은 없을 것이다. '생리대'에 대한 우리의 통념이 비밀스러운 것, 부끄러운 것, 나아가서는 불결한 것으로 자리잡고 있기 때문이다. 더욱이 아버지의 얼굴에 생리대를 덮어드리다니! 그러나 이와 같은 시적 상황의 설정은 생리대보다 시민들을 억압하기 위해 '지랄하는' 권력이 훨씬 불결하고 부조리한 것임을 강조한다. 나아가서는 보살핌의 의미를 담고 있는 생리대는 권력의 폭력성과 대조를 이루기도 한다.

그런데 이러한 시적 의미에도 불구하고 생리대로 아버지의 얼굴을 덮어드리는 시인의 상상력은, 그것이 실제 경험담이든 아니면 허구이든 관계없이, 작위적이고 과도하게 느껴지는 것이 사실이다. 왜냐하면 최루가스가 아무리 맵다하여도 굳이 생리대로 처리하는 상황이 어찌 자연스럽게 느껴질 수 있겠는가. 생리대 혹은 생리혈에 대한 통념이 여성을 동물성에 가까운 비천한 존재로 내몰 빌미를 제공하고 있는 것은 사실이다. 그러나 생리는 임신, 출산과 연결될 수 있는 자연의 생명현상이라는 점에서 수치스러울 것도 불결하게 느껴야 하는 것도 아니다. 의미를 따지자면 오히려 모체가 될 가능성을 내포한다는 점에서 신성한 것일 수도 있다. 그러나 이 모든 의미를 인식하고 있는 사람일지라도 생리대를 아무 곳에서나 꺼내거나 아니면 생리혈이 묻은 옷을 자랑스럽게 입고 다닐 사람은 없을 것이다. 이는 통념 때문만은 아니다. 그것은 페니스를 자랑하기 위해 남들 앞에 내놓고 다니는 남자가 있을 수 없는 것과 같은 이치일 것이다. 상식의 문제인 것이다. 모든 금기를 위반하는 것이 곧 자유로 이어지는 것은 아니다. 혹자는 이 시를 두고 '전복적 용기'라고 말하기도 하지만 과연 이 시가 의도하는 바가 얼마나 전달될 수 있는지 생각해 볼 일이다. 의미 파악에 앞서 자칫하면 여성시에 대한 거부감을 일으킬 가능성 또한 배제할 수 없을 것이다. 그리고 이와 같은 시적 상상력이 페미니즘 시에서 중요한 위치를 차지한다는 듯이 평자의 입을 통해 반복 언급되는 것 또한 생각해 볼 일이다.

> 여인들이여! 이젠 때가 왔노니, 간음하라
> 코 푼 휴지처럼 구겨진 나를 용서하고
> 울부짖음, 문전에 칠한 양의 피를 지워라. 엉겅퀴가 진흙 속에서
> 피를 토하듯 몰려 피리니
>
> 수도원의 종소리가 들리지 않는 건 시대도, 역사의 탓도 아니다
> 우리는 음식을 흘리고 단추를 뜯고, 애무하여도 화려한
> 햇빛에 날마다 뼈와 살이 삭풍이 되어 가는 것
>
> 바위가 바위를 뚫고 용이 되어 승천하듯이
> 여인들이여 간음하라

천국의 열쇠는 음부 사이에 꼭 달라붙어 있다

박서원, 「간음」 부분

'나'는 여인들을 향해. '간음하라'고 외친다. '문전에 칠한 양의 피', 즉 금기를 떨쳐버리라고 권고한다. 이는 역사적으로 오랫동안 억압받아온 여성의 삶과 성욕을 해방시키자는 자유의지로 읽힌다. 특히 '천국의 열쇠는 음부 사이에 꼭 달라붙어 있다'라는 구절은 여성의 성적 쾌락에 대한 옹호를 드러내는 것이며 나아가서는 여성의 성욕을 타락으로 몰고 가려는 남성 윤리에 대한 저항을 나타내는 것이라 할 수 있다. 따라서 '간음하라'는 시인의 외침은 부조리와 금기에 순응하지 말고 생명의 본성과 자유의지대로 삶을 전환시키라는 말로 의미화할 수 있다.

그럼에도 화자의 외침은 왜 호소력을 갖지 못하는가? 메시지 지향적인 발언은 그것이 시일지라도 논리와 설득력을 요구받을 수밖에 없다. 간음의 필요성이 납득할 수 있는 구체적 상황과 맞물려 있지 못할 때 그것은 공소하고 단조로운 외침으로 남게 된다. 위에 인용하지 못한 부분에 의하면 '나'는 '저항하지 않는 것이야말로 최고의 매력, 무기'라고 알고 있던 인물이었으나 세상을 '매춘부'로 만드는 '그 자식'에게 새벽 3시에 버림받음으로써 비로소 삶에 대해 대담성을 갖게 된 여성 화자이다. 이러한 이유가 이 시인의 계몽적 발언을 설득력 있게 만들어주지 못하는 것이다. 그리고 '화려한 / 햇빛에 날마다 뼈와 살이 삭풍이 되어'간다는 묘한 허무적 심리가 위반의 쾌락을 즐겨야 하는 이유라면 이때의 위반은 자기 파괴적인 것이 될 가능성이 크다. 왜냐하면 허무의 심연이 갈구하는 쾌락은 허무를 치유하기보다는 더욱 증폭시킬 수 있기 때문이다. 이때의 쾌락은 진정한 해방구가 될 수 없다. 그런 맥락에서 '간음하라'는 시인의 전언은 깊이와 공감력을 상실하게 된다.

5. 한 걸음 전진하기

페미니즘이 이미 진부할 만큼 우리에게 익숙한 개념이 되었지만, 우리 사회에서 페미니즘이 충분하다고 할 만큼 성과를 거두기까지는 아직도 오랜 시간이 걸릴 것으로 여겨진다. 그것은 완성되는 것이 아니라 남성성의 세계와 끊임없이 조율하면서 창조를 거듭해야 할 미래상이다. 그런 의미에서 여성적 삶과 나아가서는 양성의 조화를 꿈꿔온 여성시의 긴 여정은 바람직한 세계를 만들기 위한 고뇌의 산물이라 할 수 있다. 페미니즘은 지배적이고 억압적인 권력의 모순을 예리하게 간파할 수 있는 시각을 제시해 준다는 점에서, 그리고 진정한 평화와 평등이 무엇인지, 그리고 공통의 기반을 닦는다는 것이 얼마나 소중한 일인지를 일깨워 준다는 점에서 앞으로도 계속 담론화되어야 할 여성시의 중요한 테마라 할 수 있다.

여성시가 결핍하고 있는 것들을 돌아보는 일은 이처럼 미래 세계를 향한 발전적 전진을 위한 일환이라 할 수 있다. 여성시에 담긴 추상적 계몽성과 자기 정체성의 혼란, 그리고 과도한 상상력에 대한 지적은 페미니즘 시에 제동을 걸기보다는 그것을 바탕으로 새로운 전략을 모색하기 위함이다. 아울러 이제 비판을 넘어서 본질적 차이의 조화를 모색하고, 바람직한 남성성을 제안할 때라고 생각한다. 개인의 예술적 창작물은 학자들의 이론이나 사회 운동의 흐름과 반드시 일치할 수 있는 성질의 것은 아니다. 오히려 시적 담론이 이러한 것들을 뛰어 넘어 더욱 창의적인 패러다임을 생산해낼 수도 있다고 생각한다. 시는 언제나 이상을 향해, 새로움을 향해 열려 있는 열정적 정신의 소산이기 때문이다. 여성시가 만들어갈 세계에 큰 기대를 걸게 되는 이유가 여기에 있다.

시로 쓴 존재론적 질문들

1. 개체성의 발견

근대성의 가장 큰 특징 가운데 하나는 개체성에 대한 자각이다. 보편성을 기조로 하는 근대 이전의 세계에서도 인간 존재가 안고 있는 허무나 죽음에 대한 인식이 없었다고 할 수 없으나 '나'의 개체성에 대한 심각한 물음이 제기되지 않은 것은 사실이다.[1] 특히 서양보다는 동양적 사유에서 개체의 의미는 전체성에 의해 규정되는 특질을 강하게 드러내고 있다.[2] '나'라는 존재성보다는 언제나 가족과 마을

---

1) 김흥규, 「16·17세기 강호시조의 변모와 전가시조의 형성」, 『고대어문논집』 35집, 1996, 12월, 229~231면 참조. 김흥규에 따르면 강호가도의 시인들은 인생의 덧없음을 커다란 순환 고리의 한 국면으로 인식하거나, 항구적 가치로 나아가는 지향을 통해 수용함으로써 초극한다. 더불어 그는 도학적 근본주의가 현저히 약화되는 16세기 후반부터 존재의 유한성에 관한 문제는 심미적 가치에 몰입, 일락(逸樂)의 고양을 통해 해소된다고 설명하고 있다. 이와 같은 존재론적 태도는 인간의 개체성에 관해 날카롭게 물음을 제기한 근대 의식과는 사뭇 다르다 할 수 있다.

2) 장파(張法), 『동양과 서양, 그리고 미학』(유중하 외 옮김), 푸른숲, 1999, 114~146면 참조. 중국의 미학자 장파는 중서 미학 비교에 있어 가장 중요한 요소로 '화해'를 논하면서, 중국 문화에서의 화해는 정체적(整體的) 화해에 의해 개체(부분)를 규정하고, 개체(부분)는 그 방식과 위치에 상관없이 정체성에 의해 규정된다고 보았으며, 아울러 서구 문화의 화해는 부분(개체)을 강조하며, 부분(개체)의 실체성을 가지고 총체적 화해를 형성한다고 밝히고 있다.

공동체, 그리고 개체가 소속하고 있는 집단의 이데올로기가 우선시
되었으며 무엇보다 중요한 것은 그 속에서 조화와 질서를 유지하는
것이었다. 특히 유교에서 강조하는 가(家) 개념은 가족이라는 좁은
범주만이 아니라 부자와 군신, 개인과 사회, 친인척 집단 모두를 통
합하는 기초적 사회관계를 뜻하는 것으로, '나'의 개체성보다는 공동
의 관계를 중시했던 고전적 세계의 이념을 가장 잘 드러내 주는 말
이라 할 수 있다. 이처럼 가(家) 개념에 묶여 있던 보편적인 질서가
지배했던 사회구조 속에서 '나'에 대한 사유는 언제나 전체성과 연관
된 사유이기 마련이었다. 그러나 근대로 접어들면서 완강했던 집단
적 의식은 급격히 무너지고, 개인은 전체를 구성하는 한 부분이라는
관념을 벗어나게 된다. 이와 같은 근대의 변화를 권영민은 다음과 같
이 설명하고 있다.

　　일반적인 의미에서 근대문학은 일상적인 인간이 살아가는 현실 공
　간으로 채워진다. 인간의 역사성과 그 의미를 중시하고, 인간적인 현실
　과 역사적 시간의 흐름에 어떤 형식을 부여하며, 일상적 삶의 현실 속
　에서 개인을 통해 근대적 주체의 인식을 가능하게 한다. 여기서 인간
　은 역사적인 시간과 구체적인 공간을 배경으로 하여 비로소 하나의 개
　인적인 주체로 자리 잡는다. 개화계몽 시대의 신소설에서부터 문학적
　근대성이 발현되기 시작하였다고 한다면 그것은 일상적인 개인의 발
　견을 통해 그 서사적 구조가 성립되고 있기 때문이다.[3]

일상성 속에서 이루어진 개인의 발견은 곧 존재에 대한 추상적 혹
은 피상적 인식이 아니라 구체적인 자각을 뜻한다. 이제 '나'는 현실
과 역사의 부산물이 아니라 그것을 이끌고 창조하는 주체로서 존재

---

　3) 권영민, 『한국현대문학사 1』, 민음사, 2002, 29면.

함과 동시에 이러한 존재성에 대해 자의식을 작동시키는 존재라는 것을 인식하게 된다. 이와 같은 개체성의 발견은 개인이 현실과 역사의 주체라는 자각의 계기가 될 뿐 아니라 인간 고유의 실존방식에 대한 물음을 제기하게 하는 계기로도 작용한다. 이때 '나는 누구인가?'라는 존재론적 물음이 심각하게 제기된다. 유치환, 서정주, 구상, 황동규 등은 이러한 인간 존재의 문제를 자연과의 대비를 통해서 보여준 대표적 시인들이다. 이들은 인간 존재의 한계상황과 맞닿아 있는 허무와 죽음, 영원과 생명 등의 문제를 자연과 우주를 통해 성찰함으로써 개체의 실존성을 문학으로 형상화하고 있다.

2. '절명지(絶命地)'를 향해 던져진 존재의 물음

유치환은 1945년 통영여자중학교 교사로 부임한 이후 경남 지역에서 줄곧 교직에 몸담고 있었지만 그 이전에는 일본, 평양, 부산, 만주 등으로 거처를 여러 차례 옮겨다니면서 유학생으로 사진관 경영자로 농장관리인으로 삼십 세 중반을 보낸다. 특히 1940년 만주 연수현(煙首縣)에서 농장관리인으로 일하면서 체험했던 북방의 자연들은 그의 두 번째 시집 『생명(生命)의 서(書)』(행문사, 1947)를 탄생케 만든 중요한 모티브라 할 수 있다. 유치환이 그려내고 있는 북방의 광활한 벌판은 한국의 온화한 자연 풍광과는 매우 색다른 분위기와 정서를 자아낸다.

이곳 시월(十月)은 벌써 죽음의 계절(季節)의 시초(始初)러뇨

까마귀는 성(城)귀에 모여들 근심하고
다시 천일(天日)도 볼 수 없는 한 장 납빛 하늘은
황막(荒漠)한 광야(曠野)를 철책(鐵柵)인 양 눌러 막아
아아 북방(北方) 이 거대(巨大)한 울암(鬱暗)의 의지(意志)는
창부(娼婦)인 양 허무(虛無)를 안고 나누었나니
내 스스로 여기에다 버리려는 고독(孤獨)한 사유(思惟)도
이렇게 적고 찾을 길 없음이여
호올로 허물어진 성(城)터에 서건대
삭풍(朔風)에 남은 고량(高梁)대만
갈 데 없는 감정(感情)인 양 못 견디어 울고
한때 기마(騎馬)의 흙빛 병정(兵丁) 있어
인력(人力)이 아닌 듯
묵묵(默默)히 서(西)쪽 벌 끝으로 향(向)하여 달려가도다

「북방시월(北方十月)」 전문

    거대한 자연이 생성을 멈추고 황막하게 소멸하고 있는 북방의 광
야는 까마귀와 납빛 하늘, 삭풍에 남은 고량대, 그리고 흙빛 병정 등
의 이미지에 의해 불모의 땅으로 묘사되고 있다. 죽음이 시작되고 있
는 이 시의 자연공간은 숲과 생명, 청정함 등을 연상시키는 자연과는
매우 다른 느낌을 불러일으킨다. 유치환이 드러내고 있는 북방의 자
연은 우울하고 비생명적인 공간인 것이다. '황막한 광야를 철책인 양
눌러 막'고 있는 하늘 이미지에서 감지할 수 있듯이 이 공간은 '감금'
의 공간이라 할 수 있다. 삭막한 북방의 광야를 유치환은 그의 다른
시 「광야(曠野)에 와서」에서 "나의 탈주(脫走)할 사념(思念)의 하늘
도 보히지 않고 / 정거장(停車場)도 이백리(二百里) 밖 / 암담한 진

창에 갇힌 철벽(鐵壁) 같은 절망(絶望)의 광야(曠野)!"라고 말한다. 탈주할 수 없는 막힌 공간으로서의 북방을 시인은 '울암(鬱暗)의 의지(意志)'로 인식한다. 여기에는 불모의 자연에 놓여 있는 한 존재의 무거움과 암울함이 내포되어 있다. 그것을 보다 분명하게 설명하고 있는 부분이 '창부인 양 허무를 안고 나누었나니'이다. 즉 그에게 불모의 광야는 '의지'와 '허무'라는 이중의 의미로 다가오고 있는 것이다. 자신의 '고독한 사유'조차 찾을 길 없는 존재 소멸의 심연으로 이끌고 가는 것은 이 황막한 자연이 환기하는 우울한 어둠이다. 죽음으로 이행해 가는 울암한 벌판에서 한 인간 존재가 느끼는 것은 '나' 자신이 '허무'한 존재라는 사실이다. 그는 시 「북방추색(北方秋色)」에서는 "설흔여섯 나이가 보람없이 서글퍼"라고 자신의 허무한 존재성을 고백하기도 한다.

그러나 유치환은 이러한 허무의식을 감상적인 것으로 이끌지 않는다. 그는 언제나 '허무'를 '의지'를 시험하는 심리적 요인으로 삼는다. 즉 그의 정신은 존재의 근원인 허무와 대결하고자 하는 것이다. 북방 체험을 담고 있는 또 다른 시 「절명지(絶命地)」에서 "오열(嗚咽)인 양 회한(悔恨)이여 넋을 쪼아 시험하라 / 내 여기에 소리없이 죽기로 / 나의 인생(人生)은 다시도 기억(記憶)치 않으리니"라는 표명은 이러한 의식으로부터 발현된 것이라 할 수 있다. 그의 대표작 「생명(生命)의 서(書) 일장(一章)」 또한 같은 맥락에서 읽히는 작품이다. 「생명(生命)의 서(書) 일장(一章)」의 공간인 "아라비아(亞刺非亞)의 사막(沙漠)"은 그의 북방 시편에서 보이는 절명지로서의 자연이라 할 수 있다. 그곳에서도 유치환은 "하여 '나'란 나의 생명(生命)이란 / 그 원시(原始)의 본연(本然)한 자태(姿態)를 배우지 못하거든 / 차라리 나는 어느 사구(沙丘)에 회한(悔恨) 없는 백골을 쪼이리라"고 말한다. 존재의 진정한 가치를 되찾기 위해 생명의 땅으로 가기보다는 자신을 시험할 수 있는 불모의 공간과 맞서는 것이다. 그것은 한 생명을 위기에 빠뜨릴 수 있는 거칠고 비생명적인 공간이라 할 수 있다. 그런 의미에서 '절명지'로 상징화되는 그의 자연공간은 문명성이나 인공성이 가미되지 않은 원시상태의 자연이며, 한 생명이 자신의 생명성을 담금질하는 광포한 자연이라 할 수 있다.

3. 자연의 순환성에 편입한 인간 존재

인간의 육체는 욕망과 소멸이라는 두 가지 사태에 지속적인 시달림을 받는다. 이는 생명적 존재가 그 생명성으로 인해 안고 가야 하는 숙명적 요인들이다. 생명은 스스로를 유지하기 위해 기본 욕구를 충족시키지 않으면 안 된다. 아울러 인간은 생명적 존재 가운데 자신이 죽음을 수밖에 없는 존재라는 사실을 유일하게 의식하는 독특한 자연이라 할 수 있다. 이와 같은 존재방식에 의해 일차적으로 문제가 되는 것은 다름 아닌 육체이다. 서정주는 그의 시「여수(旅愁)」에서 "하지만 가기 싫네 또 몸 가지곤 / 가도 가도 안 끝나는 머나먼 여행(旅行). / 뭉클리어 밀리는 머나먼 여행(旅行)"이라고 인간의 육체성이 갖는 고달픔을 노래하고 있다. 따라서 그에게 '몸'은 넘어서야 할 대상으로 인식된다. 서정주는 욕망과 소멸을 초월하여 영원한 시간의 흐름 속으로 자유롭게 넘나들 수 있는 사유를 자연의 순환적 구조에서 발견한다. 자연의 오묘한 순환구조에 인간의 육체성을 편입시킴으로써 미당은 영원성의 관념을 시로서 형상화하고 있다.

> 사소(娑蘇)의 매(鷹)는 사소(娑蘇)가 산(山)에 간 지 이듬
> 해의 가을날, 그 아버지에게 두 번째의 편지를 그 발에 날라왔
> 다. 이번 것은 새의 피가 아니라, 향(香)풀의 진액을 이겨, 역
> 시 손가락에 묻혀 적은 거였다. 피딱지의 두루마리는, 아직도,
> 집에서 가지고 간 그것이었다.
> —이것은 그 편지의 전반부(前半部) 한 조각만 남은 것이다.

피가 잉잉거리던 병(病)은 이제는 다 낳았읍니다.

올 봄에
매(鷹)는,
진갈매의 향수(香水)의 강물과 같은
한섬지기 남직한 이내(嵐)의 밭을 찾아내서

대여섯 달 가꾸어 지낸 오늘엔,
홍싸리의 수풀마냥. 피는 서걱이다가
비취(翡翠)의 별빛 불들을 켜고,
요즈막엔 다시 생금(生金)의 광맥(鑛脈)을 하늘에 폅니다.

아버지.
아버지에게로도,
내 어린 것 불구내(弗居內)에게로도, 숨은 불구내(弗居內)의 애비에
게로도,
또 먼 먼 즈믄해 뒤에 올 젊은 여인(女人)들에게로도,
생금(生金) 광맥(鑛脈)을 하늘에 폅니다.

> 「사소(娑蘇)의 두 번째의 편지(便紙) 단편(斷片)」 전문

사소[4]의 피, 혹은 병의 회복과정을 시인은 '밭'을 가는 농경 문화적 상상력과 접맥시킨다. 진갈매의 '한섬지기 남직한 이내(嵐)의 밭'을 대여섯 달 가꾸는 행위와 치병(治病)의 과정이 2연에서 동일하게 이야기되고 있다. 김현자는 "매가 찾아낸 밭의 공간은 지상에 있는 밭이 아니고 이내[산기(山氣) 증청(蒸淸)한 하늘의 특수한 기운(氣運) — 서정주 주]의 밭이다. 특히 '진갈매의 향수(香水)의 강물 같은'이라는 직유가 부가되어 이 밭의 공간은 액화(液化)되고 기화(氣化)되어 유동성을 지닌 상방(上方)의 공간이 된다"고 지적하면서 '이내의 밭'과 '피'는 둘다 액체성을 띠고 있다는 점에서 비유적 관계를 이룬다고 밝히고 있다.[5] 상방에 위치한 '밭'과 육체가 동일하다는 의미는 사소가 사료에서처럼 '지선(地仙)'의 위치에 있음을 말해 주는 것이다. 즉 사소는 한 개인을 뜻하는 것이 아니라 '밭'이나 '대지'를 상징하는 여성적 원형성을 내포한다.

사소의 밭갈기에 의한 치병의 과정은 세 개의 이미지 변용을 통해 암시되고 있다. '홍싸리의 수풀마냥' 서걱이며 마찰하는 피를 고요하게 가라앉히는 것, 그 피가 다시 어두운 하늘에 '비취의 별빛'으로 밝혀지는 것, 마지막으로 생금의 광맥이 되어 펼쳐지는 것이 그것이

---

4) 사소는 원래 중국 왕실의 딸로 처녀의 몸으로 잉태하여 신라의 시조인 혁거세왕을 나은 여인이다. 삼국유사의 기록에 의하면 사소는 부왕의 소리개가 점지해 준 선도산 (仙桃山)에서 신선수행(神仙修行)을 하여 지선(地仙)이 되었다고 전해진다. 사료는 사소를 신선이 된 인물로 기록하고 있으나 일반적인 통념으로 짐작해 보면 그녀는 일상의 금기를 어김으로 인해 일상의 삶 속에서 살 수 없게 된 비극적 인물이라 할 수 있다. 따라서 그녀의 신선수행은 자신에게 주어진 억압과 불행의 초월을 의미한다. 『삼국유사』, 권(卷) 제오(第五) 감통(感通) 제칠(第七) 선도성모수희불사(仙桃聖母隨喜佛事) 조(條) 참조.

5) 김현자, 「서정주 시의 은유와 환유」, 『은유와 환유』(한국기호학회 엮음), 문학과지성사, 1999, 133면.

다.6) 이러한 과정은 내면의 마찰을 고요한 것으로, 액체를 공기적인 것으로, 불투명함을 투명함으로 전환시키는 과정을 내포한다. 시인은 '병이 다 낫다'는 진술의 의미를 여러 개의 이미지를 통해서 입체화하고 있는 것이다. 특히 치유의 마지막 단계로 의미화하고 있는 생금은 물질 가운데서도 가장 순수한 원소의 집합체로서, 혼돈과 무질서가 모두 제거된 정화된 존재를 함축한다. 그의 이같은 순환론적 상상력은 불교적 인연설을 바탕으로 한 시편에서 더욱 부각된다.

언제든가 나는 한 송이의 모란꽃으로 피어 있었다.
한 예쁜 처녀가 옆에서 나와 마주 보고 살았다.

그 뒤 어느날
모란꽃잎은 떨어져 누워
메말라서 재가 되었다가
곧 흙하고 한세상이 되었다.
그게 이내 처녀도 죽어서
그 언저리의 흙 속에 묻혔다.
그것이 또 억수의 비가 와서
모란꽃이 사위어 된 흙 위의 재들을
강물로 쓸고 내려가던 때,
땅 속에 괴어 있던 처녀의 피도 따라서
강으로 흘렀다.
  (…)

---

6) 「사소(娑蘇)의 두 번째의 편지(便紙) 단편(斷片)」에 나타난 '피'가 식물에서 광물의 이미지로 변용되고 있음을 밝힌 기존의 논의로는 김화영, 『미당 서정주의 시에 대하여』, 민음사, 1984, 71~72면; 김현자, 앞의 책, 130~134면 등이 있다.

그래 이 마당에
현생(現生)의 모란꽃이 제일 좋게 핀 날,
처녀와 모란꽃은 또 한 번 마주 보고 있다만,
허나 벌써 처녀는 모란꽃 속에 있고
전(前)날의 모란꽃이 내가 되어 보고 있는 것이다.

「인연설화조(因緣說話調)」 부분

이 시 전체는 'A가 B되다'는 변신 은유의 연쇄에 의해 이루어져 있다. 모란꽃인 '나'와 그것을 마주 보고 있는 '처녀'의 관계는 'A가 B되다'의 연쇄에 의해 죽음을 넘어서 영원한 시간성을 획득하게 된다. 모란꽃(나) → 재 → 흙 → 강물 → 전날의 모란꽃으로의 변신은 처녀 → 흙 → 강물 → 모란꽃의 변신과 동일한 과정을 치름으로써 서로 혼용되는데 이 과정은 나와 처녀의 '마주 봄'이 죽음 뒤에도 여전히 지속되고 있음을 나타낸다. 끝없는 변신을 통해 시인이 보여주고 있는 영생의 테마는 곧 영원히 순환하는 시간적 질서를 낳음으로써 인간을 죽음에 대한 불안과 고통으로부터 구원해낸다.

「인연설화조(因緣說話調)」에서 보였던 시간의 순환구조는 「고조(古調) 이(貳)」「숙영이의 나비」「내 그대를 사랑하는 마음은」「마른 여울목」「내가 돌이 되면」「나그네의 꽃다발」「소연가(小戀歌)」「바위옷」 등의 시에서 집요하게 반복되고 있다. 이 시들 또한 대부분 모두 'A가 B되다'의 은유적 연쇄로 이루어져 있다. 동일한 시적 주제를 동일한 형식을 통해서 집요하게 반복하고 있다는 사실은 의식적이든 무의식적이든 이 시인에게 「인연설화조(因緣說話調)」와 같은 시가 담고 있는 내용이 그만큼 비중 있는 진리로 여겨졌다는 것을 말해 준다. 그런 것만큼이나 시인이 인간의 유한성을 의식했다는 얘기도 된다.

4. 실유(實有)의 가능 조건인 조화

비극적 역사와 황폐한 현실을 걸머지고 가야 하는 것이 인간의 시
간이라면, 그러한 시간의 경험적 토대는 구상 시인에게 혐오와 냉소
의 감정으로 자리잡는 것이 아니라 보다 온전한 터전을 구축하고자
하는 역설의 힘으로 작용한다. 그의 시에 삶의 원본으로서 자연이 자
주 등장하는 것은 이 때문이다. 구상에게 자연은 인간과 자연이 함께
힘을 모아 이루어내는 공간으로서, 역사의 비극을 극복하고자 하는
시인의 지향을 함의하고 있는 생명공간이다. 주목할 것은 구상은 자
연의 생명성을 생성시키고 유지시켜 주는 것이 바로 조화의 힘에 있
다고 생각한다는 점이다.

> 헛간 뒤 감나무의 진무른 홍시도
> 입추(立秋) 전까지는 입이 부르트게 떫었으며
> 저 뒷동산의 밤송이도
> 가시를 곤두세워 얼씬도 못하게 하더니만
> 알을 익혀 하강(下降)의 기름칠을 하고는
> 입을 제 스스로 벌렸다.
>
> 오오, 만물은 저마다
> 현신(現身)과 내일의 의미를 알고
> 서로가 서로를 지성(至誠)으로 도와
> 저렇듯 어울리며 사는데
> 사람인 나 홀로 이 밤
> 울타리에 썩어가는 말뚝이듯
> 아무것도 모르며 섰는가?
>
> 「조화(造化) 속에서」 부분

모든 생명체의 공존을 가능하게 하는 것은 각각의 생명체가 지닌 에너지가 아니라, 서로 조화를 이루게 하는 오묘한 자연법칙에 있다. 그것은 다름 아닌 때(時)를 맞추는 일이다. '현신(現身)과 내일의 의미'를 알 때 떫은 감은 홍시가 되고, 밤송이의 알은 씨앗을 퍼뜨릴 만큼 무거워진다. 이러한 결실은 꽃과 나비와 물과 바람과 햇빛의 어우러짐이 있어야만 가능하다. 서로를 지성으로 도우며 공존의 터전을 만드는 것이 자연의 항상성이다. 땀흘리는 농부의 노동은 "막혔던 땅의 / 숨구멍"(「밭日記 1」)을 열어주고, 하늘에서 내리는 눈은 "온 몸 세포(細胞)의 문을 / 활짝 연다"(「밭일기(日記) 43」). 이것이 저것을 배척하지 않고 서로의 숨구멍을 열어주는 것이 곧 화락(和樂)을 생성시키는 자연의 순리이며 신의 섭리인 것이다. 그로부터 존재하지 않았던 생명들이 탄생하고 성숙한다. 인간 존재는 자연의 성숙과 쇠락을 경험함으로써 개별 생명의 유한성 또한 가늠하게 된다. 시인은 이러한 깨달음을 '이적(異蹟)'(「밭 일기(日記) 40」)이라 말한다. 한편 '사람인 나 홀로 이 밤 / 울타리에 썩어가는 말뚝이듯 / 아무것도 모르며 섰는가?'라고 시인은 스스로에게 반문함으로써 사람 사는 이치 또한 자연과 같음을 역설하고 있다. 그는 또 다른 시 「잡초분재(雜草盆栽)」에서 "우리는 조화(造化)의 이 신비(神秘) 속에서 / 날마다 만남의 기쁨을 나누며 / 영원한 역사(役事)에 함께 나아간다"고 고백한다.

비극적 역사 체험과 그로부터 생겨난 자연지향적 태도는 구상의 존재에 대한 관념적 구도와 깊이 연관되어 있다. 황폐한 현실에서 자연의 생기에 거듭 주목하는 것은 '생명'에 대한 본질적 물음을 내포하며, 이는 '존재란 무엇인가'를 묻는 철학적 성찰과 맞닿아 있는 것이다. 따라서 존재에 관한 그의 형이상적 사유의 토대는 삶의 실상으로부터 배태된 것이라 할 수 있다. 생명이란 무엇인가, 혹은 존재란 무엇인가라는 질문은 그의 시 「허(虛)의 장(章)」에서는 '있음'에 대한 탐구로 드러난다. '있음'에 대한 탐구의식은 '인간이 존재한다'는 자명한 사실에 오히려 의문을 가짐과 동시에 그것에 경이로움을 느꼈던 자만이 깨달을 수 있는 실존성을 나타낸다. 도대체 '있음'이라는 것이 어떻게 가능할 수 있는가라는 질문은 곧 존재 생멸의 비밀을 알고자 하는 욕구라 할 수 있다.

제군(諸君)!
허(虛)란 실상 실유(實有) 그것일세.
어둠에서 빛으로
불에서 물로
진창에서 꽃밭으로
식료(食料)에서 변통(便桶)으로
바람에서 돌 속으로
사람에게서 짐승에게로
물고기에게서 땅벌레에게로
죄수(罪囚)의 눈빛에서 간수(看守)의 눈빛으로

여왕에게서 걸인(乞人)에게로
시(詩)에서 과학으로
전쟁에서 평화로
봄 여울에 눈 녹아 흐르듯 흐르며
또한 동양화의 여백(餘白)같이 본래(本來) 있어
생사(生死)와 명멸(明滅)을 낳고
시간과 공간을 채워서

남음이 없지.

그래서 허(虛)는 존재의 생성(生成)을
혼연(渾然)케 하고
운명과 자유를 병존(竝存)케 하며
모든 실존(實存)의 개가(凱歌)를 올려
저 허허(虛虛)한 창공(蒼空)을 스스로의 안에서
대응(對應)시키는 조화(造化) 속일세.

제군(諸君)! 그러나 이 경지는
막다른 심연(深淵)의 축복에서
드맑은 정상(頂上)에 이르른
생(生)의 화해(和解)된 인지(認知)라는 것을
납득(納得)해 주게.

「허(虛)의 장(章)」 부분

　구상은 실유의 근거를 허(虛)로 본다. 이는 동양의 유무상생론적
(有無相生論的) 세계관과 연관된다. 동양적 세계에서 허(虛)나 무
(無)는 그야말로 '없음'이 아니라 만물을 생성시키는 우주의 기운이
라 할 수 있다. 허는 사물의 실체와 분리된 것이 아니라 사물을 형성
하는 근본적 힘인 것이다. 이처럼 허와 유(有)가 하나가 되기 위해서
는 투쟁이 아니라 화해의 원리에 그 바탕을 두어야 한다. 이 시에서
보이는 것처럼 어둠과 빛처럼 서로 대립적인 것을 동일한 쌍으로 묶
을 수 있는 것은 유무상생의 화해 논리가 작용하고 있기 때문이다.
생과 사를, 운명과 자유를 병존케 하는 우주의 원리에 대한 깨달음이
곧 실존이라고 시인은 말하고 있는 것이다. 즉 진정으로 '있음'은 '나'

라는 개체의 독립적 상태가 아니라, 이질적인 것, 대립적인 것들의
조화와 화해임을 강조하고 있는 것이다. 여기에는 존재간의 평화와
공존을 갈구하는 시인의 지향성이 깃들어 있다.

> 저 허공(虛空)과 나 사이 무명(無明)의 장막을 거두어 주오.
> 이 땅 위의 모든 경계선(境界線)과 철망과 담장을 거두어 주오.
> 사람들의 미움과 탐욕과 차별지(差別智)를 거두어 주오.
> 나와 저들의 체념(諦念)과 절망을 거두어 주오.
>
> 「오도(午禱)」 부분

　장막, 경계선, 철망, 담장, 차별지를 거두어 달라는 시인의 기도는
이 세계가 불화와 차등으로 서로를 억압하고 있음을 암시한다. 그런
면에서 인간의 세계는 자연의 세계와 대립한다. 앞서 살펴본 것처럼
자연은 지성으로 서로를 도우며 화육(化育)하는 상생의 세계이다. 자
연은 진정한 실유(實有)가 무엇인지를 가르쳐주는 교사라 할 수 있
다. 그에게 실유와 자연의 원리는 하나인 것이다. 이와 같은 '있음'에
관한 구상의 관념은 '강'의 상징으로 드러나기도 한다. 그에게 강은
"샘에서 여울에서 폭포에서 시내에서 / 억만(億萬)의 현존(現存)이
서로 맺고 엉키고 합해져서 / 낳고 죽어가며 푸른 바다로 흘러들어 /
새로운 생성(生成)의 바탕"(「강(江)」)을 이루는 영원성의 세계이다.
끊임없는 화해는 생성의 바탕을 이룸으로써 존재의 시간을 단절이
아니라 지속으로 이끈다.

5. 죽음의식이 포착한 생명체의 생기

황동규의 「풍장(風葬)」 연작은 14년이라는 오랜 시간에 걸쳐 제작된 죽음에 관한 성찰 시편이다. 총 70편으로 이루어진 이들 작품은 인간 존재가 숙명적으로 지고 가야 할 한계상황을 서정적 상상력으로 풀어내고 있다는 점에서 관념적 주제를 감성적으로 형상화하고 있는 경우라 할 수 있다. 「풍장」 연작의 서시에 해당된다고 할 수 있는 「풍장 1」은 죽음에 대한 시인의 태도를 잘 드러내고 있는 시편 가운데 하나이다.

> 남몰래 시간을 떨어뜨리고
> 바람 속에 익은 붉은 열매에서 툭툭 튀기는 씨들을
> 무연히 안 보이듯 바라보며
> 살을 말리게 해다오.
> 어금니에 박혀 녹스는 백금 조각도
> 바람 속에 빛나게 해다오.
>
> 바람을 이불처럼 덮고
> 화장(化粧)도 해탈(解脫)도 없이
> 이불 여미듯 바람을 여미고
> 마지막으로 몸의 피가 다 마를 때까지
> 바람과 놀게 해다오.
>
> 「풍장 1」 부분

장례의 한 형태로서 풍장이 연상시키는 것은 건조함이다. 이는 부패와 질척거림으로 이행해 가는 시체의 추악한 모습을 제거함으로써 죽음에 대한 공포와 혐오를 덜어준다. 시인이 매장이나 조장이 아니라 풍장을 선택한 의도가 여기에 있다고 여겨진다. 즉 시인은 깨끗한 죽음의 이미지를 만들어내기 위해 '젖음'이 아니라 '마름'을 택하고 있는 것이다. '마름'은 또한 죽음을 친근한 것으로 받아들이고자 하는 의식의 소산이기도 하다. 그렇기 때문에 이 시의 화자는 매우 편안한 모습으로 여유를 보여준다. '무연히 안 보이듯 바라보며'라든가 '화장도 해탈도 없이'와 같은 구절들은 죽음에 대한 공포와 고통을 모두 넘어선 자의 발언이라 할 수 있다. 이와 같은 내적 욕구는 '바람과 놀게 해다오'라는 표현에서 절정을 이룬다. 시인의 이와 같은 태도는 죽음을 무겁고 고통스러운 것이 아니라 자연스러운 것, 더 나아가서는 아름다운 것으로 받아들이도록 이끈다.

그러나 이러한 죽음의식의 이면에는 '해다오'라는 반복적 표현에서 짐작할 수 있듯이 여전히 죽음에 대한 두려움이 잠재해 있는 것으로 파악된다. 서서히 바람에 풍화되어 가는 존재의 모습이 자기 자신이라고 생각할 때 죽음은 쉽게 넘어설 수 있는 문제가 아닌 것이다. 「풍장」 시편들 가운데 많은 편수가 생명체의 생기를 포착하고 있는 까닭이 여기에 있다. 황동규는 죽음을 얘기하면서 역설적이게도 지속적으로 생명적인 것에 관심을 드러낸다. 죽음에 대한 성찰이 곧 생명에 대한 성찰이라는 논리를 이들 시편들이 말해 주고 있는 것이다. 이때 중심이 되는 것은 약동하는 생명을 가장 잘 드러내 줄 수 있는 자연물들이다.

① 아 안 보이던 것이 보인다.
　콘크리트 터진 틈새로

노란 꽃대를 단 푸른 싹이
간질간질 비집고 나온다.
공중에선
조그만 동작을 하면서
기쁨에 떠는 새들.
호랑나비 바람이 달려와
마음의 바탕에
호랑무늬를 찍는다.
찍어라, 삶의 무늬를,
어느 날 누워 깊은 잠 들 때
머릿속을 꽉 채울 숨결 무늬를,
그 무늬 밖에서 숨죽인 가을비 내릴 때.

「풍장 12」 부분

② 바람에 흔들리는 저 나무, 저 꽃, 저 풀,
도토리를 먹는 다람쥐의 오르내리는 저 목젖이
동식물도감의 정밀한 사진 속에 숨지 않으려는
바로 그것!

「풍장 21」 부분

③ 함박꽃 가지에서
사마귀가 성교 도중 암컷에게 먹히기 시작한다,
머리부터.
머리가 세상에서 사라지는 이 쾌감!
하늘과 땅 사이에 기댈 마른 풀 한 가닥 없이
몸뚱어리 몽땅 꺼내놓고
우주 공간 전부와 한번 몸 부비는

저 경련!

「풍장 30」 전문

①에서 화자가 '아 안 보이던 것'이라고 경탄하고 있는 대상은 새로 태어난 '푸른 싹'이다. 그 주변에서 맴돌고 있는 '새'와 '호랑나비'는 콘크리트로 이루어진 비생명적 도시 공간을 생명적인 것으로 뒤바꾸어 놓는다. 화자는 이를 '삶의 무늬'라고 표현한다. '깊은 잠'으로 암시되고 있는 죽음에 이 시의 화자는 생명의 '숨결 무늬'를 새겨넣고자 한다. ②에서 시인은 섬세한 눈으로 다람쥐의 '오르내리는 목젖'을 포착하고 있다. 흔들리고 목젖이 오르내리는 자연의 움직임은 '동식물도감' 같은 정지된 화면으로는 볼 수 없는 생명의 온전한 역동성을 의미한다. 지금 여기에서 움직이고 있는 '바로 그것!'이 생명인 것이다. 그것은 살아있음의 생생한 현존성이다. ③은 본능에 몸을 맡기고 성교와 죽음을 동시에 치르고 있는 '사마귀'를 대상으로 하고 있는 시이다. 생명의 원초적 행위 앞에서 시인은 '우주 공간 전부와 한 번 몸 부비는 / 저 경련!'이라고 말한다. 시인은 이 극적인 사건으로부터 우울한 죽음이 아니라 강인한 생명적 에너지를 느끼고 있는 것이다. 이는 순간에 이루어지는 삶과 죽음의 통정(通情)이며 친화이다.

① ② ③을 읽으면서 다시금 상기해야 할 것은 이들 시가 모두 '풍장'이라는 제목하에 있다는 사실이다. 이는 죽음의식이 곧 생명을 비추는 거울임을 시사한다. 황동규는 존재의 죽음을 성찰하는 가운데 진정한 생명성과 만나고 있는 것이다. 죽음을 인식하지 않은 자에게 생명이란 경이로울 것도 신비로울 것도 없다. 한편 죽음을 의식한다는 것은 자신의 자연성을, 즉 생명성을 의식한다는 것과 동일한 의미

를 지닌다. 그런 의미에서 황동규에게 죽음과 생명은 분리된 것이 아니라 유기체가 지닌 근본적 속성이라 할 수 있다.

　유치환, 서정주, 구상, 황동규의 자연시는 모두 자연 자체의 미감이나 생명감을 드러내기보다는 '자연'을 통해서 인간 존재의 실존에 대한 물음을 제기하고 있는 경우라 할 수 있다. 유치환은 거대하고 광포한 자연에서 느끼는 존재의 허무와 맞서고자 하는 대결 의지를, 서정주는 자연의 순환구조와 마찬가지로 인간의 육체성 또한 순환하는 자연의 일부임을, 구상은 인간 존재의 실존을 가능케 하는 조건인 조화의 힘을, 황동규는 죽음이 곧 생명의 다른 얼굴임을 각각 보여주고 있다. 많은 시인들이 이 같은 존재론적 사유를 감행하는 것은 '나'라는 개체성에 대한 자각이 그 밑바탕에 깔려 있기 때문이다. 공동체의 이념이나 집단적 연대감보다 개인의 존재성과 욕망을 우선시하는 근대의 패러다임은 실존에 대한 물음을 첨예화하는 계기가 되었다고 할 수 있다. 이때 중요한 것은 이들에게는 자연과 우주가 인간 존재의 본질을 비춰보는 거울이라는 점이다. 존재의 유한성과 생명성에 대한 사유와 자연에 대한 인식을 동시에 진행시키고 있는 이들의 존재탐구의 상상력은 인간이 자연의 일부임을 인정하는 태도를 그 기저에 깔고 있는 것이라 할 수 있다. 따라서 자연시에서 개인의 발견은 곧 자연으로서의 인간, 우주의 한 부분으로서의 인간을 자각하는 것과 동일한 의미를 지닌다.

환상시의 농담과 진실
— 김민정 · 정재학 · 여정의 경우 —

1. 도전적 정신의 가능성

　"문학은 자기의 성채 안에 폭발물을 장치하는 것"이라는 아르토 (Antonin Artaud)의 말은 견고하게 굳어져 가는, 그야말로 한없이 지루하게 반복을 되풀이하는 문학의 낡은 성채를 폭파함으로써 참다 운 문학의 영토를 탈환할 수 있음을 깨우친다. 자기 갱신을 꿈꾸지 않는 느슨한 정신의 껍질 속에서 삶을 보존하고자 할 때 시의 언어 는 자족적 수사나 혹은 미사여구적 외장을 둘러쓴 말의 집적물로 타 락한다. 그렇다고 해서 모든 반역과 도전이 온당한 가치를 지니는 것 은 아니다. 한 시인의 모험적 상상력과 일탈이 진정한 의미의 지평을 열어놓을 때만 시의 언어는 생명을 얻는다.

　그런 의미에서 간혹 발견되는 김민정이나 정재학, 여정과 같은 시 인들의 '환상시'에 주목할 필요를 느끼게 된다. 그들의 시는 분명 잔 혹하고 그로테스크하며 유머러스하다. 미메시스적 시각을 해체하고 그 위에 환상을 덮어씌움으로써 그들은 또 다른 리얼리즘을 구가하 고 있다. 도전적이고 도발적인 그들의 언어가 성취하고자 하는 바는 무엇인가? 그들은 왜 끊임없이 현실을 교란시키고 왜곡시키는가? 그리고 그들이 드러내고 있는 불편한 농담과 진실을 우리는 어떻게 받아들여야 하는가? 이러한 물음이 촉발되는 것은 C.S. 루이스(C.S Lewis)의 말처럼 환상시가 분명히 인식의 자극제 역할을 하고 있기 때문이다.

2. 시대의 그늘에 대한 메타포

환상시는 미메시스의 오랜 전통과 습관을 공격함으로써 비현실적이고 불가해한 행위들을 정상적인 위치로 복원시킨다. 캐스린 흄(Catherine Hume)은 이를 『환상과 미메시스』에서 "사실적이고 정상적인 것들이 갖는 제약에 대한 의도적 일탈"로 정의내린 바 있는데, 이러한 일탈은 질서와 균형 속에 고착된 낡은 가치들을 조롱하고 위반하는 즐거움을 제공할 뿐 아니라, 나아가서는 새로운 삶의 토대를 꿈꾸는 전복의 매개물로 기능할 수 있다는 점에서 파괴적인 동시에 생성적이다.

그렇다면 시적 환상을 그야말로 허황된 환상이 아닌 새로운 리얼리즘이 되게 하는 것은 무엇인가? 그것은 현실을 전면 삭제함으로써 이루어지는 것이 아니라, 역설적이게도 현실과의 깊은 연대감을 바탕으로, 현실을 교란시키는 상상 작용에 의해서 창조된다. 꾸준히 환상시를 발표하고 있는 김민정의 경우 현실과 환상의 경계를 교란시킴으로써 새로운 리얼리즘을 구축하고 있는 경우로 보인다. 『비평과 전망』 제3호(2000, 12월)에 실린 「살수제비 끓이는 아이」 「나는 안

닮고 나를 닮은 검은 나나들」「가재발 달린 집게벌레의 방문」, 그리고 『문예중앙』(2001, 봄호)에 실린 「숨은 집 찾기 놀이」「나는 그곳에 서서 내 자신의 무덤을 판다」 등은 모두 그로테스크한 환상시라할 수 있다. 이들 시를 읽다보면 이상한 나라의 엘리스가 아니라 이상한 나라의 '나나'와 만나게 되는데, 그의 시를 이끌어 가는 상징적 화자인 '나나'는 어른이 아니라 아이이다. 그렇기 때문에 김민정의 환상시는 자연스럽게 동화적 상상력과 접합되어 나타난다. 우리가 일반적으로 생각하는 동화의 나라는 모험과 아름다움, 그리고 신비가 가득한 꿈의 세계이다. 그러나 김민정의 시적 상상력이 만들어내는 환상은 폭력의 잔인함, 추악한 인물, 공포스러운 벌레, 기괴하게 해체된 신체와 송장이 들끓는 세계이다. 그 속에 어린 화자인 '나나'가 있다. 그의 어린 화자는 공포와 혐오로 그늘져 있는 세계를 노래하듯 혹은 놀이하듯 가볍게 얘기하면서 독자를 환상 속으로 끌어들인다.

주황색 플라스틱에 까만 글씨를 판 이름표를 달고 나는 매일매일 학교에 간다 비 맞은 구두가 아직 덜 말랐는데 나 오늘 학교 안 가면 안돼? 엄마는 송곳처럼 뾰족이 깎은 세 자루의 연필과 면도칼을 세워 내 호주머니 속에 넣어준다 가다가다 어김없이 가나안 정육점 앞에서 외팔이 소년을 만난다 외팔이 소년은 제 한 팔을 갈아먹은 고기 써는 기계에 내 한 다리를 쑤셔넣고는 오늘도 영구 흉내를 내보인다 띠리리리리리 띠리리리리리 바람이 외팔이 소년의 손 없는 팔에 퉁퉁 불린 소매를 달아준다 똑같지? 아니아니 하나도 안 똑같애 외팔이 소년은 불어난 소매 끝에 갈고리를 끼워 내 목둘레를 둘러 긋기 시작한다 똑같은 거야, 알았어? 덜렁덜렁해진 모가지로 끄덕끄덕하며 나는 호주머니에서 연필을 꺼내 외팔이 소년의 혀를 꾸욱 하고 찍어버린다 구멍난

혀를 면도칼로 짤라 신주머니에 넣으며 나는 매일매일 학교에 간다 가
다가다 덜렁덜렁해진 모가지에서 빨간 물감에 절인 빗물 같은 피가 숙
제장 위로 뚝뚝 떨어진다 사방에서 남자애들이 코를 싸쥔 채 오줌을
갈겨댄다 선생님이 막대기로 남자애들의 머리통을 탕탕 후리더니 날
안고 화장실로 간다 어김없이 선생님은 내 교복블라우스 앞가슴 새에
입술을 부비더니 단추 하나를 먹어버린다 걱정 마 도로 뱉어 꿰매줄게
선생님이 내 젖꼭지를 깨물어 돌돌 말기 시작한다 봐 선생님이 단추
만들어준다고 했잖아 아니아니 실바늘은 못 만들잖아 나는 호주머니
에서 연필을 꺼내 선생님의 손등을 꾸욱 하고 찍어버린다 구멍난 손등
을 면도칼로 짤라 신주머니에 넣으며 나는 매일매일 학교에 간다

「나는 안 닮고 나를 닮은 검은 나나들」 부분

김민정의 시에서 공통적으로 발견되는 특징 가운데 하나는 처참하
게 분해된 신체 이미지가 빠짐없이 등장한다는 사실이다. 살수제비,
피칠 두른 살껍질들, 눈알, 피, 부어터진 음부, 흐무러지는 배냇니 등
그가 그려내고 있는 질척한 신체 이미지들은 불결하며 섬뜩하다. 김
민정은 자학적이라 할 만큼 이러한 신체 이미지에 집착함으로써 악
몽과도 같은 세계의 어둠을 그려낸다. 그것은 화자를 둘러싸고 있는
세계가 지극히 폭력적임을 암시한다. 위에 인용한 「나는 안 닮고 나
를 닮은 검은 나나들」에서도 '내 목둘레를 둘러 긋'는 정육점 외팔이
소년과 '내 젖꼭지를 깨물어 돌돌 말기 시작'하는 선생님을 통해서
시인은 가학적이고 위선적인 세계를 폭로한다. 이러한 폭력적 세계
에 '아니아니'라는 부정의 언어로 맞서고 있는 '나나'는 소년의 혀와
선생님의 손등을 연필로 꾸욱 찍고, 그것을 잘라 자신의 신주머니에
넣는다.

이때 폭력에 적극적으로 대응하는 '나나'의 행위 또한 잔혹하게 느껴진다. 그러나 부조리한 세계에 대한 정당방위라는 점에서, 그리고 그것을 퇴치하는 행위라는 점에서 '나나'는 지옥을 헤쳐가는 영웅의 위치를 점유하게 된다. 이것이 김민정이 그려내고 있는 '나나'의 모험담이며, 이 모험담이 그려내고 있는 어두운 환상 이면에는 우리의 삶을 다시 되돌아보게 하는 전략이 숨어 있다. 경쾌하고도 가벼운 어조 속에 용해되어 있는 김민정의 무시무시한 공포의 세계는 일상적 평온에 대한 불안감을, 나아가서는 부조리한 세계에 대한 강렬한 부정의식을 유도해내고 있다는 점에서 그것은 시 내부에만 존재해 있는 허구 이상의 의미를 갖는다. 그의 환상이 현실을 되찌르고 현실의 견고한 위선의 껍질을 조금씩 부수고 있는 것이다.

그러나 이와 같은 그의 환상시가 동일한 상상력을 바탕으로 일관된 흐름을 보여주고 있는 것은 이 시인의 집요한 에너지이기도 하지만, 계속되는 반복이 각각의 시편들이 지녀야 할 변별성을 무화시키고 있음을 볼 때 김민정의 환상시는 또 다른 영토를 개척할 필요성을 갖게 된다. 이 시와 저 시가 대동소이한 이미지와 사건들로 반복될 때 그가 창조하고 있는 '나나'의 지옥은 더 이상 강렬함을 유지할 수 없게 될 수도 있다. 생동하는 상상력을 바탕으로 김민정의 '나나'는 또 다른 지옥으로의 모험을 감행해야 할 것이다.

『창작과 비평』(2001, 봄호)에 실린 정재학의 「아라베스크」 「사진에 담긴 편지」 「얼룩말」 또한 현실과 환상의 경계를 교란시킴으로써 독자로 하여금 무엇이 환상이고 무엇이 현실인지 그 구분점 찾기를 포기하게 만들고 있는 예이다.

멈추지 않는 지하철 안에 얼룩말들이 달리고 있었다 검은색과 흰색을 좋아하는 사람들은 움직이는 선명한 색을 잡으려고 날뛰었다 잡힌 가죽은 흑과 백으로 잘려졌다 좀더 많은 가죽을 차지하려고 사람들이 다투는 동안 벌거벗은 아이들의 얼굴이 증발하고 있었다 가죽이 벗겨진 머리에 회색 시멘트가 부어지고 얼굴 없는 아이들은 알몸으로 자전거를 탔다 아이들의 살갗에 얼룩무늬가 새겨지고 있었다 자신의 손과 얼굴에서 흐르는 피를 핥아먹던 사람이 자전거를 붙잡으며 결벽증에 걸린 비누에 칼과 유리가 박혀 있었다고 고함을 질렀다 아이들이 다른 칸으로 달리고 있었다

「얼룩말」 전문

이 시가 보여주고 있는 것은 지하철 안의 풍경이다. 그러나 이 시에서 제시하고 있는 지하철 안의 풍경은 우리가 일상생활에서 경험하는 차원을 단숨에 가로질러 아주 당혹스럽고 기괴한 모습으로 독자의 의식을 혼란시킨다. 욕망의 사냥터로 돌변해 있는 지하철 안은 도축장을 방불케 하는 광기적 세계이다. '얼룩말'을 검은 색과 흰색으로 갈가리 찢고 있는 사람들은 사냥한 짐승을 물어뜯고 있는 맹수들과 다를 바 없다. 사람들은 얼룩말의 가죽을 벗기고 거기에 '회색 시멘트'를 부어놓음으로써 얼룩말을 가장 비생명적인 것으로 박제화한다. 그리고 자신의 손에 묻은 피가 '비누에 박혀있는 칼과 유리' 때문인 것처럼 허위적 진술을 늘어놓는다. 한편 이 맹수들 사이에서 '아이들의 얼굴이 증발'하고, 아이들은 '살갗에 얼룩무늬'가 새겨진 얼룩말이 되어 간다. 아이들은 미래의 희망이 아니라 미래의 사냥감인 것이다. 자전거를 붙잡는 두려운 손길을 뿌리치고 아이들은 다른 칸으로 달려가지만 그들은 지하철 안을 빠져나갈 수 없다.

일상의 공간을 이처럼 살해와 광기의 공간으로 뒤바꾸어 놓음으로써 정재학은 도시적 욕망의 야만성을 공격하고 있는 것이다. 그가 그려내고 있는 '지하철 안'은 '멈추지 않는' 속도의 블랙홀이며, 여기에 몸을 실은 자들은 결국 다른 곳으로 내려설 수 없다. 욕망의 노예들은 '지하철 안'이 만들어내는 삶의 논리에 철저히 길들여져 있는 자들이다. 이것이 그가 포착한 도시적 삶의 양태인 것이다. 정재학이 「얼룩말」을 통해서 묘사하고 있는 풍경은 과장되어 있고 비현실적이지만, 그러한 환상은 리얼리즘적 세계의 부조리를 증폭시키고 있다는 점에서 미메시스적 시각이 재현하는 세계보다 적나라하고 진실하다.

여정 또한 일관되게 환상적 이미지를 통해서 현대인의 부조리한 삶을 조롱하고 공격하는 시인 가운데 하나이다. 『현대시학』(2000, 10월)에 발표한 「아기 5호, 그룹사운드 베이비파워, 그리고……」 「베이비 스토어에서 생긴 일」 「벌레 11호」, 그리고 이듬해(『현대시학』 2001, 10월)에 발표한 「눈이 아픈 아이를 위한 랩소디」가 그러한 시들이다.

아이의 눈이 점점 커지고 있다. 오른쪽 눈과 왼쪽 눈이 맞붙고 있다. 새끼를 치고 있다. 아이의 온몸에 새끼눈알들이 주렁주렁 열리고 있다. 빽빽이 들어차 붉거지고 아… 눈알들의 숲… 이

노을로 물들고 있었다. 적색경보가 울려 퍼지고 있었다. 붉은 옷을 걸친 나무들이 빽빽이 몰려들고 있었다. 가지가 가지끼리 뒤엉키며 피를 흘리고 나무가 나무끼리 뒤엉키며 불투명의 길과 투명의 길을 자르고 아… 새들은 날아들지 못하고 지저귐도 날아들지 못하고… 이… 고요… 는

움직일 수 없다. 아이는 흠이 많은 유리컵 안에서 세상을 바라보고 있다. 굴절된 열매와 굴절된 날개와 굴절된 빌딩과 굴절된 숲에서 절규하고 있다. 유리컵을 뚫지 못하는 절규, 되돌아와 제 살을 제 눈알들을 마구 찔러대는 절규 아… 아픈 시, 신경, 질,… 이

가을이었다. 아이가 눈알들을 하나씩 떼어내고 있었다. 낙엽처럼 눈알들이 쌓여가고 있었다. 눈알들을 떼어낸 자리는 해골의 빈 동공처럼 나무의 옹이처럼 언제나 퀭하기만 하고 무감각하기만 하고 아
……이의 몸 속으로 난 말 줄임표 같은 그 길이 그 절규가 새들의 날개를 떨구는 밤, 어느새 겨울이다. 하늘엔 눈이 내리고 함박눈이 내리고 아이의 아픔은 이내 눈으로 뒤덮이고 눈 속으로만 쌓여 가는데 아 … 눈 … 이 너무 아프다.

「눈이 아픈 아이를 위한 랩소디」 전문

온몸에 '새끼눈알들'이 열리는 공포스러운 육체의 변이과정을 이 시는 '커지고 있다' '맞붙고 있다' '치고 있다' '열리고 있다'의 반복을 통해서 동적으로 표현해낸다. '~하고 있다'의 반복은 형태의 변화만이 아니라 육체의 변형이 가져오는 '아이'의 끔찍한 고통을 독자에게 환기하는 역할 또한 한다. 이때 주목해야 할 것은 이 시의 전면에 깔려 있는 '나무'의 영상이다. '주렁주렁 열리고' '눈알들의 숲' '낙엽처럼 눈알들이 쌓여가고' '옹이처럼 퀭하기만 하고' 등의 표현에서 알 수 있듯이 온몸에 눈알을 달고 있는 아이를 시인은 나무를 매개로 비유하고 있다. 즉 아이는 한 그루의 나무인 것이다. 그러나 이 시에서 드러나 있는 식물 이미지는 나무에 대한 일반적 상상력을 파괴하면서 생성된 기괴함을 갖는다. 봄 나무의 가지에 맺혀 있는 귀여운 생명의 눈, 가을나무의 아름다운 잎들, 그리고 겨울나무의 처연한 가

지들을 보면서 불러일으키게 되는 정감이 이 나무에는 배제되어 있다. 그런 인간적 감상을 이 시는 용인하지 않고 있는 것이다. 아이는 싹을 틔우고 낙엽을 떨구는 나무의 생물학적 변화와 동일한 생명 리듬을 갖고 있지만 그 생명 리듬 속에는 엄청난 존재의 고통이 내재해 있음을 보게 된다. 특히 '이… 고요… 는' '아… 아픈 시, 신경, 질,… 이' '아 … 눈 … 이 너무 아프다'에서 보이는 말줄임표의 늘어짐은 의식에서 해소되지 않고 그대로 들러붙어 있는 고통을, 그것에 가위눌려 있는 존재의 신음을 잘 드러낸 시적 표현이라 할 수 있다.

그렇다면 그 고통은 어디에서 연유하는가? '적색경보' 지대에서 벌어지는 나무들의 피비린내 나는 싸움은 '불투명의 길과 투명의 길'로 세계를 갈라놓고 아이를 그 속에 감금시킨다. 세상은 '흠이 많은 유리컵'이고 아이는 그 왜곡된 세계 속에서, '굴절'된 세계 속에서 절규한다. '유리컵을 뚫지 못하는 절규'는 아이의 내부로 되돌아와 '제 살을 제 눈알들을' 찌른다. 아무리 절규해도 세계는 변화하지 않고 존재는 그 속에서 자신의 생명을 소진시킬 뿐이다. 아이가 생존하고 있는 존재론적 지평은 지옥과 다를 바 없는 세계인 것이다. 그리고 '새들은 날아들지 못하고 지저귐도 날아들지 못하'는 이 불모의 숲에서 아이는 늙는다.

여정이 형상화하고 있는 존재의 표상은 비극적이다. 그는 생멸의 숙명적 딜레마와 존재를 위기로 몰아넣는 왜곡된 세계 모두를 통해 공포스러운 실존의 진상을 드러낸다. 그의 아이의 형상이, 혹은 나무의 형상이 그로테스크한 몰골로 그려지고 있는 까닭이 여기에 있다. 그에게 아이는 아름답고 순수한 생명체가 아니라 지옥의 주인공이 되어야 하는 고통스러운 존재일 뿐이다. 이와 같은 여정의 존재론은 안락함에 젖어 있는 우리의 의식을 공격함으로써 동요시킨다. 그는 섣부른 희망과 낙관의 여지조차 주지 않는다. "당신은 지옥의 거주자"라고 그는 거듭 말한다. 그러한 그의 폭언을 나는 믿고 싶지 않지만 내 안에 있는 신경세포가 불안해진다. 동요한다.

4. 전복을 매개하는 '환상'

예술가들이 상상하며 몰두했던 공포의 세계가 다만 허구에 불과한 것이라고 확신할 수만 있다면 우리는 공포의 표상으로부터 역으로 현재의 안락함과 행복을 확인받는 계기를 얻게 되겠지만, 이와 반대로 예술가가 창조한 공포와 불안이 리얼리티로 다가온다면 세계에 대한 믿음은 파괴되고 '나'의 존재 상황은 동요하게 된다. 공포의 표상들이 가치를 지닌다면 그 가치는 일시적 흥미나 자극, 혹은 일시적 카타르시스에 있는 것이 아니라 바로 존재론적 '동요'에 있다고 생각한다. 진지함을 내포하고 있는 공포물은 일상적 욕망의 허위성과 부르주아의 자기 기만성을 공격하고 조롱하는 전복적 상상력의 산물이라 할 수 있다. 그런 의미에서 리얼리티를 획득한 공포의 표상은 일상의 이면으로 미끄러졌던 사실들을 들추어내고, 부인하고 싶었던 사실들을 환기시켜 진실과 대면하게 만든다. '세계에 대한 진실'과 '나의 행복'이 서로 어긋나는 순간, 믿음이 동요하는 순간 우리의 시선은 지옥에 붙들리게 된다. 그러나 인식의 전환은 이 위태로운 지점에서 가능해진다.

최근 들어 실험되고 있는 일군의 환상시는 이러한 공포의 표상을 통해 현대인의 허위적 삶을 폭로한다. 환상시는 모험적이고 도전적인 정신의 소산이라 할 수 있다. 그만그만한 풍광과 적당한 감상을 얼버무려 놓은 엷은 정취의 시들이 여러 지면들을 차지하고 있는 풍토 속에서 김민정과 정재학, 여정의 환상시는 새로운 시적 가능성을 타진해 보게 만드는 작품들이라 할 수 있다. 이들은 기존의 재현적 상상력을 거부하고 자신들의 독자적인 언어를 구축하고자 한다는 면에서 비슷함을 지닌다. 초현실적이고 환상적인 기법이 이들에 의해 처음 시도된 것이라 말할 수 없지만 이들이 보여주고 있는 환상문법은 현실에 대한 연대의식을 놓치지 않고 있다는 점에서 깊이를 담보해낼 가능성을 지닌다. 환상과 현실의 경계를 교란시킴으로써 독자에게 곤혹스러움과 즐거움을 동시에 맛보게 하는 김민정과 정재학, 여정의 시는 자신들의 언어를 다만 일종의 백일몽으로 즐기는 것을 교묘하게 제어한다. 이들이 만들어내는 잔혹한 환상이 환상으로 끝나는 것이 아니라 우리의 삶 자체일지도 모른다는 생각을 결코 거두어들일 수 없는 것은, 그리고 그것이 농담이 아니라 진실이라고 믿기는 것은 이들의 환상이 시의 내적 구조로부터 빠져나와 현재의 삶을 물들이기 때문이다. 이것이 환상시가 지닌 힘이고 리얼리티라면 이를 통해 전복을 꿈꿔볼 수 있지 않겠는가.

2부 · 우리 시대의 시와 시인

월곡(月谷)에 유배된 시인

— 김종삼론 —

1. 삶의 양극점

인간은 이상과 현실, 꿈과 실재, 성(聖)과 속(俗) 사이에서 끊임없이 진자운동을 하면서 자신의 생(生)을 일구어 가는 존재이다. 인간이 하나의 행성이라면 이 양쪽 세계는 인간의 존립을 가능케 하는 궤도의 양극점을 점유한다. 따라서 서로 이율배반적인 두 세계 사이의 간극이 크면 클수록 감내해야 하는 갈등과 고통의 무게도 증가하게 된다. 이상과 현실 사이의 간극을 좁히기 위해서는 이상을 현실 쪽으로 끌어내리거나, 아니면 현실을 이상 가까이 끌어올리려는 시도를 필연적으로 할 수밖에 없다. 어느 쪽에서든 우리는 양자의 조화와 융합을 기획해야만 원만하게 삶을 운행할 수 있는 것이다.

그런데 김종삼의 시세계에서 이상과 현실, 꿈과 실재, 성과 속은 서로 결합할 수 없는 완강한 이원적 세계로 자리하고 있으며 극단적인 이원화의 양상 때문에 두 세계의 화해는 불가능한 것처럼 보인다. 여기서 더 중요한 문제는 이 양극점을 보여주고 있는 주체가 이 두 세계로부터 자신을 배제시키거나 이질화시킴으로써 어느 쪽에서든 이방인의 위치를 고수하고 있다는 점이다. 현실과 이상이 구축하고 있는 양극점 사이에서 그의 존재가 위치해 있던 의식의 공간은 어디인가? 이런 질문에 앞서 그는 왜 현실과 이상 모두에 자아를 편입시키기를 거부했는가? 김종삼 시가 갖는 비극적 아름다움의 이면에는 현실과 이상 모두로부터 고립된 고독한 행성의 운행과 그 행성의 운행이 내포하고 있는 비밀이 함의되어 있다.

2. 현실과 거리두기

현실은 생존을 위한 구체적 행위가 이루어지는 공간이며, 강자의 법칙이 지배하는 공간이다. 현실의 광포한 힘의 원리에 따라 그 중심을 탈환하지 못하는 존재들은 모두 주변으로 밀려나 자신의 존재성을 위협받으며 삶을 이어가야 한다. 현실 속에서 중심과 주변의 관계가 서로 상보적이거나 우호적인 경우는 드물다. 그 관계는 대부분 지배와 예속 혹은 억압과 굴종에 의해 그 관계가 이루어진다. 이러한 관계 양상은 우리의 의식 속에 선(善)과 악(惡), 미(美)와 추(醜), 순수(純粹)와 불순(不純) 등에 대한 가치 개념을 만들어준다. 김종삼의 시에 수용되고 있는 현실의 모습도 이러한 가치 개념에 의해 구획되어 있다. 우선 그의 시에서 현실을 부정적 힘으로 지배하는 존재들을 보면 그들은 '살생(殺生)'이라는 행위를 통해서 구체화되고 있다.

아작아작 크고 작은 두 마리의 염소가 캬베스를 먹고 있다
똑똑 걸음과 울음소리가 더 재미있다

인파 속으로 열심히 따라가고 있다
나 같으면 어떤 일이 있어서도 녀석들을 죽이지 않겠다

「장편(掌篇)·1」 전문

이 지방(地方)은 무허가(無許可) 집들이 밀집(密集)된 산(山)동네
산(山)팔번지 일대(一帶)이다
개백정도 산다

「맙소사」 부분

「장편(掌篇)·1」은 80년대 이전까지만 해도 길거리에서 흔히 마주
칠 수 있었던 풍경을 아주 간명하게 묘사하고 있다. 염소 장수를 열
심히 따라가고 있는 귀여운 염소를 보면서 이 시의 화자는 염소들이
누군가에게 팔리게 되면 그들이 열심히 따라갔던 주인에게 죽임을
당할 것이라는 생각을 떠올리고 있다. '나 같으면 어떤 일이 있어서
도 녀석들을 죽이지 않겠다'는 화자의 다짐 뒤에는 인간의 잔혹성에
대한 혐오와 질시가 숨어 있다. 「맙소사」에서의 '개백정' 또한 살생에
대해 민감한 반응을 보이고 있는 이 시인의 태도를 암시하고 있다.
이 시의 다른 부분에서 시인은 더 이상 개백정에 대해 자신의 감정
을 드러내고 있지 않지만 '개백정'이라는 낱말의 음감(音感)은 이 인
물에 대한 적의를 충분히 환기해 준다.

살생에 대한 유달리 민감한 반응은 김종삼 개인의 심미주의적 기
질과 연관되지만, 더 중요하게는 전쟁과 분단을 몸소 겪어야 했던 시
인의 비극적 역사 체험과 깊은 관계가 있다. 인간의 극단적 잔인성이
집단적 폭력으로 폭발된 것이 전쟁이다. 전쟁은 동물이 아닌 사람을,
그것도 대량 학살이라는 무시무시한 형태로 살상하는 행위이다. 생

명체 가운데 자기와 동일한 종(種)을 대량학살하는 것은 인간밖에
없다. 그런데 이러한 전쟁의 광기와 그것이 야기하는 공포감과 참혹
함 앞에서 시인의 시선이 매우 냉정한 관찰자의 입장을 취하고 있음
에 주목할 필요가 있다.

밤하늘 호수(湖水)가엔 한 가족(家族)이
앉아 있었다
평화스럽게 보이었다

가족(家族) 하나하나가 뒤로 자빠지고 있었다
크고 작은 인형(人形)같은 시체(屍體)들이다

횟가루가 묻어 있었다
언니가 동생 이름을 부르고 있다
모기 소리만하게

아우슈뷔츠 라게르

「아우슈뷔츠 라게르」 전문

1947년 봄
심야(深夜)
황해도(黃海道) 해주(海州)의 바다
이남(以南)과 이북(以北)의 경계선(境界線) 용당포(浦)

사공은 조심 조심 노를 저어가고 있었다.
울음을 터뜨린 한 영아(嬰兒)를 삼킨 곳.
스무 몇 해나 지나서도 누구나 그 수심(水深)을 모른다.

「민간인(民間人)」 전문

위에 인용한 두 편의 시 외에도 「지대(地帶)」 「아우슈뷔츠」 등 전쟁을 소재로 한 김종삼의 시는 전투의 격렬함이나 전쟁의 비극성에 대한 증오의 목소리를 찾아보기 어렵다는 공통점을 갖는다. 즉 전쟁을 이야기하고 있는 화자의 개인적 가치판단이나 분노, 적의, 비감 등의 감정이 일체 생략되어 있음을 볼 수 있다.

무서우리만큼 냉랭한 정적 속에서 시인은 전쟁의 비극을 오히려 극대화한다. 우선 「아우슈뷔츠 라게르」를 보면 시인은 매우 그로테스크한 장면을 통해서 전쟁의 참혹성을 환기시키고 있다. 이 시의 1연에 제시되어 있는 밤하늘, 호수 등의 아름다운 자연 풍경과 그 속에 한적하게 앉아 있는 한 가족의 모습은 2연의 뒤로 자빠지는 '크고 작은 인형(人形)같은 시체(屍體)'와 상반된 이미지로 병치됨으로써 독자의 긴장과 공포감을 배가시키는 효과를 거둔다. 이러한 병치는 하나의 평화가 어떻게 무참한 지경으로 급속히 변화될 수 있는가를 말해 준다. 이때 시인은 엄마와 아버지, 그리고 그들의 귀여운 자식들로 구성되어 있는 한 가족의 몰살 장면을 '하나하나', '크고 작은'으로 묘사하는 치밀한 관찰자의 시선을 드러냄과 동시에 이 장면으로부터 총성이나 금속성의 파괴음을 지운다. 그리고 원색적이고 끈적한 피의 이미지와 고통스러운 인간의 비명 또한 지워버린다. 그리고 거기에 '인형'과 '횟가루'라는 탈색된 이미지를 대체시키고 있다. 이러한 그의 이미지들은 사실적인 묘사보다 훨씬 극사실적인 실재감을 창조해낸다. 인형의 섬뜩함과 차가움, 횟가루의 팍팍한 건조성 등은 생명이 완전히 몰수된 비생명감을 환기함과 동시에 이 시의 시간적 배경인 밤의 어둠과 어우러지면서 선명한 흑백 영상을 만들어내고 있다. 이 흑백 영상은 전쟁의 무거움 속으로 독자를 내몰아간다. 그 속에서 들려오는 '모기 소리'만한 인간의 목소리가 현재시점으로 처리되어 있음에 주목할 필요가 있다. 장면의 현재화 또한 참혹함을 극대화하는 방법으로 볼 수 있다. 이는 혈육 간의 사랑과 유대감을 다시 한 번 확인시켜 줌으로써 전쟁의 비극을 우리 의식 속에 각인시키고 있다.

이와 같은 이미지 기법은 「민간인(民間人)」에서도 동일하게 보이고 있다. 역사적 시간과 장소를 객관적으로 제시한 다음 3행으로 민족의 비극을 요약해내고 있는 이 시에서도 '밤의 어둠과 고요'라는 시적 분위기가 분단이라는 엄청난 사건의 무게를 실제화하고 있는 것이다. 다른 점이 있다면 앞서 살펴본 「아우슈뷔츠 라게르」에서 '인형'과 '횟가루'의 이미지가 전쟁과 죽음의 공포감을 영상화하고 있는 반면 이 시에서는 '물'의 이미지가 그 역할을 담당하고 있다는 것이다. '영아(嬰兒)'를 삼킨 '용당포(浦)'는 '삼켰다'라는 술어에 의해 생명을 먹어 치우는 현실의 폭력성과 잔인성을 함축하고 있는 광포한 물의 이미지로 의미화된다. 마지막 행에서 '스무 몇 해나 지나서도 누구도 그 수심(水深)을 모른다'는 발언은 폭력적 상황에 대한 기억과 상처, 두려움 등이 우리들 마음에 아직도 지속되고 있음을 아울러 나타내 준다.

「아우슈뷔츠 라게르」와 「민간인(民間人)」에서 시인이 창출해내고 있는 이미지 기법은 시적 상황과 사건을 간명하게 영상화함으로써 '말하기(telling)'보다는 '보여주기(showing)'라는 압축의 묘미를 자아내는 주요 요건이기도 하지만 이는 미학적 측면 이상의 의미를 시사하는 것으로 보인다. 시인은 시적 화자를 왜 사건의 한 인물이 아니라 사건 밖의 관찰자로서 위치시키고 있는가? 이 관찰자는 왜 보이는 사건에 전혀 개입하지 않는가? 이러한 절제력과 냉정함은 어디에서 연유하는 것인가? 사건에 개입하지 않는 화자의 설정이 현실을 바라보는 시인의 태도를 반영하고 있다고 생각된다. 김종삼은 현실의 실제적 삶과 관련된 내용을 작품화할 때면 대부분 함축적 화자를 내세우거나 아니면 「장편(掌篇)·1」에서와 같이 화자의 목소리를 아주 미세하게 노출시킨다. 전폭적으로 시적 자아가 작품의 전면에 드러나는 경우는 매우 드물다.

이렇게 작품의 이면에 숨어 있는 함축적 화자를 유목 내세우는 것은 대상과 자아 간의 거리두기의 한 방법이며 이와 같은 방법은 현실 속에 깊이 개입하지 않으려는 시인의 인생 태도와 관련된다. 이러한 태도는 폭력적 현실 상황 속에서 삶의 주변으로 밀려난 존재들을 형상화할 때도 드러난다.

> 조선총독부가 있을 때
> 청계천변(川邊) ─0전(錢) 균일상(均一床) 밥집 문턱엔
> 거지소녀가 거지장님 어버이를
> 이끌고 와 서 있었다
> 주인 영감이 소리를 질렀으나
> 태연하였다
>
> 어린 소녀는 어버이의 생일이라고
> 십전─0전(錢)짜리 두 개를 보였다.
>
> 「장편(掌篇)·2」 전문

심청일 웃겨 보자고 시작한 것이
술래잡기였다.

꿈 속에서도 언제나 외로웠던 심청인
오랜만에 제또래 애들과
띔박질을 하였다.

붙잡혔다.
술래가 되었다.
얼마 후 심청은
눈 가리기 헝겊을 맨 채
한 동안 서 있었다.
술래잡기 하던 애들은 안됐다는 듯
심청을 위로해 주고 있었다.

「술래잡기」 전문

김종삼은 현실의 폭력적 상황과의 대척점에 '아이들'을 위치시키고 있다. 그가 「평화(平和)」「그리운 안니로리」「북치는 소년」 등의 작품에서 그려내고 있는 아이들은 고아나 얼마 못 가서 죽을 병든 아이, 가난한 아이들이다. 마찬가지로 「장편(掌篇)·2」와 「술래잡기」에서 그려지고 있는 아이들도 처지가 딱한 거지 소녀와 외로운 심청이다. 즉 김종삼의 '아이들'은 한결같이 불쌍하고 연약한 모습을 갖고 있다는 공통점을 지닌다. 그러나 김종삼 시에서 '아이들'은 연약함이나 측은함 이상의 의미를 상징하는 존재들이다.

「장편(掌篇)·2」를 보면 허름한 식당 주인일망정 거지 소녀 앞에서는 위세를 떠는 한 인물과 만날 수 있다. 늘 밥집 문턱에 와서 구걸을 하는 거지 소녀를 윽박지르는 주인 영감의 행동은 그리 이상할 것이 없는 일상적 문맥을 만들어낸다. 그러나 연이 바뀌면서 보이는 거지 소녀의 행동은 우리의 예상을 벗어나면서 뭉클한 감동을 전해

준다. '오늘만큼은 남들처럼 떳떳한 밥을 어버이께 드리고 싶다'는 거지 소녀의 갸륵한 행위는 밥집 영감과 거지 소녀의 일상적 자리를 뒤바꾸어 놓는다. 거지 소녀 앞에서 언제나 당당했던 밥집 주인은 그 당당함을 잃고 미안함과 부끄러움으로 당황하게 되고, 거지 소녀는 오히려 태연하다. 이를 통해 시인은 주인 영감의 부끄러운 자리가 바로 우리의 자리임을 일깨워주고 있는 것이다.

「장편(掌篇) · 2」에서 시인이 독자에게 전달하고자 하는 주제는 매우 소박한 것이다. 그럼에도 이 시가 깊은 감동을 주는 까닭은 간결한 문맥 속에서 일체의 설명을 배제한 채 극적 상황을 만들어내는 시인의 탁월한 절제력에 있다. 시인은 이러한 방식을 통해서 이미 소원해져버린 삶의 미덕을 되찾게 하고 있는 것이다. 그가 자주 강조하는 '평화'란 거창한 이념이 아니라 「장편(掌篇) · 2」에서 보이는 것처럼 서로 위로하고 사랑할 수 있는 소박한 마음을 뜻한다.

「술래잡기」에서도 이러한 주제 의식이 그대로 실현되고 있음을 볼 수 있다. 「술래잡기」는 심청이와 술래잡기를 하던 아이들이 술래가 된 심청이를 보자, 봉사 아버지를 가난 속에서 봉양하며 살아가야 하는 심청의 딱한 처지를 떠올리며 그녀를 위로하는 장면을 제시하고 있다. '심청을 웃겨 보자고 시작한' 놀이가 결과적으로 심청을 더 슬프게 만들고 만 상황적 아이러니를 통해서 시인은 따뜻한 아이들의 마음을 부각시키고 있는 것이다. 이러한 시적 의미는 그의 또 다른 시에서 때로 토끼나 염소, 양과 같은 '순한 짐승'의 이미지나 세파를 잘 헤쳐 나가지는 못하지만 늘 아이들을 위해 고통을 감내하는 '어머니'의 이미지를 통해서 변용되기도 한다.

'아이들'이 상징하고 있는 세계를 통해서 시인은 부정적 현실과 대립적 의미를 갖는 선, 진실, 평화, 미, 순수 등의 가치를 이끌어내고 있다. 그러나 현실의 한쪽을 구성하고 있는 잔인하고 광포한 힘과 맞서기에는 이 '아이들'의 모습이 너무도 연약해 보인다. 너무 연약해서 자칫하면 사라질지도 모른다는 인상을 낳고 있다. 이는 '아이들'의 연약함만큼이나 그들이 상징하고 있는 긍정적 가치의 세계도 강퍅한 현실 속에서 불안하게 혹은 희미하게 존재해 있음을 의미하는 것이다.

그런데 현실 속에 아직 숨 쉬고 있는 진정한 세계를 말할 때 시인은 대상과 자아의 거리를 함축적 화자를 통해서 조절하고 있다. 「장편(掌篇)·2」와 「술래잡기」는 모두 시적 상황을 전혀 화자의 개입 없이 객관적 관찰자 입장에서 묘사하고 있다. 이를 통해서 현실을 구성하고 있는 모든 요소 즉 선/악, 전쟁/평화, 거짓/진실, 미/추, 성(聖)/속(俗) 등에 대해 시인은 그것이 부정적인 것이든 긍정적인 것이든 상관없이 자신의 감정을 절제하고 객관적 거리를 고수하고 있음을 알 수 있다. 시인은 왜 현실 밖으로 자아를 밀어내고 있는 것인가? 왜 보다 적극적으로 개입하지 않는 것일까? 그것은 현실의 악의 측면과 그 악과 맞서 있는 선의 측면이 서로 지나치게 불균형한 형태로 구조화되어 있다는 인식에서 비롯된 것은 아닐까? 두 세계의 자리바꿈이 불가능하다는 인식을 그가 그려낸 '아이들'의 이미지를 통해서 충분히 짐작할 수 있다. 이러한 인식이 시인을 냉정한 관찰자로 위치시킴과 동시에 바라보는 것 이상의 행동을 포기하게 만드는 동인으로 작용했으리라 생각된다. 간혹 「내가 재벌이라면」이나 「몇 해 전에」 등과 같은 작품을 통해서 현실에 대한 시인 자신의 바람을 이야기하는 경우도 있지만 이러한 시에서도 악을 징계하거나 현실을 개선하려는 강한 의지를 드러내지는 않는다. 그는 이러한 현실의 문제를 자신의 상처와 아픔으로 지닐 뿐이다. 그럼에도 그를 정의롭지 못하다고 단호하게 비판할 수 없는 분명한 이유를 그의 시세계는 내포하고 있다. 그것은 그가 아주 순결한 평화의 세계를 지향하고 있다는 점 때문만은 아니다. 선의 세계가 악의 세계를 전복시킬 수 없다면 김종삼이 마주하고 있는 현실은 궁극적으로 혐오의 세계일 수밖에 없다. 현실에 대한 혐오와 연민, 이러한 감정과 거리두기를 지속적으로 시도함과 동시에 시인은 이와는 전혀 이질적인 또 다른 세계를 꿈꾼다.

3. 낙원의 이방인

선과 악이 뒤엉켜 있는 현실의 삶 뒤편에 김종삼은 또 하나의 다른 세계를 구축하고 있다. 그것은 그가 외로이 탐색해가는 미와 환상의 공간이다. 평생 서양 고전음악을 듣기 위해 박봉의 월급을 받아가며 방송국 음악 담당으로 일해 온 그의 고집스러운 삶의 이력을 통해서도 알 수 있듯이 그는 분명 풍요로운 예술이 주는 섬세한 아름다움의 세계에 깊이 몰입되어 있었던 유미주의자임에 틀림이 없다. 그가 현실과 끊임없이 거리두기를 시도한 데에는 그의 이러한 취향과 기질 또한 작용했다. 예술적인 세계가 주는 아름다움에 심취하면 할수록 그에 비례해서 그는 현실의 비천함과 추악함을 더욱 더 혐오하게 되었을지도 모른다. 따라서 시인은 현실 밖으로 자신을 밀어냄과 동시에 그가 꿈꾸는 환상의 세계로 외출한다.

한 귀퉁이

꿈 나라의 나라
한 귀퉁이

나도향
한하운씨가
꿈 속의 나라에서

뜬구름 위에선
꽃들이 만발한 한 귀퉁이에선

지그문트 프로이트가
구스타프 말러가
말을 주고받다가
부서지다가
영롱한 달빛으로 바뀌어지다가

「꿈 속의 나라」 전문

    김종삼의 시에서는 화가, 시인, 음악가 등 수많은 예술가들의 이름을 발견할 수 있다. 이들의 이름은 시인의 다양한 예술에 대한 체험과 애정을 짐작케 한다. 예술적 체험이 반영된 시편들은 대부분 물리적 시공간과는 색다른 환상적 이미지들로 가득차 있다. 시인은 상상 속에 펼쳐져 있는 꿈의 공간을 여행하면서 이미 지상에 존재하지 않는 아름다운 영혼들과 현실에서는 일어날 수 없는 신비한 사건들을 접하게 된다. 위에 제시한 「꿈 속의 나라」도 그러한 예 가운데 하나이다. 구름 위에서 꽃들이 만발하고, 이미 죽은 사람들이 서로 대화를 나누기도 하며, 그들이 영롱한 달빛으로 모습을 바꾸는 것이 가능한 공간. 논리를 완전히 초월한 이러한 동화적이고 마술적인 공간은 실제 예술가들의 삶이나 그들의 예술 세계를 사실적으로 반영했다기보다는 시인의 의식 속에서 창조된 다양한 이미지들의 결합에 의해 재구성된 독자적 세계로 볼 수 있다. 이 세계는 선/악, 거짓/진실 등의 도덕적 가치보다는 아름다움과 환상이 우선하는 공간이다. 도덕적 가치나 논리성이 거부되는 이러한 공간이야말로 가장 순수한 아름다움의 절대적 가치와 의식의 자유를 되돌려주는 세계인지도 모른다. 그런데 시인은 이 환상의 나라의 여행자일 뿐 영원한 주민이 되지 못한다. 앞서 살펴본 현실적 공간으로부터 시적 자아를 배제시켰듯이, 꿈의 공간에서도 시적 자아는 관찰자 이상의 행동을 하지 않고 있음을 발견할 수 있다.

① 좀 가노라니까
　　낭떠러지 쪽으로
　　큰 유리로 만든 자그만 스카이 라운지가 비탈지었다.
　　언어(言語)에 지장을 일으키는
　　난쟁이 화가(畫家) 로트랙씨(氏)가
　　화를 내고 있다.

「샹빽」 부분

② 거암(巨岩)들의 광명(光明)
　　대자연(大自然) 속
　　독수리 한 놈 떠 있고
　　한 그림자는 드리워지고 있었다.

「미켈란젤로의 한낮」 전문

③ 사면은 잡초만 우거진 무인지경이다

자그마한 판자집 안에선 어린 코끼리가
옆으로 누운 채 곤히 잠들어 있다
자세히 보았다
15년 전에 죽은 반가운 동생이다
더 자라고 둬 두자
먹을 게 없을까

「허공(虛空)」 전문

시 ① ② ③의 중심이 되는 '난쟁이 화가 로트랙'과 '거암들'이 솟아 있는 '대자연', '15년 전에 죽은 동생' 등은 분명 현실의 공간에서 만날 수 없는 존재들이다. 이들은 현실로부터 야기되는 전쟁이나 가난과 같이 인간을 구속하지 않는다. 아름다운 하나의 풍경을 이룸으로써 그것을 바라보는 시적 자아에게 기쁨과 감동을 준다. 그러나 시 ① ② ③에서 볼 수 있듯이 시적 자아는 이러한 풍경을 바라보는 자의 위치에 있을 뿐 그 풍경과 어우러져 함께 융합되지 않는다. 시 ③은 시적 대상과 화자가 동생과 형이라는 구체성을 갖고 있기 때문에 시적 대상과 화자의 거리가 ①과 ②에 비해 다소 좁혀진 감이 들지만 이 시도 화자에게 관찰자 이상의 의미를 부여하기는 어렵다. 꿈의 공간과 시적 화자와의 거리는 관찰자가 대상에 대해 두는 거리만큼 언제나 벌어져 있는 것이다. 이와 같은 관찰자적 태도 속에는 낯선 세계를 관람하는 '이방인'의 고독감이 내포되어 있다.

어느 산록 아래 평지에
널찍한 방갈로 한 채가 있었다
사방으로 펼쳐진

잔디밭으론
가즈런한
나무마다 제각기 이글거리는
색채를 나타내고 있었다

세잔느인 듯한 노인네가
커피 칸타타를 즐기며
벙어리 아낙네와 손짓으로
대화를 나누고 있었다
가까이 가 말참견을 하려 해도
거리가 좁히어지지 않았다.

「상펭」 전문

　‘나무마다 제각기 이글거리는 / 색채를 나타내고’ 있는 어느 산록
지방은 벙어리와도 즐거운 대화가 가능한 ‘낙원’과 같은 곳이다. 김종
삼이 다른 작품에서 “노랑나비야 / 메리야 / 한결같이 아름다운 / 자
연 속에서 / 한결같이 마음이 고운 이들이 / 산다는 곳을 / 노랑나비
야 / 메리야 / 너는 아느냐”(「앤니로니」)고 간절히 되뇌었던 곳을 이
시는 구체화하고 있다. 아름다운 자연 속에서 평화롭게 살아가는 사
람들. 그러나 이러한 낙원 속에서 시적 화자는 소외되어 있다. ‘가까
이 가 말참견을 하려 해도 / 거리가 좁히어지지 않’는 이방인인 것이
다. 그는 이곳 주민들과 한데 어울려서 그들이 보여주는 평화 속에
함께 동참할 수 없는 것이다. 이 시의 함축적 화자는 영원히 이 세계
의 고독한 관람자일 뿐이다.
　이와 동질적인 환상의 세계를 내용으로 하는 작품에서 ‘나’라는 현
상적 화자가 직접 등장하는 경우도 있는데 이 경우에도 ‘나’는 텍스

트 밖에 위치해 있는 함축적 화자와 마찬가지로 관찰자의 위치에 놓여 있다.

밤이 깊었다
또 외출(外出)하자

나는 비상할 수 있는 초능력(超能力)의 괴물체(怪物體)이다

노트르담사원(寺院)
서서히 지나자 측면으로 한 바퀴 돌자 차분하게

화란(和蘭)
루벤스의 방대(尨大)한 천정화(天井畵)가 있는
대사원(大寺院)이다

화면(畵面) 전체(全體) 밝은 불빛을 받고 있다 한귀퉁이 거미줄 쓸은 곳이 있다

부다페스트
죽은 신(神)들이
점철(點綴)된

칠흑(漆黑)*의
마스크

외출(外出)은 단명(短命)하다.

「외출(外出)」 전문

---

* 『김종삼 시 전집』(청하, 1988)에는 슬흑(膝黑)으로 표기되어 있는데 이는 칠흑(漆黑)을 잘못 표기한 것으로 보인다.

이 시의 현상적 화자 '나'는 밤마다 낯선 세계로 '외출'한다. 이때 화자는 '비상할 수 있는 초능력'을 가지고 있기 때문에, 물리적 거리를 초월해서 자신이 원하는 꿈의 세계 어디로나 이동이 자유롭다. '노트르담사원' '화란' '부다페스트' 등지로 하룻밤 사이에 몸을 이동시킴으로써 꿈꿔 온 세계와 조우하게 되는데 여기서 시적 화자 또한 철저하게 여행자의 입장, 혹은 관람자의 입장을 취하고 있음을 볼 수 있다.

이러한 화자의 위치와 더불어 이 시에서 중요한 것은 '외출'이라는 시어가 함축하고 있는 의미이다. 외출 자체는 '돌아옴'이라는 행위를 내포하고 있다. 따라서 시적 화자가 지향하는 세계가 아무리 이상적인 공간이라 할지라도 그곳은 시적 화자가 영원히 머물 수 있는 공간이 아님을 뜻한다. 그런 의미에서 '외출(外出)은 단명(短命)하다'. 아무리 먼 곳으로, 아무리 환상적인 곳으로 간다 해도 그는 여행을 끝내고 돌아와야 하는 것이다. 그는 일시적인 방문객인 것이다.

김종삼은 자신이 꿈꾸는 환상의 공간 속에서까지 왜 스스로를 이방인으로 그리고 있는가? 왜 아름다운 세계와 융합하지 못하고 고독한 관람자의 위치에 있는가? 1969년에 출간된 첫 개인 시집 『십이음계』(삼애사)에 수록되어 있는 「원정(園丁)」은 이러한 물음에 대한 답을 암시적으로 드러내고 있다.

평과(苹果) 나무 소독이 있어
모기 새끼가 드물다는 몇 날 후인
어느 날이 되었다.

며칠만에 한 번만이라도 어진
말솜씨였던 그인데

오늘은 몇 번째나 나에게 없어서는
안 된다는 길을 기어이 가리켜 주고야 마는 것이다.

아직 이쪽에는 열리지 않은 과수(果樹)밭
사이인
수무나무 가시 울타리
길줄기를 벗어 나
그이가 말한 대로 얼만가를 더 갔다.

구름 덩어리 얕은 언저리
식물(植物)이 풍기어 오는
유리 온실(溫室)이 있는
언덕쪽을 향하여 갔다.

안쪽과 주위(周圍)라면 아무런
기척이 없고 무변(無邊)하였다.
안쪽 흙 바닥에는
떡갈나무 잎사귀들의 언저리와 뿌롱드 빛갈의 과실(果實)들이 평탄
하게 가득 차 있었다.

몇 개째를 집어 보아도 놓았던 자리가
썩어 있지 않으면 벌레가 먹고 있었다.
그렇지 않은 것도 집기만 하면 썩어 갔다.

거기를 지킨다는 사람이 들어와
내가 하려는 말을 빼앗듯이 말했다.

당신 아닌 사람이 집으면 그럴 리가 없다고…….

이 시의 의미 맥락은 세 개의 시적 공간에 의해 구성되어 있다. ①
아직 열리지 않은 '평과 나무' 과수원, ② '수무나무 가시 울타리' 사
이의 길, ③ '뿌롱드 빛갈의 과실들'이 가득 떨어져 있는 안쪽 흙바닥
이 그것이다. 그런데 이 세 공간은 서로 다른 차원에 위치해 있다. ①
은 소독약을 뿌린다는 행위에 의해 실제의 공간 속에 위치해 있는
장소로 의미화할 수 있으며 ②는 '가시 울타리'라는 이미지에 의해
①과 ③ 사이를 구분지어 주는 경계의 공간으로 볼 수 있다. 이 경계
의 공간을 이미지화하고 있는 '가시'는 ①과 ③ 사이의 경계가 완강
함을 환기해 줌과 동시에 ①에서 ③으로 시적 화자가 이동하면서 겪
어야 하는 어려움을 아울러 암시해 준다. ③은 '구름 덩어리가 얕은
언저리'에 위치해 있는 공간으로 '식물' 냄새가 가득 풍기고 '기척이
없고 무변'한 비현실적인 공간이다. 시적 화자는 ①에서 ②를 지나
③으로 이동해 간다. 이때 화자의 이동이 '구름'이나 '언덕' 등의 시어
에 의해 수평적인 것이 아니라 수직적 상승임을 짐작할 수 있다.

이처럼 차원이 다른 세계로 이동해 가면서 화자는 두 명의 원정과
만나게 되는데 이들은 예언자적 성격을 지닌 존재들이다. 한 명은 현
실의 공간에서 '나에게는 / 없어서는 안 된다는 길'을 가르쳐준 인물
이며, 다른 한 명은 비현실적인 공간에서 아름다운 뿌롱드 빛깔의 열
매를 화자가 줍자마자 '썩어 있지 않으면 벌레가 먹고' 있는 이유를
'당신 아닌 사람이 집으면 그럴 리가 없다고' 알려준 인물이다. 이 두
과수지기는 화자가 자신의 내부에 숨겨져 있는 본성을 깨닫도록 도
와준 안내자인 것이다. 화자는 이들의 가르침에 의해 자신이 아름답
고 순수한 세계를 상하게 할 수 있는 불결한 존재임을 깨닫게 된다.
이는 인위적으로 '소독약'을 뿌려야 정화되는 더러움의 공간으로부터

그가 출발하였듯이, 그의 본질 또한 그러한 세계로부터 태생하였다는 무서운 사실에 대한 깨달음이기도 하다. 뿌롱드 빛깔의 열매가 가득 떨어져 있는 비현실의 공간에서 화자는 아름다움과 조우함과 동시에 자신이 이 아름다운 세계와 얼마나 어울리지 않는 추악한 존재인가를 역설적으로 깨닫고 있는 것이다. 자신의 본성을 근본적으로 죄악시하는 이러한 인식의 태도가 결국 '낙원'과도 같은 비현실적인 세계 속에서 그를 고독한 이방인으로 남게 하는 주요 동인이 된다. 그는 본질적으로 꿈의 세계에 편입할 수 없는 것이다.

비천함과 악함이 자신의 본성 속에 내재해 있다는 깨달음과 그렇기 때문에 자신이 꿈꾸는 세계와는 행복한 결합을 이룰 수 없다는 인식은 실제의 공간과 낙원을 양극으로 나누어 단절시키는 결과를 낳는다. 아무리 이상적인 세계일지라도 그것 자체가 현실과 조화를 이루지 못한 채 나누어져 있으면 의식의 한쪽은 늘 자유롭지 못한 것이다. 현실은 그것이 혐오의 대상이든 아니든 집요한 힘으로써 인간의 실제의 삶과 의식 모두에 관여한다. 현실과의 분리는 인간을 고립시키는 것이며 한편으로는 이쪽과 저쪽 사이에서 오는 단절감에 갇히게 하는 것이다. 현실과 이상, 실제의 삶과 환상, 미와 추가 서로 화해할 수 없다면 그 사이의 간극은 점점 더 깊어질 수밖에 없으며 이로 인해 시인의 통합적 상상력은 양극단으로 분열될 수밖에 없는 것이다. 그러나 극단적으로 분열된 두 세계가 한 인간의 의식 속에서 배태된 것임에는 틀림이 없다. 이때 이쪽과 저쪽 사이에 놓여 있는 심연이 곧 시인의 심리적 갈등과 고통의 정도와 비례하게 되는 것이다.

4. 월곡(月谷)에서 물의 나라로

김종삼의 시 속에 병존해 있는 두 이질적 세계, 즉 잔인한 힘에 의해 지배되는 현실의 공간과 환상적 이미지로 가득찬 꿈의 공간을 시인은 끊임없이 오갈 뿐 어느 한쪽에서도 온전히 머물지 못한다. 두 세계는 서로 차원을 달리한 채로 존립해 있는 것이다. 이제 시인의 의식은 이 두 세계 사이에 가로놓여 있는 단절과 고립의 공간 속에 스스로를 철저하게 유폐시킨다. 그가 고립되는 과정에는 초기시 「원정(園丁)」에서 보았던 '원죄의식'이 깊이 작용하고 있다. 그의 시 세계 속에서 원죄 의식은 점점 심화되는 양상으로 나타나며, 김종삼 후기시의 지배적 테마가 되고 있다.

　　바로크 시대 음악 들을 때마다
　　팔레스트리나 들을 때마다
　　그 시대 풍경 다가올 때마다
　　하늘나라 다가올 때마다
　　맑은 물가 다가올 때마다
　　라산스카
　　나 지은 죄 많아
　　죽어서도
　　영혼이
　　없으리

　　　　　　　　　　　　　　　　「라산스카」 전문

작고하기 2년 전에 출간한 시집 『누군가 나에게 물었다』(민음사, 1982)에 수록되어 있는 이 시는 「원정(園丁)」에서 보았던 시적 주제가 보다 간결하게, 그리고 더욱 단호한 입장에서 심화되고 있음을 보여준다. 이 시에서도 음악, 하늘, 맑은 물가 등이 연상케 하는 낙원의 공간을 통해서 자신이 분명한 죄인임을 거듭 확인하는 인식의 태도를 볼 수 있다. 그런 의미에서 아름다움의 세계는 화자의 본질을 비추는 '거울'과 같은 기능을 하고 있는 것이다. 종교든 자연이든 '거룩한 세계'는 인간을 겸손하게 만들며, 때로는 보잘것없는 인간의 모습을 일깨워주기도 한다. 자아를 되돌아보게 하는 이 순결한 거울은 투명하고 성스럽지만 흠과 때가 많은 사람에게는 한편 두려움의 대상이기도 하다. 종교적 분위기를 짙게 풍기는 바로크 시대 음악과 팔레스트리나, 그리고 하늘나라와 맑은 물가는 시인이 상상 속에서 늘 갈구하던 이상향이면서 그의 영혼의 얼룩을 훤히 비추는 거룩한 거울이다. 그는 이 거울과 마주칠 때마다 자신의 '지은 죄'를 확인하게 되고 이러한 확인은 죽어서도 / 영혼이 / 없으리라는 자학과 스스로에 대한 형벌로 이어지게 된다. 이는 때로 강렬한 자기 부정으로 나타나기도 한다.

> 올페는 죽을 때
> 나의 직업은 시라고 하였다
> 후세(後世) 사람들이 만든 얘기다
>
> 나는 죽어서도
> 나의 직업은 시가 못 된다
>
> 우주복(宇宙服)처럼 월곡(月谷)에 둥둥 떠 있다
> 귀환 시각(時刻) 미정(未定).
>
> 「올페」 전문

누군가 나에게 물었다. 시가 뭐냐고
나는 시인이 못됨으로 잘 모른다고 대답하였다.
무교동과 종로와 명동과 남산과
서울역 앞을 걸었다.
저녁녘 남대문 시장 안에서
빈대떡을 먹을 때 생각나고 있었다.
그런 사람들이
엄청난 고생되어도
순하고 명랑하고 맘 좋고 인정이
있으므로 슬기롭게 사는 사람들이
그런 사람들이
이 세상에서 알파이고
고귀한 인류이고
영원한 광명이고
다름아닌 시인이라고.

「누군가 나에게 물었다」 전문

이 두 편의 시는 모두 자신이 시인이 아님을 시를 통해서 고백하는 아이러니한 상황을 제시하고 있다. 시인 스스로 자신이 시인이 못됨을 고백하는 뼈아픈 행위는 전면적인 자기 부정을 뜻한다. 이처럼 자신을 통째로 부정하는 의식의 이면에는 '슬기롭게 사는 사람들'과는 달리 자신이 근본적으로 죄인이라는 생각이 자리해 있다. 현실과 이상 사이에 벌어져 있는 심연의 공간, 원죄 의식을 무릅써야 하는 고통의 공간이 바로 '월곡'이다. 여기에는 '귀환 시각 미정'의 상태라는 영원한 유배 의식이 함께 내재해 있다. 죄인에게 형벌은 정신과 육체에 고통을 가함으로써 죄의 무게를 덜어내는 행위이다. 죄값에 따라 형벌은 가벼울 수도 있으며 때론 목숨을 잃을 만큼 치명적일 수도 있다. 그렇다면 김종삼에게 부여된 형벌은 무엇인가? '월곡'이라는 상징적 공간이 함축하고 있는 의미를 통해서 짐작할 수 있듯이 김종삼의 시세계에서 유형지는 '사막'이나 '소금 바다'와 같이 물 없는 불모지로 형상화되고 있다. 그의 후기시는 대부분 이러한 시적 공간을 중심으로 시적 주제가 실현되고 있음을 아울러 염두에 둘 필요가 있다.

> 여긴 또 어드메냐
> 목이 마르다
> 길이 있다는
> 물이 있다는 그 곳을 향하여
> 죄(罪)가 많다는 이 불구의 영혼을 이끌고 가 보자
> 그치지 않는 전신의 고통이 하늘에 닿았다.
>
> 「형(形)」 전문

물은 생명의 근원이다. 시인은 그의 초기시 「물통(桶)」에서 "그동안 무엇을 하였냐는 물음에 대해 // 다름아닌 인간을 찾아다니며 물 몇 통(桶) 길어다 준 일밖에 없다고" 말한 적이 있다. 그러던 그가 '죄(罪)가 많다는 불구의 영혼'이 되어 길도 물도 없는 팍팍한 유형지를 헤매며 생명이 타 들어가는 전신의 고통을 겪고 있다. 이러한 시세계의 변화는 그가 자신의 원죄의식에 계속적으로 시달려 왔으며, 이와 더불어 그 시달림의 정도가 점점 심각해지고 있음을 암시해 준다.

이러한 변화가 점진적으로 이루어지는 가운데 또 하나의 중요한 변화를 목격하게 되는데 이제 시인은 시적 자아를 앞서 살펴본 '현

실'과 '낙원'의 공간에서처럼 더 이상 관찰자나 이방인의 위치에 두지 않는다는 점이다. 목마름의 땅, 월곡에서 시적 자아는 행동의 주체이면서 공간의 의미를 만들어 가는 주인공이다. 자신 앞에 펼쳐져 있는 세계를 관람하는 입장이 더 이상 아닌 것이다.

> 빗방울이 제법 굵어진다
> 갈바닥에 주저앉아
> 먼 산 너머 솟아오르는
> 나의 영원(永園)을 바라보다가
> 구멍가게에 기어들어가
> 소주 한 병을 도둑질했다
> 마누라한테 덜미를 잡혔다
> 주머니에 들어 있던 토큰 몇 개와
> 반쯤 남은 술병도 몰수당했다
> 비는 왕창 쏟아지고
> 몇 줄기 광채(光彩)와 함께
> 벼락이 친다
> 강타(强打)
> 연타(連打)

「극형(極刑)」 전문

이 시의 현상적 화자 '나'는 극형을 치르고 있는 존재이다. '빗방울'은 화자의 의식 속에 '먼 산 너머 솟아오르는 영원'의 공간을 떠올리게 함으로써 목마름을 부채질한다. '영원(永園)'은 앞서 보았던 낙원의 이미지, 즉 "구름 덩어리 얕은 언저리"(「원정(園丁)」)나 "맑은 물가"(「앤이로리」)와 연계되어 있는 꿈의 공간으로 의미화할 수 있다.

화자가 몸담고 있는 공간이 '목마름'의 공간이라면 '영원'은 생명수가 넘쳐나는 '물'의 공간으로 생각해 볼 수 있다. 분명한 것은 '지금 여기'는 목마름으로 육체와 정신의 도덕성을 한꺼번에 파괴시키고 있다는 사실이다.

화자의 내부로 스밀 수 없는 '빗방울'은 갈증을 배가시킬 뿐 진정한 수분이 되지 못한다. 이때 '나'는 물이 변용된 물질 '소주'를 도둑질한다. 그러나 그 술뿐만 아니라 토큰 몇 개도 함께 몰수당하고 만다. 이러한 시적 상황은 이 공간이 '나'에게 해갈과 자유를 허용하지 않는 극형지(極刑地)임을 나타내는 것이다. '쏟아지는 비'와 '벼락'의 이미지는 죄인을 '강타 / 연타'로 무수히 구타하는 준엄한 징계의 목소리이며 '나'는 치욕과 수치를 무릅쓰고 해갈이 허용되지 않는 형벌을 감내하고 있는 것이다. 이처럼 가혹한 형벌로 이어지는 치욕스러운 삶은 의사(擬似)죽음을 끊임없이 경험하는 것과 다를 바가 없다.

> ① 사람은 죽은 다음
>   천국이나 지옥에 간다 하지만
>   나는 틀린다
>   여러 번 죽음을 겪어야 할
>   아무도 가본 일 없는
>   바다이고
>   사막이다
>
> 「장편(掌篇) · 3」 부분

> ② 그 언제부터인가
>   나는 죄인(罪人)
>   수억(億) 년간(年間)

주검의 연쇄(連鎖)에서
악령(惡靈)들과 곤충(昆蟲)들에게 시달려 왔다
다시 계속된다는 것이다

「꿈이었던가」 전문

　일생에서 죽음은 일회적인 것이다. 그러나 이 시의 화자에게 죽음
은 횟수를 거듭해야 하는 다회성 사건으로 증폭되어 있다. 이와 같이
거듭되는 죽음의 고통은 시 ①에서는 '바다와 사막' 이미지로 비유됨
으로써 공간화된다. 바다와 사막은 생명을 위협하는 목마름의 세계
로, 오직 소금과 모래만이 가득한 불모지이다. 시인은 그의 또 다른
시에서 이러한 불모지를 "조류(鳥類)도 없다 / 아무 것도 아무도 물
기도 없는 / 소금 바다"(「소금 바다」)라고 말함으로써 고립된 자아의
고독과 절망을 표현하고 있다. 한편 시 ②에서는 '악령들과 곤충들'
의 이미지를 통해서 죄인이 치러야 하는 형벌의 끔찍함을 더욱 극명
하게 드러내고 있다.

　계속되는 죽음의 연쇄야말로 그 어떠한 형벌보다도 가장 공포스럽
고 가혹한 것이다. 그러한 의사죽음의 비극적 체험을 되풀이해야 하
는 필연적 이유는 어디에 있는가? 물론 김종삼의 후기 시에 자주 되
풀이되고 있는 죽음의 테마는 지병으로 여러 번 사경을 헤매다 깨어
나곤 했던 시인의 자전적 삶과도 깊은 연관을 갖는다. 그러나 이러한
자기 형벌적인 태도의 이면에는 거듭 말하지만 자신이 죄인이라는
냉혹한 인식이 바탕에 깔려 있는 것이다.

　여기서 시인의 인생 태도를 다시 생각해 볼 필요가 있다. 자신에게
되돌아오는 삶의 고통과 절망이 타자나 외부 세계로부터가 아니라

자신의 죄로부터 기인한다는 그의 사고의 틀은 오히려 그가 얼마나 순수한 영혼의 소유자인가를 역설적으로 드러내주는 것이다. 철저하게 자신의 죄값을 치르고자 했던 시인의 모습은 그가 그의 시 속에서 노래했던 "가난하여도 착하게 사는 이들"(「음악」)과 다를 바 없다.

김종삼의 후기시는 가혹한 형벌 속에 시달리는 자아가 중심을 이루는데 이때 형벌이 가혹하면 할수록 죄의 무게는 가벼워진다는 역설 또한 시인의 의식 속에 담겨 있는 듯하다. 형벌은 곧 자기 구제라는 보다 큰 의미가 죽음의 연쇄와도 같은 극형을 요구했는지도 모른다. 그렇다면 극형을 치른 자는 죄의식으로부터 풀려나는 것이 마땅하다. 불모의 땅 '월곡'으로부터의 귀환은 곧 물과의 만남으로 상징화되는데 시 「또 한번 날자꾸나」는 드물게도 이러한 조우를 나타내고 있는 작품이다.

> 내가 죽어가던 아침나절 벌떡 일어나
> 날계란 열 개와 우유 두 홉을 한꺼번에 먹어댔다.
> 그리고 들로 나가 우물물을 짐승처럼 먹어댔다.
> 얕은 지형지물들을 굽어보면서 천천히 날아갔다.
> 착하게 살다가 죽은 이의 죽음도 빌려 보자는
> 생각도 하면서 천천히
> 더욱 천천히

풍요로운 물의 이미지를 함축하고 있는 '날계란 열 개' '우유 두 홉' '우물물' 등 물의 세계와의 조우는 죽음의 고통 속에서 허덕이던 존재의 치유를 의미함과 동시에 해갈이 허용되었음을 말한다. 이는 모래사막과 소금 바다를 통과하면서 갈증과 의사죽음으로써 죄값을 치러야 했던 죄인이 형벌로부터 풀려났음을 뜻한다. '얕은 지형지물들을 굽어보면서 천천히' 날아가는 가볍고도 여유로운 비상을 통해서 죄의 사슬에서 풀려난 자의 자유와 행복감을 느낄 수 있다. 이제 시적 자아는 '착하게 살다가 죽은 이의 죽음도 빌려'볼 수 있을 만큼은 된 것이다. 물의 세계와의 만남은 자신과 단절되어 있던 착한 영혼들과 그들이 살아가는 아름다운 세계와의 가능한 만남을 또한 시사하는 것이다.

그는 오랫동안 스스로를 처벌하는 고통의 과정을 거침으로써 진정 죄와 죽음의 중압으로부터 풀려난 것일까? 김종삼이 죽기 한 달 전, 1984년 11월 『문학사상』에 발표한 작품 「전정(前程)」은 이전의 시에서 보이던 죽음과는 다른 친근한 죽음의 얼굴을 보여주고 있다.

나는 무척 늙었다. 그러므로
나는 죽음과 친근하다 유일한 벗이다
함께 다닐 때도 있었다
오늘처럼 서늘한 바람이 선들거리는
가을철에도
겨울철에도 함께 다니었다
포근한 눈송이 내리는 날이면
죽음과 더욱 친근하였다 인자하였던
어머니의 모습처럼 그리고 찬연한
바티칸 시스틴의, 한 벽화처럼.

다행히도 그에게 더 이상 악령과 곤충들이 덤벼드는 무시무시한 죽음은 없다. 이제 죽음은 유일한 벗이며, 인자한 어머니의 모습이며,

'벽화'처럼 아름다운 세계이다.

5. 비극적 심미주의자가 남긴 역설

인간은 여러 개의 이질적 세계와 동시에 접촉하면서 존재한다. 그러나 다양한 세계들은 서로 분리된 것이 아니라, 개인의 의식 속에서 상호 침투하거나 충돌하면서 한 개인의 삶을 만들어간다. 김종삼의 시세계의 아름다움과 긴장 속에는 현실과 이상이 서로를 배반하면서 진동하는 불균형한 생존이 내재해 있다.

폭력과 살생으로 대변되는 현실의 공간과 그 속에서 순수를 지켜가고 있는 연약한 존재들을 바라보면서 이 시인이 현실로부터 느꼈던 것은 혐오감이었다. 그는 이러한 현실로부터 냉정한 거리를 취하면서 관찰자의 입장을 고수한다. 그와 함께 시인의 의식이 여행하는 또 다른 세계는 환상적 아름다움이 빚어내는 동화적이고도 마술적인 공간이다. 꿈의 나라를 여행하면서 현실에서는 불가능한 신비한 체험을 하게 되지만 여기서도 시적 자아는 관람자 혹은 방문객이라는 이방인의 모습을 하고 있다. 자신이 꿈꾸었던 세계에서 진정한 주민이 될 수 없었던 이유는 그가 스스로를 '죄인'으로 인식하고 있는 데서 연유한다. 따라서 흠과 때가 많은 죄인은 순결한 공간을 관람할 수 있을 뿐 결코 그곳에 편입될 수 없는 것이다.

이상과 현실, 환상과 실제의 삶, 성(聖)과 속(俗)을 오가면서 시인은 두 세계를 화해시키거나 융합시키지 못한다. 그 사이에서 그가 겪게 되는 심리적 갈등과 고통은 죄의식으로 심화되며, 이는 스스로를 단절과 고립의 공간 속에 유폐시키는 행위로 이어진다. 죄인을 벌하는 유배의 공간이 그의 시에서는 '물 없는 월곡(月谷)의 공간' 즉 사막과 소금 바다로 이미지화되고 있다. 이러한 유형지에서 시적 자아는 더 이상 관찰자나 여행자가 아니다. 그는 끊임없이 의사죽음을 경험해야 하는 '월곡'의 주인공으로서 죄값을 치르게 된다. 이러한 과정을 거친 뒤에 그의 몇 편의 후기시는 물의 세계와의 만남으로 상징되는 죄의식으로부터의 해방을 보여주고 있다. 이와 같은 김종삼의 시세계가 펼치는 의미망은 끝내 외면할 수 없었던 고달픈 현실과 그에게는 너무도 절실했던 '내용없는 아름다움'의 세계를 오가면서 그가 감당해야 했던 고통스러운 삶의 궤적을 말해준다. 자기 자신이 누구보다도 죄인이라는, 스스로에 대한 인식은 우리로 하여금 한 순수한 인간의 모습을 발견케 하는 역설적 의미를 제공한다. 즉 그의 자기 인식적 태도는 '착한 삶'을 간직하려고 애쓰는 한 인간의 비극적 존립을 보여주는 것이다. 그런 의미에서 김종삼의 고통스럽고도 투명한 언어들은 그가 현실을 외면한 한낱 유미주의자나 나약한 평화주의자에 불과하다고 쉽게 몰아붙일 수 없는 진정성을 드러내고 있는 것이다.

박용래 시에 나타난 자연 인식의 태도

1. 애상미의 근원을 찾아서

자연은 우리 시에서 뿐 아니라 인류 문학사에서 가장 보편적인 제재라 할 수 있다. 시대의 변화에도 불구하고, 그리고 오늘날 산업화와 도시화가 범지구적으로 진행되고 있는 상황에서도 자연이 그 중요성을 상실하지 않은 채 지속적으로 문학의 대상이 될 수 있는 것은 그것이 인간과 필연적 관계 속에 있기 때문이다. 즉 자연은 인간의 생명을 보육하는 근원적 에너지일 뿐만 아니라 우주의 질서와 섭리를 가르쳐주는 진리의 저장고라는 점, 그리고 그 자체가 심미적 대상일 수 있다는 점에서 인간에게 본질적인 것이다. 따라서 향가와 고려가요, 조선의 강호가도를 거쳐 지금의 생태시에 이르기까지 자연시의 위상은 위축됨이 없이 우리 시의 큰 줄기를 형성해왔다.

그런데 인간의 의식과 정신의 외부에 존재하는 자연은 그것을 지각하는 주체의 시각에 따라 다양하게 정의될 수 있다. 즉 예술가와 자연과학자, 점술가, 환경정책 집행자가 보는 자연은 각기 관점에 따라 다르게 나타날 수 있다. 우리의 관심사인 문학적 대상으로서의 자연은 객관적 사물로서의 자연도 아니며, 신의 창조물로서의 자연도 아니다. 그것은 "작가의 상상력에 의해 여과되고 굴절된 내면화"된 자연1)이다. 다시 말해 시인은 자신의 주관적 의식 즉 감정, 관념, 이념 등에 따라 자연에 의미를 부여함과 동시에 자신의 정감의 세계를 표출한다. 시적 자연은 다분히 개인의 주관성에 의해 변형된 미적 상관물인 것이다. 이처럼 객관적 세계를 내면화하는 과정, 주관성을 실현하는 과정이 곧 시인의 세계 인식의 태도라 할 수 있다.

박용래는 처음부터 끝까지 자연을 시의 중심 대상으로 삼고 있다는 점에서, 그리고 자연을 다만 소재 차용의 차원이 아니라 자기 인식의 근원으로 삼고 있다는 점에서 자연시 전통을 잇는 중요 시인이라 할 수 있다. 박용래 시에 대한 기존의 연구는 크게 두 부류로 대별된다.2) 하나는 박용래 시가 드러내고 있는 형식적 특성에 대한 논의로 단형의 시 형태, 병렬(운율)과 반복, 이미지의 병치, 감정의 사물화, 여백미 등에 대한 탐구이며, 다른 하나는 향토의식과 애상성, 정한(情恨), 그리고 그로부터 도출되는 과거지향적 태도와 대상에 대한 관조적 자세 등 시적 내용과 세계관을 문제삼고 있는 논의이다. 이외에 약전(略傳) 형식으로 쓰인 전기물이 있다. 이와 같은 기존 연구 성과는 양적인 면에서는 풍성하다 할 수 없지만 질적인 면에서는 매우 심층적인 접근이 이루어진 것으로 평가된다. 그럼에도 불구하

---

1) 이숭원, 「한국근대시의 자연표상 연구」, 서울대학교 대학원 국어국문학과 박사학위 논문, 1989, 13면.
2) 박용래 시의 형식과 내용, 그리고 그것이 함의하는 세계관에 관한 논의는 사실상 명확하게 분리되어 있는 것이 아니라 서로 뒤섞여 있는 경우가 대부분이며, 논자들 간에도 그 논의점이 상당 부분 겹치는 관계로 이 글에서는 연구자들의 개별 논의 제시를 생략하기로 한다.

고 박용래 시의 주된 정서라 할 수 있는 애상성이 본질적으로 어디에서 기인한 것인가, 그리고 애상성을 절제된 미로 승화시킬 수 있었던 의식의 작용은 무엇인가에 대한 연구는 미흡한 편이라 하겠다. 따라서 본 논의는 이에 초점을 맞추어 그의 자연 인식의 태도(세계관)를 밝혀보고자 한다.

2. 외딴 번지의 주민

박용래(1925~1980)는 일제식민지와 해방, 6.25 사변, 산업화로 이어져온 우리의 현대사를 거쳐왔음에도 불구하고 그의 시는 이러한 역사의 흐름에 둔감한 것처럼 읽힌다. 특히 그의 시작 활동 시기와 깊이 맞물려 있던 산업화, 도시화에 따른 변화에 대해 반응한 흔적을 거의 찾을 수 없는 것은 물론이요, 그의 시세계는 1956년 『현대문학』지로 등단하기 이전 습작시절부터 1980년 타계하기까지 오로지 '향토적 자연'이라는 시적 대상을 일관되게 고집함으로써 현대사의 격변으로부터 분리된 인상을 남기고 있다. 이와 같은 박용래의 시세계를 김재홍은 다음과 같이 요약하고 있다.

시집 『싸락눈』과 『강아지풀』 그리고 근작 『백발(白髮)의 꽃대궁』을 관류하고 있는 것은 자연사와 인간사의 화응(和應)이며 아울러 정지적(靜止的)이며 과거적이고 식물적인 낙하의 상상력이다. 그의 시는 자연친화의 전원상징(natural symbolism)에 크게 의존하고 있으며 이러한 전원상징과 인간적인 생명감각의 결합은 박용래 시의 골격을 이룬다.[3]

---

3) 김재홍, 「박용래 또는 전원상징과 락하의 상상력」, 『심상』, 1980, 12면.

김재홍의 지적처럼 박용래의 시는 정적인 자연의 세계가 그 골격을 이룬다. "현대화된다는 것은 우리에게 모험, 권력, 쾌락, 발전, 우리 자신의 변화 및 세계의 변화를 보장해 주는 동시에 우리가 가지고 있는 모든 것, 우리가 알고 있는 모든 것, 지금 우리의 모든 모습을 파괴하도록 위협하는 환경 속에 자리잡고 있는 우리 자신을 발견하는 것"[4]이라는 마샬 버만(Marshall Berman)의 지적처럼 현대성(modernity)의 세계를 생성과 쇠퇴가 함께 공존하면서 끊임없이 운동하는 변증법적 세계라 한다면 박용래의 자연시는 이러한 세계와는 정반대되는 방향에 거점을 마련하고 있는 것이다. 그런데 그의 자연에 대한 집착의 이면에는 분명 도시적, 문명적, 기계적 세계로 대변되는 현대성에 대한 깊은 반감이 깔려있는 것으로 생각된다.

우선 그의 생애[5]를 일별해보면 몇 가지 독특한 점을 발견할 수 있다. 첫째, 그는 도시적 생활에 적응하지 못하는 성격의 소유자였다는 점, 둘째, 여러 학교를 옮겨 다니다 결국 생계를 간호원인 아내에게 떠넘긴 것으로 보아 '직장'이라는 고정된 틀을 견디지 못했다는 점을 감안해보면 그는 현실적으로는 무능한 사람이었다고도 할 수 있다. 셋째, 향토적 생활 세계를 지속적으로 지향하면서 간혹 농장이나 과수원에서 일을 했던 경험은 있으나 직접 농민의 삶을 살았던 것은 아니라는 점 등으로 미루어 볼 때 박용래는 도시적 삶의 형태가 요구하는 진취적이거나 도전적인 혹은 욕망지향적인 성향과는 반대되는 인물로 파악되며, 향토성을 추구하면서도 전폭적으로 농사에 참

---

4) 마샬 버만(Marshall Berman), 『현대성의 경험』(윤호병·이만식 역), 현대미학사, 1989, 12면.
5) 이문구, 「박용래 약전(略傳)」, 『먼 바다』, 창작과비평사, 1984, 230~273면 참조.

여하지 않은 것으로 보아서는 실천보다는 관조적 성향이 강했던 인물로 판단된다. 이와 같은 그의 생래적 기질이 그를 현실 부적응자로 낙인찍기에 충분한 요소이기도 하지만, 이것이 그의 시의 근원이라 할 수 있는 '자연'을 심미적으로 통찰케 한 정신의 토양인 것만은 분명하다. 그의 현대성에 대한 반감은 다수의 작품에 포진해 있는 것은 아니나 몇몇 작품을 통해서 분명히 나타나고 있는 것이 사실이다.

남은 아지랑이가 홀홀
타오르는 어느 驛 構
內 모퉁이 어메는 노
오란 아베도 노란 貨
物에 실려 온 나도사
오요요 강아지풀. 목
마른 枕木은 싫어 삐
걱 삐걱 여닫는 바람
소리 싫어 반딧불 뿌
리는 동네로 다시 이
사 간다. 다 두고 이
슬 단지만 들고 간다.
땅 밑에서 옛 喪輿 소
리 들이어라. 녹물이
든 오요요 강아지풀.

「강아지풀」 전문

박용래가 자주 사용하는 행간걸침(enjambment)의 수법에 의해 구성된 이 시는 '화물(차)' '목마른 침목(枕木)' '삐걱 삐걱 여닫는 바람 소리'를 '반딧불' '이슬' 등과 같은 자연 심상과 대립되는 문맥 속에 놓음으로써 도시적 세계에 대한 혐오의 감정을 드러내고 있는 작품이다. 즉 '나'를 신고 온 '화물차'는 인간을 물질의 차원으로 규정해 버리는 비인간적 세계를, '목마른 침목'은 생명을 소진시키는 비생명적 상황을, '삐걱 삐걱 여닫는 바람 소리'는 불안에 시달리는 존재의 의식을 각각 함축한다. 이러한 세계를 견뎌내지 못한 일가족은 다시 자연의 공간으로 되돌아온다. 이때 시인은 이들이 겪은 상처를 '녹물'이라는 부식된 금속성의 이미지와 '오요요'라는 떨림을 환기하는 소리 이미지로 감각화한다.

한편 '노란 녹물'로 물든 일가족은 '강아지풀'이라는 아주 연약한 식물로 그려지고 있는데, 이것이 박용래가 파악한 자연적 존재로서의 인간이라 할 수 있다. 그는 거대한 교목이나 사나운 맹수와 같은 강인한 존재에 대해서는 별로 관심을 보이지 않는다. 그런 의미에서 박용래가 애착한 것이 "작은 것들의 세계"[6]라는 이은봉의 해석은 타당하다. 작고 연약한 '강아지풀'과 같은 존재들에게 진취적이고 도전적인 자세를 요구하는 도시적 세계가 결코 생명의 공간이 될 수 없음을 이 시는 암시한다. 「강아지풀」 외에 이와 같은 현대성에 대한 반감 의식은 "노을 밴 황산(黃山)메기 / 애꾸눈이 메기는 살더라,"(「황산(黃山)메기」), "폐수(廢水)가 흐르는 길, 하루 삼부교대의 여공(女工)들이 봇물 쏟아지듯 쏟아져나오는 시멘트 담벼락. // 밋밋한 담벼락 아니라, 유리쪽 가시철망 아니라, 삼삼한 찔레넝쿨 터널을 만들자,"(「연지빛 반달형(型)」)와 같은 구절을 통해서 드러나기도 한다.

---

6) 이은봉, 「박용래 시 연구-시적 방법과 시세계를 중심으로」, 『한남어문학』 7, 8 합병호, 한남대학 국어국문학회, 1982, 86면.

한편 현대성에 대한 반감은 곧 시인 자신의 부적응성을 함의하며 이러한 그의 의식성이 그를 자연이라는 반문명적, 반도시적 세계로 몰아가는 가장 큰 요인이라 할 수 있다.

현대성의 세계가 산업주의를 기반으로 진보와 발전에 대한 믿음을 실현시키고자 한 역동적 기획으로 이루어졌다면, 박용래가 보여주고 있는 자연지향성은 그런 믿음을 회의하거나 포기하는 것과 연관된다. 따라서 현대적 세계가 이루고자 한 진보와 발전이 허구이든 아니든 박용래가 추구했던 의식이 지향하는 바는 시대로부터 자신을 소외시킬 가능성을 지닌다. 그는 하나의 거대한 세계로부터 자신의 삶을 단절시킴으로써 누구보다 깊게 자연에 몰입할 수 있었는지는 모르지만, 그렇기 때문에 그의 의식 속에는 무능한 자아에 대한 자기 비하적 감정과 고립감, 혹은 자신이 갇혀있다는 감금의식이 자리잡고 있다.

① 난
　채운산(彩雲山)
　민둥산
　돌담 아래
　손 짚고
　섰는
　성황당
　허수아비
　댕기풀이
　허수아비
　난.

「곡(曲) 5편(篇) 중 마을」 전문

② 한때 나는 한 봉지 솜과자였다가
　　한때 나는 한 봉지 붕어빵였다가
　　한때 나는 좌판(坐板)에 던져진 햇살였다가
　　중국(中國)집 처마밑 조롱(鳥籠) 속의 새였다가
　　먼 먼 윤회(輪廻) 끝
　　이제는 돌아와
　　오류동(五柳洞)의 동전(銅錢).
　　　　　　　　　　「오류동(五柳洞)의 동전(銅錢)」 전문

　시 ①와 ②는 '나'라는 현상적 화자를 내세움으로써 자기 고백적 성격을 강화시킨 예인데, 박용래 시에서 이처럼 '나'를 시의 표면에 내세운 경우는 그리 많지 않다.[7] 중요한 것은 '나'로 드러난 화자가 대부분 긍정적으로 그려지고 있지 않다는 점이다. 시 ①에서 화자는 '나'를 '허수아비'라 말하고 있는데, 이때 주목할 것은 '돌담 아래 / 손 짚고' 서있는 허수아비의 엉성하고도 무기력한 형상이다. 시 ②에서 '나'는 ①에서 보다 한층 더 비인간화된 모습으로 드러나 있는데, 그 의미는 이질적 사물을 병치시킴으로써 만들어진다. '솜과자' '붕어빵' '좌판에 던져진 햇살' '조롱 속의 새' 등은 서로 매우 상이한 사물들 이지만 부풀다, 퍼지다, 날다 등 확산적 성향을 내포하고 있다는 점 에서, 그러면서 그러한 사물의 운동성이 한계에 부딪혀 있거나 억압

---

7) '나'라는 시적 화자를 시의 전면에 내세울 때 시는 상대적으로 내적 정서를 직접화 하는 주관적, 고백적 성격이 두드러지게 된다. 박용래의 경우는 이와 반대되는 성향이 더 강한데 이은봉은 박용래의 이러한 특징을 다음과 같이 설명하고 있다. "박용래의 시엔 시적 화자, 즉 퍼소나(persona)가 대체로 감추어져서 드러난다. 화자의 입장을 가능한 한 객관화함으로써 시의 언어로 하여금 사물의 제시 혹은 사물의 던짐이 되도 록 유도하는데 이는 아마도 시의 언어가 사물의 언어이어야 한다는 그의 평소의 신념 때문인 것으로 사료된다." 이은봉, 앞의 글, 78면.

되어 있다는 공통점을 지닌다. 따라서 이들은 '내'가 하찮은, 혹은 자유롭지 못한 존재임을 나타낸다. 그런데 이러한 '나'에 대한 부정적 의식은 이 시의 마지막 행에 이르면 더욱 극단화된다. '오류동의 동전'이라는 교환가치로 전락한 존재가 바로 '나'인 것이다. 참고로 말하자면 '오류동'은 박용래가 나이 사십에 초가집을 짓고 살았던 서대전에 속해있던 동네이다. 생계를 주로 부인에게 의탁하고, 가사나 아이들 돌보기를 해왔던 박용래의 이러한 고백 속에서 무력한 자아에 대한 자기 비하의 감정을 충분히 읽어낼 수 있다. 그의 자연시가 애상성이나 비극성을 갖게 되는 데는 이와 같은 자신에 대한 절망감이 한 요인으로 작용했을 것으로 짐작된다.

③ 깊은 밤 풀벌레 소리와 나뿐이로다
　시냇물은 흘러서 바다로 간다
　어두움을 저어 시냇물처럼 저렇게 떨며

　흐느끼는 풀벌레 소리……
　쓸쓸한 마음을 몰고 간다

　　　　　　　　　　　　　　　　　「가을의 노래」 부분

④ 감꽃 마슬의
　외따른 번지 위해

　감꽃 마슬의
　조각보 하늘 위해
　그림 없는
　액자 속에 살아라

감꽃
주렁주렁 달고

감새,

「감새」부분

⑤ 비가 오고 있다
안개 속에서
가고 있다
비, 안개, 하루살이가
뒤범벅되어
이내가 되어
덫이 되어

(며칠째)
내 목(木)양말은
젖고 있다.

「우중행(雨中行)」 전문

시 ①와 ②가 주로 무기력하고도 비인간화된 자기의 존재의 상태를 드러내고 있는 작품이라면 시 ③와 ④는 그러한 시적 화자가 거처하고 있는 공간의 성격을 암시하고 있는 작품이라 할 수 있다. ③는 박용래의 등단작이며 ④는 그의 유고작임에도 불구하고 이 두 작품에 깔려있는 기본 정서는 크게 차이를 보이지 않는다. ③의 '깊은 밤 풀벌레 소리와 나뿐이로다'에서 알 수 있듯이 화자는 타자와의 소통이 단절된 고립의 공간 속에서 고독하게 '떨며' 있다. 시 ④에서도 화자는 '감새'에게 '외따른 번지' '조각보 하늘'과 같은 좁은 공간 속에 묻혀 지낼 것을 권유한다. 이처럼 한정된 공간의식은 이중의 의미를 지닌다. 하나는 문명적 세계에서 벗어난 자연 공간이라는 것이며, 다른 하나는 자연의 공간은 아름답지만 한편으로는 고립된 세계라는 사실이다. 시 ③, ④와 마찬가지로 ⑤에서도 구속, 결박에 의한 고립된 자아를 발견할 수 있다. 이 시에 나타난 비, 안개, 이내와 같은 공기적 물의 심상은 시인의 앞을 차단하는 '덫'으로 의미화할 수 있다. 그것은 삶을 습하고 눅눅한 것으로 묶어 놓는 부정적 이미지들이다. 많은 논자들이 이미 지적한 바, 박용래 시에 자주 나타나는 소외된 사물, 소외된 인물은 이처럼 시인 스스로에 대한 자기 비하적 감정이나 고립감, 감금의식 등과의 긴밀한 연관성 속에서 생성된 것이라 할 수 있다.

3. 젖은 눈으로 감싸안은 모과(木瓜)빛 풍경

　박용래의 반도시적·반문명적 기질과 진취적·도전적 성향의 결여는 필연적으로 그를 '자연' 공간으로 거듭 귀환하게 하는 중요 요인이라 할 수 있다. 그런데 그가 귀의한 삶의 터전으로서의 자연은 풍요로운 낙원의 상징도 아니며, 단순히 무욕(無慾)한 맑음의 서정을 담고 있는 순수 자연의 공간도 아니다. 그리고 심오한 이념이나 사상으로 채색된 그런 자연도 아니다. 예를 들어 박용래의 자연은 서정주의 「풀리는 한강(漢江)가에서」, 「무등(無等)을 보며」, 「상리과원(上里果園)」 등 시인의 현실 초월의식을 반영하고 있는 자연이나 박목월의 「청(靑)노루」 「나그네」에서 보이는 담박한 자연, 김현승의 「겨울

까마귀」나 「마지막 지상(地上)에서」와 같은 시가 함축하고 있는 종교적 상징물로서의 자연과 구별된다. 박용래의 '자연'의 성격을 권오만은 다음과 같이 설명한다.

　그의 시에 나타나는 자연은 산이나 바다처럼 의식적으로 찾아가 만나는 자연은 아니다. 또한 그의 시의 자연은 고답적인 명상의 대상물로서의 자연도 아니며, 강호가도(江湖歌道)의 유풍으로서 은둔하는 이의 이상향으로서의 자연도 아니다. 그의 시에서의 자연은 향토에서 삶을 이어가면서 무심결에 만나게 되는 생활 속의 자연이다.8)

　권오만의 지적처럼 박용래의 자연은 명상이나 관념의 등가물도 아니고, 은둔자가 갈구하는 낙원도 아니다. 그야말로 '무심결'에 만나는 생활 세계의 한 모습으로서의 자연이라 할 수 있다. 그의 자연은 토속적 생활과 깊은 연관이 있다는 점에서 인간의 삶과 분리되지 않는 자연이며, 그렇기 때문에 그의 자연시에 등장하는 고산식물(高山植物)처럼 늙으신 어머니, 함지박 아낙네, 체장수, 상투잡이 머슴들, 상둣군, 허드렛군, 후살이 아낙 등과 같은 인물들과 돗자리, 베잠방이, 반짇고리, 참빗, 꽃신, 목침, 놋대야, 소금 항아리, 옹배기, 쇠죽가마 등 생활 기물들은 문명보다는 자연에 동화된 형상으로 그려진다. 박용래 시에서 이와 같은 생활공간으로서의 자연이 드러내고 있는 가장 두드러진 모습은 '가난'이라 할 수 있다. 그의 대부분의 시는 가난과 궁핍으로 물들어 있는 인간의 삶을 반복적으로 형상화하고 있다.

---

8) 권오만, 「박용래론 ─ 한(恨)의 시각적 형상화」(김용직 외 공저), 『한국현대시연구』, 민음사, 1989, 230면.

댕댕이 넝쿨, 가시덤불
헤치고 헤치면
그날 나막신
쌓여 들어 있네
나비 잔등에 앉은 보릿고개
작두로도 못 자르는
먼 삼십리
청솔가지 타고
아름 따던 고사리순
할머니 나막신도
포개 있네
빗물 고인 천(千)의 산(山)
겹겹이네

「천(千)의 산(山)」 전문

어두컴컴한 부엌에서 새어나는 불빛이여 늦은 저녁
상(床) 치우는 달그락 소리여 비우고 씻는 그릇 소리여
어디선가 가랑잎 지는 소리여 밤이여 섦은 잔(盞)이여

어두컴컴한 부엌에서 새어나는 아슴한 불빛이여.

「삼동(三冬)」 전문

박용래의 대표 시라 할 수 있는 「저녁눈」 「그 봄비」 「시락죽」 「막버스」 「샘터」와 같은 작품만이 아니라 「잡목림(雜木林)」 「모일(某日)」 「Q씨의 아침 한때」 「점묘(點描)」 「미금(微吟)」 등에서도 자연과 어우러져 있는 빈궁한 삶의 형상은 지속적으로 나타난다. 위에 인용한 「천(千)의 산(山)」 「삼동(三冬)」도 그러한 예에 해당되는 시라

할 수 있다.

「천(千)의 산(山)」은 첩첩 산자락과 겹겹의 가난을 등가의 관계로 의미화함으로써 가난의 고통을 부피와 양으로 치환시키는 독특한 상상력을 드러내고 있는 시이다. 기억을 '헤치고' 시인은 노동의 고달픔을 상징하는 산더미처럼 '쌓여 들어 있는 나막신'과 마주친다. 그것은 '작두로도 못 자르는' 무시무시한 가난의 유물이라 할 수 있다. 이를 통해 볼 때 박용래가 인식한 자연이 풍요와는 거리가 멀다는 것을 알 수 있다. 작고 연약하며 가벼운 나비의 잔등을 짓누르고 있는 '보릿고개'의 무거움이 박용래가 집요하게 추구했던 자연 속에 내재해 있는 것이다. 이처럼 청솔가지나 고사리순으로 연명해야하는 '보릿고개'의 서러운 삶은 박용래 시가 지닌 애상미와 담박미를 생성시키는 원천이기도 하다.

따라서 그에게 일상의 애환은 진부한 대상이 아니라 삶의 진실을 드러낼 수 있는 가장 중요한 부분이 된다. 「삼동(三冬)」은 바로 이러한 시인의 지향을 잘 드러내고 있는 예라 할 수 있다. 「삼동(三冬)」은 깊은 겨울 저녁밥을 먹고 그것을 치우는 아주 소박한 일상을 대상으로 한 작품이다. 그런데 이 시는 근원적 안식을 제공하는 '집'을 주요 공간으로 삼고 있음에도 저녁밥을 먹고 난 겨울밤의 따뜻함이나 안온함보다는 쓸쓸함과 스산함을 정서화한다. 이러한 시적 분위기는 우선 시적 화자의 시선이 실내가 아닌 집(부엌) 밖에 머물러 있다는 것과 관계된다. 화자는 안에서 행위하는 자가 아니라 밖에서 바라보는 자의 위치에 머물면서 생활공간에서 이루어지는 일상의 행위를 전체적으로 조감하는 시각을 획득하게 된다. 이때 시적 화자의 감각을 일깨우는 것은 '소리'와 '불빛'이다. 상을 치우고 그릇을 씻는 소리는 '가랑잎 지는 소리'와 겹쳐지면서 늦은 저녁의 고요와 쓸쓸함을 동시에 느끼게 한다. 즉 이 시에서의 청각 이미지는 '소리' 자체를 지각시키는 것이 아니라 오히려 적막을 느끼게 하는 그런 소리라 할 수 있다. '소리'와 마찬가지로 이 시의 '불빛' 또한 휘황한 밝음보다는 '어둠'을 감지케 하는 그런 불빛이라 할 수 있다.

그의 또 다른 시 「소감(所感)」의 "흥부네 문턱은 햇살이 한 말", 혹은 「창포」의 "햇살을 날으는 아침 상(床)머리 / 열무김치"와 같이 밝은 빛의 이미지를 드러내고 있는 예외적 경우도 있지만 박용래 시에서 '빛'(불)의 이미지는 「삼동(三冬)」에서처럼 어둠과 뒤섞여 있는 경우가 대부분이다. "솔밭에 번지는 / 상가(喪家)의 / 불빛"(「물기 머금 풍경 1」), "늦은 저녁때 오는 눈발은 말집 호롱불 밑에 붐비다"(「저녁 눈」), "쌀 씻는 소리에 / 눈물 머금는 미명(未明)"(「모일(某日)」), "저문 산(山) / 새발 심지의 / 등잔(燈盞)"(「겨울산(山)」), "일락서산(日落西山)에 개구리 울음"(「서산(西山)」), "바닥에 지는 햇무리의 / 하관(下棺)"(「하관(下棺)」) 등에서 알 수 있듯이 박용래 시에 나타난 '빛'의 이미지는 호롱불처럼 희미한 영상을 떠올리게 하거나, 소멸하는 저녁 노을의 애잔함을 느끼게 하는 경우가 대부분이다. 이와 같이 박용래가 반복적으로 드러내고 있는 '빈약한 빛'의 이미지는 쓸쓸함으로서의 시적 분위기를 창출할 뿐 아니라 빈곤한 인간 삶의 고달픔과 처연함을 환기하는 데도 중요한 역할을 한다. 「삼동(三冬)」의 '어두컴컴한 부엌에서 새어나는 아슴한 불빛' 또한 눈물겨운 가난살이를 환기해주는 이미지라 할 수 있다.

앞서 살펴본 바와 같이 박용래의 자연공간이 풍요가 아닌 빈곤으로 얼룩진 세계임에도 불구하고 시인은 이를 부정적으로 인식하거나 이로부터 벗어나고자 하지 않는다. 표면적으로 박용래의 자연(향토)적 세계가 빈곤한 생활과 유착되어 있음에도 불구하고 거기에는 시인의 의식을 끌어당기는 어떤 요소가 내재해 있는 것이다. 이는 박용래가 자연과 어우러져 있는 인간 삶에서 가난 이외에 무엇을 포착하고 있는가하는 문제와 연관될 수 있다.

> 잠 이루지 못하는 밤 고향집 마늘밭에 눈은 쌓이리.
> 잠 이루지 못하는 밤 고향집 추녀밑 달빛은 쌓이리.
> 발목을 벗고 물을 건너는 먼 마을.
> 고향집 마당귀 바람은 잠을 자리.

「겨울밤」 전문

> 갱(坑) 속 같은 마을. 꼴깍, 해가, 노루꼬리 해가 지면 집집마다 봉당에 불을 켜지요. 콩깍지, 콩깍지처럼 후미진 외딴집, 외딴집에도 불빛은 앉아 이슥토록 창문은 모과(木瓜)빛입니다.
> 기인 밤입니다. 외딴집 노인(老人)은 홀로 잠이 깨어 출출한 나머지 무우를 깎기도 하고 고구마를 깎다, 문득 바람도 없는데 시나브로 풀려 풀려내리는 짚단, 짚오라기의 설레임을 듣습니다. 귀를 모으고 듣지요. 후루룩 후루룩 처마깃에 나래 묻는 이름 모를 새, 새들의 온기(溫氣)를 생각합니다. 숨을 죽이고 생각하지요.

「월훈(月暈)」 부분

위에 인용한 두 편의 시는 몇 가지 공통점을 통해서 박용래의 향토의식을 드러내고 있는 예라 할 수 있다. 첫째 이 두 편의 시에서 묘사되고 있는 고향은 실제의 세계라기보다는 시인의 추측과 상상에 의해 그려진 공간이라는 점이다. 추측, 상상, 기억 등을 다르게 설명해 본다면 시인이 지향하는 바에 따라 경험적 사실을 변형시킬 가능성을 지닌 의식의 작용이라 할 수 있다. 「겨울밤」은 '잠 이루지 못하는' 사람의 '추측'에 의해 형상화된 고향의 모습을 나타내며, 「월훈(月暈)」 또한 '설레임을 듣다' '온기를 생각하다'와 같은 '외딴집 노인'의 내적 의식을 관찰자가 상상하고 있다는 점에서 시인의 주관성이 투영된 고향의 형상이라 할 수 있다. 따라서 풀려 내리는 짚단의 소리나 새들의 온기를 감지하고 있는 것은 노인이라기보다 상상의 주체인 시인 자신이라 할 수 있다.

이와 같은 시인의 추측과 상상이 드러내고 있는 두 번째 공통점은 '고향'은 먼 곳, 혹은 여타의 세계와 두절된 곳이라는 점이다. '발목을 벗고 물을 건너는 먼 마을', '갱 속 같은 마을'과 같은 구절이 이를 말해 준다. 이는 박용래가 자연을 고립의 공간으로 인식하고 있는 것과 동일한 발상으로 볼 수 있다. 「가을의 노래」 「감새」에서 본 것처럼 자연이 고립의 공간으로 의미화될 때는 시인의 고독이나 외로움이 부각되는 반면 「겨울밤」에서와 같이 고향이 시적 자아와 멀리 떨어져 있는 공간으로 의미화될 때는 아득함, 그리움 등의 정서가 전면화된다. 그리고 「월훈(月暈)」과 같이 두절된 공간성을 드러내는 경우는 신비함이 보태지기도 한다.

박용래 시에서 고향과 자아와의 아득한 거리는 고향을 적막한 공간으로 가라앉힌다. 눈과 달빛이 쌓이고, 바람이 고요하게 잠드는 곳, 그리고 바람도 없는데 짚단이 풀려 내리는 곳, 미세한 움직임만이 남아있는 정적인 세계가 박용래가 상상하는 고향인 것이다. 이것이 그의 향토의식의 세 번째 특징이라 할 수 있다. 이와 같은 정적인 세계는 끊임없는 변화에 의해 가동되는 도시적 공간과 대립되는 의미를 생성해낸다. 한편 멀리 떨어져 있는 이 적막의 공간은 가난하고 소박하지만 평화로운 온기를 간직한 세계이기도 하다. 그것은 변화에 위협받거나 동요되지 않은 채 정물화처럼 시인의 의식 속에 각인되어 있다. 박용래의 시에 시간적 거리감을 드러내고 있는 회상 장면이 많이 나타나는 것 또한 이와 같은 시인의 의식과 관련된다.

추측, 상상, 회상에 의한 형상화 방식과 유원(悠遠)함, 두절감, 정적감으로서의 향토 인식은 시인과 고향 사이에 성립된 심리적 거리를 나타낸다. 박용래의 자연이 "무심결에 만나게 되는 생활 속의 자연"[9]인 것은 사실이나 그것이 생활 자체의 재현이 아니라는 점을 간과해서는 안된다. 시인은 생활 속의 자연을 그리면서도 언제나 그로부터 일정한 거리를 유지하는 태도를 견지한다. 그는 자연 속에 묻혀 있는 자가 아니라 자연 밖에서 자연생활을 몽상하는 자의 위치에 있는 것이다. 이러한 거리의식은 자연과 분리된 현대적 자아로서의 인식이 시인의 의식 속에 암암리에 영향을 끼치고 있음을 말해 준다. 즉 박용래는 애초부터 문명이나 도시와 완전히 절연된 상태에서 향토성에 주목한 것이 아니라 문명과 도시적 속성을 인식한 상태에서 그것의 대타적 세계로서 향토성을 탐색하고 있는 것이다. 따라서 그의 향토적 세계는 역동적 도시성과 대립되는 아득하고 따뜻한, 그러면서도 정적인 애상성을 간직한 모습으로 그려지게 된다. 그의 자연의 실상이 빈궁과 밀착되어 있음에도 미감을 획득하는 이유가 여기에 있다. 따라서 여러 논자들이 지적하고 있는 자연에 대한 관찰, 응시, 관조 등의 태도는 대상에 대한 미적 거리[10]를 만들어 가는 박용

---

9) 권오만, 앞의 글, 230면.
10) 미적 거리에 대한 사전적 정의를 보면 다음과 같다. "심리적 거리란 우리가 작품에

래 특유의 시작(詩作) 원리라 할 수 있다. 시적 대상에 대한 적절한 거리를 확보하지 못했다면 그의 시에서 느낄 수 있는 절제의 아름다움은 형성될 수 없었을 것이다. 박용래의 향토의식이 오탁번의 지적대로 "한 폭의 빛바랜 민화 조각"[11]의 형상을 이루게 되는 것은 이와 같은 미적 거리에 의한 것이라 할 수 있다.

노랗게 물든 미루나무 길섶 먼

고향길 해야 지는가

아버지

어머니

같은 사람들

느릿느릿 뒷짐 지르고 가는

모과(木瓜)빛 물든 길섶 해야 지는가

「모일(某日) 2」 전문

반쯤은 둠벙에 묻힌
창포(菖蒲) 실뿌리 눈물 지네

임해서 작품에 표현된 행위, 인물, 정서들이 절박한 실제 생활과는 아무런 관련이 없다는 감각 기관의 인식이다. 이와 같이 작품을 공리적 관심으로부터 분리시킴으로써 이런 심리적 거리는 예술의 특수한 효과를 발휘케 한다. 부적당한 거리 작용은 부자연스럽고 인위적이게 한다." 이러한 정의에서 알 수 있듯이 미적 거리는 실제 생활에서 촉발되는 과도한 정념이나 관심을 여과한 상태를 의미한다. J.T. Shipley(ed), *Dictionary of World Literature Terms*(The Writer Inc., 1970), 258면. 김준오, 『시론(詩論)』, 삼지원, 1995, 248면에서 재인용.

11) 오탁번, 「콩깍지와 새의 온기(溫氣)」, 『현대문학산고(現代文學散藁)』, 1976, 67면.

맨드래미 꽃판 총총 여물어
그늘만 길어가네
절구에 깻단을 털으시던
어머니 생시(生時)같이
오솔길에 낮달도 섰네.

「낮달」 전문

「모일(某日) 2」나 「낮달」은 아주 선명한 풍경을 연상케 한다. 앞서
「삼동(三冬)」을 분석하면서 지적했듯이 이때 주목할 것은 시적 화자
가 문면에 등장하지 않는다는 점이다. 화자는 대상을 관조하는 시점
에서 풍경을 주도함으로써 독자 또한 자신의 시선과 동일한 위치에
있도록 유도한다. '보다'라는 것은 예를 들어 '살다' '행동하다'와 같이
밀착된 관계가 아니라 대상과의 일정 거리를 갖는 데서 비롯되는 태
도로 볼 수 있다. 따라서 '보다'는 대상과 자아의 거리를 만들어내는
방법이라 할 수 있다.12) 한편 대상과 자아의 거리는 보는 자의 지향
성이나 심리에 의해 조정된다는 점에서 주관적 의식의 반영이라 할
수 있다. 그런 의미에서 「모일(某日) 2」와 「낮달」에서 보여지는 해질
녘의 쓸쓸함이나 슬픔을 머금은 꽃과 낮달의 이미지는 박용래의 시
선과 결합된 자연 풍경인 것이다. 이처럼 미적 거리에 의해 대상을

---

12) '보다'에 의해 발생하는 미적 거리는 박용래 시의 주요 특징이라 할 수 있는 여백미
로 귀결될 수 있는데 조창환은 이에 대해 다음과 같이 설명하고 있다. "박용래의 시에
는 여백이 많다. 그 여백은 문명적 현실에 적응하지 못하고 변두리의 삶을 살아가는
힘없는 자아의 모습을 그려내는 공간이다. 그러나 박용래의 경우는 그 좌절의 모습이
현실에의 순응주의적 태도로 발전하거나 좌절과 미련의 상반되는 감정의 갈등구조 속
에서 방황하는 것으로 보여지지 않는다. 무력함에 대한 연민, 소외된 삶에 대한 애정,
사라져가는 힘없는 것들에 대한 미학적 탐구로 나타난다." 조창환, 「박용래 시의 운율
론적 접근」, 『시와 시학』, 1991, 봄호, 167면.

'풍경화'하는 방식은 박용래 시의 가장 두드러진 특성이라 할 수 있다.

4. 자연시가 남긴 전언들

  박용래는 시종일관 향토적 자연을 대상으로 자신의 시적 세계를 창조해낸 자연시인이라 할 수 있다. 그의 자연은 객관적 대상으로서의 자연도 아니고 시인의 관념에 철저하게 종속된 이념적 상징으로서의 자연도 아니다. 향토적 생활상과 시인의 주관적 정감이 어우러져 이룩된 자연이라 할 수 있다. 이와 같은 박용래의 시적 자연이 애상적 아름다움을 환기하고 있다는 점은 기존 연구자들간에 이미 합의된 사항이라 할 수 있다. 이 글은 기존 논의를 바탕으로 박용래 시의 애상성이 어디로부터 기인한 것인가, 그리고 애상성을 미로 승화시킬 수 있는 의식의 작용은 무엇인가에 초점을 맞추어 그의 자연 인식의 태도를 밝혀보고자 했다.

  현대시에서의 자연은 고전시와는 달리 현대성의 여파와 직간접적인 관련을 갖는다. 박용래의 생애와 자연시 또한 산업화와 도시화가 야기하는 변화와 갈등하면서 창작된 것으로 볼 수 있다. 그의 시는 현대성과의 불화를 첨예화하고 있지는 않지만 그것에 대한 반감과 갈등을 분명히 드러내고 있는 것이 사실이다. 특히 그의 시에 나타난 진취적, 도전적 성향과 맞지 않는 무력한 자아의 모습, 자기 비하의 감정, 고립감 등은 그가 고집했던 향토적 자연세계의 이면에 놓여 있는 자체 모순을 말해준다. 이와 같은 소외감은 그의 시의 애상성을 낳게 하는 근본 요인이라 할 수 있다.

그가 거듭 환기시키고 있는 향토적 자연이 풍요보다는 빈곤과 애환 쪽에 기울어져 있는 것은 이 때문이다. 박용래의 시에서 빈궁한 생활의 형상은 지속적으로 반복되는 주요 모티브라 할 수 있다. 그런데 그는 빈궁을 얘기하면서도 과도한 감정을 절제하는 태도를 견지한다. 구체적으로 말해 추측, 상상, 회상에 의한 형상화 방식, 유원함, 두절감, 정적감으로 요약되는 향토의식을 통해서 박용래는 대상에 대한 미적 거리의식을 드러내고 있다. 이는 대상을 '풍경화'하는 시인의 시 형상화 원리를 의미하는데, 이러한 거리의식의 기저에는 자연과 분리된 현대적 자아로서의 인식이 깔려 있는 것으로 보인다. 박용래는 애초부터 문명이나 도시와 완전히 절연된 상태에서 향토성에 주목한 것이 아니라 문명과 도시적 속성을 인식한 상태에서 그것의 대타적 세계로서 향토성을 탐색하고 있는 것이다. 그의 시선은 향토적 세계 안에 있는 것이 아니라 그것의 밖에 위치해 있는 것이다.

이와 같이 볼 때 박용래의 자연 인식의 태도는 순수한 자연 상찬의 의미를 벗어나 현대성 속에서 소외를 경험해야 했던 비애로운 삶의 이면을 반영한다. 그것을 애상적 아름다움으로 승화시키고 있는 시인의 시각 속에는 향토적 세계에 대한 애착이 담겨 있다. 인간미와 자연미가 어우러진 맑음의 서정을 드러내고 있는 박용래의 자연시는 극단의 비인간화를 초래하고 있는 현대적 세계를 되돌아보게 한다는 점에서 시사하는 바가 매우 크다 할 수 있다. 아울러 지금의 이러한 논의는 현대시에 나타난 자연과 현대성의 관계를 규명하기 위한 기초적 작업임을 밝힌다.

회의주의자의 푸른 안광(眼光)

— 오규원론 —

1. 방법적 고뇌

시 창작과 병행하여 독자적 시론을 집필하기도 했던 오규원은 이미 잘 알려진 대로 그만의 독특한 시의 문법을 구축함으로써 우리의 문학 영토를 크게 확장시킨 시인이라 할 수 있다. 그의 시는 아이러니와 패러디, 사물과 이미지의 병치, 행간걸침(enjambment), 산문적 리듬 등 다양한 형상화 방식을 통해서 자신이 살아온 부조리한 시대와 그 안에서 생존할 수밖에 없는 우울한 인간의 초상을 드러내고 있다. 그의 시에서 보이는 수상한 세계와 그 수상한 세계를 포착하고 있는 예민한 시선은 서로 갈등하고 충돌하면서 결코 생을 쉽게 낙관하거나 긍정할 수 없었던 한 예술가의 고뇌를 말해주고 있다. 그의 시는 부조리한 시대를 날카롭게 응시하며 시대와 부대끼며 쓰인 한 도보고행자의 고백인 것이다.

결코 초월하거나 도취하거나 혹은 환호하거나 흥분하지 않는 그의 지적 기질은 늘 시대의 변화와 그 변화가 만들어내는 새로운 패러다임에 의문을 제기하고 그것에 대한 사유를 게을리하지 않는 각성된 의식을 드러낸다. 오규원 시를 이끄는 가장 큰 동력은 '각성'이라 할 수 있다. 그는 시대에 대해서도 자기 자신의 실존에 대해서도 늘 날카로운 촉수를 벼리면서 우울하고 습한 이 세계로부터 도주하거나 자신만의 안전지대를 만들지 않는다. "빗속에서 우산으로 / 비가 오지 않는 세계를 받쳐들고 / 오, 그들은 정말 갈 수 있을까"(「비가 와도 이제는— 순례 13」)라고 시인은 삶의 방식에 대해 자주 회의감을 내비친다. 이 세계에서 비를 겨우 가리고 있는 누추한 우산을 그는 믿지 않는다. 비를, 우산을 그리고 비와 우산의 함수관계를 그는 거듭 생각한다. '아니다 아니다'라며 사물과 사건에 대한 관점 바꾸기를 반복하는 것(「안락의자의 시」)이 오규원의 태도이다. 그렇기 때문에 그에게 역사의 그림자는, 개체의 죽음은, 그리고 내적 우울은 감상의 대상일 수 없는 것이다. 이것과 저것의 함수관계를, 방법을 고뇌하는 것, 그것이 그의 시다. 그의 다양한 시적 실험 또한 이와 무관하지 않으리라 여겨진다.

2. 두 가지 분명한 사실

진실이 곧 행복과 동일어가 아님을 오규원의 시는 일깨운다. 우리가 행복을 욕망할 때, 삶의 안전함을 보장받고자 할 때 사실은 은폐되고 진실은 미궁으로 빠지고 만다. 진실과 행복이 서로 엇갈릴 수밖에 없는 삶의 아이러니를 받아들이는 일이 곧 사실을 사실로 확신할 수 있는 필수조건인 것이다. 오규원은 사실을 망각하려하지 않는다. 그에게는 진통제나 환각의 잠은 없다. "나는 풀의 집에 서서 인간의 하늘 아래 서서 계속 얻어맞는다"(「풀의 집」)는 시적 고백이 이런 삶의 태도를 단적으로 드러내준다. 그는 그를 언제나 각성케 하는 두 가지 사실, 즉 이 세계가 음모와 타협과 보이지 않는 폭력으로 이루어져 있다는 사실과 자신이 이러한 세계 속에서 죽음을 인식하고 살아가는 하나의 개체라는 사실을 잊지 않는다. 이 두 개의 분명한 사실은 그의 시 전체를 이끌고 가는 가장 큰 줄기라 할 수 있다. 자신의 생 앞에 던져진 이 두 개의 분명한 사실 앞에서 오규원은 행복을 겸허하게 거절한다. 이러한 거절의 힘이 사실을 응시할 수 있는 그의 내적 힘이기도 하다. 그렇다면 그가 포착한 세계는 구체적으로 어떠한가?

> 눈을 반쯤 감은 어제의 죽음이
> 끌려오고
> 오늘의 거리를 구경한 나뭇잎의 신경이
> 공포의 그 순간이 끌려오고
> 주인의 손에서 칼이
> 식탁과 의자와 장롱과 방바닥이
> 방바닥 밑의 그림자가 천천히 눈을 뜨고
>
> 24시간 1,440분 86,400초가, 차례로
> 검토되고 있다
> 86,400초의 관계가, 살을 내놓고
> 옷을 벗는다 그리고 과거가 소집당하고 있다
> 독립할 수 없었던 미래가, 아 순진한
> 미래가 체포되어 식탁 위에 오르고 있다
>
> 「무서운 사건」 부분

첫 시집 『분명한 사건』에 실린 이 시는 검토, 소집, 체포 등의 시어에서 느낄 수 있듯이 삼엄한 감시체제의 폭력성을 암시하고 있다. 어제와 오늘과 미래가 끌려나와 '24시간, 1, 440분 86, 400초'까지 옷이 벗겨지는 무서운 검열과 검문의 시대를 이 시는 말하고 있는 것이다. 일상의 곳곳에 숨어있는 감시의 눈길이 개인의 자유의지를 질식시키는 이와 같은 시적 의미는 오랜 동안 파행적 구조를 지속해왔던 우리의 정치 현실과 무관하지 않다.

억압적이고 기만적인 현실 인식은 첫 시집 이후에 "말하지 않는 것이 미덕인 시대"(「콩밭에 콩심기」), "회의와 의논으로 드디어 그 촌수를 드러내는 이 모호하지만 끈끈한 목적 상관의 족보"(「송가(頌歌)」), "문화사적(文化史的)으로 본다면 안녕과 안녕 사이로 흐르는 / 저것은 보수주의(保守主義)의 징그러운 미소"(「우리 시대의 순수시(純粹詩)」), "도둑이 내 머리 속을 뒤지는 소리가 / 내 머리 속을 뒤져서 / 도둑이라는 말을 없애는 소리가 / 도둑이라는 말을 없애고 / 다른 말을 집어넣는 소리가 / 들린다 다 들린다"(「내 머리 속까지 들어온 도둑」), "겨울은 갈수록 우리의 육체를 얼려서 작아지게 하고 작아지지 않은 육체는 누군가가 망치로 부수었다"(「70년대의 유행가(流行歌)」), "다른 색(色)은 지하로 깊이 묻히고 사람들은 다른 색(色)이 있다는 사실을 잊어버리기 시작했다. 눈이 쌓일수록 사람들은 다른 것들로부터 하얗게 마비되어갔다"(「색깔이 하나뿐인 곳에서의 인간(人間)의 노래」) 등으로 표현된다. 진실을 증언할 수 없는 시대, 음모와 타협과 허위적 안녕으로 물들어 있는 시대, 개인의 판단의지와 자유를 말살하는 시대, 한 가지 색(色)만을 허용하는 독재시대를 이 시들이 증언하고 있는 것이다. 그러나 오규원의 시는 대부분의 참여시가 드러내고 있는 직설법과는 다른 어법으로 언제나 이와 같은 현실의 위선과 허위를 직시한다. 더불어 폭력적 현실에 대한 그의 예리한 판단은 경직된 정치체제만이 아니라 욕망을 날조시키는 자본주의의 기만적 구조에 대해서도 끊임없이 작동한다.

> 가지가 부러지고 잎이 상했는데도
> 태림모피는 결코 많이 만들지 않습니다
> 그리고 최고가 아니고는 만들지 않습니다
> 제라늄은 계속 피고 있다 베란다에서
> 송수화기 들지 않고 전화를 걸 수 있습니다
> 오토감마 500
> 한 줄기에서 꽃이 지면 다른 줄기에서
> 당나라의 양귀비가 실크로 가슴을 감싼 지가 1287년이 지난 오늘
> 이제 당신도 진짜 실크로 만든 란제리를 즐길 수 있게 되었습니다,
> 실버벨
> 일어서고 무슨 역사를 말하려고 하는지
> 이어서 피고 있다 떨어진 꽃잎은 이제
>
> 「제라늄, 1988. 신화」 부분

오규원의 광고를 패러디하고 있는 시들은 위에 인용한 「제라늄, 1988. 신화」처럼 자본주의 교활한 소비시스템과 그것의 광포한 힘이 마비시키고 있는 도시인의 의식을 비판적 시각에서 다룬다. 이 시에서 '가지가 부러지고 잎이 상했는데도' 무언가를 말하려는 듯 힘겹게 생명력을 잃지 않고 이어서 피어나는 제라늄과 그 위를 덮어버리는 태림모피와 무선전화기, 실크 란제리 등과의 긴장관계는 곧 자본주의

에 대항하는 시인의 의식을 반영한다. 오규원은 억압적 정치 현실만큼이나 인간을 교환가치로 전락시키는 자본주의체제 또한 참기 어려운 부조리로 인식한다. 80년대 중반 이후부터 오규원은 이러한 자본주의 메커니즘을 관념이나 추상이 아니라 일상에서 마주칠 수 있는 구체적 사례를 응용하여 시를 창작한다. 광고시도 그 가운데 하나이다.

한편 오규원은 자신이 이러한 현실에서 살아가야 하는 개체라는 사실을 망각하지 않는다. 그의 개인에 대한 자각, 자유의지, 실존의식 등은 이러한 사회학적 탐구와 깊이 연관되어 있다. "그해 죽은 사람의 / 헛기침 소리 하나가 / 느닷없이 / 행인의 뒷덜미를 후려치고 간다"(「분명한 사건」)라든가, "10월에는 죽은 자(者)들이 다시는 / 돌아오지 않게 하소서. / 돌아오지 않게 죽어서 / 우리에게 다른 우리로 가는 고통을 / 없게 하소서"(「소주 한잔하게 하소서」)와 같은 구절은 분명한 사건으로 기억된 죽음과 그 기억에 대한 시인의 강박심리를 드러낸다. 이러한 죽음에 대한 기억은 삶과 나라는 존재에 대한 인식과 맞물린다. 그것은 곧 시간에 대한 인식이기도 하다. 그의 시에서 보여지는 시간은 "그리고 그리고로만 발맞추어 사람을 빠져나와 / 고독하게 길 위에 발자국을 찍는 시간"(「행진」), "내쫓긴 시간은 갈 곳이 없어 시계 밑으로 펼쳐진 절벽으로 털썩거리며 떨어집니다"(「시계와 시간」) 등에서 알 수 있듯이 '사람을 빠져나'온, 즉 주체의 의도를 배반한 시간이며, 죽음으로 내쫓김을 되풀이하는 시간이다. 이러한 시간은 곧 죽음의 지표인 것이다. 그러나 오규원은 죽음에 끌리는 타나토스적 충동을 완강히 물리친다.

아무도 죽음을 부축할 수는 없다.

기댈 곳이 없어 죽음은 눕는다.
그러나 움켜쥔
죽음의 손은 펴지지 않는다.
잡힌 사람들은 그의 손에서 떠나지 못한다.

비가 내린다, 거울 속에
구름이 간다, 그 거울 속에.
비가 내린다
비를 먹고 무성히 자란 잡풀 속에.

움직여라 죽음이여
그대는 풀잎 하나 흔들지 못한다.

「기댈 곳이 없어 죽음은 — 순례 3」 전문

완강한 '손'으로 생을 움켜쥐고 있는 '죽음', 그러나 '그대는 풀잎 하나 흔들지 못한다'고 시인은 말한다. 생의 거울 속에서 오규원이 보고 있는 것은 비와 구름과 무성한 잡풀의 운동이다. 즉 그는 죽음을 딛고 생성하는 생의 드라마를 응시하는 것이다. 그의 시가 허무나 감상에 빠지지 않는 근본적 이유가 여기에 있다. 시인은 그의 또 다른 시에서 "길 위의 길에서는 / 벌거벗은 어린 꽃들처럼 / 기저귀를 찬 채 / 벌떡 벌떡 일어서는 부활의 / 충동"(「김씨의 마을」)을 얘기한다. 주체의 자유를 배반한 시간을 가로지르고 죽음으로 낙하하는 시간을 일으켜 세우려하는 것이 그의 죽음에 대한 태도다. 그런 의미에서 오규원은 강인한 실존인이라 할 수 있다.

3. 출옥하지 못한 길

나를 둘러싸고 있는 폭력적·허위적 사회구조 그리고 나 자신이
한 생명체로서 걸머져야 하는 한계상황이라는 이중의 부조리함을 통
찰하는 가운데 오규원은 끊임없이 '길'을 묻는 보도고행자가 된다. 그
의 시에 반복적으로 표현되고 있는 길의 상징성은 이러한 이중의 고
통을 스스로에게 되묻고 그것을 돌파하려는 시인의 심리작용을 함축
한다. 그런 의미에서 발레리의 시를 패러디하고 있는 「순례의 서(序)」
3은 그의 시적 지향성을 가장 잘 드러내 주는 대표작이라 할 수 있다.

> 바람이 분다, 살아봐야겠다
> 숲이 깊을수록 길을 지워버리는 들에서
> 무엇인가 저기 저 길을 몰고 오는
> 바람은
> 저기 저 길을 몰고 오는 바람 속에서
> 호올로 나부끼는
> 몸이 작은 새의 긴 그림자는
>
> 무엇인가 나에게 다가와 나를 껴안고
> 나를 오오래 어두운 그림자로 길가에 세워두고
> 길을 구부리고 지우고
> 그리고 무엇인가 멈추면서 나아가면서
> 저 무엇인가를 사랑하면서
> 나를 여기에서 떨게 하는 것은

비장한 아름다움을 유감없이 보여주고 있는 이 시는 길에 대한 오
규원의 독특한 상상력을 드러내고 있다. 그의 길은 사라짐과 나타남,

구부림과 펴짐, 멈춤과 나감이라는 운동성을 지닌 입체적 형상으로 그려진다. 이때의 다양한 길의 운동양상은 시간의 움직임과 동일하다. 그것은 목적지로 곧장 갈 수만은 없는 삶의 운동태인 것이다. 거기에 몸을 싣고 시인은 무엇인가를 사랑하는 존재의 내적 떨림을 느낀다. '살아봐야겠다'는 강한 다짐 또한 이러한 삶의 운동성으로부터 촉발된다. 그런데 그가 원한 것은 안식이나 행복이 아니라 구부림과 펴짐을 반복하는 길에서의 고달픈 행보라 할 수 있다. 생의 비밀과 진실은 바로 이러한 길의 운동성을 거부하지 않을 때 얻어진다. 그는 '저 무엇인가를 사랑'하는 일이 그저 달콤하고 낭만적인 일이 아님을 알고 있다. 그의 시 「빈약한 상상력 속에서」의 "사랑의 말에는 모두 구린내가 나기를 희망했다. / 냄새가 나지 않는 사랑이란 / 맹물이라는 점"과 같은 구절은 생을 사랑하는 일이란 곧 고통을 껴안는 일임을 말해준다. 그렇기 때문에 시인은 "움직이고 있음 또한 살아 있음을 진행형으로 말하는 강, 움직이고 있음 또는 살아 있음을 진행형으로 말하는 우리의 말과 우리의 시간의 속은 그래서 늘 캄캄하다."(「그 회사, 그 책상, 그 의자」)고 고백한다. 이러한 진행형을 구체적으로 함축하고 있는 것이 그의 길이다.

숲을 보는 아내의 눈과
귀가
들판을 지나다가
공중에서 체포되어
다른 길로 가고
아, 하고 외친
나의 목소리가

느닷없이
브레이크 소리로 교체되어
돌아오고 있다.

「김씨의 마을」 부분

바람도 없는데 어디서부터인지 구겨지는 양평, 구겨지면서 아니 구
겨지는 듯 입 썻고 앉은 양평 로터리를 고무신을 끌고 바지 주머니에
두 손을 찔러 넣고 어정거린다. 나는. 거부를 보면서 또 나에게 구겨지
라고 유혹하는 길의 꿈틀거리는 허리와 엉덩이를 보면서.

「불균형, 그 엉뚱한 아름다움 - 양평동(楊平洞) 6」 부분

앞의 새와 바람과 낙타가 너희를
즐거이 더욱 먼 사막으로 보내리니

타클라마칸 서울--------------------

「사막 2」 부분

그때마다 보행기는 앞으로 가지 않고 뒤로 밀리고
앞으로, 이리 오라고 손짓하는 사람과 멀어지고
다급하게 앞으로 손을 내밀지만
내미는 순간 더 뒤로 밀리고

「호모 사피엔스 출신」 부분

여기는절벽입니다절벽사이로난길은길만노래하고춤추며가게나있습
니다

「절벽」 부분

브레이크가 걸린 정지된 길, 구겨진 길, 목마름의 사막길, 뒤로 밀리는 길, 절벽 앞에 끊겨 갈 수 없는 길, 이것이 오규원이 말하는 삶의 길이다. 길이 정지되면 삶은 정지된 채 고이고 길이 구겨지면 삶도 구겨져 누추해진다. 사막길에서, 앞으로 나가지 못하는 길에서, 끊긴 길 앞에서 오규원의 시적 자아는 자주 감금된다. "매일 보아도 이 방의 거리인 양 건물은 건물대로 길은 길대로 나를 거부하고 또 나를 유혹한다"(「불균형, 그 엉뚱한 아름다움 — 양평동(楊平洞) 6」), "내가 보는 앞에서 오후는 꽝꽝 문을 잠그고 시간을 오뉴월 개처럼 방목합니다"(「소리에 대한 우리의 착각과 오류 — 환상수첩 3」), "내 몸은 온통 투명한 끈으로 묶여 있다. 다시 보면 내가 묶여 있는 게 아니라 내 몸이 끈을 키운다. 끈은 끈답게 내 몸의 가장 질긴 곳에 뿌리를 내리고 질긴 피와 질긴 살과 질긴 쾌락을 먹는다"(「끈」), "이 거리가 나를 내가 / 가두게 한다 / 이 거리의 속도가 / 이 충무로가 나를 / 내가 가두게 한다"(「충무로에서」) 등의 시구절이 감금된 자아를 표현한다.

그러나 이러한 '길'과의 싸움이 그를 살아있게 하는 가장 큰 동력이라는 역설적 의미를 갖는다는 점에 주목할 필요가 있다. "피하지 마라 / 빈 들에 가서 깨닫는 그것 / 우리가 늘 흔들리고 있음을"(「살아 있는 것은 흔들리면서 — 순례 11」)이라고 다짐하면서 그는 '길'과의 싸움을 통해서 '길'을 만든다. 길에 갇혀본 자만이 길의 감식가가 될 수 있는 것이다. 그가 "풀을 흔드는 바람. / 출옥하는 평원. / 출옥하는 마을."(「김씨의 마을」)을 갈망하면서 동시에 "보십시오, 선은 움직입니다 / 존재하는 그때의 양식 그만큼 / 누가 움직이고 있는 그만큼"(「우리집 아이의 장난」)이라고 삶에 대한 고정관념을 깰 수 있었던 것은 무수하게 구겨지고 끊긴 '길'에 대한 사유를 거듭했기 때문일 것이다. "병신(病身) 같은 여자(女子), 시집(詩集) 같은 여자"(「한 잎의 여자(女子)」), "아이들 내복을 하나하나 들었다 놓았다 하며 / 이마에 땀을 흘리는 저 여자 / 시금치 한 단을 달랑 들고 그냥 가지도 오지도 / 못하고 망설이고 있는 저 여자"(「저 여자」)의 구린내와 순수함을 함께 사랑할 수 있는 '기교'를 체득하게 되는 것 또한 굴곡이 심한 '길'에서의 고통스런 단련 때문일 것이다. 그는 이 '길'에서 자유와 사랑을 깨닫고 있는 것이다.

4. 빈자리에 길이 있다

빈곳에 관한 몽상은 도(道)와 통한다. 빈곳을 즐길 수 있는 자는 범람하는 욕망으로부터 벗어난 자이며, 스스로 비어 맑아진 자이다. 그렇기 때문에 역으로 풍요로운 자이다. 그것은 결핍이 아니라 무게를 덜어낸 가벼움이다. 오규원이 걷는 무수한 길은 아주 천천히 허공에 자리를 만든다. 그의 길은 뒤로 밀리고 끊기고 하는 과정을 거듭하는 가운데 무한을 향해 옮겨지고 있는 것이다. 이는 세계의 부조리와 존재의 고통이 원천적으로 사라짐을 의미하는 것이 아니다. 허공속에 열려 있는 길은 삶의 고통과 맞서면서 그의 의식이 만들어낸 자유의 한 방식이라 할 수 있다. 이러한 방법적 자유는 그의 두 번째 시집『순례』에서 이미 그 징후를 보인다.

깎아도 밀어도 무너지지 않는

그곳의 그 무게
그러나 손을 뻗으면
손끝이 싸늘한 그곳의 그 무게

잎을 바르게 앉힌
잎 위에 잎만한 하늘을 앉힌
그러나
오, 우리의 손을 이토록 방임한
그곳의 그 무게!

시간의 잎이 몸 하나 다치지 않고
그곳을 통과한다
얼마나 가벼운지!

「허공의 그 무게 — 순례 5」 전문

　‘깎아도 밀어도 무너지지 않는’ 허공은 구겨지거나 끊기지 않는 완전한 세계이다. 그곳은 ‘잎을 바르게 앉’히고, ‘우리의 손을’ 자유롭게 방임한다. 또 ‘시간의 잎이 몸 하나 다치지 않고’ 통과하는 곳이다. 외적 억압과 시간의 구속으로부터 벗어난 이와 같은 자유의 공간은 권력과 욕망으로 가득 채워져 있는 현실과 대립되는 상징적 공간이다. 빈자리가 없을 때 모든 존재는 숨통이 막혀 질식하고 만다. 따라서 “빈자리도 빈자리가 드나들 / 빈자리가 필요하다 / 질서도 문화도 / 질서와 문화가 드나들 질서와 문화의 / 빈자리가 필요하다”(「빈자리가 필요하다」)고 시인은 강조한다. 이 빈자리에서 ‘잎’이 바르게 앉듯 질서와 문화와 삶이 제자리를 찾을 수 있는 것이다. 그렇기 때문에 시인은 모든 길을 이곳으로 수렴시키고자 한다.

우리집 어두운 구석구석의
잎 진 나뭇가지 위로 위로 파고 있는 흐린 하늘 속의
저 돈황의 석굴
저 천불동(天佛洞)

「이토록 밝은 나날」 부분

하늘에는 길이 없다
너무 멀리 간 길은
무덤 없는 하늘에 묻힌다

「집과 길」 부분

허공에서 생긴
새들의 길은
허공의 몸 안으로 다시
들어갑니다
몸 안으로 들어간
길 밖에서
다른 새가 날기도 하고
뜰에서
천천히 지워질 길을
종종종
만들기도 합니다

「새와 길」 전문

꽃을 떨군 들찔레의 가지에
꽃 대신 줄줄이
빈자리가 달려 있다

줄줄이 빈자리가 달려도 들찔레의
가지는 가볍고
멍석딸기는 그늘에서
여전히 붉다

「들찔레」 전문

사루비아를 땅에 심었다 꼿꼿하게
선 그 위에 둥근 해가 달라붙었다
사루비아 옆은 여전히 비어 있어
모두 길이다

「사루비아와 길」 전문

'허공의 몸 안'은 모든 길을 품는다. 길이 소멸된 이곳이야말로 모든 길의 가능태이다. 단단하게 규정된 질서, 체제, 구조, 전쟁, 규율은 이곳에서 해체된다. 그것은 곧 자유이며 여백이며 숨구멍이다. 이 길에서 새와 들찔레와 멍석딸기와 사루비아가 숨쉬며, 꽃피며, 열매 맺는다. 이 비어 있는 공간은 사물들의 생성을 돕는 생명의 터전이다. 보이지 않는 허공의 길은 모든 사물을 바르게 하는 도(道)의 길인 것이다. 거기가 바로 '천불동(天佛洞)'의 세계이다.

그러나 이 '돈황의 석굴'은 '우리집 어두운 구석 구석의 / 잎 진 나뭇가지 위로 위로 파고' 들어가야 만날 수 있다. '어두운 구석 구석'을 위로 밀고 올라가야 비로소 생기는 '길'인 것이다. 오규원이 발견한 '빈자리'는 그런 의미에서 결코 쉽게 창조된 공간이라 할 수 없다. 그것은 구부러지고, 구겨지고, 끊어지고, 뒤로 밀리는 길의 오랜 체험을 통해서 열린 공간이라 할 수 있다. 허공의 이미지가 90년대 이후의 시집에서 집중적으로 발견되는 것은 이 때문이다. 오규원은 쉽게 비약하거나 낙관하는 성격의 시인이 아니다. 안정과 행복과 도취를 거부한 채 삶의 고통을 그의 '푸른 안광(眼光)'으로 직시하면서, 그리고 수없이 자기의 고정관념과 관점을 수정하면서 도달한 것이 허공이다. "지난 겨울도 이번 겨울과 / 동일했다."(「겨울 나그네」)는 그의 최초의 우울한 고백에서 알 수 있듯이 삶의 부조리함은 동어반복적이고, 그 동어반복은 "나를 망치로 말뚝처럼 땅에 박아버"(「김해평야」)리는 고통 또한 반복해 왔음을 그의 시의 궤적은 말해 준다.

5. 호모 루덴스의 갈망

"나는 청바지 히피들이 좋아 신문에서 사진을 오려 이상의 눈 속에 붙여줍니다"(「망령동화(亡靈童話)」)라고 시인은 말한다. "세상의 순수한 모든 것은 장난을 좋아한다"(「보물섬 ― 환상 수첩 1」)라고 시인은 말한다. 그리고 "남의 자유를 방해하지 않기 위해 남몰래(이 점이 중요합니다) 나의 자유를 확장하는 방법을 나는 사랑합니다"(「이 시대의 순수시」)라고 말한다. 이 말들 속에는 진정한 평화와 공존의 방법이 담겨 있다. 지배욕과 탐욕, 그리고 실용주의로 가득한 이 세계를 장난과 타인에 대한 배려로 바꿔놓는 일, 그것이야말로 우리에게 필요한 생명적 상생(相生)의 원리라 할 수 있다. 오규원의 아홉 권의 시집에 담겨 있는 시편들은 이러한 평화의 세계를 갈망하는 시인의 고뇌를 말해준다. 그가 꿈꾸는 아름다운 세계는 그의 동시집 『나무 속의 자동차』에 고스란히 담겨져 있다. 여기 그 가운데 한 편을 적어본다.

　　가을이 되어
　　종일
　　맑은 하늘을 날다가
　　마을에 내려와
　　잎이 다 떨어진
　　나무를 만나면

　　새도
　　잘 익은 열매처럼
　　가지에
　　달랑
　　매달려본다

　　다리를 오그리고
　　배를 부풀리고
　　목을 가슴 쪽으로 당겨
　　몸을 동그랗게 하고
　　매달려본다

　　그러면
　　나뭇가지도
　　철렁철렁
　　새 열매를 달고
　　몇 번
　　몸을 흔들어본다

　　　　　　　　　　　　　　　　　　　　「새와 나무」 전문

이것과 저것이 서로 배반하지 않고, 불신하지 않고, 지배하지 않고, 아주 보기 좋게 화음하는 이 평화로운 풍경은 우리의 현실에서는 이룩하기 불가능한 것일지도 모른다. 우리의 척박한 삶을 견디기 위해서 "여자가, 술이, 담배가 / 섹스가, 도박이"(「환상을 갖는다는 것은 중요하다 — 양평동(楊平洞) 1」) 필요할지도 모른다. 그의 아홉 권의 시집들은 이러한 비천한 환상을 진단하면서 버릴 수 없는 꿈의 사다리를 무한한 자유의 허공으로 끌어올리고자 했던 기록들이다. 거기서 사랑의 기교를, 자유의 방법을, 쉽게 얻을 수 없는 살아있음에 대한 확신을 나는 본다.

생태학적 존재론

— 정진규와 정현종의 자연시 —

1. 관계중심의 인간관

인간을 둘러싸고 있는 환경과 자연을 문제삼는 모든 발상은 근본적으로 인간이란 무엇인가라는 물음으로 회귀할 수밖에 없다. 환경과 자연생태에 대한 물음의 발생학적 토대가 곧 인간의 생명 기반이 동요하고 있다는 인식이기 때문이다. 환경시와 생태시 또한 마찬가지이다. 환경시는 인간이 거주하는 삶의 조건, 다시 말해 비생명적 조건들에 대한 비판적 인식으로부터 출발한다는 점에서 생명의 활동 기반에 초점을 맞추고 있는 생태시와 큰 차이가 없다. 이 모두는 인간을 포함한 자연일반의 온전한 생명보존조건을 되찾고자 하는 예술적 노력이라 할 수 있다.

생태시는 내용 면에서 크게 세 가지 범주로 나눌 수 있다. 가장 큰 비중을 차지하는 것은 황폐하게 파괴된 자연현상을 고발하고 있는 경우이며, 그 다음 환경과 생태 파괴의 원인을 비판적으로 드러내고 있는 시, 그리고 마지막으로 인간과 자연의 공생 혹은 친화를 지향하는 시 등이 그것이다. 이때 가장 근본적 전제가 되어야 할 것은 자연

이전에 인간에 대한 성찰적 규명이라 할 수 있다. 왜냐하면 자연의 자생력을 인공적으로 변화시킴으로써 자연생태를 파괴한 장본인이 인간이기 때문이다. 그러나 생태학적 인식하에서 이루어지는 인간에 대한 존재론적 규명은 인간 자체의 내재성만을 문제삼는 태도를 지양한다. 즉 생태학적 존재론을 밝히는 데 근본 열쇠가 되는 것은 '관계'이다. 자연 자체나 인간 자체에 대한 정의는 생태학적 인식 속에서는 무의미하다. 중요한 것은 자연의 의미와 인간의 의미 양자가 모두 '관계성'을 통해서 형성될 때 온당한 가치를 담보해낼 수 있는 것이다. 그런 의미에서 일방적인 자연보호의 관점이나 무조건적인 인간 혐오감은 둘 다 지양해야할 태도라 할 수 있다.

2. 신성한 몸의 징표로서 '낳다'

정진규는 시집 『몸시(詩)』(세계사, 1994)를 기점으로 인간의 신체에 대한 새로운 자각을 보여주고 있다. 이는 『몸시(詩)』만이 아니라 그 이후의 시집 『알시(詩)』(세계사, 1997), 『도둑이 다녀가셨다』(세계사, 2000)에서도 계속 이어지고 있는 특징 가운데 하나이다. 이 세 시집에 등장하는 시적 화자는 공통적으로 시인의 물리적 나이와 궤를 같이하는 노년의 인물이라 할 수 있다. 여기서 시적 화자의 성격에 대해 언급하는 이유는 그의 생태적 사유와 나이듦이 긴밀한 관계 속에 놓여 있기 때문이다. 정진규의 생태적 사유는 외부 환경에 대한 비판적 성찰로부터 생성된 것이라기보다는 자기 자신에 대한 실존적 사유로부터 형성된 것이라 할 수 있다. 이 세 시집을 통해서 그는 죽음과 병과 소멸의 의미를 드러낸다. "찰칵찰칵 지워지는 게 분명한 / 그런 시계를 / 누구나 하나씩 차고 있다 / 가고 있다 지워지고 있다"(「몸시(詩)·16 — 시간」), "나는 지금 병이 깊지만 나의 몽매를 몸으로 깨우치는 이 전폭의 매질이 오히려 안락하다 비로소 나는 감추었던 것들 다 몸으로 불고 있다"(「몸시(詩)·78 — 병에 대하여」), "목이 마르다 열이 식는다는 건 나로서는 불안한 일이다 나는 내 몸만으로는 뜨거워지지 못한다"(「제것 — 알 42」) 등의 시구절이 그러한 예이다. 이러한 존재론적 어둠이 역으로 인간에 대한 혹은 '생물(生物)'에 대한 새로운 성찰을 가능케 한 토대이다. 한편 생태적 사유를 드러내고 있는 그의 자연시는 나이든 자의 여백과 느긋함이 내재해 있음과 동시에 그 여백은 따분하지 않은 상상력의 긴장과 뒤섞여 있다는 특징을 지닌다. 그런 점에서 그의 자연시는 느슨하거나 뻔한 자연 상찬과는 변별된다. 정진규의 생태적 상상력은 자연을 관찰하거나 관조하는 데서 출발하는 것이 아니라 자신의 몸을 사유의 대상으로 삼음으로써 진행된다.

어디가 아픈 게 분명하다
아니, 나는 알고 있다
마음이 몸을 파 먹어 그렇다
따지면 마음도 야위어 그렇다
마음이 배고파 그렇다
몸은 내 마음의 밥

「몸시(詩)·63 — 맨몸」 부분

정진규에게 몸은 마음을 담아내는 껍질이나 그릇이 아니라 마음을 키우는 '밥'이다. 몸이 곧 마음의 자양분인 것이다. 따라서 마음의 논리와 몸의 논리는 상응관계에 있다. 이는 안과 밖이 하나라는 일원론적 존재관을 드러낸다. 정신을 우위에 놓고 육체를 부수적인 것으로 타자화해 왔던 일반적 경향을 뒤집음으로써 시인은 억압되어 왔던 인간의 자연성을 부각시키고 있는 것이다. 자연성 혹은 육체성은 인간의 한계를 말해주는 근원적 조건이라는 점에서 극복되어야 할 것으로 인식되어온 것이 사실이다. 그러나 자연성은 극복되어야 할 부정적 요소만으로 이루어진 것은 아니다. 그것은 다른 것으로 대체 불가능한 생명의 진리를 직접적으로 드러내주는 유일한 증거이다. 자연성은 생명의 본질에 이를 수 있는 통로인 것이다. 따라서 시인은 "옹이는 날것들의 싱싱한 거부, 아직도 그것들과 싸우고 싶지만 그래서, 그걸 조지려고 내 연장 그릇엔 끌과 망치가 들어 있기도 하지만 도구는 도구일 뿐 몸이 아니다 이젠 그걸 사용하지 않기로 한다"(「결1」)고 고백함으로써 자연성에 순응하는 것이야말로 가장 생명적인 것임을 강조한다. 그렇다면 자연성이 함의하고 있는 생명의 진리는 구체적으로 무엇인가?

> 뜨락의 작은 나무 하나도 나뭇가지도
> 한 마리 새를
> 평안히 앉힐 수 있는
> 몸으로,
> 열심히 몸으로!
> 움직이고 있다
>
> 「몸시(詩)·52 — 새가 되는 길」 부분

아이가 배가 고플 때쯤이면 젖이 찌르르 신호를 보낸다고 했다 이건
분명 먹이다가 아니라 먹히다이다 먹히다는 고함치도록 행복하다이다
그러니 모유가 제일이다! 그대 오늘 사랑이 고픈가 이 몸이 지금 찌르
르르 신호를 보낸다

「교감(交感)」 부분

시인은 이 두 편의 시를 통해서 마음이나 정신만으로 할 수 없는
것이 무엇인지를 제시한다. 나무든 인간이든 그것의 몸은 '나'의 소유
물이 아니라 '나' 밖의 것에게 에너지를 공급하는 신성한 모체임을
보여준다. '한 마리 새를 / 평안히 앉힐 수' 있는 몸, 그리고 아낌없이
'먹히'는 몸이야말로 존재의 가장 지극한 형상이라 할 수 있다. 몸이
이기적 욕망의 분출구인 동시에 욕망을 실현하는 본체라는 통념을
이들 시는 벗어난다. '나'의 것으로 '나 아닌 것들'을 기른다는 사실은
생명의 유기적 관계를 성립시키는 기본 구도이다. 여기에는 '나'의 희
생이 있는 것이 아니라 '나'와 '너'를 관계 맺게 하는 상생(相生)의 질
서가 내포되어 있다. '나'는 먹힘으로써, 그리고 '너'로부터 자양분을
받아옴으로써 생명을 번성시키는 오묘한 프로그램에 참가하는 것이
다. 이것을 시인은 '사랑'이라 말한다.

서로의 생명을 보육해주는 상생의 정점은 정진규의 시에서 '낳다'
라는 행위로 드러난다. '낳다'는 상생의 질서가 만들어내는 가장 고귀
한 결과이다. '낳다'는 응축된 생명의 에너지가 한꺼번에 존재의 밖을
향해 쏟아져 나옴으로써 또 하나의 생명을 창조해내는 순간적 사건
이다. 시인은 '낳다'의 신성함을 다만 인간 주체의 것으로 소유하려
하지 않는다. 그의 시 「우리나라엔 풀밭이 많다」에서 "오늘 아침 산

책길에서 풀밭에서 그 초록힘들의 무리를, 낳는 힘들을 보았다 뾰족 뾰족 땅을 들추구 있었다 나도 이 봄에 손자 하나를 더 보았다 손자가 둘이다. 그렇다면 나도 이제 십만 톤은 넘는다 할 수 있다"고 그는 말한다. 여기에는 창조의 주체가 인간이라는 오만한 관념을 벗어난 평등의식이 내재해 있다. 땅을 밀고 나오는 풀의 힘을 '낳다'라는 말로 복귀시키는 자연에 대한 이러한 대접은 인간과 자연의 동일성을 상정하고 있는 생태적 사유를 나타낸다. 이로써 시인은 자신 또한 자연의 일부임을 암시하고 있는 것이다. 이는 「물 속엔 꽃의 두근거림이 있다」 「따뜻한 한몸— 알 20」 「감나무 새순들— 알 33」 「아, 둥글구나— 알 34」 등에서 반복적으로 나타나기도 한다.

인간과 자연의 동일성의 세계 속에서 한편 손자를 둘이나 본 「우리나라엔 풀밭이 많다」의 시적 화자는 '늙음'이 아니라 자신이 '십만 톤'의 힘을 저장하고 있는 한 생명적 존재임을 아울러 유추하고 있다. 그의 또 다른 시 「아내의 방— 알 31」에서 보이는 "임신중절을 하고 돌아와 이 봄날 백주 대낮에 혼자 모로 누워 있는 이제는 늙었달 수밖에 없는 아내의 방, 그런데도 아내는 왜 저리 평안한 것일까 아내의 방이 왜 저리 넉넉해졌을까"라는 반문 또한 '낳다'의 가능성을 아직도 간직하고 있는 '아내'에게서 '늙음'이 아니라 '생명'을 확인하고 있는 그의 자연 인식을 말해준다. 이와 같은 자연 인식의 태도를 토대로 정진규는 '늙음', 더 나아가서는 '죽음'이나 '허무' 등의 인간 존재의 실존적 사태를 영원한 생성으로 바꾸어 놓는다. 그의 시가 지속적인 긴장을 유지하는 것도 이러한 생명 인식과 무관하지 않으리라 여겨진다. 상생 속에서 이루어지는 생명 보육과 영원한 생성 앞에서 정진규는 찬탄만이 아니라 때로 경건하고도 겸허한 태도를 취하기도 한다. 그것을 그는 '미안하다'라는 말로 표현하고 있다.

　내 어렸을 적 우리집 암탉은 하루에 한 알씩 어김없이 알을 낳았다
저녁 무렵 둥지에 손을 넣으면 언제나 따뜻한 것이 만져지었다 곧 밤
이 왔지만 우리 식구들은 둥글고 따뜻한 잠을 잘 수가 있었다 따뜻한
알들이 우리 식구들의 잠속을 굴러다녔다 아침이면 노오란 병아리들
로 삐약거렸다 하지만 너무너무 자주 낳으니까 미주알이 빠져 있었다
늘 미안했다 지금도 가끔 시골엘 가보면 미주알이 빠진 암탉들을 볼
수가 있다 지금도 나는 늘 미안하다 미주알이 빠지도록 낳고 또 낳을
수밖에 없는 것이 알이다 알이어야 한다 우리들의 둥글고 따뜻한 잠을
위한 암탉들을 우리들의 뜨락에 놓아 먹일 수밖에 없다 지금도 나는
늘 미안하다

　　　　　　　　　　　　　　　　　　「암탉 — 알 24」 전문

　'따뜻함'과 '둥근 것'은 정진규의 생명 인식을 나타내는 대표적 상
징어이다. 따뜻함은 생명의 기운이며, 그 기운을 응축하고 있는 둥근
형상이 '자궁'이다. 즉 생명의 '집'인 것이다. 그 집은 '우리 식구들'의
'둥글고 따뜻한 잠'을 제공해주는 근원처이다. 거기에서 '따뜻한 알들'
이 굴러다니며 새로운 생명이 되는 것이다. 그런데 이러한 생명의 근
원지는 그냥 만들어지는 것이 아니다. '미주알이 빠지'는 고통과 수고
가 그 속에는 내포되어 있다. 이 눈물겨운 생명을 번성시키기 위한
안간힘을 간과하지 않는다는 것이 정진규 시의 깊이라 할 수 있다.
그것에 대한 감회를 '미안하다'고 시인은 말하고 있는 것이다. 그의
'미안함'은 곧 생명일반이 지니고 있는 '모성성'에 대한 경건함이며
고마움이라 할 수 있다. 그런 면에서 그의 생태적 사유는 에코페미니
즘적이라 할 수 있다.

3. 인체의 근원적 성분인 자연

정현종은 초기시에서부터 인간적 고뇌만이 아니라 물·불·공기 등의 근원적 원소에 대한 몽상을 기저로 생명성의 에로틱한 황홀과 도취, 약동을 노래해 왔다. 이와 같은 그의 시적 지향은 특히 80년대 말에 출간한 시집 『사랑할 시간이 많지 않다』(세계사, 1989)에 이르면 자연물과의 친화적 상상력으로 더욱 구체화된다. 『사랑할 시간이 많지 않다』 이후에 출간한 『한 꽃송이』(문학과지성사, 1992), 『세상의 나무들』(문학과지성사, 1995), 『갈증이며 샘물인』(문학과지성사, 1999) 등의 시집에서 이러한 그의 성향은 지속적으로 그리고 전폭적으로 드러난다. 그의 수많은 시편들은 자연을 기리는 노래로 가득 채워져 있으며, 생명의 실재를 발견하는 기쁨으로 넘쳐난다. 거기에는 찬탄과 고마움 그리고 문명적 삶의 방식에 대한 비난이 함께 내포되어 있다.

　　까치야 고맙다.
　　누가 너를 두고 한식구가 아니라고 한다면
　　그 사람이야말로 우리의 종족이 아니다.
　　고맙다 까치야.
　　우리네 집 근처에서 한결같이
　　오 한결같이 살아주어서
　　정말 고맙다.

　　무엇보다도 말이다
　　창밖으로 네가
　　이 나무에서 저 나무로 날아다니는 걸

보지 못한다면 우리가 어떻게
가벼워지겠느냐.
집 근처에서 네가 날아다니지 않으면
우리 동네들은 또 언제 꽃피어나겠느냐
나의 안복(眼福)이여.

네가 먹이를 물고 날아가
나무 위에서 먹을 때
우리는 또 찬탄한다
아주 조금 먹고도 살 수 있음을.
나의 안복(眼福)이여.

까치야 고맙다.

「까치야 고맙다」 전문

시인은 까치를 '우리의 종족'이라 말하고 그것이 인간에게 되돌려
주는 기쁨을 노래한다. '안복(眼福)'이라고 표현하고 있는 '기쁨'은 말
그대로 눈의 복락(福樂)이 아니라 일종의 정신적 복락이라 할 수 있
다. 즉 시인은 까치를 통해 생의 '가벼움'을, 인간이 살만한 '터전'을
감지한다. 더욱 중요한 것은 '아주 조금 먹고도 살 수 있음'을 깨닫고
있는 부분이다. 아주 조금 먹고도 살 수 있음에 대한 찬탄 속에는 이
세계에 대한 부정의식이 내포되어 있다. 욕망의 과잉 분비, 과다하게
먹고도 채워지지 않는 허기증, 끊임없이 돌아가는 소비 시스템, 이것
이 현대인들의 삶이라면 시인의 아주 조금 먹고도 살 수 있음이라는
발언은 곧 현대인들을 비난하는 간접적 전언으로 읽힐 수 있다. 정현
종은 자연의 생태를 통해 욕망의 절제를 강조하고 있는 것이다.

정진규의 생태적 사유가 개인의 실존적 사태와 맞물려 생성된 것이라면 정현종의 생태적 인식은 「까치야 고맙다」에서 짐작할 수 있듯이 문명에 대한 반작용과 깊이 연관되어 있다. 그는 문명을 "죽음을 향한 발전"(「문명의 사신(死神)」)이라 말하고 "죽은 소리 죽이는 소리 저 자동차들의 / 굉음과 소음으로 밀봉된 도시"(「날개 소리」) 속에서 허덕이는 우리를 "문명의 난민(難民)"(「가짜 아니면 죽음을!」)이라고 규정한다. 이러한 세계가 인간을 향해 쏘아올리는 폭탄과 미사일의 폭력에 맞서 두루미와 기러기와 뻐꾸기로 요격할 것(「요격시」)을 그는 권유한다. "짐승스런 편리"(「깊은 흙」)로 생명을 고갈시키고 있는 문명에 대한 비판과 자연에 대한 찬사로 이루어진 정현종의 생태시는 그런 의미에서 새로운 삶의 지평을 열기 위한 대항적 산물이라 할 수 있다. 그는 이 삶의 '헤게모니'를 자연에게 되돌려주어야 한다고 거듭 촉구하고 있는 것이다.

> 헤게모니는 꽃이
> 잡아야 하는 거 아니에요?
> 헤게모니는 저 바람과 햇빛이
> 흐르는 물이
> 잡아야 하는 거 아니에요?
>   (…)
> 헤게모니는 무엇보다도
> 우리들의 편한 숨결이 잡아야 하는 거 아니에요?
> 무엇보다도 숨을 좀 편히 쉬어야 하는 거 아니에요?
> 검은 피, 초라한 영혼들이여
> 무엇보다도 헤게모니는

저 덧없음이 잡아야 되는 거 아니에요?

「헤게모니」 부분

고도의 기술문명을 구축하고 있는 자본주의 사회에서 헤게모니를 장악하고 있는 것은 '자본' 그 자체라 할 수 있다. 현대의 문명은 자본을 토대로 오로지 생산과 소비로 이루어지는 도시의 생활 시스템을 건설하고 그 안에 현대인의 삶의 방식을 묶어놓는다. 인공으로 만들어진 상품의 소용돌이 속에서 원본(자연)은 잊혀지고 사람들은 욕망의 노예로 전락한다. 그것이 엔트로피의 증가를 가속화시키고 있는 근본 원인이라 할 수 있다. 현대의 문명 속에서 인간을 노예화하는 자본 권력과 그것이 자행하고 있는 폭력으로부터 헤게모니를 탈환하는 방법은 자연성을 되살리는 것이라고 이 시는 말한다.

이 시에서 꽃, 바람, 햇빛은 '우리들의 편한 숨결'과 '덧없음'이라는 이중의 메타포에 의해 의미가 만들어지고 있다. '자연물'을 '숨결'로 치환하고 있는 발상은 자연의 작용력이 곧 인간의 생명을 좌우한다는 인식을 말해 준다. 시인은 이를 또한 '덧없음'이라고 표현하고 있는데, 이는 허무가 아니라, 문명적 사회의 헤게모니를 쥐고 있는 인공적 힘의 완강함에 대응되는 말로 해석하는 것이 온당하다. 즉 이 시에서 덧없음은 목적과 실용적 이해관계를 벗어난 자연의 '무위(無爲)'를 이르는 것이라 할 수 있다. 이러한 자연성에 삶의 주도권을 맡길 때 인간의 삶은 '편한 숨결'의 생명성을 얻게 되는 것이다. 왜냐하면 인간은 본질적으로 그 무엇이기 이전에 자연이기 때문이다. 정진규가 '낳다'의 창조적 행위를 통해 인간과 자연이 하나임을 발견했다면, 정현종은 인체의 성분과 자연의 성분이 동일하다는 과학적 신비를 통해 인간과 자연의 동일성을 발견한다.

 은하수 너머 머나멀리, 여기서 천이백만 광년 떨어진 데서
초신성(超新星)이 지금 폭발중인데, 폭발하면서 모든 별들과
은하군(銀河群)의 에너지 방출량의 반에 해당하는 에너지를
방출하고 있다.
 지구 은하계 너머, 나선형 M-81 은하계에서 발견된 특히
빛나는 이 초신성 1993J의 크기는 지구가 속해 있는 태양계만
한데, 폭발하는 별은 죽어가면서도 삶을 계속하고 있다. 그건
다른 별들을 만드는 물질을 분출할 뿐만 아니라 생명 바로 그
것의 구성 요소들을 방출하기 때문이다.
 우리 뼛속의 칼슘과 핏속의 철분은, 태양이 생겨나기 전에,
우리 은하계에서 폭발한 이 별들 속에 들어 있었던 것이다.
 　　　　　　(로스앤젤레스 타임스, 1993년 7월 18일자 기사)

너 반짝이냐
나도 반짝인다, 우리
칼슘과 철분의 형제여.

멀다는 건 착각
떨어져 있다는 건 착각
이 한 몸이 삼세(三世)며 우주
죽어도 죽지 않는 통일 영물(靈物)……

일찍이 별 하나 나 하나
별 둘 나 둘 아니냐
그렇다면!
그 전설이 사실 아니냐
우리가 전설 아니냐

칼슘의 전설
철분의 전설……

밤하늘에 반짝이는 내 뼈여
밤하늘에 반짝이는 내 피여.

「밤하늘에 반짝이는 내 피여」 전문

　로스앤젤레스 타임스에 실린 객관적 기사를 바탕으로 쓰인 이 시는 과학적 근거를 시적 상상력과 결합시키고 있는 특이한 경우라 할 수 있다. 과학적 근거를 시적 상상력과 결합시키고 있는 경우는 이 시 외에 「하늘의 화륜(火輪)」「구름의 씨앗」 등에서도 발견된다. 과학적 사유는 언제나 객관적 논리를 지향한다는 점에서 주관적 몽상의 세계인 시적 상상력과는 상반된다. 그럼에도 과학적 지식을 바탕으로 자연의 신비에 접근하고 있는 시인의 태도는 자신의 생태적 인식이 결코 몽상의 산물만이 아님을 보여준다. 이때 시적 문맥은 논리화된다고 할 수 있는데, 이렇듯 낯설게 시를 구성하는 방식 또한 생태적 삶의 복원을 위한 시적 전략의 일환으로 평가할 수 있다.

　그런데 이러한 내용 구성방식에는 과학적 지식을 뛰어넘는 또 다른 사유가 개입되어 있음을 보게 된다. '별'을 먼 것으로, 우리와는 다른 신비하고도 성스러운 것으로 꿈꾸는 우리의 일반적 몽상을 이 시는 과학적 지식을 제시함으로써 무산시키는 것이 아니라, 역으로 우리 자신이 곧 우주에 빛나는 '별'임을 일깨운다. 문명의 사회 속에서 비천해진 인간 존재의 가치를 자연성으로 복귀시킴으로써 시인은 인간의 존엄성을 되찾아주고 있는 것이다. 이것이 객관적 지식을 뛰어넘는 그의 인문적 지향성의 표현이라 할 수 있다. 즉 그에게 자연과 인간의 동일화는 인간을 야만의 상태로 강등시키는 것이 아니라 오히려 가장 신성한 존재로서 인간의 지위를 상승시키는 것이다. 별의 성분으로 이루어진 우리의 '몸'은 저속하고 비루한 상태를 벗어난 신성한 자연의 실재라 할 수 있다. 따라서 시인은 "강물을 보세요 우리들의 피를 / 바람을 보세요 우리의 숨결을 / 흙을 보세요 우리의 살을"(「이슬」)이라고 거듭 노래한다.

정현종은 자연과의 동일성으로서의 인간 신체를 "눈부신 아홉 구멍 / 만물이 드나드는 길목이 많아서 / 만물교통의 중심이며 / 천지를 꿰고 있다"(「몸뚱아리 하나」)라고 말한다. 그리고 '몸'의 신비한 작용력을 "어떤 몸이든지간에 / 하여간 다른 몸에 가서 / 붙어제끼니까 / 바람벽을 치듯이 붙어제끼니까!"(「몸이라는 건」)라고 말한다. 이들 시에서 알 수 있듯이 정현종이 강조하고 있는 것은 생명체의 '움직임'이다. 그에게 몸은 만물과 소통함으로써 유지되는 유기체인 것이다. 몸은 다른 생명에게로 건너가 '붙어제낌'으로써 화육한다. "기지개를 켤 때 너는 / 듣지 않느냐 / 공기가 욱신거리는 소리를…… / 흙길을 걸으면서 나는 / 내 발바닥에 기막히게 오는 / 흙의 탄력에 취해 걸어"(「몸놀림」)간다고 시인은 고백한다. 내 몸놀림이, 생명성의 방출이 곧 자연과의 교감이며, 그 교감이 또한 '나'의 생명적 양태인 것이다.

4. 동일성의 시학

생태학적 물음은 개체들 간의 '관계' 양상에 대한 사유이다. 생명체들 간의 생존이 상호 병립하는 공존의 장을 유지하기 위해서 '관계'에 대한 사유는 필수적이다. 인공적 기획으로 가득한 세계 속에서 생태적 사유는 곧 자연성 회복의 문제로 귀결된다. 지금까지 실행되었던 인공적 기획은 대부분 '관계'에 대한 배려가 아니라, 인간이라는 단일 종을 위한 미시적 안목에 따라 작동된 기획들이라 할 수 있다. 따라서 인간은 생태적 관계망으로부터 벗어난 예외적 자연으로 군림함으로써 자연을 지배하고 소비하는 폭력적 존재가 되었다. 이는 역설적이게도 인간의 생존이 자연과 분리될 수 없음을 말해준다. 즉 인간의 인공적 기획을 실현 가능케 하는 근본 에너지는 자연인 것이다. 문제는 이러한 근원적 에너지가 생성되는 조건과 시간을 무시하면서 인간의 역사가 진행되었다는 점이다. 인간의 생명 기반을 갉아먹으면서 인간은 현대에 이른 것이다. 생태적 사유는 인간이 다른 생명체와 공동의 영역 속에 있음을 자각하고 공동의 영역을 복원하려는 노력이라 할 수 있다. 정진규와 정현종의 자연시에 나타난 생태학적 존재론 또한 이러한 성찰과 맞닿아 있다.

정진규와 정현종의 자연시는 자연의 생명적 가치를 시로써 형상화하고 있음과 동시에 자연의 궤도 밖으로 떨어져나간 인간을 그 안으로 다시 복귀시키는 시적 상상력을 보여준다. 이는 '인간이란 무엇인가'라는 본질적 물음의 제기라 할 수 있다. 정진규는 '몸'에 주목함으로써 인간이 여타의 자연물과 동일하게 생명을 창조하고 보육하는 존재임을 일깨운다. 그것은 '낳다'라는 창조적 사건을 통해서 우리 앞에 반복적으로 드러난다. 자연물들이 '낳다'를 통해서 생명의 조건을 연속성으로 이끌듯이 인간 또한 그러함을 정진규는 강조한다. 이와 같은 동일성의 사유는 자연과 인간이 평등한 가치를 지닌 존재임을 말해준다. 정현종 또한 인간의 생태학적 존재론을 제기하기 위해 '몸'의 의미를 부각시킨다. 그는 인체가 자연의 성분으로 구성되어 있음을 과학과 우주론적 상상력의 접목을 통해 입증하고 있다. 중요한 것은 이와 같은 시적 상상력이 비천해진 인간의 가치를 신성한 것으로 끌어올리고 있다는 점이다. 이는 자연을 인간의 지배 아래 놓았던 기존의 시각을 와해시키는 발상이라 할 수 있다. 이들에게는 자연성이야말로 가장 신비하고 신성한 가치인 것이다. 자연성은 인간과 분리된 것이 아니라 인간이 망각했던 소중한 가치임을, 그리고 그것을 되찾는 것이 인간의 종을 유지하는 길임을 이들 시는 드러낸다. 인간의 존재 근거를 자연 속에 포함시켜 자연과의 관계 속에서 규정하는 동일성의 사유는 그런 의미에서 생존과 직결되는 원초적 존재론이라 할 수 있다.

벽 속을 비추는 세 개의 등불

— 강은교론 —

1. 말(言)의 생존력

개개의 문학 작품은 어떻게 수많은 시간의 변수를 견디며 생존하는가? 삶의 표면에서 생겨났다 사라지는 풍속과 이념과 지향의 변화 속에서도 풍화되지 않고, 혹은 화석화되지 않고 살아남은 작품에는 그럴만한 분명한 이유가 있다. 작품의 생존력은 곧 위대함이다. 특히 시는 무엇보다 '말'의 긴장과 그 긴장이 환기하는 절박함이 삶의 변화들을 가로질러 현존성을 되찾을 때 살아있는 유기체의 자격을 부여받게 된다. 이때 말은 지시적 전언이 아니라 비가시적 육체성을 지닌 '존재'의 생생함으로 독자의 내면과 교감한다. 진정 살아있는 시의 힘은 독자의 삶에 끊임없이 관여하는 말의 현존성에 있는 것이다. 이미 현존성을 잃은 시는 화석에 불과하다. 그것은 역사 기록의 증거로서, 아니면 문헌학자를 위한 자료로서 남을 수밖에 없다. 강은교의 시세계를 재음미하면서 이러한 생각에 이끌리는 것은 이십 년 전 (1980년대 초반에 나는 국문과에 적을 두고 대학시절을 보내고 있었다) 그의 시에 대한 나의 독서 경험과 지금의 독서 경험이 큰 차이를 보이고 있기 때문이다. 논리의 위험에도 불구하고 굳이 이러한 사적 경험을 말하는 이유는 경험적 차이에 대한 자각이 수용미학의 기초가 될 수 있다는 믿음 때문이다.

　강은교는 첫 시집 『허무집(虛無集)』(「칠십년대(七十年代)」, 동인회, 1971) 발간으로부터 현재(2002)에 이르기까지 크게 세 번의 변화를 보여준다. 내용 면에서는 허무와 생명의식을 바탕으로 전개되는 인간 존재에 대한 관념적 성찰, 현실의 부조리를 비판하는 참여의식, 일상적 가치의 발견 등이 그것이다. 이와 같은 내용적 변화는 낯선 이미지의 충돌과 결합, 명령법과 감탄사에 의존한 시의 문맥, 담담한 어조를 통한 정감의 환기 등 말하기 방식의 변화도 동반한다. 내용과 형식의 변화는 그의 시가 시대의 변화에 예민하게 반응했음을 말해주는 증거이다. 80년대가 치열한 이념의 시대였다면 90년대는 이념이 파편화되고 해체되면서 도시적 감수성의 실험시와 일상시를 낳았던 시대이다. 강은교의 시세계는 의식적이든 무의식적이든 이러한 흐름을 타고 있는 것이 사실이다. 그런데 무엇보다 중요한 것은 그의 많은 시편들이 80년대적 아우라(aura)를 상실하면서 현존성을 잃고 있다는 점이다. 이제 80년대의 들끓었던 시대적 분위기를 벗어나 2002년이라는 시간 속에서 그의 시를 읽을 수밖에 없다. 이 과정에서 나는 감회와 쓸쓸함이라는 이질적 감정을 동시에 느끼곤 하였다.

2. 아쉬움으로 남은 새로움

　강은교의 첫 시집 『허무집(虛無集)』과 두 번째 출간한 시선집 『풀잎』(민음사, 1974)에 실려 있는 시 가운데 비교적 시적 의미가 뚜렷한 작품은 「우리가 물이 되어」 「사랑법(法)」 등 몇몇 정도라 할 수 있다. 그의 초기시들은 대부분 독특한 시적 정서와 분위기로 독자를 압도하는 것이 그 특징이다. 그러나 시적 정서와 분위기를 이끌고 가는 개개의 시어와 문맥의 조합을 자세히 검토해보면 불분명한 의미들이 산재해 있음을 보게 된다.

밤마다 새로운 바다로 나간다.
바람과 햇빛의
싸움을 겨우 끝내고
항구(港口) 밖에 매어놓은 배 위에는
생각에 잠겨
비스듬히 웃고 있는 지구(地球)
누가 낯익은 곡조(曲調)의
기타아를 튕긴다.

그렇다. 바다는
모든 여자(女子)의 자궁(子宮) 속에서 회전한다.
밤새도록 맨발로 달려가는
그 소리의 무서움을 들었느냐.
눈치채지 않게 뒷길로 사라지며
나는 늘
떠나간 뜰의 낙화(落花)가 되고
울타리 밖에는 낮게 낮게
바람과 이야기하는 사내들

어디서 닫혔던 문(門)이 열리고

못보던 아이 하나가
길가에 흐린 얼굴로 서있다.

「자전(自轉) Ⅱ」 전문

잘 알려져 있는 이 시는 '밤마다 새로운 바다로 나간다'는 문장과 '나는 늘 / 떠나간 뜰의 낙화(落花)가' 된다는 문장의 의미론적 충돌을 통해서 새로운 바다를 향해 나가고자 하는 화자의 의욕과 그 의욕이 늘 좌절되고 있음을 보여주고 있다. 그러나 이와 같은 핵심 문맥의 둘레는 매우 불분명하고 불투명한 이미지로 채워져 있음을 보게 되는데 그의 초기시에서의 불투명한 의미들은 시의 본질로서의 애매성이나 모호성으로 보기는 어렵다. 예를 들어 1연의 '항구(港口) 밖에 매어놓은 배 위에는 / 생각에 잠겨 / 비스듬히 웃고 있는 지구(地球)'에서 배 위에 얹혀 있는 지구의 모습은 일반적 상상력을 역전시키고 있음에도 불구하고 분명한 이미지를 연상시키는 데 실패하고 있다. 그리고 2연에서 '눈치채지 않게 뒷길로 사라지며'는 화자의 어떤 심리, 혹은 어떤 상황을 뜻하는 구절인지 파악이 불가능하다. 마지막 연에서 '닫혔던 문'의 열림은 나의 낙화 공간인 울타리 안과 바람과 사내들의 공간인 울타리 밖이 서로 허물어지는 것으로 보이기도 하는데, 이러한 의미 파악은 '흐린 얼굴'의 이미지에 의해 즉각적으로 차단된다. 왜냐하면 '흐린 얼굴의 아이'의 이미지가 밝은 연상을 제어하기 때문이다. 따라서 '닫혔던 문(門)이 열'린다는 말이 함의하는 바는 불확정적인 것으로 남게 된다. 이와 같이 세부적 이미지나 맥락이 불분명하게 느껴지는 것은 강은교의 초기시가 지닌 가장 큰 맹점이다. 그럼에도 그의 초기시가 많은 사람들에게 애송될 수 있었

던 까닭은 무엇인가? 그것은 그만의 개성적 목소리가 독자의 마음을
움직이는 데 성공하고 있기 때문이다.

날이 저문다.
먼 곳에서 빈 뜰이 넘어진다.
무한천공(無限天空) 바람 겹겹이
사람은 혼자 펄럭이고
조금씩 파도치는 거리의 집들
끝까지 남아있는 햇빛 하나가
어딜까 어딜까 도시(都市)를 끌고 간다.

날이 저문다.
날마다 우리나라에
아름다운 여자(女子)들은 떨어져 쌓인다.
잠속에서도 빨리빨리 걸으며
침상(寢床)밖으로 흩어지는
모래는 끝없고
한 겹씩 벗겨지는 생사(生死)의
저 캄캄한 수세기(數世紀)를 향하여
아무도
자기의 살을 감출 수는 없다.

집이 흐느낀다.
날이 저문다.
바람에 갇혀
일평생(一平生)이 낙과(落果)처럼 흔들린다.
높은 지붕마다 남몰래

하늘의 넓은 시계소리를 걸어놓으며
광야(曠野)에 쌓이는
아, 아름다운 모래의 여자(女子)들

부서지면서 우리는
가장 긴 그림자를 뒤에 남겼다.

「자전(自轉) I」 전문

   이 시에서 단연 돋보이는 점은 특정 주체와 그것의 움직임을 말해
주는 동사의 낯선 결합이다. 예를 들어 빈 뜰이 넘어지다, 사람이 펄
럭이다, 여자들이 떨어져 쌓이다, 집이 흐느끼다 등이 그것이다. 이러
한 표현들은 주체가 지니고 있는 본래의 속성을 변용, 확장하는 은유
적 인식 작용에 의해 생성된 것이라 할 수 있다. 넘어짐, 펄럭임, 떨
어져 쌓임, 흐느낌 등의 동사는 세계에 대한 시인의 주관적 인식을
함의한다. 이러한 동사들은 황폐하고도 불안한 혹은 쓸쓸한 시적 분
위기를 자아내는 데 기여한다. 그것은 한편 '모래'나 '낙과'가 암시하
는 사멸의 이미지와 마주치면서 단순한 서정 이상의 것을 내포하게
된다. 이 시에서도 '남몰래' '긴 그림자' 등 의미가 불투명한 시어를
볼 수 있음에도 불구하고 이를 묵인하게 되는 까닭은 진지한 시적
주제와 그것을 정서화하고 있는 비유적 이미지들이 독자의 감성과
인식 양자를 동시에 자극하고 있기 때문이다. 소멸과 허무라는 인간
보편의 실존적 사태가 지닌 무게와 그 무게를 육화시키고 있는 감성
의 언어들이 이 시의 깊이와 미감을 담보해내고 있는 것이다. 그는
이질적인 이미지들을 통합함으로써 자신의 관념적 세계를 추상이나
피상이 아니라 구체적인 정서로 물들인다. 이러한 점은 허무적 관념

을 추상적 언어로 드러냈던 유치환과도 변별되는 특성이다. 아울러 그의 초기시는 재현예술의 소박한 문법구조를 탈피함으로써 낯설고도 참신한 묘미를 자아내고 있다는 특징 또한 지닌다.

관념을 감성적으로 형상화하는 강은교의 초기시 형상화 방식은 여성시의 문법을 파격적으로 전환시키는 경계지점을 형성한 것으로 평가된다. 허무와 죽음, 생명의식이라는 인간의 근원적 문제를 독특한 형상화의 원리를 통해서 드러내고 있는 강은교의 첫시집『허무집(虛無集)』과 시선집『풀잎』은 사랑이나 이별, 고독과 같은 주제들을 과잉된 감정으로 고백하고 있는 기존의 여성시와는 큰 차이를 갖는다. 김명순, 나혜석, 김일엽에 의해 여성해방과 자유정신을 구가하면서 출발한 여성시는 모윤숙과 노천명, 김남조, 홍윤숙, 허영자, 이영도 등으로 이어지면서 고독과 그리움, 한, 이별, 구원, 사랑, 일상 등 개인의 내면탐구뿐만 아니라 조국과 민족, 사회에 대한 관심을 통해 그 영토를 확장해왔다. 한편 지성적이고 폭넓은 시의식을 보여준 홍윤숙이나 감정의 절제와 언어의 간결미를 드러내준 허영자와 같이 예외적인 경우도 있으나 여성시의 어법은 대부분 영탄(詠嘆)과 여성 특유의 감상적 어조에 치우친 것이 사실이며, 세계와 자아 간의 치열한 의식보다는 지나치게 사적인 감정의 영역에 여성시의 위상을 묶어놓은 것 또한 사실이다. 이러한 여성시의 전개과정이 여성시를 스타일화함으로써 시의 형상화 원리를 고착시키는 결과를 빚기도 하였다. 여성 특유의 전통성으로부터 벗어나 새로운 방법적 모색이 제기된 것은 김지향, 강계순, 문정희, 김여정 등 60년대 여성 시인들에 이르러서이다. 이들이 보여준 감각적이고 도전적 발상은 60년대 말 강은교에 의해 보다 개성적인 목소리로 그 가능성을 획득하게 된다. 그러나 그의 초기시가 지닌 매력은 이후의 시에서 계속 유지되지 못한다.

3. 80년대적 아우라의 상실, 그 고통의 잔해

1977년에 출간한 『빈자일기(貧者日記)』(민음사)를 기점으로 강은교의 시는 커다란 변화를 보인다. 이때부터 『소리집(集)』(창작과비평사, 1982), 『바람노래』(문학사상사, 1987)에 이르는 십 년 간 강은교는 허무나 죽음과 같은 관념의 문제를 벗어나 파행적 구조로 치닫고 있는 현실의 부조리와 모순에 대해 지속적인 관심을 표방한다. 그의 현실참여적 지향과 공동체 의식을 고취시키는 목소리는 이 세 권의 시집 곳곳에서 발견된다. 70년대의 무차별적인 산업화와 노동착취, 80년대 군부독재의 파쇼적 탄압, 계층간의 갈등을 심화시키는 사회 구조의 모순은 지식인뿐만 아니라 대학생, 도시빈민층을 형성했던 노동자 등 다양한 계층을 분노케 했으며 이들의 끊임없는 비판과 저항의 대상이 되었다. 당시 억압적 사회 분위기는 암울함 그 자체였으며, 그 암울함 속에서 사람들은 이데올로기 논쟁을 치열하게 감행할 수밖에 없었다. 삼엄하게 경직되어 있는 사회 분위기 속에서 사람들은 절망하고 좌절했으며 투쟁하고 저항해야만 했다.

강은교의 시세계가 이러한 분위기 속에서 현실문제에 기울어진 것은 자연스러운 현상인지도 모른다. 그의 시적 변화는 시대의 부조리에 맞서는 지식인의 참된 모습이었다는 점에서, 그리고 시세계의 확장이라는 점에서 그 의의를 가볍게 여길 수 없을 것이다. 그러나 이러한 변화가 예술적 성과와 비례했다고 말하기는 어렵다. 현실참여에 깊이 경도되면서 강은교의 시작원리는 「자전(自轉)Ⅰ」에서 보았던 것과 같은 당돌한 비유나 낯선 이미지들을 결합하던 예전의 방식으로부터 벗어난다. 시집 『빈자일기(貧者日記)』부터 그가 대대적으로 드러내고 있는 것은 살아있는 육성을 통해서 독자를 고무시키는 것이었다. 따라서 그의 시는 전폭적으로 구어체의 방식을 수용하게 된다.

일어서라 풀아
일어서라 풀아
땅 위 거름이란 거름 다 모아
구름송이 하늘 구름송이들 다 끌어들여
끈질긴 뿌리로 낡힌 얼굴로
빛나라 너희 터지는
목청 어영차
천지에 뿌려라

「일어서라 풀아」 부분

눈 떠야 하리
시든 꽃대궁에 누운 별빛을 지나서
몸살하듯 내리는 한밤 무서리를 지나서
서슬 푸른 바람 끝
새벽과 새벽이 맞닿은 곳
거기 맨몸으로
일어서야 하리

「소리 9」 부분

이제 눈뜨게 하소서.
죽은 그대와 산 나 사이
달빛도 괴괴한데
잡풀도 일렁이지 않는데
에헤야 에헤야
어디서 피 오는 소리
어디서 피 갈앉는 소리

「이제 눈뜨게 하소서」 부분

한 섬이 흘리는 눈물이
다른 섬이 흘리는 눈물에게로 가네.

한 섬의 눈물이 불이라면
다른 섬의 눈물은 재(灰).
불과 재가 만나서
보이지 않게
빛나며 어제는 가장 따스한
한 바다의 하늘을 꿰매고 있었네.

「섬 — 어떤 사랑의 비밀노래」 부분

시 「일어서라 풀아」에서 보여지는 '일어서라 풀아' '천지에 뿌려라'
와 같은 명령적 청유어법은 이 시기 강은교 시에서 압도적으로 반복
되는 문장 형태이다. "수그려라 수그려라 소리가 온다 / 엎드려라 엎
드려라 소리가 온다"(「삯전받는 손들을 위한 노래」), "한밤중에 붉은 /
햇덩이 뜬다. / 하늘로 가자. / 하늘로 가자."(「허총가(虛塚歌) 1」),
"춤추어라 / 불의 춤을 추어라"(「생자매장(生者埋葬) — I. 불의 침

상(寢床)」), "눈뜨라 오 눈뜨라 / 형제여"(「물방울의 시(詩)」), "비가
오면 비를 맞아라 ― / 안개 오면 안개에 놀아라 ―"(「돌노래」), "지
나가라, 어서 / 보지마라, / 어디서나 뼈는 남아 빛난다"(「그 거북에
게 전하는 시(詩)」) 등이 그것이다. 이와 같은 명령적 청유문장은 「이
리로」, 「그러면 가자 아이야」, 「무엇이라고 쓸까」, 「어떤 미루나무의
새벽노래」, 「머리카락 노래」, 「넋보냄」, 「12월의 시」에서도 지속적으
로 반복된다. 명령적 청유문장은 청자(廳者)의 행동지침을 제시하고
의욕을 고무시킬 때 사용되는 발화형태이다. 강은교는 이를 반복함
으로써 절망과 좌절의 시대를 견디고 있는 사람들의 잠재적 힘을 대
항의 에너지로 이끌어내고자 한다. 한편 명령적 청유 형태의 발언은
청자보다 현실의 사태를 잘 파악하고 있는 입장에서 사용될 수 있는
언표라는 점에서 계몽적 지식인의 전형적 목소리라 할 수 있다. 이러
한 발화법은 화자와 청자의 분리를 초래할 수 있다는 면에서 소통장
애요인을 그 안에 내포할 가능성 또한 지닌다.

　명령적 청유문장 형태와 유사한 효과를 드러내고 있는 발화는 다
짐이나 의지를 표방하고 있는 시 「소리 9」에서의 '눈 떠야 하리'와
같은 문장이다. 이러한 문장 또한 "묻으리, 묻어 / 모래뻘에나 묻으
리"(「스스로의 매장(埋葬)을 꿈꾸는 시편(詩篇)」), "바람이 되세 바
람이 되세 / 삼천리 방방곡곡 / 울음우는 바람이 되세"(「바람 노래」),
"이 세상 덮은 수만 풀뿌리들아 / 막아내자 / 이 세상 덮은 수만 돌
들아 / 막아내자"(「그림자 노래」) 등으로 반복된다. 화자 자신이 곧
청자일 수 있다는 점에서 이러한 문장은 명령적 청유 형태의 문장에
비해 화자와 청자간의 거리가 밀착되어 있다고 볼 수 있으나 그 효
과의 차이는 미세하게 느껴진다.

참여적 성향을 드러내고 있는 시편 속에서 반복되고 있는 또 다른 구어체의 문장은 기원과 갈구의 심리를 나타내고 있는 기도문 형태와 '~하네'와 같은 부드러운 여성적 어조이다. 위에 인용한 「이제 눈 뜨게 하소서」 「섬 — 어떤 사랑의 비밀 노래」와 같은 것이 그 예이다. 기도문 형식의 시편들이 시대의 고난을 이겨내고자 하는 시인의 절박함과 애절함을 전달한다면 여성적 어조의 부드러움은 고통과 좌절을 따뜻함으로 감싸고자 하는 모성심리와 연관된 것으로 볼 수 있다. 이 외에도 "흐르는 자(者)는 복(福)되도다 / 한 번 흐르고 / 다시 흐르는 자(者)는 / 은총(恩寵)받도다"(「생자매장(生者埋葬) — Ⅳ. 흙」)와 같은 잠언적 형태의 문장이나, '아!'로 표현되는 영탄어법도 자주 발견되는 발화법이라 할 수 있다. 이 시기에 발견되는 시적 이미지 또한 그 다양성을 잃고 피, 별, 강, 빛, 어둠 등 몇 가지로 한정되어 있음을 볼 수 있다.

이와 같은 강은교의 현실참여적 어법은 시대의 요청에 시인이 그만큼 절박하게 그리고 열정적으로 응했음을 보여주는 근거이다. 그러나 이러한 어법은 그 목소리가 환기하는 뜨거움만큼이나 과도함으로 읽힌다. 형식과 그 밑바탕에 깔려있는 감정의 과도함이 받아들여질 수 있었던 것은 1970~80년대의 상황이 급박하고 절박했기 때문이다. 시가 소통되는 상황과 시적 목소리가 하나로 어우러질 때 그 효과는 극에 달할 수 있는 것이다. 그러나 그러한 상황이 배제되었을 때 이러한 발화양식은 더 이상을 울림을 주기 어려워진다. 현실참여적인 강은교의 시는 80년대적 아우라가 상실된 90년대를 거쳐오면서 그 공감력도 함께 상실하게 된다. 현실 상황은 이완되었으며 치열했던 투쟁적 분위기는 무산되었다. 비극의 시대는 막을 내리고 가벼운

담론과 희극이 그 자리를 대신하고 있는 지금의 상황 속에서 그의 현실참여적 시편들은 그 의의에도 불구하고 예술적 성취 면에서는 큰 아쉬움을 남긴다고 하겠다.

4. 사소한 것 속에 담긴 갈망

거대담론이 해체되기 시작한 90년대 초반에 이르면 강은교의 시는 또 한번의 변화를 보인다. 90년대는 이념지향적 사회 분위기가 급격하게 해체되면서 기존의 완강한 질서가 재편성되었던 시대이다. 근엄하고 권위적이었던 가치의 중심은 그 가부장적 위용을 상실하기 시작했으며, 이와 동시에 주변으로 소외되었던 타자에 대한 관심이 부상하기 시작하였다. 그런 의미에서 90년대는 억압된 것들을 복귀시켰던 새로운 시대였다고 말할 수도 있다. 80년대의 경직된 분위기에 비해 90년대는 자유스러워진 한편에서 가치의 혼란이 함께 동반되기도 했으며 그 혼란은 아직도 계속되고 있다. 이러한 변화 속에서 관심의 방향이 거대한 이념보다는 개인적 삶과 연관된 생활세계로 쏠리는 것은 당연한 일이다. 작고 사소한 것들의 가치가 부상하면서 일군의 일상시가 하나의 흐름을 형성하게 된다.

강은교의 시적 변화도 이와 같은 시대 변화와 깊은 연관을 갖는다. 『벽 속의 편지』(창작과비평사, 1992)와 『어느 별에서의 하루』(창작과비평사, 1996)는 일상의 다양한 사물과 자잘한 사건들이 중심 소재를 이루고 있는 시집이다. 그는 텔레비전, 양파, 빨래, 야구, 감자, 비닐 봉지, 아침 신문에 대해 이야기한다. "하찮은 것들의 피비린내여 /

하찮은 것들의 위대함이여 평화여"(「그대의 들」)라고 말한다. 그리고 "사랑해야 하네, 작은 것들을 / 귀기울여야 하네, 가난한 것들에 / 쓰다듬어야 하네, 외로운 것들을"(「모르는 산으로의 행진」)이라고 말한다. 시인의 시선은 작고 사소한 것들을 따뜻함으로 껴안고, 때로 그 사소함 속에 잠복되어 있는 폭력성을 들추어내기도 한다.

　　— 이 모오든 시끄러움, 이 모오든 피튀김, 이 모오든 욕망의 찌꺼기들, 눈물 널름대는 싸움들, 검은 웅덩이들, 넘치는 오염들, …몰려다니는 쥐떼들에도 불구하고,

　　허공에서 허공으로 달리며
　　우리는 아름다운 별의
　　한 알의
　　빛
　　이라고.

「저쪽」 부분

　싸움과 욕망과 더러움으로 얼룩져 있는 삶을 체험하면서, 그것으로부터 다시 희망과 삶에 대한 긍정을 발견해내려 하는 것이 이 시인의 기본 태도이다. 강은교는 우리가 '한 알의 빛'임을 잊지 않는다. 이는 모진 80년대를 치열하게 겪은 후에도 여전히 인간에 대한 신뢰와 애정을 그가 잃지 않았음을 말해준다. 한편 그는 삶 속에 내재해 있는 문제를 직시함으로써 그가 애써 말하는 희망과 꿈의 성취가 결코 쉽지 않음을 강조한다. 강은교의 일상시가 진정성을 얻게 되는 것은 이 때문이다. 그의 일상시편에서 가장 두드러지는 것은 일상에 잠복되어 있는 폭력성이다. 「새우」「새벽길」「일곱 마리의 검푸른 두

꺼비」,「흐린 날의 몇 사람」,「포획」,「장날」과 같은 시편들은 모두 고양이, 두꺼비, 거미 등 미물들의 죽음을 그리고 있다.「새벽길」에서 시인은 "아무도 돌아보지 않았네 / 가벼운 죽음이었네"라고 말함으로써 폭력에 둔감해진 우리의 의식에 일침을 놓는다. 이와 함께 횟집 풍경을 이야기하고 있는 「흐린 날의 몇 사람」에서는 "물고기의 눈이 뒤를 돌아본다, 바람벽 같은 상 위에 지느러미가 검은 돛폭처럼 휘돈다. 놀란 이들이 뼈만 남은 팔목의 시계를 바라본다"고 말함으로써 폭력에 대한 시인의 저항의식을 내비치기도 한다. 폭력과 더불어 자본주의의 교활한 메커니즘 또한 강은교의 비판의 대상이 된다. 인간의 의식을 노예화하고 기만적 평등의식을 조작하는 텔레비전(「공룡」)을, 도시의 추악한 욕망(「붉그레한 혀들이」)을, 산업화가 남긴 오물(「어떤 비닐 봉지에게」)을 그는 비판한다.

그러나 그의 비판적인 언어들은 너무 완곡하게 느껴진다. 폭력성과 자본주의를 비판하고 있는 시에서 그가 주로 사용하고 있는 표현방식은 알레고리라고 할 수 있다. 알레고리적 표현들은 그 의미가 분명한 만큼 단순하다. 따라서 복잡한 울림을 주기에는 한계가 있는 표현방식이다. 알레고리적 표현들은 그의 일상시를 너무 온건하고 평이하게 만든 주요 원인 가운데 하나로 보여진다. 비판적 의식을 드러내는 가장 중요한 표현방식이 아이러니라고 할 수 있는데 강은교의 시에서는 아이러니가 거의 발견되지 않는다. 80년대 쓰인 현실 참여적 시에서도 그는 독자를 고무하거나 격려하는 혹은 한 맺힌 목소리를 낼 뿐 아이러니 방식을 취하지 않는다. 이는 표현의 문제를 떠나서 날카로운 비판의식보다는 고통을 감싸고 끌어안는 서정성이 이 시인의 기질에 더 잘 맞는 것이 아닌가 하는 생각을 갖게 한다. 비판의 목소리가 자주 서정적 분위기 속에서 용해되곤 하는 것은 이 때문이라 여겨진다.

강은교는 시집 『벽 속의 편지』와 『어느 별에서의 하루』에서 폭력과 자본주의, 그리고 그 속에서 살아가는 일상인의 삶을 그리고 있지만, 그 귀결점이 개인의 내적 정서에 닿아 있다는 사실에 주목할 필요가 있다. 예를 들어 그는 희망을 이야기하면서 동시에 우리가 이 세계 속에 감금되어 있음을 말한다. "밤마다 그는 벽 속에 앉아 / 담배를 피운다. / 벽 속에 앉아 / 벽이 되는 그는."(「그의 초상」), "우리 모두 빵 위에 넘어진다"(「여름날 오후」), "당신이 붙박이 별처럼 서 있는 이 거리"(「상어 — 거리에서」), "오 불쌍한 나, 날개도 없는 나,"(「청둥오리 — 낙동강가에서」) 등의 시구절은 삶의 모순 속에 묶여 있는 우리들의 초상을 함축하고 있다. 그러나 이와 같은 삶에 대한 인식은 부조리한 구조를 돌파하고자 하는 대결의식으로 나아가지 않는다. 그것은 삶에 대한 덧없음이나 공허함으로 내면화되면서 다른 방향으로 선회한다. 「그」「아, 별은」「허공 하나를」과 같은 시가 그 예이다. 그의 일상시에서 강한 에너지를 느낄 수 없는 것은 바로 이와 같은 심리적 요인 때문이다. 그런 의미에서 시집 『등불 하나가 걸어오네』(문학동네, 1999)의 중심 테마가 '사랑'인 것은 자연스러운 흐름이라 할 수 있다. 사랑은 일상의 덧없음과 공허함을 견뎌낼 수 있는 생명적 원천인 것이다. 그런데 그의 사소한 것에 대한 관심과 애정이 이 시집에서는 주로 빗방울, 꽃잎, 새, 햇빛, 귀뚜라미 등 자연으로 나타나고 있다는 점이 이전과의 차이라 할 수 있다.

바다가 눈을 뜬다

물새 한 마리 그 발 밑에 앉아
바다의 발을 쉼 없이
닦아주고 있다

문득 흰 구름 두엇 일어선다
　　　　「'다섯 개의 부치지 않은 노래' 중에서 ― 몰운대」 부분

　바다가 물새의 발을 닦아주는 것이 아니라, 물새가 바다의 발을 닦
아주고 있는 풍경은 작은 것이 큰 것을 어루만져주는 역전된 상상력
을 드러냄으로써 참신한 사랑의 정감을 느끼게 한다. 이러한 풍경을
마치 엿보기라도 하듯 일어서는 '구름'의 이미지는 '물새'와 '바다'가
환기하는 사랑의 정감을 한층 고조시킨다. 이 시에서 짐작할 수 있듯
이 강은교의 시작원리는 시집 『등불 하나가 걸어오네』에 이르러서
아주 담박한 미감으로 걸러지고 있다. 때로 시적 서정이 엷게 느껴지
는 것도 사실이지만 간결한 언어와 선명한 이미지는 이 시집의 중요
한 특성이라 할 수 있다. 그는 이제 과잉된 감정을 가라앉히고 아주
고요하고도 맑은 세계를 담담한 시선으로 다독거리고 있는 듯하다.

5. 꺼지지 않는 사랑의 혁명

　강은교의 시세계는 크게 세 번의 변화를 통해서 다양한 시적 내용
과 형상화 원리를 드러내고 있다. 그러나 그가 허무와 죽음에 대한
관념적 성찰을 감행하든, 부조리한 현실을 넘어서고자 하는 참여의지
를 열정적 목소리로 구사하든, 혹은 일상 속에 잠복되어 있는 모순을

고통으로 인식하든 그 기저에는 언제나 생을 따뜻함으로 품고자 하는 사랑을 일관성 있게 간직하고 있음을 볼 수 있다. 자칫 피폐한 타나토스의 욕망으로 이어질 수 있는 허무의 심연을 떠돌 때도 그의 시는 "밤마다 새로운 바다"(「자전(自轉) Ⅱ」)를 향해 달려가는 눈물겨운 생의 열정을 마음의 불씨로 지닌다. 삼십 년이 넘는 그의 시력(詩歷)은 이러한 마음의 불씨가 세상의 혹독한 바람을 어떻게 견뎌내며, 동시에 그것이 어떻게 세상을 밝히는 환한 빛으로 화하는가를 증거한다. 그의 시가 초기의 저작이 갖는 긴장과 활달함을 계속적으로 견지하지 못한 점은, 그리고 80년대적 아우라의 상실로 공감력을 잃게된 점은 큰 아쉬움과 쓸쓸함을 남기지만 생을 깊은 사랑으로 감싸고자 하는 그의 삶의 자세는 분명 진실을 비추는 그윽한 등불이라 할수 있다. 그의 등불은 "사랑이야말로 혁명"이라고 말한다. 그것이 우리를 벽 속에서 다시 일으켜 세우고 혹독한 바람 앞에 다시 서게 한다.

> 별의 가슴이 어둠의 허리를 껴안는 날
> 기쁨의 손바닥이 슬픔의 손등을 어루만지는 날
>
> 그날을 사랑이라고 하자
> 사랑이야말로 혁명이라고 하자
> 　　　　　　　　　　　　「벽 속의 편지―그날」 부분

매저키스트의 치욕과 환상

― 최승자론 ―

"매저키스트는 순종 속에 거만함을,
복종 속에 반란을 감추고 있다."
― 질 들뢰즈

1. 과연 페미니즘인가?

90년대는 여성 문인들의 시대였다고 해도 과언이 아니다. 여성 문인들의 작품이 유례없이 풍부한 성과를 보였을 뿐 아니라 우리 사회의 주요한 해결 과제로 부각된 여성성의 문제가 문학 연구가의 관심을 집중시켰기 때문이다. 따라서 페미니즘 비평이 활발하게 전개되었으며, 최승자를 비롯하여 김혜순, 김승희, 김정란, 고정희, 황인숙, 허수경, 최영미, 이선영, 나희덕 등 많은 여성 시인들의 작품이 페미니즘적 시각 속에서 새롭게 조명되었다. 이러한 비평의 세례는 그간 남성이데올로기에 의해 표준화되고 고착화된 여성적 삶의 문제를 깊이 있게 해부함으로써 문학 내부에 감추어져 있던 여성적 가치를 발굴해내고 문학의 지평을 확대했다는 점에서 큰 의의를 갖는다.

그러나 간혹 페미니즘에 대한 과다한 의식은 개인의 독자적 시세계가 지닌 가치를 동일한 비평의 틀에 가두면서 단순화, 혹은 도식화하는 경향을 낳고 있다. 중요한 것은 시인이 창조하는 의미의 신경조직 가운데 일부가 전체를 유기적으로 포괄할 수 있는가에 있다. 그렇지 않다면 이론의 과잉은 시의 원초적 생명감과 자유를 억압하게 될 것이다. 최승자의 경우가 그 대표적인 예이다. 몇몇 평자들은 최승자 시를 부분적으로 도해함으로써 그의 시가 남성에 의한 여성성의 억압과 파괴를 폭로하고 있다고 귀결짓는다. 최승자 시에 자주 등장하는 분만의 상상력, 더럽혀진 성(性)의 상징물로서의 자궁, 낙태와 사산, 가학과 피학으로 물들어 있는 사랑의 행각, 생산에 대한 갈망 등은 충분히 이러한 오해를 반복하게 하는 요인이 되어왔다. 예를 들어 「다시 태어나기 위하여」와 같은 시는 남성중심의 가부장적 권력과의 치열한 싸움을 드러내고 있다는 점에서 페미니즘 비평에 잘 들어맞는 예이다.

　　어머니 어두운 뱃속에서 꿈꾸는
　　먼 나라의 햇빛 투명한 비명
　　그러나 짓밟기 잘 하는 아버지의 두 발이
　　들어와 내 몸에 말뚝 뿌리로 박히고
　　나는 감긴 철사줄 같은 잠에서 깨어나려 꿈틀거렸다
　　아버지의 두 발바닥은 운명처럼 견고했다
　　나는 내 피의 튀어오르는 용수철로 싸웠다
　　잠의 잠 속에서도 싸우고 꿈의 꿈 속에서도 싸웠다
　　손이 호미가 되고 팔뚝이 낫이 되었다

이 시가 '아버지'로 비유되는 남성적 세계의 폭력성을 나타내고 있다는 점에서는 이견의 여지가 없다. 그러나 최승자의 시세계는 남성적 세계와의 싸움이라는 단순한 의미를 넘어서 있다. 그의 시의 중심축으로 자리잡고 있는 폭력적 세계상은 다만 남성중심주의, 혹은 가부장적 권력으로 요약될 수 없는 복잡성을 지닌다.

최승자와 더불어 동시대인의 의식을 지배하고 억압했던 1970~80년대의 다양한 힘들을 과연 남성중심주의라는 한 마디로 치부할 수 있을까? 이는 혹 시 세계를 너무 단순하게 뭉뚱그려 해석하는 것은 아닌가? 이러한 단순성이 오히려 세계를 섬세하게 바라보지 못하게 하는 함정이 되는 것은 아닌가? 그리고 세계의 부조리함에 대한 책임을 모두 남성중심주의에 떠넘기려는 것은 아닌가? 하는 질문을 페미니즘 비평은 제기할 필요가 있다. 이러한 반성적 물음이 비평의 구속으로부터 한 시인의 시적 깊이와 자유를 되돌려주는 것이라 생각한다.

2. 폭력적 세계의 공모자 혹은 희생자

우연이든 필연이든 간에 주체를 둘러싸고 있는 상황은 주체의 삶에 관여하는 타자적 힘의 발현태이다. 인간이 사회적 동물이라는 명제는 인간은 모두 타자적 힘으로부터 자유로울 수 없다는 숙명성을 내포한다. 인간 존재가 문화적 주체로서의 위치를 획득하기 위해서는 자신의 고유성 일부를 자기로부터 소외시킬 수밖에 없다는 라캉(Jacques Lacan) 식의 아이러니나, 집단세계에 적응하기 위해서는 타자적 힘과의 타협을 통해서 외적 인격(persona)을 형성하는 것이

불가피하다는 융(C.G. Jung)의 논리는 이와 같은 인간 삶의 근원적
존재양태를 말해준다.

80년대는 주체와 타자, 개인과 사회와의 관계 속에서 빚어지는 힘
의 운동성이 균형감을 잃은 채 파행적으로 치닫던 때이다. 이러한 시
대로부터 탈주를 꾀했던 최승자의 시는 비극적이다. 시인은 "일찌기
세계는 / 내 실패들의 전시장. / 내 상처들의 쓰레기 더미"(「일찌기
세계는」)라고 고백한다. 그의 시에서 세계는 심하게 부패해 있고, 인
간 존재의 육체와 정신은 그 썩음을 숙주로 기생하면서, 동시에 부패
의 일부로 헌납된다. 이처럼 타락한 관계에 의해 형성되어 있는 세계
는 타락한 언어로 말해질 수밖에 없다. 불결하고 병적인, 때로는 불
경스럽고 비천하기조차 한 최승자의 시적 언어는 그러나 이러한 세
계를 기습한다. 우선 그의 언어는 폭력적인 세계상을 폭로한다.

　　　　오 이 모든 진땀나는 공모! 공포!
　　　　이 세계를, 이 세계의 맨살의 공포를
　　　　나는 감당할 수 없다.
　　　　그러나 밀려온다,
　　　　이 세계는,
　　　　내 눈알의 깊은 망막을 향해
　　　　수십 억의 군화처럼 행군해 온다.

　　　　　　　　　　　　　　　　　　　　「무제(無題) 2」 부분

세계는 개별자의 의지를 초월해 있다. 그렇다면 애초부터 충돌과
왜곡은 예견되어 있는 셈이다. 세계 내에 존재해 있는 현존재는 이미
주어진 세계와의 교섭을 통해서 삶을 구성해가야 한다. 세계와 자아

의 상(像)은 처음부터 고정되어 있는 것이 아니라 이 둘의 마주침에 의해 형성된다. 개체의 욕망과 긴밀한 유대감이 형성될 때 세계는 주체의 의식과 동일화되면서 긍정적 삶의 기반으로 기능하게 된다. 반면에 개체의 의지와 지향을 배반하면서 균열을 이룰 때 세계는 투쟁의 장이 되거나, 아니면 주체를 세계의 의미 밖으로 추방시키는 소외의 근원지가 된다.

최승자의 시에서 세계와 주체의 관계는 '수십 억의 군화처럼 행군해'오는 일방적인 폭력과 그러한 힘에 짓밟힌 무력한 자아로 드러난다. 시인은 이러한 존재의 무력함을 그의 시에서 다족류의 벌레(「무제(無題) 2」), 독 안에 든 쥐(「악순환」), 오줌 자국(「일찌기 나는」), 차트 같은 표정의 얼굴들(「여의도 광시곡」)로 비유하고 있다. 예를 들어 「폰 가갸 씨의 초상(肖像)」과 같은 시에서 시인은 무력한 인간의 모습을 극단화한다.

> 12시, 점심이 그를 잘도 먹어 치우고
> 때가 되면 오줌이 유유하게 그를 갈긴다.
> 때때로 심심해서 전화가 자꾸 그를 걸어 본다.
> 여보십니까? 여보십시다!(존재의 딸꾹질)
> 시간이 가기도 하고 안 가기도 하면서
> 이윽고 월급 봉투가 그를 호주머니에 쑤셔 넣는다.
> 6시 반, 54번 버스가 다시 폰 가갸 씨를 올라탄다.
> 원효대교가 다시 홀라당 그를 넘어간다.

회사에서 점심을 먹고, 전화를 받고, 월급을 타서 집으로 돌아가는 폰 가갸 씨의 생활은 별 의식 없이 진행되는 소시민의 삶이다. 이 시는 이러한 일상의 공간을 포착하고 있다는 점에서 오히려 강력한 시적 긴장을 획득한다. 시인은 반복적 일상의 리듬이 어떻게 인간을 노예화하고 기계화하는가를 냉담하게 그려낸다. 의식의 진공상태를 보여주고 있는 폰 가갸 씨의 수동적 모습이야말로 노예화된 소시민의 초상이라 할 수 있다. 주체와 객체가 철저하게 전도된 비인간적 세계를 통해서 폰 가갸 씨의, 아니 '나' 자신의 실종을 경험하게 되는 것이다.

인간 존재를 실종케 한 이 사건의 주범은 누구인가? 그것은 '맨 살의 공포'로 엄습해오는 '세계'이다. 그러나 중요한 것은 「무제(無題) 2」에서 진술되어 있듯이 부조리한 세계의 '진땀나는 공모'에 우리 모두가 가담하고 있다는 사실이다. 우리들의 공모는 권력적 세계를 감싸고 익명화함으로써 그 힘의 발현태를 정확히 가늠할 수 없게 한다. 대항의 구심점이 애매해지는 것이다. 이에 따라 우리는 모두 폭력의 생산자이며 동시에 희생자라는 모순에 갇히게 된다. 원인과 결과가 뒤틀려 있는 인과적 모순으로서의 세계는 이 시인에게 절망과 비극의 근원지이다. 따라서 이율배반적 상황과 존재에 대한 비극적 인식은 그의 시에서 수많은 아이러니적 진술로 반복된다. "오 행복행복행복한 항복 / 기쁘다우리 철판깔았네, 그 눈 못 감은 꿈 / 눈 안 떠지는 생시, 슬픈 기쁜 생일, 이 열린 희망의 감옥, 끝을 위한 시작, 말하기 싫다는 / 말을 나는 말한다, 외로움과 그리움이 만나 / 찬란하구나, 네 운동의 목적성의 무목적성, 어디선가 뜨지 않은 해가 또 지고, 나의 성공한 실패들의 집적" 등이 그것이다. 아이러니는 수사(修辭)가 아니라 삶에 대한 인식이며 태도이다. 분열과 갈등을 인지하고 통합함으로써 삶의 전체성에 대한 새로운 전망을 모색하고자 하는 노력이 아이러니의 발원지이다. 따라서 최승자의 시에서 반복되고 있는 아이러니적 진술은 존재의 이율배반을 받아들일 뿐만 아니라 그 혼란을 돌파해가려는 시인의 삶의 태도를 반영한다.

한편 최승자 시에 드러난 인과적 모순으로서의 존재 상황은 자본주의 구조와 상동성을 갖는다. 자본주의 체제에서 노동자의 주도권을 박탈하고 인간의 실체성을 교환가치로 바꿔버리는 것은 자본가이다. 그런데 그 힘의 원천인 자본의 증식은 노동자에 의해 이루어지며, 증식된 자본은 다양한 권력을 양육하는 데 이용된다. 따라서 노동자는 자신을 억압하는 자본가의 권력 생산에 공모하고 있다는 점에서 모순된 존재 상황을 안고 있는 것이다. 이와 같이 진리와 비진리, 거짓과 진실을 가릴 수 없는 세계는 뫼비우스의 띠처럼 혼란 그 자체이다. 따라서 맞서 싸워야 하는 적(敵)의 정체는 복면한 채 은폐되어 있다. 공포감의 근원은 여기에 있다.

> 꽃의 웃음이 한없이 무너지는 것을
> 밤의 달빛이 무섭게 식은땀 흘리는 것을
> 굴뚝과 벽, 사람의 그림자 속에도
> 몰래몰래 내리는 누우런 황폐의 비
> 그것이 살아 있는 모든 것의 발바닥까지
> 어떻게 내 목구멍까지 적시는지를

「편지」 부분

적이 은폐되어 있다는 것은 적의 힘이 통제권 밖에서 활동함을 의미한다. 그러므로 잠재되어 있는 적은 표면화되어 있는 적보다 더 교활하고 더 무섭다. 이 시에서 '몰래몰래 내리는 누우런 황폐의 비'는 숨어 있는 적을 상징화함으로써 비주체적으로 전면적 힘을 행사하는 세계의 실상을 암시하고 있다. 적의 정체가 파악되지 않을 때, 그리고 그것이 혼란을 야기할 때 그 적의 상대는 가장 무력한 존재가 되고 만다. 익명의 적은 삶의 곳곳을 적시면서 존재들의 생명력을 알게 모르게 거둬들이고 그것을 자기 힘의 일부로 환원시킨다. 꽃, 달빛, 인간의 육체 등 일군의 생명적 이미지들의 병적인 모습은 공포스러운 힘에 의해 추악하게 일그러져 가는 존재의 형상을 드러내고 있는 것이다.

3. 존재의 치욕과 소외

혼돈과 모순으로 가득한 시대에 대해 시인은 "칠십년대는 공포였고 / 팔십년대는 치욕이었다"(「세기말」), 혹은 "죽음과 삶이 상피붙는 신성(神聖) 코리아"(「망제(望祭)」), "순교도 배교도 구원이 될 수 없는 시대"(「서녘 항구」), "파멸의 냄새 / 보이잖게 살이 타는 푸른 냄새"(「무제(無題) 1」)라고 말한다. 이와 같은 표현은 시대에 대한 부정적 인식과 더불어 부조리한 세계를 어찌해볼 수 없는 무력한 자아에 대한 자의식을 드러낸다. 공포보다 더 고통스러운 것은 자신의 무력감에 대한 자의식이다. 세계가 타락한 적(敵)과의 공모에 의해 이루어졌다는 것, 적과의 결탁이 결국 자신을 수동화하고 무력하게 만드는 권력의 일부로 작용하고 있다는 것에 대한 인식, 그리고 그것을 인식하고 있는 자기에 대한 또 다른 인식을 시인은 빈번히 '치욕'이라는 단어로 요약한다.

'치욕'은 최승자가 자기 자신에 대한 인식을 획득하는 단계, 즉 주체를 객체로 전환시키는 냉정한 과정 가운데 느끼게 되는 실존적 기분이다. 그는 '치욕'을 통해서 삶의 형식을 탐색한다. 이는 왜곡된 세계와 자율성을 박탈당한 자신을 동시에 통찰하는 것이며, 이 양자의 관계에 대해 객관적 인식을 갖는 것을 뜻한다. 최승자의 시에서 시대와 '나'의 관계 속에서 생성된 치욕의 감정은 존재의 삶이 세계 밖으로 소외되고 있음을 말해준다.

> 지금 내가 없는 어디에서
> 내 친구는 내 친구의 친구와 히히덕거리고
>
> 지금 내가 없는 어디에서
> 내 애인은 내 애인의 애인과 놀아나고
>
> 「지금 내가 없는 어디에서」 부분

> 내가 버린 세월, 내가 포기한 세월 위에
> 올해도 수백 펜지꽃들 피어난다.
>
> 지랄처럼, 간질 발작처럼
>
> 「봄의 약사(略史)」 부분

이제 '내'가 없는 세계에서 친구들은 '히히덕거리고', 애인은 '놀아난다'. 그리고 미친 듯이 펜지꽃이 무더기로 '피어난다'. '내'가 없다는 엄청난 사건은 나의 문제일 뿐 어느 누구도 아랑곳하지 않는다. '내'가 전혀 의미화되지 않는 격절(隔絶)의 세계를 화자는 부정적 의미의 동사로 기술하면서 '나'를 소외시킨 세계를 냉소한다. 이러한 고립의 상태는 진지한 자기 폭로와 자기 부정을 예견하고 있다.

일찍이 나는 아무 것도 아니었다.
마른 빵에 핀 곰팡이
벽에다 누고 또 지린 오줌 자국
아직도 구더기에 뒤덮인 천년 전에 죽은 시체.
                    (…)
내가 살아 있다는 것,
그것은 영원히 루머에 지나지 않는다.
                                    「일찌기 나는」 부분

목숨은 처음부터 오물이었다.
                        「미망(未忘) 혹은 비망(備忘) 2」 부분

　하우저(Arnold Hauser)에 의하면 소외는 개인과 사회와의 관계가
상실되었다는 감각이고, 자기 자신의 일에도 적극적으로 참가하지
않고 있다는 감각이며, 또 자신의 향상심이나 자신의 규범 또는 야심
을 살릴 희망이 완전히 상실되었다는 감각이다. 자신의 정체성을 말
해줄 수 있는 그 어떠한 보편적 의미도 획득할 수 없는 상태, 자신의
존재가치를 증명할 어떠한 방법적 기반도 허용되지 않는 상태는 존
재를 비인간적 수준으로 끌어내린다. 위에 인용한 시에서 시적 화자
는 곰팡이, 오줌 자국, 시체, 루머, 오물 등으로 자신의 존재론적 의
미를 전이시킴으로써 자신의 형상으로부터 과감하게 인간적인 모습
을 지워버린다. 스스로를 무효화하는 무자비한 자기 비하와 혐오의
감정을 폭로하고 있는 것이다. 존재론적 권위나 존엄성을 전혀 허용
하지 않는 이 같은 비유를 통해서 세계로부터 무가치하게 고립되어
버린 그야말로 치욕적인 인간상을 발견하게 된다. 이는 또한 우리가

인간적 가치로부터 느끼는 보편적 심미성을 몰수함으로써 독자에게 인간 존재에 대한 비극적 인식을 자극하는 역할을 한다.

최승자의 시에서 세계에 대한 부정은 곧 자아에 대한 부정으로 이어지며, 이는 곧 세계로부터의 소외와 자기 자신으로부터의 소외라는 이중의 소외를 의미하는 것이다. 이와 같은 소외의 감각은 개인의 차원에 한정된 현상은 아니다. 소외는 80년대가 지닌 특수한 시대적 상황 속에서 동시대인들이 피부로 느꼈던 보편적 감각이라 할 수 있다. 따라서 최승자는 자신의 소외 체험을 '그'라는 삼인칭의 범주로 확대한다.

> 이 세계의 문법을 그는 매번 배우지만
> 매번 잊어버린다.
>
> 「주변인의 초상」 부분

> 그는 더 안으로 들어가며 또 밖을 잠근다.
> 그는 더더 안으로 들어가며 또 또 밖을 잠근다.
>
> 「하안발(下岸發) 4」 부분

세계의 문법과 화해할 수 없는 '그'나, 안의 공간 속으로만 몰입하는 '그'는 '나'와 더불어 세계의 밖으로 밀려난 주변인들이다. 시인은 이같이 '나'와 '그'의 삶의 방식을 동일한 의미로 맥락화함으로써 '소외'의 의미를 보편적 삶의 방식으로 인식시키고자 한다. 「사랑받지 못한 여자의 노래」, 「버림받은 자들의 노래」, 「버려진 거리 끝에서」, 「걸인의 노래」 등의 제목에서 알 수 있듯이 이 시인의 시에 유독 버림받은 시적 자아가 많이 등장하는 이유도 이와 무관하지 않으리라 생각된다. 이처럼 '나'의 절망과 고통을 '그'의 차원과 동질적인 것으로 해석하고자 하는 태도는 최승자의 시를 그만의 신변잡사에 대한 기록물이라는 섣부른 오해로부터 구원해줌과 동시에 동시대인의 공감력을 담보해내는 데 중요한 역할을 한다. 이는 또한 독자에게 당신 또한 이러한 소외로부터 예외가 아님을 선언하는 행위이기도 하다.

소외된 자들은 인간다운 삶이 가능한 터전을 상실한 존재이다. 그렇기 때문에 그의 시에서는 일상적 공간을 상징하는 '집'의 의미가 붕괴된다. 온전한 지붕과 벽, 그리고 울타리는 안도감과 충족감을 제공함으로써 인간의 영혼을 붙잡아준다. 그러나 최승자의 시에서 정주와 휴식을 의미하는 '집'은 더 이상 없다.

> 우리들의 발은 일 피트 높이에서 영원히 땅에 닿지 못하고
> 오른손은 영원히 왼편에 닿지 못한다.
>
> 「고요한 사막의 나라」 부분

> 집이 처처에 바람이요.
> 집의 몸통에 자율신경 장애가 생겼소
> 집이 큰 파도 속의 일엽편주요.
> 집이 인적 없는 사막이요.
>
> 「미망(未忘) 혹은 비망(備忘) 9」 부분

최승자의 '집'은 안착되어 있지 못하다. 허공에 떠 있거나, 큰 파도에 흔들린다. 그리고 인적 없는 곳에 고립되어 있다. 세계로부터의 고립은 '오른손은 영원히 왼편에 닿지 못한다'는 자기 소외로 심화되기도 한다. 이처럼 고립과 흔들림으로서의 '집'의 이미지는 삶에 대한

행복한 몽상을 해체시킨다. 집의 원초적 기능이 감싸기에 있다면 이러한 집의 공간은 내부를 상실한, 외부의 힘에 의해 안의 공간이 망가진 상태를 나타낸다. 내부가 온전하지 못한 집의 형상은 불안과 고독 속으로 내몰려 있는 시적 화자의 의식을 암시한다. 그런 점에서 '집의 몸통'에 일어난 병적 징후는 인간 존재가 앓고 있는 장애로 환원된다. 즉 '집'과 존재는 하나인 것이다.

최승자는 '집'의 이미지를 통해서 타자의 세계에 '영원히 닿지 못하'는 격절의 심리를 상징화한다. 그런데 소외는 고립 이상의 의미를 내포한다. 소외로서의 삶은 '나'와 '너'의 관계가 단절되어 있을 때만이 아니라 그 관계방식이 진실성을 상실한 채 왜곡될 경우에도 발생한다.

4. 타락한 관계의 표상으로서의 왜곡된 성(性)

타락한 세계는 타락한 존재방식을 성립시킨다. 고립과 소외를 겪는 주체는 삶 속에서 타자와의 진정한 교섭을 갈망하지만, 세계와 자아에 대한 객관적 인식과 반성이 결여된 상태에서 그것은 불가능하다. 타락한 세계에 종속되어 있는 타락한 존재는 수동화된 자아를 의식하지 못한 채 그 구조와 맞물리게 되는 것이다. 따라서 존재간의 진정한 교섭은 와해되고 타락한 방식만이 남게 된다.

모든 접속사들이 무의미하다.
논리의 관절들을 빼어버린
접속이 되지 않는 모든 접속사들의 허부적거림.

생존하는 유일한 논리의 관절은 자본뿐.

「중구난방이다」 부분

주체와 타자를 연결짓는 접속사의 무의미함과 '허부적거림'은 우리들의 관계가 와해되고 있음을 나타낸다. 사람과 사람을 연결짓는 근원적 에너지는 인간의 내면에서 흘러나온다. 그것이 믿음이든 사랑이든 간에 타자를 향한 내적 에너지만이 실체와의 직접적 대면을 가능하게 한다. 따라서 이러한 순수한 관계방식을 온전히 다른 것으로 대체하는 것은 불가능하다. 반면 '자본'으로 성립된 관계방식은 인간 존재의 존엄한 가치가 물질의 양으로 추상화됨을 의미한다. 자본으로 대체된 관계는 존재의 실체를 묵살하고 서로 간의 내적 친밀감을 박탈해버린다. 최승자의 시에서 이처럼 존재간의 뒤틀린 관계방식은 오염된 성(性)을 통해 더욱 분명하게 드러난다.

내 애인은 태평양(太平洋)처럼 누워 있다.
내 애인의 눈동자 속으로
한 낯선 사내가 걸어 들어간다.
그녀의 홍채가 휘황한 꽃잎처럼
벌어졌다 접히고
일순 나의 일평생이 조용히 닫혀진다.
닫혀진 문 안에서 그들이 나를
씹고 또 씹는 소리가 들린다.

「S를 위하여」 부분

밤부엉이 한 마리가 창가에서
나를 꼬나보기 시작했어.

나는 허둥거리며 내 몸의
모든 기관들을 닫아 버렸지만
부엉이의 눈빛이 오토머신처럼
내 몸 구석구석을 헤집어 열고
노란 방사선을 쏘아 부었어.

「밤부엉이」 부분

「S를 위하여」는 애인의 간통을 에로틱하게 묘사하고 있는 시이다.
'태평양'으로 비유되고 있는 애인은 풍부한 물의 이미지에 의해 거대
한 자궁을 형상화한다. 꽃잎처럼 벌어졌다 접히는 그녀의 홍채는 성
적 상상력을 불러일으키기에 충분한 영상을 제공한다. 그런데 그 속
으로 걸어들어가는 사람은 내가 아니라 '낯선 사내'이다. '나'는 소외
된 채 그들의 즐거운 신음을 '나를 / 씹고 또 씹는' 고통으로 받아들
이게 된다. 「밤부엉이」에서는 '오토머신'과 같은 강력하고도 기계적
인 힘을 가진 기괴하고도 잔인한 '밤부엉이'의 이미지를 통해서 강간
의 공포를 강렬하게 시각화한다. 개체간의 유대를 가장 직접적 방식
으로 드러내는 성관계가 타락한 세계 속에서는 이처럼 간통과 강간
등 왜곡된 양상을 띠게 되는 것이다. 서로에 대한 믿음과 창조성을
상실한 성, 신성함이 제거된 성은 역겨움과 추악함을 드러낸다. 간혹
그의 다른 시에서 사랑이 종기, 문둥병, 매독균 등으로 비유되고 있
음도 이와 관련된다.

타자와의 뒤틀린 관계는 결코 창조적 세계로 이어질 수 없다. 따라
서 최승자는 세계 창조의 근원지로서의 '자궁'을 불모의 이미지로 비
유한다. "알타미라 동굴처럼 거대한 사원의 폐허처럼 / 굳어진 죽은
바다처럼 여자들은 누워 있다"(「여성에 관하여」), "닫혀진 회색 강철

바다"(「밤부엉이」), "죽은 여자는 흐물흐물한 빈 껍데기로 남아/비닐처럼 떠돌고 있었다"(「겨울에 바다에 갔었다」), "나와 내 아이가 이 도시의 시궁창 속으로 시궁창 속으로 / 세월의 자궁 속으로 한없이 흘러가던 것을"(「Y를 위하여」), "어디선가 붉은 양수가 질펀하게 / 새어 흐르기 시작하고"(「문명」) 등의 시구절은 공통적으로 석질화되거나 더럽혀진 '물'의 이미지를 환기하고 있다. '물'이 생명 창조의 원형성을 함의하는 이미지라면 최승자의 '물'은 생명의 원천이 이미 파괴되어 있음을 보여주고 있는 것이다. 최승자는 이와 같이 더럽혀진 자궁의 이미지를 사산, 난산, 낙태 등 절망적 상황과 자연스럽게 연결시킴으로써 다시 한 번 타락한 세계가 낳고 있는 악순환을 강조한다.

그런데 그의 시세계에서 타락한 관계방식을 생산하는 타락한 세계는 다만 객관적 풍경으로 그치지 않는다. 그것은 보다 직접적으로 '나'와 '님'과의 관계 방식이기도 한 것이다. 최승자의 시에서 '님'이 폭력적이고 기만적 성격을 지니게 되는 이유가 바로 여기에 있다.

봄이 오고 너는 갔다.
라일락꽃이 귀신처럼 피어나고
먼곳에서도 너는 웃지 않았다.
자주 너의 눈빛이 셀로판지 구겨지는 소리를 냈고
너의 목소리가 쇠꼬챙이처럼 나를 찔렀고
그래, 나는 소리 없이 오래 찔렸다.

「청파동을 기억하는가」 부분

그때 당신이 또 날 죽이려는 음모를 품기 시작한다.
뒤에다 무엇인가를 숨기고서

당신은 꿀물을 타 주며 자꾸만 마시라고 한다.
나는 그게 독물인 줄 알면서도 자꾸만 받아 마신다.
나는 내 두 발이 빠져 들어가는 것을 알면서도
자꾸만 빠져 들어간다.
당신은 당신이 하는 장난이
내게는 얼마나 무서운 진실인가를 모르는 체한다.
당신이 모르는 체하는 것을 모르는 체하면서,
내가 자꾸 빠져 들어가는 게 나의 사랑이라는 것을 당신은 모르고,
모르는 체하고,

「연습」 부분

최승자 시에서 '나'는 버림받은 자이고, '찔림'을 당하는 존재이다.
반면 '셀로판지 구겨지는 소리'와 '쇠꼬챙이'가 환기하는 금속적 이미
지처럼 '님'은 비인간적이고 위악적 인물이다. 님과의 관계는 이처럼
대부분 가학과 피학으로 이루어져 있다. 그런데 우리는 최승자 시에
등장하는 님을 단순히 시적 자아를 박해하는 '남성적 폭군'으로 규정
하는 것을 유보할 필요가 있다. 「S를 위하여」에서 볼 수 있듯이 시인
은 「삼십세」 「첫사랑의 여자」 「K를 위하여」 등의 시에서도 '나'는 여
성, '님'은 남성이라는 도식을 역전시키고 있음에 유의할 필요가 있다.
이는 가학과 피학으로 이루어져 있는 님과의 관계양상을 여성주의적
관점이 아닌 인간 보편의 관계양상으로 파악할 필요성을 제공한다.
그러면 '날 죽이려는 음모'를 품고 있는 님의 정체는 과연 무엇인
가? 이러한 설정을 통해 시인이 의도하는 바는 무엇인가? 님이 극악
한 현실에서의 환상의 창조를 가능하게 하는 존재라면 이런 환상 속
에는 불가피하게 온전할 수 없는 질병이 함께 내포되어 있음을 나타

내는 것이 아닌가? 님조차도 불신할 수밖에 없으면서 그것을 모르는 체하는 것이 이 시대의 사랑이고 이 시대의 가장 '무서운 진실'임을 말하는 것이 아닌가? "철새는 날아가고 사회적 문화적 애인은 비명횡사한다"(「고요한 사막의 나라」)는 시구처럼 이는 사회구조가 부조리하면 그 사회 속에서 태어난 사랑도 부조리한 구조를 떠안을 수밖에 없음을 시사하는 것이다.

5. 연대성 회복을 위한 매저키즘(Masochism)적 전략

타락한 세계 내에서 사랑은 그 자체로 아이러니이다. 존재간의 '접속사'가 무의미하게 된 상태에서 타자와의 사랑을 시도한다는 것은 모순이다. 그러나 소외와 결핍이 극단에 이를수록 연대성 회복은 필연적 염원일 수밖에 없다. 최승자는 연대성 회복을 극대화하기 위해 일차적으로 '님의 부재'라는 고전적 테마를 시적 전제로 끌어들인다. 부재하는 님이야말로 님과의 관계를 가장 적극적으로 드러낼 수 있는 기반이기 때문이다.

> 너는 날 버렸지,
> 이젠 헤어지자고
> 너는 날 버렸지,
> 산 속에서 바닷가에서
> 나는 날 버렸지.
>   (…)
> 오 개새끼

못잊어!

「Y를 위하여」 부분

우리 서정시의 역사 속에서 부재하는 '님'의 표상은 그야말로 유구하다. 고려 속요 「가시리」에서부터 김소월과 한용운의 시에 이르기까지 반복되어온 고전적 테마라 할 수 있다. 그러나 최승자에게 이 고전적 테마는 보다 적극적이고도 리얼한 방식으로 수용된다. 그는 님에 대한 그리움과 막연한 기다림, 슬픔의 정황이라는 고전적 포즈를 버리고, 이별의 모티브를 욕설과 비속어가 동원된 '버림받음'의 정황으로 현실화한다. 이러한 표현방법은 나와 타자와의 관계가 사랑이라는 막연한 관념 속에서 추상화되고 비현실화되는 과정을 억제시키고, 감정의 피상성으로부터 벗어나 님과 자아와의 치열하고도 적극적인 관계를 담보해낸다. 아울러 시적 자아의 고통을 부각시키는 방법이기도 하다.

최승자의 '님'은 부재하는 존재일 뿐 아니라 앞서 살펴본 바와 같이 폭력적이고 위악적인 성격의 소유자이다. 즉 '님' 또한 타락한 세계의 일부인 것이다. 고귀한 님이 아니라, 부조리한 님에 대한 사랑을 끊임없이 시도함으로써 시인은 '의도적 매맞기'를 자청하고 있는 것이다. 그는 치욕과 신체적 고통을 감내하며, 때로 의사죽음을 반복한다. 그런 면에서 최승자가 보여주고 있는 사랑의 방식은 다분히 매저키즘적이다.

찔린 몸으로 지렁이처럼 기어서라도,
가고 싶다 네가 있는 곳으로
너의 따뜻한 불빛 안으로 숨어들어가

다시 한번 최후로 찔리면서
한없이 오래 죽고 싶다.

「청파동을 기억하는가」 부분

　이 시에서 시적 화자는 님에게 가기 위해 자신의 비천함을 불사한
다. 그 몸짓의 애절함은 비극적이기조차 하다. 그런데 그 도달점에는
'찔림'과 '죽음'이라는 폭력이 기다리고 있다. 그러나 육체적 찢김을
통한 에로티즘의 체험은 고립된 개체로 하여금 이질적 존재와의 연
속성을 획득하게 한다는 점에서 육체적 고통을 넘어선 이차적 가치
가 내포되어 있다.

　자허—마조흐(Sacher—Masoch)의 소설 「모피를 입은 비너스」의
주인공 세베린은 자신의 연인 완다에게 "저는 순교자들이 그 끔찍한
고문을 의연히 견뎌내는 모습, 감옥에 갇혀 고생하고, 화살에 찔리고,
끓는 물에 던져지고, 사자에게 던져지거나 십자가에 못박히는 그 무
서운 장면들을 머리 속에 그리며 두려움과 함께 미묘하고도 강렬한
쾌감을 느꼈습니다. 그 이후로 끔찍한 고통을 견디는 것이 가장 숭고
한 즐거움이라는 것을 알게 되었습니다"라고 고백한다. 세베린의 이
같은 고백은 매저키즘이 변태적 쾌락의 일종이라는 통념 이상의 것
임을 암시하고 있다. 순교자들은 고문받기를 갈망하는 것이 아니라
물리적 고문을 감내함으로써 또 다른 가치를 얻어내고자 한다. 마찬
가지로 "굴복할 때 사랑은 가장 아름다워"(「겨울 들판에서」)라고 말
하는 최승자의 매저키즘적 사랑도 육체의 순교를 통해서 고통 너머
에 있는 새로운 가치를 목적으로 한다.

모든 것은 콘크리트처럼 구체적이고
모든 것은 콘크리트 벽이다.
비유가 아니라 주먹이며,
주먹의 바스라짐이 있을 뿐,

이제 이룰 수 없는 것을 또한 이루려 하지 말며
헛되고 헛됨을 다 이루었도다고도 말하지 말며

가거라, 사랑인지 사람인지,
사랑한다는 것은 너를 위해 죽는 게 아니다.
사랑한다는 것은 너를 위해
살아,
기다리는 것이다,
다만 무참히 꺾여지기 위하여.

그리하여 어느 날 사랑이여,
내 몸을 분질러다오.
내 팔과 다리를 꺾어

네

꽃

병

에

꽂

아

다

오

「그리하여 어느 날, 사랑이여」 부분

자신을 처벌하고 자신에게 고통을 주도록 설득함과 동시에 고통의 지연을 통해 긴장감을 고조시키는 것은 매저키즘의 가장 기본적인 특성이다. 이 시에서 시적 자아는 '바스라짐'이라는 고통에 대해 오히려 능동적으로 다가간다. 즉 '님'에게 자신의 곁을 떠나도록 종용하고 있는 것이다. 그리고 기다림이라는 고통의 지연을 각오한다. '가거라'라는 시적 화자의 어조 속에서 다분히 명령적이고 단호한 결의를 발견할 수 있다.

　사회학적 견지에서 이와 같은 매저키즘은 모순적인 현실 상황에 맞서는 독특한 태도이며, 변화를 위해 타자에 대해 자아가 취하는 치열한 관계방식을 의미한다. 매저키즘은 타자에 대한 의존성을 과장하고 자학적 고통을 감행함으로써 '이것' 너머에 있는 세계를 건설하고자 한다. 그렇다면 이 시에서 보여지는 현재적 상황은 어떠한가? '콘크리트 벽'의 경화된 물질성은 인간의 자유를 억압하고 고착시키는 도시적 삶을 의미한다. 세계를 지배하는 구조는 모든 삶의 방식을 그 구조 안에 귀속시킨다. 최승자 시에서 진짜 폭력적인 적은 '콘크리트' 같은 구조 속에 잠재되어 있다. '주먹의 바스라짐'이라는 개체의 희생을 요구하는 세계의 구조 속에서 존재와 존재의 만남 또한 '바스라짐'의 형식을 취할 수밖에 없다. 균열과 부서짐, 연인들 사이에서 그것은 곧 이별이며 존재간의 상처이다. '너'와 '나'의 관계를 고통 속으로 몰고가는 세계의 '콘크리트 벽'은 '우리'의 관계 밖에 울타리를 치고 '우리'를 조정하고 있는 것이다. 프롬(E. Fromm)에 의하면 매저키스트적 성격 혹은 매저키스트적 사고의 공통된 특성은 개인의 삶이 자신의 의지와 관심 밖에 있는 힘들에 의해 규정되고 있다는 데 있다. 기존 사회를 고수하기 위한 막강한 힘이 개인의 삶을 함몰시키기 위해 작용하는 순간, 그리고 그러한 위기를 절박하게 인식하는 순간 매저키즘은 탄생한다.

부조리한 세계 속에서 타자와의 관계가 아무런 장애 없이 소통된다면 그것이야말로 부조리한 관계이다. 최승자는 세계와의 결탁 혹은 순응에 의해서만이 가능한 거짓된 온건주의를 거부한다. 따라서 그의 '사랑의 방식'은 희생과 고통의 대가가 크면 클수록 왜곡된 세계를 돌파하고 보다 진실된 소통구조를 창조하게 되는 것이다. 매저키스트적 사랑의 방식을 취하게 되는 이유가 바로 여기에 있다. 그런 의미에서 "사랑한다는 것은 너를 위해 / 살아, / 기다리는 것이다"라고 말함으로써 이별의 고통에 능동적으로 다가가는 행위가 '죽음'이 아니라 오히려 사랑에 도달하는 행위임을 역설화하는 시적 자아의 태도는 매저키즘의 전형적 구도이다. 이별과 기다림의 고통 뒤에는 사랑의 재생이 마련되어 있다. 신체의 '찢김'에 의한 고통스런 사랑의 축제는 여기서 다시 한 번 반복된다. '꽃병'으로 전이되어 있는 님의 몸 속에 '나'의 신체는 한 송이의 꽃으로 피어나게 되는 것이다. '꽃'의 피어남은 '콘크리트 벽'의 의미를 무너뜨리는 생명적 가치를 전달한다. 이런 의미에서 최승자의 시에서 보여지는 고통의 지연은 일종의 통과의례(initiation)의 의미를 갖게 된다.

이제 곧 그가 다리를 절룩이며
예언 속의 길을 찾아오고
붉은 달 아래 소리 없이 땀 흘리며
나는 거듭 낳을 것이다.
이 세계를

거대한 암흑덩어리를.
그리하여 내 태초의 남편아 받아라,
이 세계
이 거대한 핏덩어리를.

이것은 시초에 네가 꾸었던 꿈,
그러나 내가 완성한 꿈이다.

「혼수(昏睡)」 부분

　고통의 종결점은 새로운 세계의 창조라는 분만의 상상력으로 이어
진다. "이제 곧 그가 다리를 절룩이며 / 예언 속의 길"을 향해 돌아
오는 미래적 시간은 시원을 향해 열려 있다. '님'은 '나'와의 완전한
결합을 위해 투쟁의 공간으로부터 영웅처럼 귀환한다. 시인의 상상
력은 나와 나의 남편을 태초의 신화적 공간으로 되돌려 놓고 있는
것이다. 그리고 그 지점은 '거대한 핏덩어리'가 탄생하는 공간이며,
아직 '거대한 암흑덩어리'인 채 새로운 질서를 기다리는 꿈의 공간이
다. 가학과 피학의 반복으로 이루어진 사랑의 행각 이면에는 이처럼
미래에 대한 집요한 기대와 희망이 내재해 있다. 따라서 매저키즘적
전략은 절망적 현실 속에서 환상을 창조하기 위함이며 새로운 존재
전환을 이룩하기 위한 과정인 것이다. 그렇기 때문에 최승자의 시에
서 고통은 쾌락으로 통하는 길목이라 할 수 있다.

　고통은 내 몸에 닿아 극대화되지만
　그러나 나를 잠시 비워 두고
　낮게 낮게 포복해 가면
　가느다란 물줄기처럼 약해져

저 먼 어느 지맥 속에선가
나의 고통인 듯 그의 고통인 듯
고통인 듯 즐거움인 듯,
들리누나 사방팔방으로
물 흐르는 소리. 졸졸 자알 잘,
아득하게 슬픈 기쁜 이쁜 물소리.
되흘러 들어오누나,
내 혈관 속까지.

「맥(脈)」 전문

고통의 강도가 강하면 강할수록 '나'와 '님'과의 관계는 좀더 새로
운 전기를 갖게 된다. "나의 고통인 듯 그의 고통인 듯" 뒤섞이면서
둘은 유대감이 충만한 새로운 세계를 건설하는 주체가 되는 것이다.
이러한 사랑의 방식은 기실 식민지라는 난세를 치열한 정신으로
돌파하고자 했던 한용운 시의 맥락과 일맥상통한다. "이별이 쓸 데
없는 눈물의 원천(源泉)을 만들고 마는 것은, 스스로 사랑을 깨치는
것인 줄 아는 까닭에 걷잡을 수 없는 슬픔의 힘을 옮겨서 새 희망의
정수박이에 들어부었습니다"(「님의 침묵(沈默)」)라는 한용운의 의지
속에는 "타고 남은 재가 다시 기름"(「알 수 없어요」)으로 전환되는
고통의 변증법이 작동하고있는 것이다. 이별의 고통을 새로운 만남의
힘으로 전환시키고자 하는 의지는 인간다운 삶의 유대를 붕괴시킨
극악한 현실로부터 삶의 진정성을 복원하기 위한 노력이라 할 수 있다.
그런 점에서 사랑의 방식을 통해 역사의 모순과 현실의 부조리함
을 드러내고, 그것을 온전한 상태로 되돌려 놓고자 했던 한용운의 시
도와 최승자의 매저키스트적 상상력은 서로 맞닿아 있다. 그러나 최

승자의 '님'은 한용운의 '님'과 차이를 갖는다. '님'이라는 대상에 전통적으로 부여되었던 고전적 의미가 그의 시에서는 흔들리고 있는 것이다. 이 점이 매우 현대적 의의를 갖는 부분이기도 한데, 기존의 우리 시가에 수용되고 있는 님의 성격은 숭배적 대상으로서의 절대적 우위를 차지한다. 따라서 님은 갈망, 도취, 흠모의 대상이며, 버림받은 자의 상황은 주로 증오보다는 그리움, 기다림, 아픔 등으로 윤색되고 있다. 이는 '나'와 '님'이 서로 다른 존재 기반을 가지고 있음을 전제로 한다. 즉 님은 부조리한 현실 너머에 존재하는 관념적 이상을 의미하는 객관적 상관물인 것이다. 반면 최승자의 시는 님에 대한 막연한 환상과 고상함의 기대를 제거함으로써 더 리얼하게 사랑의 실체를 해부한다. '님'의 위악성을 강조하는 것은 '님' 또한 '나'와 더불어 타락한 세계라는 동일한 존재 기반을 가지고 있음을 나타내는 것이다. 따라서 '나'와 '님'은 타락한 세계 속에서 스스로도 타락된 존재임을 각성하면서, 동시에 진정한 연대성 회복을 위해 이를 함께 돌파해나가야 하는 공동인이다.

6. 허무적 자기 응시

최승자는 철저하게 타락한 세계 속에서 타락한 사랑의 방식을 보여준다. 그를 둘러싸고 있는 폭력적 세계는 다만 남성이데올로기에 의해 구성된 세계라고 단순화시킬 수 없다. 적은 실체를 은폐한 채 우리의 삶을 엄습한다. 분명치 않은 적의 얼굴 속에 '나'의 모습이 되비친다. 타락한 세계 속에 기생하면서 그 부패한 살을 증식시키는 우리 모두는 세계의 공모자인 것이다. 그러나 자신이 공모자라는 사실을 인식하는 순간, 노예적 삶을 견딜 수 없는 치욕으로 느끼는 순간, 그리고 자신이 삶의 중심으로부터 버림받은 주변인임을 자각하는 순간, 삶의 부조리와 모순을 헤쳐나갈 새로운 전략은 불가피하다.

최승자는 타락한 세계의 전복과 인간다운 유대감이 회복된 새로운 세계를 탄생시키기 위해 '사랑'에 집착한다. 그러나 그는 더 이상 세계와 단절된 피안의 사랑을 원하지 않는다. 숭고한 아름다움이 넘치는 사랑을 거절한다. 대신에 기만과 폭력으로 얼룩진 사랑, 증오와 욕설이 난무하는 사랑, 버림받은 사랑, 끊임없이 아이를 사산하는 사랑, 즉 '의도적 매맞기로서의 사랑'을 선택한다. 매저키스트로서 '님'으로부터 버림받기를 간청하고 매저키스트로서 '나'의 신체를 매질하도록 요구하며 스스로 비천해지기를 작정한다.

타자와의 관계 속에서 철저하게 자기를 축소하고 분해시키는 이같은 사랑의 방식은 부조리한 세계의 폭력성을 폭로함과 동시에 무가치해진 주체의 삶을 회복하기 위한 시인의 의지를 나타낸다. 따라서 이 시인의 반복적인 매맞기는 자신을 '치욕'과 '소외'로부터 해방시키는 아이러니적 행위이며, 새로운 삶을 향한 에너지의 발현이다. 이 같은 시적 맥락은 '님'으로 상징되는 타자와의 유대성 회복만이 유일한 삶의 희망이라는 강렬한 전제를 내포한다.

그러나 최승자 시의 맥락 속에서 매저키스트로서의 치욕과 치욕 속에서 꿈꾸었던 환상이 과연 세계와의 화해라는 보다 큰 가치에 도달하고 있는지는 회의적이다. 시 「혼수(昏睡)」에서 세계의 거대한 핏덩어리를 태초의 남편에게 받으라고 명령하는 태초의 아내의 단호한 목소리에도 불구하고 그 소리의 울림은 왠지 공허하고 허무하게 들린다. 왜냐하면 그가 약 20년에 걸쳐 출간해낸 다섯 권의 시집 속에서 타자와의 진정한 화해나 행복한 교감을 찾기란 좀처럼 어렵기 때문이다. 이를 통해 볼 때 없는 것을 있다고 믿는, 불가능한 것을 가능하다고 믿는, 아니, 그렇게 믿어야 하는 당위가 그를 꿈꾸게 하고 시를 쓰게 하는 것은 아닐까 하는 생각이 든다.

> 숲은 없는데,
> 숲이 없다는 것을 익히 아는데,
> 오늘 아침 창밖에서 느닷없이
> 터지는 도시 새들의 울음 소리가
> 내 눈앞에 천연덕스럽게
> 숲을, 숲의 배경을 구성해내고
>
> 미처 깨어나지 못한
> 내 머릿속 공장에서는 뇌세포들이
> 샛된 새소리들을 실(絲) 삼아
> 꿈과 생시를 넘나들며
> 황홀한 환상의 숲을 짜고 있다.

「없는 숲」 전문

불가능한 세계, 존재하지 않는 세계를 꿈꾸며, 그런 것을 꿈꾸는 자의 허무를 견디며 그는 다만 순교자처럼 고통이 깊을수록, 그리고 그것을 반복할수록 자신의 꿈이 이루어질 가능성이 그만큼 커질 것이라고 믿을 뿐이다. 이는 '황홀한 환상의 숲을 짜'기가 우리에게 불가능할지라도 그것에 대한 믿음조차 없다면, 우리에게 '희망의 감옥'마저 없다면, 우리는 영원히 '소외의 방(房)'을 탈출할 수 없다는 아이러니가 아닌가. 병든 세계 속에서 '황홀한 환상의 숲'을 꿈꾸는 이 진실의 포즈는 그런 의미에서 비극적이다.

  그런데 이와 같은 포즈조차도 점차 사라지고 있는 것이 최승자 시의 변화라 할 수 있다. 90년대 들어서 출간된 두 권의 시집 『내무덤, 푸르고』(문학과지성사, 1993), 『연인들』(문학동네, 1999)에서 시인은 80년대적 서정을 그대로 유지하고 있으나 동시에 세계와 자아와의 치열했던 관계가 매우 허무하게 잦아들고 있는 양상을 보인다. 예를 들어 "한없이 외롭다. / 입이 틀어막혔던 시대보다 더 외롭다"(「중구 난방이다」)에서 보이는 뭔가 석연치 않은 허탈감이라든가, "내 영원의 집 쇼 윈도는 / 텅 텅 비어 있다"(「너에게」), "일생토록 점점 더 탱탱하게 불어난 내 빈 몸"(「상경」)에 암시되어 있는 존재의 근원적 허무감이라든가, "나는 내가 써왔던 텍스트를 모두 지워버렸다"(「빈 공책」)라는 진술에서 읽을 수 있는 자기 무효화를 선언하는 표현 등은 세계와 섣불리 화해할 수 없는 의식의 상태를 반영한다. 아울러 최승자는 이제 세계보다는 자신의 존재 자체에 대한 물음을 던지고 있는 듯하다.

    한 여자가 제 삶의
    가로수 길을 다 걸어가
    소실점 바깥으로 사라진다.
    소실점이 지워진다.

                                    「둥그런 거미줄」 부분

  이 시에서 보이는 소멸의 의미는 80년대 시에서 빈번하게 보이던 의사죽음과는 그 의미가 분명 다르다. 이는 인간의 존재방식에 대한 실존적 허무의식을 의미한다. 이제 그의 시에서 자신을 둘러싸고 있는 세계의 비중은 급격히 줄어드는 반면 '나'라는 존재의 무상성에 대한 인식이 부각되고 있음을 볼 수 있다. '한 여자'가 사라지고 '소실점'마저 사라진 공백의 공간을 시인은 뚫어지게 응시하고 있는 것이다. 그리고 무상의 공간 속에서 세계와 역사는 "우수수 무너져내"(「둥그런 거미줄」)린다. 이처럼 허무의 심연에서 뒤척이고 있는 시인의 시적 인식은 그만큼 이 시인의 시가 완숙한 경지에 접어들고 있음을 말해주는 것이라 생각된다. 그런데 그 허무가 시를 쓴다는 행위조차도 덧없는 것으로 몰고 가지 않을까 하는 염려를 불러일으키는 것 또한 사실이다. 그러나 "저 물(物)만이 아닌 심(心)이 보태진 유카 꽃, / 자웅동체의 유카 꽃이"(「유카 나방이」) 된다는 의식처럼 그의 존재 탐구의 문제가 이질적인 것을 하나로 묶는, 즉 삶과 죽음을 한 몸으로 인식함으로써 총체적 인생의 문제를 천착하는 데 이르게 되리라 기대한다.

사랑과 고통의 편력

— 안도현론 —

1. 상상력의 풍요와 빈곤

안도현은 1981년 ≪대구매일신문≫ 신춘문예로 등단한 이후 지금까지(2000) 여섯 권의 시집*을 간행하였다. 이 여섯 권의 시집 속에서 그가 일관되게 보여주고 있는 것은 '사랑'이다. 더 정확히 말해 그의 사랑은 에로틱한 관능적 사랑이나 신을 향한 경건한 사랑이 아니라, 평범한 일상을 살아가는 민중에 대한 사랑이다. 그의 시적 대상이 생활이든 이념이든 혹은 자연이든 이러한 사랑의 지향성은 변함없이 지속된다. 뿐만 아니라 이념과 억압의 시대라 할 수 있는 80년대를 지나 이데올로기 해체기라 할 수 있는 90년대에 이르러서도 안도현의 서정을 관류하는 것은 '사람답게 사는 세상 만들기'와 관련되어 있다. 이와 같은 시정신이 그를 열정적으로 시를 쓰게 하는 원동력이라 할 수 있다.

---

* 『서울로 가는 전봉준』(민음사, 1985), 『모닥불』(창작과비평사, 1989), 『그대에게 가고 싶다』(푸른숲, 1991), 『외롭고 높고 쓸쓸한』(문학동네, 1994), 『그리운 여우』(창작과비평사, 1997), 『바닷가 우체국』(문학동네, 1999).

민중과 시에 대한 열정만큼이나 안도현은 다작의 시인이기도 하다. 시집 외에 동화와 산문집을 포함한다면 결코 과작(寡作)이라 할 수 없는 양적 성과를 거두었다. 그리고 그가 간행한 책들의 판매부수가 말해주듯이 그는 넓은 독자층을 확보하는 데도 성공한 시인이다. 안도현의 시가 넓은 독자층을 형성한 데는 여러 가지 이유가 있겠지만 가장 두드러진 요인은 일상적이고도 향토적인 정서를 친근감 있는 은유나 이미지로 창조해내고 있다는 점과 또 하나는 그의 시에서 자주 발견되는 산문투의 어법이 시의 이해를 용이하게 한다는 점에 있다. 안도현의 시에서 이 둘은 상호보완적인 역할을 하는데, 이를 통해 이 시인은 대중과 시 사이에 진을 치고 있는 시적 언어의 장벽을 무너뜨린다.

이처럼 한 시인의 시가 수많은 독자에게 읽힌다는 것은 한편 고무적인 일이다. 시가 소수 향유계층만을 위한 예술 장르로 고립되어서는 안 된다는 점에서 그러하다. 그러나 양적인 성과가 반드시 질적인 성과와 비례하는 것은 아니다. 또한 잘 팔리는 시가 작품의 위대성을 말해주는 척도는 더더욱 아니다. 박목월 시인이 예전에 자신이 추천한 신진 시인들에게 일 년에 세 편 이상 시를 발표하지 못하도록 한 뜻은 양보다 질을 견지하도록 하는 일침이었을 것이다. 안도현의 여섯 권의 시집에 나타난 시의 궤적을 탐색해보면 질적인 측면에서 각기 상당한 편차를 보이고 있다. 그의 시가 담고 있는 주제의식은 여전히 아름답지만 간혹 시가 너무 쉽게 쓰인다는, 혹은 동일한 것을 지루하게 반복하고 있다는 인상을 저버릴 수 없다. 때로 거친 산문투의 문장으로 설명과 진술을 반복함으로써 시적 긴장과 미감을 해치고 있는 경우도 자주 발견된다. 그런 의미에서 이 글은 안도현의 서정적 기반을 다시 묻는 데 그 뜻을 둔다.

2. 생활의 고통을 감싸안는 은유와 알레고리

안도현 시에서 느껴지는 친근감은 소박한 생활과 그 생활 속에서
벌어지는 구체적인 상황을 따뜻한 정서로 그려내는 데 있다. 그의 시
에는 경험세계가 그대로 시의 상상력을 형성하는 주요 인자가 되고
있는데, 농민의 아들, 군인, 교사, 남편, 해직 교사 등으로 변화해 가
는 삶의 과정을 안도현만큼 뚜렷이 자신의 시에 드러내는 시인도 드
물 것이다. 관념이나 이념보다는 이처럼 생활과 체험이 바탕이 될 때
그의 시는 가장 빛을 발한다. 그의 많은 시편들 가운데 「유민(流民)」
「빈논」「1960년대」「여름방학」「이리중학교」「폭풍우를 기다리며」
와 같이 생활의 구체적인 상황을 재현하고 있는 작품들은 잔잔한 감
동과 울림을 주고 있다는 점에서 비교적 작품의 긴장과 미감을 얻는
데 성공한 것으로 보인다.

그의 시에는 아버지의 농업과 목조건물 삐걱이는 풍산초등학교가
있으며, 청무를 씹으며 소주잔을 주고받던 친구들과 가난의 흔적들
을 말해주는 '밥'과 누추한 '집'이 있다. 그리고 예천, 홍천, 군산 등지
로 거처를 옮겨 살면서 갖게 되는 고향에 대한 향수가 슬픔으로 배
어 있다. 안도현은 이와 같은 생활 체험을 자연스럽고도 친근한 은유
적 상상력 속에 용해시킴으로써 그의 시에 미적 질감을 부여한다.

　　어머니의 고추밭에 나가면

연한 손에 매운 물 든다 저리 가 있거라
나는 비탈진 황토밭 근방에서
맴맴 고추잠자리였다
어머니 어깨 위에 내리는
글썽거리는 햇살이었다
아들 넷만 나란히 보기 좋게 키워내셨으니
진무른 벌레 먹은 구멍 뚫린 고추 보고
누가 도현네 올 고추 농사 잘 안 되었네요 해도
가을에 가 봐야 알지요 하시는
우리 어머니를 위하여
나는 빨리 어른이 되고 싶었다

「고추밭」 전문

  고추밭을 일구는 어머니의 모습은 평범하기 그지없는 생활상이다.
그런데 시인이 이러한 일상의 장면을 시적으로 만들 수 있는 것은
고추밭의 풍경과 어우러질 수 있는 자연물을 은유적 수사로 끌어들
이고 있기 때문이다. '나는 비탈진 황토밭 근방에서 / 맴맴 고추잠자
리였다'나 '어머니 어깨 위에 내리는 / 글썽거리는 햇살이었다'에서
보이는 시적 자아를 비유하고 있는 고추잠자리와 햇살은 지극히 자
연스러우면서도 진부하지 않은 느낌을 준다. 특히 '햇살'을 수식하고
있는 '글썽거리는'은 '눈물'이라는 또 하나의 매재(vehicle)를 생성해
냄으로써 '나'와 '어머니'의 관계를 더욱 긴밀하게 드러내고 있다. 고
추잠자리와 햇살이 환기하는 맑고 여린 이미지는 '나는 빨리 어른이
되고 싶었다'라는 이 시의 마지막 구절과 맞물리면서 따뜻한 감동을
자아낸다. 이처럼 은유로써 시의 맥락을 구체화하고 있는 예들을 일
별해 보면 다음과 같다.

·멀고 험한 저승길이거든 아버지 / 눈발로 훌쩍 뛰어내려 이세상에 오셔요

　　　　　　　　　　　　　　　　　　　　「눈 오는 날」

·이 고장 아이들 가뭄 배꼽에 때끼듯 / 논배미에 조심조심 드러눕는 / 살얼음아

　　　　　　　　　　　　　　　　　　　「허수아비가 되어」

·새로 찧은 쌀가마를 빈 곳간에 져다 부리듯 / 공중으로. 들창만한 방패연을 냅다 던지면

　　　　　　　　　　　　　　　　　　　　　「연날리기」

·하늘은 또, 몇 광주리씩 바람을 퍼올리는 것을.

　　　　　　　　　　　　　　　　　　　　　「연날리기」

·살림을 들여다보는 하늘의 눈을 가리려고 / 쑥스러운 손끝으로 커텐을 치는 / 젊은 아내여

　　　　　　　　　　　　　　　　　　　　　「신혼일기」

·다시 환약 같은 새떼를 띄우자 / 저것 봐 악 쓰며 뜨는 우리 해 맑다
　　　　　　　　　　　　　　　　　　「가자 — 고운기에게」

·햇빛 같은 못을 각목에 박으시더니 / 여기가 우리가 살아갈 집이란다

　　　　　　　　　　　　　　　　　　　「울타리에 대하여」

·우리 어린 종아리에 감기던 아버지 싸리나무 푸른 매 / 강물도 하회(河回) 부근에서 들판의 종아리를 때리며 가는구나

　　　　　　　　　　　　　　　　　　　「다시 낙동강(洛東江)」

· 어릴 적 고향집 뒷방 같은 어둠

「만경강 노을」

· 참꽃 같이 맑은 잇몸으로 기다리는 우리 아이들

「봄 편지」

· 마당귀에 두엄더미 뜨겁게 속이 썩어 쿨럭쿨럭 기침하는 소리

「낫」

· 큰 우표처럼 하늘이 유리창에 붙어 있었습니다

「폭풍우를 기다리며」

  은유는 상호 이질적인 세계를 한 몸으로 뒤섞어 놓음으로써 좀더 복잡한 인식의 두께를 드러내는 언어표현방식이다. 안도현의 시에서 자연(사물)과 인간 혹은 자연과 생활은 서로 분리되어 있는 것이 아니라, 은유적 상상력에 의해 하나로 연결됨으로써 인간 삶의 구체적 감각과 정황을 되살려내는 데 기여한다. 특히 위에 제시한 표현들은 안도현 시의 언어 조직을 밀도 있게 만들어주는 뛰어난 구절들이라 할 수 있다.

  아버지─ 눈, 살얼음─ 배꼽의 때, 하늘─ 눈, 방패연─ 쌀가마(들창), 바람─ 광주리, 새떼─ 환약, 해─ 악(환호성), 못─ 햇빛, 강줄기─ 푸른 매, 어둠─ 고향집 뒷방, 잇몸─ 참꽃, 두엄더미─ 기침, 하늘─ 우표에서 보이는 은유적 결합은 자연과 사물을 인간의 삶 쪽으로 동화시킴으로써, 또는 그 반대로 자연 쪽으로 인간의 삶을 투사시킴으로써 가난하고 고단한 생활을 어루만지고 있는 시인의 지향성을 분명히 나타내고 있다. 예를 들면 살얼음과 굶주림을 의미하

는 배꼽의 때와의 결합이라든가, 방패연과 풍성함을 함의하는 쌀가마의 결합, 못과 행복한 집의 이미지를 감각케 하는 햇빛과의 결합, 두엄더미와 고통스러운 육체의 형상인 기침과의 결합 등은 모두가 가난한 민중의 생활상을 암시해 준다. 이처럼 안도현의 은유들은 낯설거나 당돌한 것들을 충돌시켜 독자에게 충격적 인상을 남기기보다는 서로 자연스럽게 어울릴 수 있는 것들을 결합시켜 생활에 대한 친밀감을 증폭시키는 특징을 갖는다. 따라서 이와 같은 은유적 상상력은 그가 자주 사용하고 있는 서간체와 더불어 독자의 공감을 쉽게 이끌어내는 언어적 형식이라 할 수 있다.

삶의 둘레를 따뜻한 시선으로 품는 안도현의 은유적 상상력은 그의 네 번째 시집 『외롭고 높고 쓸쓸한』에 이르면 알레고리적 상상력으로 바뀌게 된다. 「너에게 묻는다」, 「반쯤 깨진 연탄」, 「시내버스가 간다」, 「낡은 자전거」, 「우물」 등이 대표적인 예이다. 은유가 취의 (tenor)와 매재(vehicle)의 동일화를 통해 새롭게 인식을 확장해 가는 방법이라면, 알레고리는 취의와 매재의 결합을 통해 시인이 절대적이라고 믿는 철학적 진실이나 진리를 깨우쳐주기 위한 것으로, 인식의 확장법이라기보다는 절대적 진리에 우리의 인식을 붙들어 놓는 방법이다. 따라서 알레고리는 애매성이나 다의성보다는 단일 세계의 명징함을 지향한다.

또 다른 말도 많고 많지만
삶이란
나 아닌 그 누구에게
기꺼이 연탄 한 장 되는 것

방구들 선들선들해지는 날부터 이듬해 봄까지
조선팔도 거리에서 제일 아름다운 것은
연탄차가 부릉부릉
힘쓰며 언덕길 오르는 거라네
해야 할 일이 무엇인가를 알고 있다는 듯이
연탄은, 일단 제 몸에 불이 옮겨 붙었다 하면
하염없이 뜨거워지는 것
매일 따스한 밥과 국물 퍼먹으면서도 몰랐네
온 몸으로 사랑하고 나면
한 덩이 재로 쓸쓸하게 남는 게 두려워
여태껏 나는 그 누구에게 연탄 한 장도 되지 못하였네
「연탄 한 장」 부분

　시인은 삶을 다른 사람에게 연탄 한 장이 되는 것이라고 정의한다.
'연탄'은 서민들의 생활과 직결되어 있는 사물로서 낭만적 혹은 광기
적 불의 이미지와는 다른 속성을 갖는다. 연탄은 방을 따뜻하게 하고
밥과 국을 만들어내는 실용적 불이다. 이때 연탄의 의인화는 타인에
대한 사랑과 희생이라는 삶의 진실을 내포한다. 즉 시인은 연탄처럼
'온 몸으로 사랑하고 나면 / 한 덩이 재로 쓸쓸하게 남는' 희생의 불
이 되는 것이 진실한 삶의 태도임을 말하고 있는 것이다. 이와 같은
삶의 태도 이면에는 고통스러운 시대적 삶을 함께 공유하고자 하는
리얼리스트로서의 모럴이 담겨 있다.
　이처럼 은유보다는 알레고리 쪽으로 기울고 있음은 역사나 사회에
대한 시인의 의식이 그만큼 분명해지고 있음을 뜻한다. 따라서 시집
『외롭고 높고 쓸쓸한』에 실려 있는 작품들은 현실이 지향하는 확고

한 방향을 일관된 의지와 신념을 바탕으로 드러내고 있다. 예를 들어 "누군가 목이 말라서 / 빈 두레박이 천천히 내려올 때 / 서로 살을 뚝뚝 떼어 거기에 넘치도록 담아주면 된다"(「우물」)라든가, "자전거 야 / 자전거야 / 왼쪽과 오른쪽으로 세상을 나누며 / 명쾌하게 달리 던 시절을 원망만 해서 쓰겠느냐"(「낡은 자전거」)에서 표현되고 있 는 알레고리를 통해서 소외된 자들에 대한 사랑과 삶을 화해로 이끌 어 가고자 하는 소망을 읽을 수 있다. 그렇기 때문에 이 시집의 언어 들은 시의 미학보다는 메시지 전달에 기여하고 있다. 여기서 안도현 이 보여주고 있는 공동체적 삶의 지향은 타자에 대한 희생적 사랑의 가치를 일깨워준다는 점에서 값진 것이지만, 그것이 단조로운 인상 을 주는 것 또한 사실이다.

3. 현실 참여를 일깨우는 시적 리듬과 산문적 진술

안도현을 민중시인이라 명명하는 데는 그의 시가 가난한 농민과 소시민들의 삶을 대변하고 있기 때문만은 아니다. 한국 근현대사에 대한 비판의식과 통일에 대한 의지를 담고 있는 시들을 살펴보면 안 도현의 시에는 강한 현실참여의 목소리가 내재해 있다. 그의 첫시집 에 실린 시들이 1980년부터 쓰인 것이라는 점을 감안해 본다면 안도 현은 군부독재와 살벌한 정치이념의 시대를 피부로 호흡했던 시인이 라 할 수 있다. 시인은 "우리가 살아나온 80년대까지 역사는 / 춥고 어두운 공터로 엎드려 있다"(「이리역 굴다리」)고 말한다.

그런데 그의 시의 주제는 현 정치의 부조리나 억압의 양상에 초점

이 맞추어져 있기보다는 외세에 유린된 역사 쪽으로 관심이 기울어
져 있다. 예를 들어 "척왜척화 척왜척화 물결소리에 / 귀를 기울이
라"(「서울로 가는 전봉준(全琫準)」), "식민지의 바다"(「군산행 1」),
"썩을 년, 미국 가고 싶은 내 누이여 / 저 폭설의 바다를 보아라 / 드
디어 통일된 우리 조국 아니야"(「군산행 1」), "제국주의 물러갈 때 /
40년 전 챙기지 못해 남긴 게다짝 / 게다짝 같은 꽃 벚꽃 구경 가야
겠다"(「군산행 2」)에서 알 수 있듯이 안도현의 현실 인식은 외세와
제국주의에 짓밟힌 우리의 역사에 대한 인식과 맞물려 있다. 따라서
그는 독재정치의 억압보다 제국주의에 의해 갈라진 민족의 통일을
더 중요한 당면과제로 인식한다. 「부여기행(紀行)」「강원도 땅」「기
러기야 발해 가자」「행군(行軍)」「산맥노래」「밥·1」「백두산 가는
길」 등은 한결같이 민족의 화합을 염원한 시들이다.

눈이 내린다
조선 사내들의 털 없는 가슴팍에 눈이 내린다
남북 계집들의 맑은 눈망울 속에 바라다보는 산하에
어화 둥둥 내 사랑아 우리나라 지도 위에
쏟아지는 눈발이야

「기쁜 지도(地圖)」 부분

남북 남북
남북새가
남북 남북 하고
운다
내 밥 먹을 때

너희 잠 잘 때
까마득히
까마득히 왜 잊어버리느냐고
말도 안 된다고
두 개의 하늘
조선에 앉을 둥지 없어
남북새가 운다

「벽시·2 — 남북새」부분

　통일을 염원하는 시에서 두드러지는 특징은 비유나 선명한 이미지
보다는 반복적인 리듬에 있다. 리듬은 동일한 소리를 규칙적으로 반
복할 때 생성되며, 이는 시의 맥락에 연속성과 통일성을 부여하는 시
미학의 기본원리 가운데 하나이다. 「기쁜 지도(地圖)」 전문을 보면
'~눈이 내린다'라는 표현이 여섯 번 반복되고 있는데 이러한 반복적
음상은 에즈라 파운드(Ezra Pound)의 말처럼 의미를 앞질러 독자의
정서를 사로잡는 효과를 갖는다. 독자는 '눈'의 시각적 이미지를 청각
적 이미지로 바꿈으로써 정물적 풍경이 아닌 '눈'의 운동성을 감각하
게 된다. 이러한 운동감각은 '우리 나라 지도'를 온통 하나의 빛깔로
뒤덮어 가는 색의 퍼짐을 감지하게 만든다. 그것이 바로 시인의 보이
지 않는 염원을 드러내고 있는 것이다.
　「벽시·2 — 남북새」는 동요 「오빠생각」에 담겨 있는 소재와 구슬
픈 가락, 정서를 패러디함으로써 보다 친근하게 시인의 지향을 전달
하고 있는 예이다. 시인은 이미 잘 알려진 가락을 통해서 "두 개의
하늘 / 조선에 앉을 둥지 / 없어 / 남북새가 운다"라는 분단 현실의
비극을 논리가 아닌 정서로서 독자에게 호소하고 있다. 「부여기행

(紀行)」「산맥노래」「밥・1」「행군(行軍)」 등에서 보이는 적절한 구
어체의 활용, '구나' '거라' 등 동일한 종결어미의 반복, '가리' '가자'
'보자' '되자' 등 명령적 종결어의 반복도 모두 안도현 시의 율동미를
창조해내고 있는 요소들이다. 그러나 안도현의 시에서 반복적 리듬
감을 살리고 있는 시들이 모두 이와 같은 시적 효과를 거두고 있는
것은 아니다.

총이여
대포여
미사일이여
분단 40년 겁없이 커졌구나
갈보 구멍들이여 헛짓이구나
네 구멍 속으로 다시는
눈 맑은 조선 사내 불러들이지 말라
이 하늘 이 산하 빨아들이지 말라
압록 두만 강 건너 태평양 너머
물러가라 물러가라
처녀들이 운다 들창에 귀를 달고
의주에서 마산에서 새 신랑 기다리며
밤새껏 운다 우리나라
안된다고, 총밥은
안된다고, 대포밥은
안된다고, 흑흑, 미사일밥은

「벽시3」 전문

'~여' '~구나' '~지 말라' '물러가라' '안된다고' 등의 반복이 시의

문맥에 리듬감을 만들고 있음에도 불구하고 분노감과 격앙된 목소리로 가득한 이 시는 엄밀한 의미에서 시라기보다는 구호에 가깝다. 절제력을 잃은 과도한 감정의 폭발이 공감보다는 부담을 줄 수 있다는 면에서 이 시는 실패작이라 할 수 있다. 처녀와 새신랑의 혼례 모티브 또한 신동엽의 「껍데기는 가라」에서처럼 참신한 느낌을 주지 못하고 오히려 상투적 인상을 남기고 있다. 그것은 총, 대포, 미사일 등의 진부한 환유가 상징적 울림을 주지 못하기 때문이기도 하다.

　이처럼 시적 리듬을 통해 통일 염원을 담고 있는 시의 기저에는 공동체의식이라는 군건한 기반이 형성되어 있는데 그런 의미에서 그가 두 번째 시집『모닥불』에서 "우리나라 모닥불 근처에는 / 사람이 있다 // 살아서 / 모여 있다 / 등짝은 외롭고 캄캄해도 / 그 가슴이 화끈거리는"(「벽시 5」)이라고 노래하며 시인 백석이 보여주었던 민족공동체의 정서를 자신의 시에 수용하고 있는 것은 매우 자연스러운 일이다. 그러나 공동체지향적 민족의식은 그의 가족을 중심으로 전개되는 생활시와는 그 연계성이 매우 약하다. 즉 「고추밭」 「낙동강(洛東江)」 「신혼일기」 「유민(流民)」 「1960년대」 등 실제의 삶을 포착하고 있는 체험적 시는 가난이나 정겨움, 쓸쓸함 등 주로 개인적 서정에 몰입되어 있을 뿐 통일 열망의 필연성이나 체제비판적 태도가 치열하게 용해되어 있지 않다. 특히 그의 첫 시집『서울로 가는 전봉준(全琫準)』의 시세계는 두 개의 맥락으로 분리되어 있으며, 그 사이가 채워져야 할 공백으로 남아있다. 생활과 이념 사이에 벌어져 있는 공백만큼이나 자칫하면 그의 현실참여적 시들은 미적 성취도를 따지기 이전에 비약적으로 추상화된, 혹은 공허한 느낌을 줄 수 있는 위험을 내포한다. 예를 들어 "만세 만세 / 친구여 어서 밖으로 나가 /

만세 부르자 / 너와 나는 같은 핏줄을 타고 와 여기서 / 만났군 대한
독립 만세"(「강의실 밖에 내리는 눈」)나 "이마를 때리는 눈발이여, /
우리 언제나 가리 / 불과 수 백리 밖에서 잠든 고구려(高句麗) 나라
로"(「부여기행(紀行)」)와 같은 시에서 보이는 환희와 열망이 생활의
터전으로부터 우러나오는 필연적 갈망과 깊이 혼융될 때 그의 통일
염원은 보다 절박한 느낌으로 전달될 수 있을 것이다.

『모닥불』에 실려 있는 「어린 조국」 「교실에서」 「운동장에서」 등은
이러한 논리를 역으로 뒷받침해주는 시들이다. 실제 교사 체험을 바
탕으로 한 이 시들은 시인의 민족애와 현실의식을 현장감 있게 전달
하고 있는 작품들이다.

> 너는 아, 대한민국이었다
> 나는 어린 조국을 때리고 있었다
> 피멍이 새 살로 살아날 때까지
> 나의 매를 멈출 수 없구나
>
> 「어린 조국」 부분

> 아버지는 왜 아들에게 눈물로 올까
> 나라와 역사의 색칠할 수 없는 일들이
> 한국의 노오란 교실에 가득하다 축소된 사진처럼
> 나도 빈한한 농민의 아들 나도 스포츠형 머리로 엎드려 운다
>
> 「교실에서」 부분

> 이 세상에 해방이 어디 따로 없음을 알겠다
> 너희 달음박질 너희 곤두박질 너희 몸부림이

엉키고 뒹굴고 때려주고 매맞는
그리하여 끝까지 싱싱한 해방임을 알겠다

「운동장에서」 부분

　이들 시에서는 교실과 아이들, 선생이라는 시적 자아의 신분 등이
매우 구체적 상황을 만들어냄과 동시에 그 상황과 자연스럽게 연결
될 수 있는 사건들이 시인의 지향성을 드러내는 데 중요한 역할을
담당하고 있다. 그렇기 때문에 매질하는 선생의 고통과 눈물겨운 역
사를 가르치다 엎드려 우는 선생의 모습, 그리고 '저 아름다운 폭도'
인 아이들의 모습에서 희망을 읽는 선생의 시선은 리얼리티로 다가
온다. 이처럼 안도현의 시는 실제 삶의 생생함과 시인의 상상력이 함
께 조화를 이룰 때 큰 감동을 준다.
　생활과 이념이 긴밀하게 조화를 이루게 되는 것은 안도현이 해직
교사가 되었을 때 씌인 시집 『외롭고 높고 쓸쓸한』에 이르러서이다.
이때 무엇보다 강조되고 있는 것은 준엄한 자기 성찰의식이다. 「튀
밥에 대하여」 「모악산을 오르며」 「나의 경제」 「옷」 「이 늦은 참회를
너는 아는지」 「이 세상에 소풍와서」 「풀베기」 등 다수의 시편에서
이러한 시인의 태도를 발견할 수 있는데, 현실을 객관적으로 판단하
기 위해 우선 자기 자신을 비판의 대상으로 삼는다는 것은 리얼리스
트가 지녀야 할 가장 참된 모습일 것이다.

　　나의 경제야, 나는 내가 자꾸 무서워지는구나
　　사내가 주머니에 돈 떨어지면 좁쌀처럼 자잘해진다고
　　어떻게든 돈 벌 궁리나 좀 해 보라고 어머니는 말씀하시지만
　　그까짓 돈 몇 푼 때문에 친구한테도 증오를 들이대려는

나 자신이 사실은 더 걱정이구나 이러다 정말
　　작아지고 작아지고 작아져서 한 마리 딱정벌레나 되지 않을지
　　나는 요즘 그게 제일 걱정이구나

　　　　　　　　　　　　　　　　　　　　　　「나의 경제」 부분

　전교조에서 나오는 생계보조비로 겨우 생활을 꾸려나가던 시절의
고통을 드러내고 있는 이 시에서 우리는 김수영의 「어느날 고궁(古
宮)을 나오면서」에서 "바람아 먼지야 나는 얼마큼 적으냐"고 스스로
에게 분노했던 바로 그 소시민의 반성적 자아와 다시 만나게 된다.
비판적 의식이 아니라 실천적 삶이 생활로 자리하게 되는 이 시기에
자기 검열의식이 강해질 수밖에 없는 것은 그것이 곧 자신의 생존과
밀착되어 있는 문제임을 체험을 통해서 깨닫고 있기 때문이다.
　「나의 경제」에서 볼 수 있듯이 이 시집에서는 진술적인 산문체가
두드러지게 나타난다. "너는 비록 지쳤으나 / 승리하지 못했으나 그
러나, 지지는 않았지"(「모항으로 가는 길」), "열받을 일이 있어도 요
즘 사람들은 잘 열받지 않는다 / 열받아도 열받은 표를 내려고 하지
않는다 / 요즘은 그것이 또한 나를 무진장 열받게 하는 것이다"(「나
를 열받게 하는 것들」), "기어이, 버티는 것은 / 자기자신을 위해서가
아니라 / 버티는 것을 / 꼼지락꼼지락 잎을 내밀기 시작하는 어린 나
무들에게/보여주어야 하기 때문이다"(「나무」)와 같이 단호하고도 의
지적인 문장으로써 시인은 자신의 고뇌를 직설적으로 드러내고 있
다. 이와 같은 산문적 힘이 시집 『외롭고 높고 쓸쓸한』의 무게와 진
정성을 담보해내고 있는 것이다.

4. 비판의식을 무화시키는
연가(戀歌)풍의 분위기와 언어의 상투성

안도현의 민족애와 현실비판 의식은 그의 세 번째 시집 『그대에게 가고 싶다』에 이르면 연가풍의 감상적 태도 속에 희석된다. 연가풍의 서정성은 부드러움과 애절함을 간직하고 있다는 점에서 독자의 감정을 쉽게 자극할 수 있는 효과를 갖는다. 그런 의미에서 이 시집에서 보이는 엷은 감상성은 이전의 『서울로 가는 전봉준(全琫準)』이나 『모닥불』에서 보았던 생활시의 고뇌나 현실참여의 치열한 의식과는 차이를 갖는다. 다감한 어조 속에 담겨 있는 그리움의 정서가 주조를 이루면서 독자를 애잔함에 젖게 하는 것이 이 시집의 전반적인 특징이다.

> 그대
> 사랑이란 어찌 우리 둘만의 사랑이겠는지요
> 그대가 바라보는 강물이
> 구월 들판을 금빛으로 만들고 가듯이
> 사람이 사는 마을에서
> 사람과 더불어 몸을 부비며
> 우리도 모르는 남에게 남겨줄
> 그 무엇이 되어야 하는 것을
>
> 「구월이 오면」 부분

위에 인용한 시의 의미를 살펴보면 그대와 나의 사랑으로 '사람이 사는 마을'을 만들어 가자는 미래의 소망을 담고 있다. 그러기 위해 안도현의 시적 자아는 그대와 떨어져 있는 심리적 거리를 그리움으로 채운다. '그대'와 '내'가 도달하고자 하는 '사람이 사는 마을'은 다른 시에서 '찬란한 한 세상' '찬란한 날' 등으로 표현되기도 하는데 이는 '이 세상'이 아닌 새로운 세상에 대한 기대와 갈망을 나타낸다. 그런 의미에서 이 시는 현실에 대한 부정의식을 배면에 깔고 있다. 그러나 현실에 대한 부정의식은 시의 표면에 드러난 부드러운 어조에 가려져 있다.『그대에게 가고 싶다』에 실려 있는 대부분의 시편들은 이와 같은 내용을 반복함으로써 시의 주제를 도식화하고 있다. 연시풍의 분위기 때문에 많은 독자의 사랑을 받았음에도 불구하고 이 시집이 내포하고 있는 정서와 시적 상상력은 많은 비판적 물음들을 낳게 한다.

우선 이 시집에서 반복적으로 사용되고 있는 '눈'의 이미지는 안도현의 첫 시집『서울로 가는 전봉준(全琫準)』에서도 시의 의미와 분위기를 만들어내는 데 지대한 역할을 했던 시각적 장치이다. 「부여 기행(紀行)」을 보면 "대체 어느 후레자식의 후예들이냐고 / 이마를 때리는 눈발이여"라는 구절에서 '눈'은 반성적 자아를 일깨워주는 매개물의 기능을 하고 있으며, 「들불」의 "뼈 붙은 데마다 신경통이 오는구나 / 이 흉흉한 땅 눈발로 쑤시는구나"라는 구절에서 '눈'은 민중의 아픔을 드러내는 비유적 이미지로 사용되고 있다. 또한 「기쁜 지도(地圖)」에서 '눈'은 남과 북을 하나로 덮어주는 화합의 의미로 암시된다. 그러나 「눈 오는 날」「22시(時) 바다」「산역(山驛)」「초소에서」「전야(前夜)」「눈」「신혼일기」「화투놀이」 등의 시에서 알 수 있듯이 안도현의 '눈'은 대부분 쓸쓸함, 따뜻함, 정겨움의 정서를 만들어내는 데 기여한다. 시집『그대에게 가고 싶다』에서도 '눈'은 주로 시적 분위기를 창출해내는 데 효과적으로 사용됨과 동시에 '나'와

'그대'의 화합을 시각화하는 이미지 역할을 한다.

　　그대 보고 싶은 마음 때문에
　　밤새 퍼부어대던 눈발이 그치고
　　오늘은 하늘도 맨처음인 듯 열리는 날
　　　　　　　　　　　　　　　　「그대에게 가고 싶다」 부분

　　사람이 사는 마을
　　가장 낮은 곳으로
　　따뜻한 함박눈이 되어 내리자
　　　　　　　　　　　　　　　　「우리가 눈발이라며」 부분

　이처럼 '눈' 이미지의 되풀이 현상은 예전의 시집에서와 비슷하게 나타나지만 그렇기 때문에 오히려 신선한 느낌을 주지 못한다. 상상력을 지루하게 도식화시키고 있다는 느낌이 지배적이다. 이는 예전 시의 맥락이 삶의 구체성 속에서 발현된 진지한 고뇌를 담고 있는 데 비해 이 시집의 맥락은 단일한 정서 속에 의미를 고정화, 혹은 단순화시키고 있기 때문이다. 이와 같은 현상은 이전에 보여주었던 은유를 동일하게 반복 사용하고 있는 데에서도 발견된다.

　① 봄이 올 때까지 저 들에 쌓인 눈이 / 우리를 덮어줄 따뜻한 이불이라는 것도 / 나는 잊지 않으리
　　　　　　　　　　　　　　　　「그대에게 가고 싶다」

　② 오늘도 눈이 펑펑 쏟아진다 / 흰 살 냄새가 난다
　　　　　　　　　　　　　　　　「눈 오는 날」

③ 그대 올 때는 / 천지사방 가슴 벅찬 / 폭설로 오십시오

「겨울 숲에서」

④ 우리가 강물이 되어 흐를 수 없다면 / 이 못된 세상을 후려치고
가는 / 회초리가 되지 못한다면

「강」

①에서의 눈과 이불의 결합은 「청진 여자」에서 "꿈의 벌레 같은
눈송이들이/이부자리를 따뜻하게 적시는 밤"과 동일한 발상을 드러
내고 있으며, 이는 시 ①보다 나중에 쓴 「겨울 밤에 시쓰기」에서 "낮
은 곳으로 자꾸 제 몸을 들이미는 눈발이 / 오늘밤 내 사랑하는 사람
들에게 이불이 되었으면"이라는 표현을 통해 또 다시 반복된다. ②에
서의 눈과 살 냄새의 결합은 「초소에서」의 "그저께야 떠나 간 제대
병들의 얼룩 무늬 입김이 / 흰 꽃 눈송이로 뚝뚝 떨어지고 있구나"와
③에서의 님과 폭설의 결합은 「눈 오는 날」의 "멀고 험한 저승길이
거든 아버지 / 눈발로 훌쩍 뛰어내려 이 세상에 오셔요"와, ④의 강
물과 회초리의 결합은 「다시 낙동강(洛東江)」에서 "우리 어린 종아
리에 감기던 아버지 싸리나무 푸른 매 / 강물도 하회(河回) 부근에서
들판의 종아리를 때리며 가는구나"와 그 발상이 다를 바 없다. 이처
럼 시인은 이 시집에서 예전에 사용했던 비유들을 재활용하고 있는
것이다. 이는 시인의 상상력이 더 풍성한 세계로 나아가지 못한 채
정체해 있음을 증명해준다. 다시 말하면 상상력의 고갈, 상상력의 빈
곤이 아니겠는가.

이와 같은 빈약한 상상력을 희석시키는 것이 바로 연가풍의 부드
러움과 달콤함의 정서이다. 그러나 이 부드러움과 달콤함을 이끌고
있는 문장에서 서정적 분위기 창출에 긴요하게 쓰일 수 있는 눈, 강,

별 등의 이미지를 제거하면 이 시집의 문장들은 지극히 상투적이고 산문적인 성격을 갖고 있다.

· 분홍지우개로 / 그대에게 쓴 편지를 지웁니다 / 설레이다 써버린 사랑한다는 말을 / 조금씩 조금씩 지워나갑니다

「분홍지우개」

· 사랑이란 / 또 다른 길을 찾아 두리번거리지 않고 / 그리고 혼자 서는 가지 않는 것

「그대에게 가고 싶다」

· 오직 한 사람을 사무치게 사랑한다는 것은 / 이 세상 전체를 / 비로소 받아들이는 것입니다

「사랑한다는 것」

· 내 가진 부끄러움도 슬픔도 / 그대를 위한 일이라면 / 모두 보여 드리고 싶습니다

「그대를 위하여」

· 스스럼없이 준다는 것 / 그것은 / 빼앗는 것보다 괴롭고 힘든 일입니다

「준다는 것」

· 부끄러운 것은 가려주고 / 더러운 것은 덮어주며

「그대에게」

· 내가 이 밤에 강물처럼 몸을 뒤척이는 것은 / 그대도 괴로워 잠을 못 이루고 있다는 뜻이겠지요.

「사랑은 싸우는 것」

위의 문장은 상투적일 뿐만 아니라 피상적이다. 때로 유치하다. 그리고 진술적이다. 이와 같은 형식적 결함은 안도현의 여섯 번째 시집 『바닷가 우체국』에 실린 「가을, 매미 생각」 「강과 연어와 물푸레나무의 관계」 「겨울 편지」 「양철 지붕에 대하여」에서도 간혹 발견된다. 위에서와 같이 안도현은 눈에 띄게 의존명사 '것'을 반복 사용하는데 '것'은 폐쇄음 'ㅅ'으로 문장의 음악적 흐름을 거칠게 할 뿐 아니라 문장 자체를 논리적 형태로 만든다. 이 시집에서 위에 인용한 문장 외에도 산문성이 강하게 노출된 문장들을 자주 접할 수 있는데 예를 들면 '~하기 때문에 ~하다' 혹은 '그대가 ~하다면 나는 ~이 되고 싶다'의 인과론에 의해 결합된 문장이나 '~란~이다'의 지정 방식으로 이루어진 문장, '~하여 ~하지 말라', 혹은 '~위해 해야 할 일은 ~이다'의 발화 주체의 교조적 태도를 드러내는 문장이 그것이다. 이들은 모두 의미의 논리성을 지향하는 산문투의 문장을 보여준다. 이러한 산문적 문맥은 시의 의미망을 이해하는 데 도움을 줄 수 있을지 몰라도 본질적으로는 비시적이라 할 수 있다.

상상력의 빈곤과 문장구조의 산문성 이외에 시집 『그대에게 가고 싶다』는 독자의 현실 비판의식을 적당한 감상으로 대체시키고 있다는 혐의를 벗기 어렵다. 시적 화자의 달콤한 어조는 현실의 수많은 모순과 부조리를 가려버림으로써 독자의 비판감각을 둔화시킨다. 또한 그가 보여주고 있는 미래의 희망은 피상적이며 자칫하면 섣부른 낙관으로 읽힐 수 있다. 이는 이 시집에 실린 시들에서 치열한 의식을 리얼하게 체험할 수 없기 때문이기도 하다. 그런 의미에서 이 시집에서 보여주고 있는 연시풍의 시들은 형식적으로 뿐만 아니라 메시지를 전달하는 데도 실패한 것으로 보인다. 이 시집은 안도현의 두 번째 시집『모닥불』이 출간된 지 이 년도 안 되어 출판되었다. 시집을 엮는 데 물리적 시간의 양이 절대적인 것은 아니지만 이 시집에 실려 있는 시들이 너무 쉽게 쓰였다는 느낌을 저버릴 수 없다.

5. 만물 교감의 서정과 이미지의 선명성

해직생활에서 벗어나 장수 선서고등학교에 재직하면서 안도현의 시는 한 차례의 변화를 보인다. 그는 이곳에서 생활하면서 농촌도 도시도 아닌, 자연과 깊이 교감한다. 물론 그의 시에는 여전히 그의 시를 주도해왔던 현실의식이 깊이 뿌리내리고 있는 것 또한 사실이다. 그러나 이 시기에 압도적으로 드러나고 있는 것은 자연이며, 자연도 그냥 하나의 개체로서의 자연이 아니라 주체(시적 화자)와 함께 화음하며 얽혀 있는 그런 자연이다. 이와 같은 자연에 대한 관점은 언제나 타자와 자신을 하나로 잇고자 했던 이전의 지향의식과 무관하지 않다. 안도현의『그리운 여우』는 이처럼 만물 교감의 서정을 통해서 그의 시가 간직한 물기와 상상력의 아름다움을 유감없이 드러내고 있는 그의 다섯 번째 시집이다.

> 어린 눈발들이, 다른 데도 아니고
> 강물 속으로 뛰어내리는 것이
> 그리하여 형체도 없이 녹아 사라지는 것이
> 강은,
> 안타까웠던 것이다
> 그래서 눈발이 물위에 닿기 전에

몸을 바꿔 흐르려고
이리저리 자꾸 뒤척였는데
그때마다 세찬 강물소리가 났던 것이다
그런 줄도 모르고
계속 철없이 철없이 눈은 내려,
강은,
어젯밤부터
눈을 제 몸으로 받으려고
강의 가장자리부터 살얼음을 깔기 시작한 것이었다

「겨울 강가에서」 전문

봄비는
왕벚나무 가지에 자꾸 입을 갖다댄다
왕벚나무 가지 속에 숨은
꽃망울을 빨아내려고

「봄비」 전문

위에 인용한 두 편의 시가 시집 『그대에게 가고 싶다』에 나오는
모든 연가(戀歌)를 합친 것보다 훨씬 구체적으로 사랑의 감정을 형
상화하고 있다는 생각이 든다. 이들 시에는 피상성이나 추상성이 전
혀 발견되지 않는다. '눈발'의 형체를 온전히 받으려고 몸을 뒤척이다
가 급기야는 자신의 몸을 얼리는 강물의 행위에서 사랑의 고통이 무
엇인가를 충분히 느낄 수 있다. 그리고 왕벚나무의 꽃망울을 피우기
위해 입을 갖다대는 봄비의 이미지는 관능적이고 아름다운 사랑의
감정을 전달해준다.

강물과 봄비의 이미지는 모두 사물의 객관과 시인의 주관이 서로

융합되면서 새롭게 해석된 자연의 모습이다. 시인은 이것과 저것으로 분리되어 있는 개별자들을 하나의 관계 속에 얽어 놓음으로써 서로 화음을 이루는 평화의 세계를 창조해낸다. 이는 곧 자연과 자연의 교감만이 아니라 이러한 교감에 의미를 부여하는 주체와의 교감이기도 하다. 이러한 만물 교감의 서정은 그의 여섯 번째 시집 『바닷가 우체국』에 실려 있는 「연락선」 「뜨거운 밤」 「흔적」 「가을」 「천진난만」 「아주 작고 하찮은 것이」 등으로 계속 이어진다.

그동안 안도현이 꿈꾸었던 '사람이 사는 마을'이란 아마 이런 세계를 뜻할 것이다. 그러나 이러한 관념의 세계는 현실과 거리가 멀다. "저 숲을 이룬 자작나무를 베어내고 / 거기에다 인간을 한 그루씩 옮겨 심는다면 / 지구가, 푸른 지구가 온통 / 공동묘지 되고 말겠지"(「자작나무의 입장을 옹호하는 노래」)라고 말하는 시인의 의식 속에서 인간에 대한 혐오를 발견하게 되는 것은 관념과 현실의 괴리가 그만큼 크다는 것을 나타낸다. 그렇다고 해서 안도현이 인간의 삶을 등지고 자연으로 도피했다고 보는 것은 속단이다. 그는 이러한 자연 속에서 더 깊은 삶의 깨달음에 도달한다.

> 다른 곳은 다 놔두고
> 굳이 수숫대 끝에
> 그 아슬아슬한 곳에 내려앉는 이유가 뭐냐?
> 내가 이렇게 따지듯이 물으면
>
> 잠자리가 나에게 되묻는다
> 너는 지금 어디에 서 있느냐!
> 「나와 잠자리의 갈등 1」 전문

이 집은 저 혼자 산다
이럴 때도 있어야 하는 것이다
나도 이렇게 한번쯤은 나를 비우고
누가 나를 두드리면 소리가 나도록
텅텅, 살고 싶어지는 것이다

「혼자 사는 집」 부분

　나는 누구인가? 나는 어디에 있는가? 라는 질문을 스스로에게 던지는 것이나, 적막 속에서 자신의 내면을 들여다보고자 하는 것은 자신의 존재와 삶을 객관화함으로써 세계에 대한 보다 깊이 있는 통찰을 얻기 위한 행위이다. 따라서 이 두 편의 시는 사유의 깊이가 느껴지는 작품이다. 안도현은 투명한 자연에 몰입함으로써, 그리고 그것을 자신을 되비치는 거울로 바라봄으로써 외부를 향해 원심적으로만 뻗쳐가던 시선을 내부로 굴절시키고 있는 것이다. 이는 시집 『외롭고 높고 쓸쓸한』에서 볼 수 있었던 자아 성찰보다 한 차원 성숙된 단계라 할 수 있다. 시집 『외롭고 높고 쓸쓸한』에서 드러난 성찰적 태도가 주로 '나는 그동안 무엇을 해 왔는가?'라는 자기 반성적 물음에 집중되어 있다면, 이들 시에서는 '나는 어떤 존재인가?'라는 좀더 본질적인 물음을 제기하고 있기 때문이다.

　자기 객관화를 감행한다는 것은 삶의 부분이 아니라 전체성을 감지해 가고 있다는 증거이다. 이는 좀더 넓고 복잡한 삶의 구도 속에서 자신을 인식하는 것을 의미한다. 이러한 인식성이 알레고리적 비유가 내포하고 있는 단의성과 교훈적 중압감으로부터 그를 놓여나게 하는 요인이 된다. 그런 의미에서 시집 『그리운 여우』에서 사용되고 있는 의인법은 그 이전의 알레고리적 사유체계와는 전혀 다르다. 이전과는 달리 그의 시어들은 자연의 투명성을 섬세하게 그려내는 데 헌신한다.

·송사리 송사리들 귀를 밝게 하려고 / 여울목에 세찬 물소리를 걸 어놓았네

「여울가에서」

·눈알이 개머루 같은 새 한 마리

「인간의 폭」

·구름한테 들키지 않으려고 / 아예 구름 속에 주춧돌을 놓은 / 잘 늙은 절 한 채

「화엄사(花嚴寺), 내 사랑」

·세상 속으로 뚫린 귀가 있다면 / 두두둥 둥둥둥 두둥두 둥둥두둥 / 호박이 익어가는 소리도 들을 거야

「나의 희망」

·그 무렵 공중에는 잠자리떼가 유유히 날아다니는 것이다 / 속이 훤히 비치는 속치마 같은 날개를 단 것들이

「나와 잠자리의 갈등 2」

·물 속에 잠겼던 마을이 물가로 슬금슬금 / 우물을 지키던 감나무 를 데리고 / 물기를 툭툭 털며, 걸어나오고 있었던 것이다

「가뭄」

·나뭇잎 하나가 / 벌레 먹어 혈관이 다 보이는 나뭇잎 하나가

「나뭇잎 하나」

일찍이 정지용은 "안으로 열(熱)하고 겉으로 서늘옵기란 일종의

생리를 압복시키는 노릇이기에 심히 어렵다. 그러나 시의 위의(威儀)는 겉으로 서늘옵기를 바라서 마지 않는다"라고 시의 절제미학을 강조한 바 있다. '서늘옵기'란 감정표현의 절제를 말하며 이는 곧 언어의 절제를 의미한다. 자신의 감정을 절제된 언어로 표현하기 위해서는 사물과 주체와의 사이에 적절한 거리를 취할 수 있는 내적 힘이 필요하다.

귀 — 세찬 물소리, 눈알 — 개머루, 늙음 — 절 한 채, 두두둥 — 호박, 속치마 — 날개, 마을 — 물기를 털다, 나뭇잎 — 혈관 등의 결합이 보여주고 있는 이미지의 참신성과 선명성은 이러한 절제된 감정 표현에 의해서 얻어질 수 있다. 자신의 감정에 스스로 압도된 상태에서는 물자체의 생동미가 사라질 수밖에 없다. 안도현은 사물의 생명력에 자신의 감정을 투사시킴으로써 사물과 그것을 바라보는 인간의 시선을 서로 화해시키고 있는 것이다. 이와 같은 상상력의 저변에는 자연과 인간 존재의 행복한 교감을 이루고자 하는 사랑의 관념이 숨쉬고 있다. 그리고 이러한 사랑의 관념은 그가 꿈꾸는 세계, 그러나 부조리한 현실에는 아직 존재하지 않는 유토피아와 동궤의 것이다.

6. 아름다운 '사랑'의 시학을 위하여

안도현의 시정신이 탐색해가는 생활, 통일의지, 현실비판, 그리움의 서정, 자연 등 다양한 대상들은 타자와 주체의 행복한 결합을 꿈꾸는 시인의 일관된 지향성 속에서 하나의 대해(大海)를 이룬다. 삶의 문제가 결코 개인에 한정된 것이 아니라는 점을 강조하고 있는 그의 시는 그렇기 때문에 따뜻하다. 더욱이 후기산업사회의 삶의 방식이 공동의 가치를 산산이 해체시킴으로써 독립된 개체의 삶의 방식으로 우리를 몰아넣고 있는 요즘 그의 시가 담고 있는 주제의식은 과거보다 더 값진 것일 수 있다. 타자와의 연대성 확립을 위한 기반으로서 그가 보여주고 있는 사랑의 관념은 사람답게 살 수 있는 세상을 만들어 가고자 하는 모든 이들의 뜻을 대변한다는 점에서 공감의 진폭 또한 크다 할 수 있다.

그리고 이러한 세계관을 드러내기 위해 은유, 알레고리, 리듬, 이미지뿐만 아니라 산문적 문장의 힘까지도 동원하고 있는 시 형상화의 열정을 볼 때 안도현은 분명 풍요로운 상상력의 소유자임에 틀림없다. 그러나 그의 시적 언어들은 때때로 상투화되거나 설명 위주로 개념화됨으로써 시적 묘미를 잃어버리거나, 지나치게 엷은 감상을 노정하여 진지한 시적 의미를 상실하는 것 또한 사실이다. 시의 무게감을 형성하는 데는 일차적으로 세계를 통찰해내는 시인의 의식과 깊이 있는 철학적 사유가 동반되어야 한다. 사유가 없는 시는 수사적 장식에 불과하다. 마찬가지로 사유를 감당할 진정한 언어를 찾지 못할 때 시는 그야말로 행갈이를 해놓은 추상적 담론이 되고 말 것이다.

절망을 목발질하는 아이러니적 사유

— 기형도론 —

1. 길 위에서 잃어버린 길

　가족은 모든 인간에게 일차적인 관계 체험을 제공한다는 점에서
가장 본원적인 의식 형성의 기반이라 할 수 있다. 사랑에 대한 최초
의 경험들은 가족으로부터 이루어지며, 참된 안락과 행복한 정주(定
住)의 꿈 또한 가족이 내포하고 있는 원초적 보호막 속에서 생성한
다. 스물아홉에 요절한 기형도의 근원적 존재감을 설명하는 데도 그
의 '가족'에 대한 체험과 기억은 매우 유효한 인자로 작용한다. 그 유
효성은 그의 가족간에 존재해 있어야할 원초적 보호막이 애초부터
찢겨 있다는 데 있다.

　한 마디로 기형도의 가족에 대한 기억은 불우한 체험들로 가득하
다. 「위험한 가계(家系) · 1969」「폭풍의 언덕」「바람의 집 — 겨울
판화(版畵) 1」「아버지의 사진(寫眞)」「엄마 걱정」등의 시를 통해
서 시인이 겪었던 유년시절의 가난과 그 가난이 몰고온 불안함과 외
로움을 짐작해볼 수 있다. "하루종일 나는 문지방 위에 앉아서 지붕
위에서 가파른 예각으로 울고 있는 유지 소리를 구깃구깃 삼켜넣었

다"(「폭풍의 언덕」)로 표현된 견딤의 무시무시한 심리 묘사나, "열매를 위해서는 이파리 몇 개쯤은 스스로 부숴뜨리는 법을 배웠어요"(「위험한 가계(家系)・1969」)에서 볼 수 있는 삶의 방편에 대한 체득은 '生의 전제는 고통'이라는 최초의 인식을 함의하고 있다. 이러한 인식의 심연에는 무기력한 아버지의 사진이 걸려 있다.

> 한 세상 뜬구름만 잡으려 길을 떠난 아버지는
> 뜬구름으로 돌아와 사각(四角) 빤닥종이 위에 복고풍(復古風)으로 앉아
> 은화(銀貨) 같은 웃음만 철철 흘리고 계셨다
>> 「아버지의 사진(寫眞)」 부분

우리에게 혈육으로 맺어진 가족의 중심은 아버지이다. 중심이 위태하면 나머지 것들은 모두 흔들린다. 기형도의 시에서 아버지는 가족들을 버려두고 어디론가 떠나 돌아오지 않거나, 풍병(風病)으로 쓰러져 가산을 탕진케 한 인물로 그려져 있다. 시인은 허황된 아버지를 '사각 빤닥종이 위에 복고풍'으로 앉아 있는 모습으로 희화화함과 동시에 '은화(銀貨)'로 비인간화한다. 아버지로부터 인격을 몰수해버리고 그를 다만 '돈'으로 환원시키는 데는 가족들의 삶을 일으켜 세워야하는 당위적 존재와 그 존재가 만들어 놓은 극단적 결핍 사이에서 생겨난 배반적 심리가 자리해 있다. 따라서 '은화'는 근원적 결핍에 대한 강한 역설이라 할 수 있다. 무능한 아버지로 인해 시인은 가족들의 삶이 흔들리는 것을 보았고, 그 흔들림은 그의 의식 속에 "바람이 문풍지를 더듬던 동지의 밤"(「바람의 집 — 겨울 판화(版畵) 1」)으로 각인된다. 이는 한낱 가난의 문제가 아니라 본원적 근거지의 해

체라는 점에서 매우 중요한 의미를 함축한다.

시인은 이러한 본원적 결핍으로부터 "이제는 내가 떠날 차례였다"(「폭풍의 언덕」)라고 다짐함으로써 '집'을 버린 자의 삶으로 나아간다. 아니 집으로 돌아가는 길을 영원히 지상에서 잃어버리게 된다. 왜냐하면 그의 가계(家系)는 안식의 모태로서의 역할을 수행하는 '집'의 기능을 애초부터 상실하고 있었기 때문에 그의 내면에는 어느 순간부터 '집'이 존재해 있지 않은 것이다. 그런 의미에서 그의 떠남은 떠남이라고 말할 수 없다. 삶의 모태로서 '바람'으로 흔들리는 공간의 의미는 그의 시에서 결코 지워지지 않은 채 지속성을 갖고 있기 때문이다.

집이라는 근원적 안식처가 없는 시인은 '거리'를 헤매는 고통스러운 삶 속으로 스스로를 던져넣는다. 시집 『입 속의 검은 잎』(문학과지성사, 1989)의 자서(自序)는 이와 같은 시인의 삶과 시정신을 드러내는 매우 중요한 시적 실마리라 할 수 있다.

나는 한동안 무책임한 자연의 비유를 경계하느라 거리에서 시를 만들었다. 거리의 상상력은 고통이었고 나는 그 고통을 사랑하였다. 그러나 가장 위대한 잠언이 자연 속에 있음을 지금도 나는 믿는다.

자연에 대한 상상력은 언제나 생명의 중심과 연관되며 때로 인간은 자연이 내포하고 있는 진리를 통해 현실에 부재하는 꿈과 희망의 돌파구를 발견하기도 한다. 그렇다면 누가 위대한 자연의 에너지를 자신의 내부에서 추방시키고 굳이 위태로운 현실의 낭하로 스스로를 밀어넣을 것인가? 아마도 기형도는 '자연'과 이어질 수 있는 현실의 논리를 찾지 못한 듯하다. 그리고 그는 절망적 현실의 생생함을 '자연'의 비유가 사상시킬 것을 우려하고 있었는지도 모른다. 만일 그렇다면 자연은 그것이 아무리 위대한 것일지라도 허위적이거나 무책임한 것으로 남게 될 것이기 때문이다. 기형도는 '무책임한 자연의 비유'를 애써 배제함으로써 좁고 가파른 '길' 위에 시의 거처를 만든다. 그는 '자연의 비유'를 스스로에게 용납하지 않음으로써 자신을 둘러싸고 있는 어둡고 축축한 세계에 계속적으로 머물고자 했다. '무책임'이라는 말에서 우리는 그가 삶에 대한 부채감에 강박되어 있음을 감지할 수 있다. 그것이 그의 현존이었다. 현실을 바꿀 수 없다면 그곳에 머물러 고통이라도 달게 받아야 한다는 윤리의식이 그로 하여금 '자연'으로 가는 길목을 차단하고 있는 것이다. 고통을 사랑했다면, 그것은 그가 인생의 부채의식을 해소할 수 있는 유일한 방법이었을 것이다.

그런데 그가 선택한 '거리'는 일상적 삶의 조각들을 이어줌으로써 끊임없이 시간을 율동시키는 공간이 아니다. "나를 끌고 다녔던 몇 개의 길을 나는 영원히 추방한다"(「그 날」), "멀고먼 길 한가운데 / 알아? 얼음가루 꽉찬 바다"(「나리 나리 개나리」), "길 밖으로 모두 흘러간다 나는 금지된다"(「물 속의 사막」) 등에서 보여지듯이 입구와 출구가 봉쇄된, 그래서 방향을 가늠할 수 없는 감금의 공간인 것이다. 따라서 거리의 상상력을 상징적으로 드러내고 있는 '길'은 이곳과 저곳의 경계에 놓여 있는 통로가 아니다. 그것은 인간 존재를 "툭 / 툭 채집(採集)"해 놓은 "빈 상자(箱子)"(「거리에서」)인 것이다. 이 상자에는 "안개더미"(「쓸쓸하고 장엄한 노래여」)가 쌓여 있으며, "노랗고 딱딱한 태양"(「안개」)이 걸려 있고 "달걀 노른자처럼 노랗게 곪은 달"(「위험한 가계(家系)·1969」)이 뜬다. 그리고 항상 "하늘은 딱딱한 널빤지처럼 떠 있다"(「백야(白夜)」). '길'의 상징이 수평적 운동의 가로막힘을 암시한다면 그가 창조한 대기(大氣)적 이미지들은 천개(天蓋)를 덮어버림으로써 수직적 상승의 상상작용이 차단되어 있음을 드러내고 있다. 이는 완벽하게 밀봉된 의식의 세계를 나타낸다. 즉 기형도의 세계는 뚜껑마저 닫힌 '상자'인 것이다.

존재를 철저하게 감금시키는 이와 같은 공간의 축도는 어떠한 희망이나 이상도 허락하지 않는 형벌의 삶을 드러내기에 충분하다. 상자를 빠져나갈 수 없는 자유인이란 얼마나 저주받은 영혼인가! 그런 의미에서 도시의 여기저기를 기웃거리며 행려자처럼 떠도는 기형도의 시적 자아들은 어느 방향으로도 자유로운 행보가 금지된 영혼의 분신들이다. 즉 시인은 '길'을 통해 '길 없음'을 이야기하고 있는 것이다.

2. 위대한 혼자로서의 우리

기형도의 시적 공간에서 '길' 잃은 자의 삶은 '나'라는 존재에게만 한정되지 않는다. 시인은 지극히 일상적인 익명의 '그' 혹은 '그 사내'의 행적을 관찰함으로써 억압된 삶의 방식이 세상에 편재해 있음을 드러낸다. 이처럼 '나'와 '그'가 동질적 삶의 구조 속에 몸담고 있는 '우리'들이라는 인식은 그의 시에서 삼인칭과 일인칭이 혼재된 방식으로 표면화된다.

이 시인에게 인칭을 뒤섞는 기법은 자신의 삶을 일인칭의 주관적 세계로부터 빼내어 냉정하게 분리시키는 방법이면서, 동시에 삼인칭의 무수한 인물과 사건이 곧 일인칭의 세계임을 보여주는 방법이다.

이러한 이화(異化)와 동화(同化)의 작용은 자아와 대상 사이에 객관적 거리를 만들어 대상에 대해 분석·비판의 입장을 취하는 방법이며, 동시에 분리된 대상과의 거리를 다시 소거시킴으로써 대상을 주체의 의식 속에 종합하는 방법인 것이다. 따라서 기형도의 시는 이중·삼중의 퍼소나가 동시에 목소리를 내는 특이성을 보인다.

김(金)은 블라인드를 내린다, 무엇인가
생각해야 한다, 나는 침묵이 두렵다
침묵은 그러나 얼마나 믿음직한 수표인가
내 나이를 지나간 사람들이 내게 그걸 가르쳤다
김은 주저앉는다, 어쩔 수 없이 이곳에
한번 꽂히면 어떤 건물도 도시를 빠져나가지 못했다
김은 중얼거린다, 이곳에는 죽음도 살지 못한다
나는 오래 전부터 그것과 섞였다, 습관은 아교처럼 안전하다
김은 비스듬히 몸을 기울여본다, 쏟아질 그 무엇이 남아 있다는 듯이
그러나 물을 끝없이 갈아주어도 저 꽃은 죽고 말 것이다, 빵 껍데기처럼
김은 상체를 구부린다, 빵부스러기처럼
내겐 얼마나 사건이 많았던가, 콘크리트처럼 나는 잘 참아왔다
그러나 경험 따위는 자랑하지 말게, 그가 텅텅 울린다, 여보게
놀라지 말게, 아까부터 줄곧 자네 뒤쪽에 앉아 있었네
김은 약간 몸을 부스럭거린다, 이봐, 우린 언제나
서류 뭉치처럼 속에 나란히 붙어 있네, 김은 어깨를 으쓱해보인다
아주 얌전히 명함이나 타이프 용지처럼
햇빛 한 장이 들어온다, 김은 블라인드 쪽으로 다가간다
그러나 가볍게 건드려도 모두 무너진다, 더 이상 무너지지 않으려면
모든 것을 포기해야 하네

김은 그를 바라본다, 그는 김 쪽을 향해 가볍게 손가락을
튀긴다, 무너질 것이 남아 있다는 것은 얼마나 즐거운가
즐거운가, 과장을 즐긴다는 것은 얼마나 지루한가
김은 중얼거린다, 누군가 나를 망가뜨렸으면 좋겠네, 그는 중얼거린다
나는 어디론가 나가게 될 것이다, 이 도시 어디서든
나는 당황하지 않을 것이다, 그래서 나는 당황할 것이다
그가 김을 바라본다, 김이 그를 바라본다
한번 꽂히면 김도, 어떤 생각도, 그도 이 도시를 빠져나가지 못한다
김은, 천천히 눈을 감는다, 나는 블라인드를 튼튼히 내렸었다
또다시 어리석은 시간이 온다, 김은 갑자기 눈을 뜬다, 갑자기 그가
울음을 터뜨린다, 갑자기
모든 것이 엉망이다, 예정된 모든 무너짐은 얼마나 질서정연한가
김은 얼굴이 이그러진다

「오후 4시의 희망」 전문

이 시를 보면 세 인물과 만나게 된다. '김'과 '그', 그리고 그 둘의 독백과 대화를 엿듣고 있는 서술자가 그것이다. 이들은 블라인드, 서류뭉치, 명함, 타이프 용지 등의 시어를 통해서 사무실이라는 시적 공간에 있으며, '오후 4시'라는 낮과 저녁, 빛과 어둠이 교차하는 경계의 시간에 놓여 있다. 모든 경계는 변화의 가능태인 동시에 그 변화가 불러올 위험을 내포하고 있다는 점에서 이중의 가치를 지닌다. 이러한 시간성이 암시하고 있듯이 이 시의 인물들은 부질없는 '희망'과 그 '희망'이 불러올 좌절을 예감하는 경계에 위치해 있는 존재들이다.

'김'은 '블라인드'로 외부를 차단함으로써 스스로 갇히고자 한 인물이다. 그는 또한 침묵은 '믿음직한 수표'이며 습관은 '아교처럼 안전'

하다는 일상적 진리 속에 고착된 인물이며, '콘크리트처럼' 고착된 삶을 잘 참아왔던 인물이다. 반면 '그'로 표상되어 있는 인물은 이러한 '김'의 태도에 제동을 거는 존재이다. '그'는 '김'이 '내겐 얼마나 사건이 많았던가, 콘크리트처럼 나는 잘 참아왔다'고 스스로를 위안하는 순간 '경험 따위는 자랑하지 말게'라고 말함으로써 '김'의 생각에 쐐기를 박는 존재이다. 그리고 '가볍게 건드려도 모두 무너진다, 더 이상 무너지지 않으려면 모든 것을 포기해야 하네'라고 '콘크리트'처럼 완강하게 버텨 온 '김'의 삶을 부정한다. 즉 그는 '콘크리트'처럼 단단하게 고착된 '김'의 삶이 오히려 '모든 것을 포기'한 상태임을 일깨워 주고 있는 것이다. 이와 같은 문맥에서 '무너질 것이 남아 있다는 것은 얼마나 즐거운가 / 즐거운가, 과장을 즐긴다는 것은 얼마나 지루한가'라는 '그'의 말을 해석해 보면 무너질 것이 남아 있다는 것은 포기하지 않은 상태를 뜻하는 것이고 그런 의미에서 그것은 주체의 의지가 아직 살아 있는 삶을 나타낸다. '과장을 즐긴다는 것'은 무너지지 않고 허위적으로 참고 있는 상태로서 주체의 의지를 '콘크리트'처럼 단단하게 가둬두는 것을 의미한다.

무너지는 것이 포기하지 않는 것이라는 아이러니적 삶의 진실을 이야기하고 있는 '그'는 '김'과 나란히 붙어 있는 또 다른 자아라 할 수 있다. 그렇기 때문에 이 시의 23행에서 26행까지(김은 중얼거린다 ~그가 김을 바라본다)의 대화는 누가 누구인지 확실하게 구분하기 어려운 상황을 만들어낸다. 분명한 것은 블라인드로 차단된 공간 속에 갇혀 있는 '김'과 '그'가 이곳으로부터 탈출하게 될 거라는 희망을 갖고 있다는 점이다. 이러한 '김'과 '그'의 생각 속에 서술자가 끼여들고 있는데 서술자는 '한번 꽂히면 김도, 어떤 생각도, 그도 이 도

시를 빠져나가지 못한다'고 말한다. '김'과 '나'는 '블라인드를 튼튼히 내렸'음에도 불구하고, 꿈꾸었던 세계로부터 자신들을 철저히 차단했음에도 불구하고 어리석은 희망이 틈입해 왔음을 알아챈다. 그리고 그들은 무너진다. 이 '무너짐'은 앞의 문맥과 연결해보면 포기하지 못하는 자의 고통스러운 포즈라 할 수 있다.

　그러나 이 시는 포기하지 않는 자는 희망적일 수 있다는 의미를 말하고 있는 것이 아니다. 콘크리트처럼 견고하게 고착되는 것이 무너지는 것보다 얼마나 허위적인 삶인가를 보여줄 뿐이다. 시인은 아무도 빠져나갈 수 없는 '상자' 속에서 무너짐도 없이 잘 견딘다는 것은 거짓된 것이라는 반성적 자아를 이 시의 아이러니를 통해서 드러내고 있는 것이다. '거리의 고통을 사랑했다'는 시인의 자서는 이러한 그의 인생 태도와 연결된 것이다.

　이와 같은 이 시의 문맥을 읽어가는 과정 속에서 우리는 두 가지 기이한 경험을 하게 된다. 하나는 '김'의 독백 속에 자주 발견되는 '나는'이라는 일인칭의 반복이 '김'과 분리되어 서술자의 독백처럼 착각된다는 사실이며, 또 다른 하나는 그것이 지금 시를 읽고 있는 독자 쪽에도 영향을 끼친다는 사실이다. 따라서 이 시의 읽다 보면 '나'로 지칭될 수 있는 '김'과 '그', 서술자, 독자 모두가 마치 하나의 공간에서 한 몸이 되어 갇혀 있다는 착각 속에 빠지게 된다. 이와 같이 인칭의 경계에 혼란을 가져오게 하는 서술방식은 「여행자」 「가수는 입을 다무네」 「그날」 「이 겨울의 어두운 창문」 「종이달」 등 기형도의 다른 시에서도 자주 발견되곤 한다. 이들 시는 모두 관찰자적이면서 동시에 고백적인 이중적 태도를 혼용함으로써 삶에 대한 복합적 통찰의식을 드러내고 있는 예이다.

의도적인 인칭의 혼란은 '그'와 '나'를 분리시킴과 동시에 '우리'로 동일화시킨다. "불빛 가득 찬 황량한 도시(都市)에서 우리의 삶이 / 한결같이 주린 얼굴로 서로 만나는 세상"(「겨울, 우리들의 도시(都市)」) 속에서 '우리'는 모두 풍요롭고도 희망적인 삶의 양태로부터 소외된 자들이라는 공통점을 가지면서, 동시에 중심에서 밀려난 외톨이들이기도 하다. 소외된 삶이 편재해 있는 병적인 시대상을 시인은 외토리가 된 '우리'로 표상하고 있는 것이다. 시인은 자신을 포함한 동시대인들의 삶을 "세상은 온통 크레졸 냄새로 자리잡는다. 누가 떠나든 죽든 / 우리는 모두가 위대한 혼자였다"(「비가 2 — 붉은 달」)고 단언한다.

3. 견고함 속에서 무너지는 생(生)

소외된 자들은 격리된 존재들이다. 기형도의 시에서 안온한 삶으로부터 밀려난 '우리'를 둘러싸고 있는 완강한 울타리, 딱딱한 '상자(箱子)'는 인간 존재를 억압하여 부서뜨리는 폭력과 연관된다. 그런데 폭력과 그 폭력성 속에 내재해 있는 기만적 측면이 「대학 시절」 「입 속의 검은 잎」 「홀린 사람」 「장미빛 인생」 등의 시를 제외한 다른 시에서는 대부분 몇몇 상징적 이미지로 처리될 뿐 시의 표면에 직접적으로 부각된 경우는 지극히 드물다. 이것은 기형도 시의 또 하나의 특징이라 할 수 있는데, 시인은 폭력에 의해 부서진 존재들의 삶의 양태를 그들 간의 대화와 독백을 통해서 드라마틱하게 구성함으로써 폭력 자체보다는 그것이 초래한 결과를 강조한다. 즉 '우리'들

은 폭력을 관찰하는 자가 아니라 그것의 직접적인 물리적 대상으로
서 폭력의 증언자인 것이다.

　따라서 딱딱한 것으로 밀봉된 세계 속에 '꽂혀' 있는 사람들의 현
존은 하나같이 위태로운 형상으로 이미지화된다. "밤새워 호루라기
부는"(「비가 2 ─ 붉은 달」) 불안한 세계 속에, 혹은 "간혹씩 모래사
장 위에서 발견되기도 하는 건조한 물고기 알들"(「비가 ─ 좁은 문」)
의 불모지 위에서 사람들은 추운 모습으로 헤맨다. 낙향자, 노인, 떠
돌이 여행자, 사무원 등 다양한 인물들과 「여행자」 「기억할 만한 지
나침」, 「그날」 등의 시편에 등장하는 울고 있는 사내들 가운데 어느
하나 새로운 삶에 대한 기약이나 희망을 보여주는 자는 없다. 희망
없는 자들의 위태로운 생존방식을 기형도는 '유리'의 이미지를 통해
서 더욱 극명히 드러낸다.

　　잠깐의 실수 때문에
　　풍성한 햇빛을 복사해내는
　　그 유리담장을 박살내곤 했다
　　　　　　　　　　　　　　　　　　「전문가(專門家)」 부분

　　둥글게 무릎을 기운 차가운 나무들, 혹은
　　곧 유리창을 쏟아버릴 것 같은 검은 건물들 사이를 지나
　　　　　　　　　　　　　　　　　　「어느 푸른 저녁」 부분

　　이제야 나는 어디에서 네가 불어오는지 알 것 같으다. 그리하여 수
　　염투성이의 바람에 피투성이가 되어 내려오는 언덕에서 보았던 나의
　　어머니가 왜 그토록 가늘은 유리막대처럼 위태로운 모습이었는지를.
　　　　　　　　　　　　　　　　　　「폭풍의 언덕」 부분

담장을 유리로 세운 '집'과 건물, 그리고 유리막대 같은 '어머니'의 모습은 모두 그 실체가 금방 해체될 듯한 위기감을 내포한다. 특히 「어느 푸른 저녁」에서 "유리창을 쏟아버릴 것 같은"에서 사용된 자동사는 존재 스스로 무너져 내릴 시점에 임박해 있음을 암시한다. 이는 세계에 대한 불안과 공포의 심리를 자극하는 이미지이다. "나는 곧 무너질 것들만 그리워했다"(「길 위에서 중얼거리다」)는 고백처럼 기형도는 무너져 내리는 세계의 폐허를 떠날 수 없었고 그 속에서 그 또한 무너져 내리고 있었던 위태로운 한 존재였던 것이다. 시인은 그의 다른 시에서 "나는 없어질 듯 없어질 듯 生 속에 섞여들었네"(「식목제(植木祭)」)라고 스스로 감지한 생존의 위기를 표현하기도 한다.

기형도의 시에 자주 등장하는 진눈깨비와 얼음 가루, 몇 타래의 눈발, 몇백 개 칼자국을 긋는 바람, 구름 등의 이미지 또한 뚜껑 닫힌 세계의 안쪽에 있는 사람들이 겪는 심리적 위기를 드러내주는 이미지들이라 할 수 있다.

어머니 무서워요 저 울음 소리, 어머니조차 무서워요. 얘야, 그것은 네 속에서 울리는 소리란다.

「바람의 집 — 겨울 판화(版畵)1」 부분

대지와 아득한 거리에서 눈(雪)이 떨어진다. 내 눈물도 한 점(點) 눈이 되었음을 나는 믿는다.

「새벽이 오는 방법(方法)」 부분

진눈깨비 쏟아진다, 갑자기 눈물이 흐른다. 나는 불행하다

「진눈깨비」 부분

위의 시에서 볼 수 있듯이 바람, 눈, 진눈깨비는 모두 시적 화자의 의식을 가시화한 이미지들이다. 이들은 모두 '유리'의 쏟아짐이 변용된 이미지라 할 수 있다. 즉 그의 시적 공간은 무너져 내리는 심리적 이미지로 가득 차 있는 것이다. 이와 같은 이미지들은 견고한 세계의 압력을 구체화하는 방법이기도 하다. 즉 무너짐은 세계의 견고성과 비례한다. 콘크리트처럼(「오후 4시의 희망」) 생명감을 포기하고, 무너지지 않으려 아무리 애를 써도 '우리'는 억압의 구조 속에 이미 채집된 인생임을 이들 이미지들이 말해주고 있는 것이다. 기형도의 상상력 한 부분에서 늘 어두운 죽음의 흔적을 발견할 수 있는 것도 이와 무관하지 않으리라.

4. 늙은 청춘의 시혼(詩魂)

철저하게 희망으로부터 자신을 차단시키고 오직 부서지는 존재의 비극적 삶만으로 자기 인식의 터전을 만든다는 것은 얼마나 답답하고 고단한 일인가. 그러한 인식의 틀은 어떠한 미래의 시간과도 약속된 바 없는 '늙음' 속에, 이미 어떠한 삶의 긍정도 싹틀 수 없는 '절망' 속에 스스로를 가두는 행위이다. 중요한 것은 기형도가 그곳으로부터 자신이 탈출하지 못하도록 스스로를 깊이 묻어버렸다는 사실이다. 그렇기 때문에 그의 시에 그려져 있는 시인의 초상에는 젊음이 소멸되어 있다.

눈길 위로 사각의 서류 봉투가 떨어진다. 허리를 나는 굽히다 말고

생각한다, 대학을 졸업하면서 참 많은 각오를 했었다
(…)
낡고 흰 담벼락 근처에 모여 사람들이 눈을 턴다
진눈깨비 쏟아진다, 갑자기 눈물이 흐른다. 나는 불행하다
이런 것은 아니었다, 나는 일생 몫의 경험을 다 했다, 진눈깨비
「진눈깨비」 부분

 칸트(E. Kant)의 시간 개념처럼 시간은 인간의 경험과 감각 이전에 전제된 선험적 조건이 아니다. 그것은 주어지는 것이 아니라 구성하는 것이다. 주체는 객관적 세계의 운동과 휴식에 참여하면서 자신의 시간을 구성해간다. 따라서 시간은 객관적 세계와 주관적 세계의 상호작용 속에서 그 질이 상대적으로 결정된다. 이와 같은 시간의 본질에 의해 사람들은 자신의 물리적 나이와는 다른 차원의 나이를 갖게 마련이다.
 '일생 몫의 경험을 다 했다'는 엄청난 고백은 물리적 시간으로는 헤아릴 수 없는 경험의 질을 내포하는 말이다. 이는 더 이상의 가치나 희망을 삶으로부터 담보해낼 수 없다는, 어떠한 새로운 비전도 갖기 불가능하다는 것을 암시한다. 즉 자신의 생(生)이 정지되었음을 선언하고 있는 것이다. 그의 다른 시에서도 "모든 길들이 흘러온다, 나는 이미 늙은 것이다"(「정거장에서의 충고」), "그는 나보다 앞선 세월(歲月)을 살았고 / 나와 동갑(同甲)이었다"(「껍질」), "나는 어디로 가서 내 나이를 털어야 할까?"(「도시의 눈—겨울 판화(版畵) 2」)라는 표현을 쉽게 발견할 수 있다.
 세월을 앞질러 살아온 자, 이미 정지된 시간 속에 머물러 있는 자의 시간은 더 이상 앞으로 나가지 않는다. 더 정확히 말해 변증법적

운동성을 잃은 것이다. "시간이 있기 때문에 운동과 변화가 생긴다는 것은 진리가 아니다. 운동과 변화가 생기기 때문에 시간이 존재한다는 것이 진리이다. 변화의 성격은 시간의 성격의 기원"이라고 베르자예프(N. Berdjajev)는 말한다. 경험으로서의 시간이 변화의 성격을 갖고 있지 못하다면 그것은 과거와 현재가 동일한 질로 정체하고 있음을 뜻하는 것이며, 이러한 기반 위에서 미래란 존재할 수 없음을 의미한다. 그렇기 때문에 그에게 목숨이란 "잠시 늦게 타다 푸시시 꺼질 / 몇 점 노을"(「쓸쓸하고 장엄한 노래」)이었는지도 모른다. 기형도의 시간의식 속에는 수많은 기억들이 고여들고, 그 기억과도 별로 다를 바 없는 현재의 사건들이 반복된다. 그날, 그때, 그해, 그일, 그곳 등 인식의 주체와 시공간 사이에 틈을 만들어내는 관형사 '그'가 기형도의 시에서 자주 현재의 시점으로 자리를 잡는 이유도 이 때문이다.

그런데 생을 정지시킨 자의 '늙음'을 기형도의 시에서 반복적으로 발견하면서도 그의 시를 단순히 '늙음'으로 요약해버릴 수 없는 까닭은 무엇인가? 간혹 시인은 「늙은 사람」 「노인들」과 같은 시를 통해 늙음에 대한 강한 연민과 혐오를 드러내거나 그것으로부터 거리를 취하거나 하는데 이는 "부러지지 않고 죽어 있는 날렵한 가지들은 추악하다"(「노인들」)는 표현처럼 진정 늙음이란 부러지는 고통마저 견뎌낼 수 없는 것이라는 사실을 심리적으로 용납하지 못하고 있기 때문이다. 고통과 절망을 끝없이 반추하는 것은 기실 삶에 대한 집요한 힘으로만 가능하다. 그러한 반추력은 젊고 치열한 영혼의 것이다. 완전히 늙어버린 자는 고통을 끌어안을 수 없다. 기형도의 시에서 멈춤으로서의 시간의식이 자기 존재에 대한 부정으로까지 이어질 수

있는 것은 필연적인 것이면서도 그 필연은 이와 같은 시인의 내적
힘에서 기인한다.

　　가엾게도 얼마나 많은 사람들과 흙탕물 주위를 나는 기웃거렸던가!
　　그러면 그대들은 말한다. 당신 같은 사람은 너무 많이 읽었다고
　　대부분 쓸모 없는 죽은 자들을 당신이 좀 덜어가달라고
　　　　　　　　　　　　　　　　　　　　　「흔해빠진 독서」 부분

　　나는 헛것을 살았다. 살아서 헛것이었다
　　우수수 아버지 지워진다, 빗줄기와 몸을 바꾼다
　　　　　　　　　　　　　　　　　　　　　「물 속의 사막」 부분

　한 권의 위대한 생으로 읽히고자 했던 시인의 욕망은 역설적이게
도 그의 시 속에서 '흔해빠진 生' '쓸모 없는 생(生)'으로 가차 없이
부정된다. 그리고 시인은 존재의 뿌리인 '아버지'를 물(水)의 이미지
로 해체시킴으로써 자신의 기원마저도 부정한다. 그리고 헛것인 자
신과 마주한다. 이러한 철저한 자기 부정은 자신의 생을 움직였던 복
합적 질서에 대한 통찰에서 비롯된다. 그는 자신에게 체화된 세계의
내부를 캐내는 고통스러운 견자(見者 le voyant)의 시혼(詩魂)으로
자신을 부정하고 있는 것이다. 그런 의미에서 그의 시는 조로(早老)
한 자의 시선 속에 용해된 언어이면서, 동시에 가장 젊은 영혼의 심
연으로부터 우려낸 언어이기도 하다. 따라서 그의 모든 작품은 늙음
과 젊음이라는 이율배반적 태도가 상호 충돌하면서 태생한 것들이라
할 수 있다.

5. 희망 없는 자가 남긴 희망

섣부른 희망보다는 확실한 절망을 선택하는 것이 진실이라고 믿었던 기형도의 시를 유약한 의식의 소산이라고 누가 감히 말할 수 있겠는가. 유고시로 남긴 그의 아흔일곱 편의 시는 절망에 대한 끈질긴 탐색의 소산이라 할 수 있다. 이 끈질긴 탐색의 과정은 절망과 절망의 틈에서 생성되는 아이러니적 사유에 의해 이루어진다. 기형도는 길을 통해 길 없음을, '우리'로 한 묶음이 된 동질적 삶의 양태를 통해 외톨이의 삶을, 무너짐을 통해 억압적 세계의 견고함을, 그리고 늙음을 통해 젊음의 치열함을 역설적으로 보여준 시인이다. 그가 그의 시에서 말하고 있는 '나'를 포함한 쓸모없는 인간 군상들, 흔해빠진 인생들은 부조리한 세계를 미화시키려는 위험한 가능성들을 제거함으로써 오히려 삶의 리얼리티에 더욱 밀착된 진실을 드러내주는 역설적 인물들이다. 즉 이들 이지러진 시적 인물들은 이지러짐 자체를 드러내고 있는 것이 아니라 그들이 그렇게 될 수밖에 없는, 그래서 그들보다 더욱 추악한 보이지 않는 힘의 작용력을 보여주고 있는 것이다.

아놀드 하우저(Arnold Hauser)는 "예술은 언제나 혼돈을 향해 점점 더 위태롭게 다가가서 더욱 더 넓은 정신의 영토를 그로부터 건져오는 작업이다. 예술사에 어떤 진보가 있다면 그것은 혼돈으로부터 탈환해 온 이러한 영토의 끊임없는 확대를 말하는 것"이라고 말한다. 기형도는 좁은 도시의 혼돈 속에서 한 걸음도 나가려 하지 않았다. 언제나 그 혼돈 속에서 서성이며 자신을 그 속에 가두었다. 그의 시는 훌훌 저버릴 수 없는 삶과 사람들 곁에 있어야한다는, 그런 공존이 자신을 절망하게 하고 병들게 할지라도 그 위태로운 곳이 자신의 터전일 수밖에 없다는 인식을 끝끝내 견지함으로써 인간적인 믿음을 스스로에게 확인시키고자 했던 시인의 고통을 내포하고 있다. 그런 의미에서 기형도는 우리를 기만할 수 있는 모든 허위적 측면을 생으로부터 무참하게 잘라냄으로써 삶의 진실에 좀더 가까이 가고자 했던 시인이다. 그의 시는 철저하게 희망으로부터 격리되어 있지만 그가 보여주고 있는 진실이야말로 '상자' 속에서 탈출을 꿈꿀 수 있는 가장 근본적 영토가 아니겠는가.

추운 음악들

— 박정대론 —

1. 아름다움

어떤 시에 대해 아름답다고 말한다면 그 말은 틀린 것이 아닐지라도 기실 그 시에 대해 아무것도 말하지 않은 것과 다름없다. 아름답다는 말이 너무 포괄적일 뿐만 아니라 개개의 시에 대해 그 말은 다른 내용을 함의하기 때문이다. 그럼에도 나는 박정대 시의 가장 큰 미덕을 아름다움이라고 말하는 데 주저하지 않는다. 그의 시는 순식간에 애잔한 아름다움으로 독자를 매혹시킴으로써 한밤에만 꿀 수 있는 슬픈 꿈속을 방랑하게 한다. 그 꿈의 안내자는 물론 박정대의 시적 자아이다. 박정대의 시에 대해 치열하다, 혹은 참신하다, 공감력이 있다는 말보다 아름답다는 말을 먼저 떠올리게 되는 것은 그의 낭만적 자아 때문이다.

그렇다면 박정대의 시적 자아는 누구인가? 박정대의 첫 시집『단편들』(세계사, 1997)과 두 번째 시집『내 청춘의 격렬비열도엔 아직도 음악 같은 눈이 내리지』(민음사, 2001), 그리고 그 후 잡지에 발표된 몇몇 시편들을 일별해 보면 그의 시적 자아는 동일한 목소리와 동일한 심장을 지닌 하나의 자아로 통일되어 있다. 그런데 박정대의 시적 자아인 '나'는 언제나 여기가 아닌 어디론가 바람처럼 떠나야하는 숙명적 존재처럼 느껴진다. 나는 골방과 다락방과 사막의 여관에 유폐되어 있지만 또한 그 너머에 있다. 나는 사당을 지나 페루와 혜화만과 은척과 해미읍성과 몽골의 대초원으로 늘 떠난다. 아니 떠나고자 한다. 나는 방랑자이며, 음유시인이며, 길의 감식가이다. 나는 외로움의 한 고요를 두르고 밤의 길목에서 담배를 피우거나 기타와 마두금(馬頭琴)을 켠다. 불면의 밤을 끝없이 지나 여기가 아닌 어디론가 외로운 나를 이끌고 가지 않으면 안 된다. 나는 돌아갈 집이 없으며(「아이다호」), 검은 태양만이 뜨는 5843번째의 밤을 지새우며 눈이 멀어 가는 무사이며, 기타를 잃어버린 외로운 악사(「「동사서독」에 의한 변주(變奏)」)이다. "내 피는 원천도 없으며 아무도 마시려고 하지 않는다"(「나는 희망에 관해 말하려고 한다—불한당들의 세계사 6」). 그리고 "문장 속의 생애는 끝나지 않고 생애 속의 문장은 여전히 읽혀지지 않"(「내 생애 마지막 개기일식」)는다. 그런 나는 검(劍)으로도 벨 수 없는 슬픔과 외로움을 껴입고 버려진 추억과 잃어버린 사랑과 꿈을 되찾기 위해 무수한 길을 만들고 그 길의 적막을 맛보지 않으면 안 된다.

황막한 길에서 자기 생을 닦고 있는 이 '눈 먼 악사'의 모습이 박정대의 시적 자아이다. 박정대의 시를 읽다 보면 그의 시적 자아는 소설의 주인공처럼 매우 구체적인 모습으로 상상된다. 그러나 그의 시적 자아가 드러내고 있는 심리상태나 분위기, 갈망, 즉 나의 캐릭터는 산문적 문틀로는 포착하기 어려운 것들이다. 한 시인의 시 전편을 통해서, 그것이 서사시가 아닌 경우, 이처럼 통일적이고도 구체적인 인물의 형상을 각인시킨다는 것은 매우 특이한 경우라 할 수 있다. 중요한 것은 그의 눈 먼 악사가 어느 땐가 우리들이 마음 속에서 추방시켜야만 했던 바로 그 존재라는 점이다. 추억과 사랑과 꿈을 잃어버린 채, 그러한 것들을 상기하기를 포기한 채 우리는 또 다른 삶을 향해 달려가고 있지 않은가. 더 이상 낭만적일 수만은 없는, 더 이상 외로움 따위를 음미할 수만은 없는 일상의 한복판으로 진입하면서 의무와 책임과 사회적 자아실현에 우리는 모든 시간을 헌납하고 있지 않은가. 눈 먼 악사를 아주 먼 곳으로 추방시켜야만 했던 우리 앞에 그는 어느 고요를 틈타 여전히 매혹적인 모습으로 돌아와 생의 잃어버린 한 순간을 음악으로, 노래로 건네주고 있는 것이다. 내가 포기했던 낭만적 자아는 페루와 혜화만과 은척과 해미읍성과 몽골의 대초원으로 나를 이끌며 나에게 밤의 여행자의 옷을 입히고 있는 것이다. "무용함이 때때로 우리를 살아가게 한다"(「나 자신에 관한 조서(調書)」)는 시인의 말처럼 박정대의 시는, 그리고 그의 눈 먼 악사는 청춘의 빛나는 불모지를 다시 열어보임으로써 이미 잃어버린 세계로 독자를 젖어들게 한다.

2. 몇 개의 상징들

상징은 여러 겹의 의미를 하나의 말이나 사물에 응축시킨 신비한 유기체이다. 그것은 복잡하게 얽혀 있는 상황과 그것으로부터 생성된 관념적 지향성을 단번에 드러내고자 하는 충동과 연관되기 때문에 수사적 기능을 넘어 그 자체 '존재'가 될 가능성을 지닌다. 박정대의 '눈 먼 악사' 또한 다양한 시적 상징을 통해서 자신의 고통과 내밀한 지향성을 동시에 드러낸다. 그가 몇 개의 상징으로 자기를 드러내는 과정에는 '잃어버림'이라는 심리적 공허가 자리잡고 있다. 그것은 박정대의 시에서 사랑의 상실로 의미화된다. "사랑을 잃고 나는 걸었네 / 자전거를 타고 가기도 했네 / 추억이 페달이었네 폐허와 / 폐허와 폐허와 또 다른 폐허"(「아이다호」), "내 가슴으로부터 한번 떠나간 애인은 영원히 복구되지 않았다"(「물질적 황홀 8」), "애인이여, 너를 덮고 잠들던 나의 곤고한 청춘은 / 한 장의 음화에 지나지 않았는지도 모른다"(「하늘의 뿌리」), "가을이 오네, 그러나 너무 늦은 사랑이어서, 서러운 것들만이 그런 것들만이 떼지어, 아 아득한 돌무늬로 왔네"(「집으로 가는 길—3 첫가을」), "비명도 없이 / 전철이 도착하고, 비명도 없이 애인이 도착하고, 떠날 때는 한꺼번에 모두 비명을 지르며 떠나갔다"(「겨울에 해미읍성에 갔었네」)와 같은 구절이 그것이다. 이 폐허의 심연은 그의 시심(詩心)이 항해를 시작하는 출발점이다. 그리고 이로부터 그의 상징인 '망명 정부'와 '촛불' '돛배' '음악'이 탄생한다.

망명 정부

무장해제당한 채
말없이,
망명하고 있네
그 어둡고 단단한 곳,
바라보니, 그대 깊은 가슴속

「견소에서」 부분

따스한 물방울들, 그곳에 꼭 네가 있을 것만 같다
어젯밤에는 바람 속으로 망명하는 꿈을 꾸었다

「새들은 목포에 가서 죽다」 부분

시인은 어디론가 가고자 하는 눈 먼 악사의 열망을 망명 정부로 반복해서 드러낸다. 그가 세우고자 하는 망명 정부는 상처와 고통으로 가득한 현존의 공간과 짝을 이룬다. 춥디추운 골방, 사막의 여관, 어둡고 추운 이곳, 검은 태양이 유리창에 뜨는 5843번째의 밤, 달빛 한 줄기 없는 다락방, 폐허로운 세월, 버림받은 오후 등으로 표현되고 있는 유폐성이 바로 그의 현존공간이다. 이 유폐의 공간에 버려진 '나'는 아주 오래 전에 잃어버린 '그대'에게로 돌아가야 할 운명 앞에 서있는 것이다. 그곳은 '어둡고 단단한 곳', 즉 아직 빗장이 열리지 않은 '그대 깊은 가슴 속'이다. 그러나 그곳은 '따스한 물방울들'이 자신의 경계를 지우며 하나의 세계를 이루는 곳이다. 나는 그곳으로 무수히 망명하고자 하는 꿈의 중독자이다. 그러나 박정대의 시적 자아가 도달하고자 하는 망명 정부는 결코 건설되지 않는다. "꿈의 세계에서 현실로 귀환"(「아침가리, 새들이 날아가 죽는 곳 — 인간은 꿈의 세계에서 내려온다」)을 거듭함으로써 그는 폐허와 망명 정부 사이에서 유동하는 낭만적 영혼의 자유와 고통을 무한히 확장해갈 뿐이다. 오로지 자유와 고통을 확장하는 가운데 그는 내적 에너지를 크고 깊은 것으로 만들어가고 있는 것이다.

촛불과 돛배

살아서는 못 가는 곳을 불꽃들이 가려 하고

있네, 나도 자꾸만 따라가려 하고 있네
꽃향기에 취한 밤, 꽃들의 음악이 비통하네
그대와 나 함께 부르려 했던 노래들이 모두
비통하네, 처음부터 음악은 없었던 것이었는데
꿈속에서 노래로 나 그대를 만나려 했네

「단편(短篇)들 — 6 취생몽사」 부분

호수 깊은 곳으로 검은 돌 하나 가라앉고 있네
나비들은 허공의 물결인 양 돛단배의 길을 열고 있네

그 사이로 흐르는 지상의 음악소리

「나무들」 부분

　　망명 정부에 도달하기 위해 시적 자아가 자기로부터 끌어내는 내
적 에너지를 박정대는 '촛불'과 '돛배'로 상징화한다. '살아서는 못 가
는 곳'으로 가려하는 '불꽃'은 불가능한 기적을 이루려는 내적 갈망이
라는 점에서 위대함과 비통함을 동시에 내포한다. 도도한 낭만적 정
신은 불가능한 곳에 자신의 이상과 꿈의 세계를 건설함으로써 자신
의 위대함을 시험한다. 그렇기 때문에 그의 내면에서 울리는 비통함
은 오히려 위대함의 징표라 할 수 있다. 비통함의 정도가 클수록 그
가 꿈꾸는 세계는 더욱 아름다운 환(幻)으로 가득 차게 되는 것이다.
비통함을 뚫고 일어서는 박정대의 "열두 개의 촛불"(「열두 개의 촛
불과 하나의 달 이야기」)은 망명 정부에 도달하지 못한 채 꺼지고 말
지만 이는 "차갑고도 딱딱한 밤"(「뼈아픈 후회 — 3 이륙한다는 것」)
을 견디는 "고요한 혁명"(「촛불의 미학」)의 에너지이다. 따라서 그의
꿈의 세계인 망명 정부는 열두 개의 촛불이 타오르고 있는 한 언제

나 거기에 존재해 있는 것이다.

촛불이 이상을 향해 타오르는 시인의 내적 열망을 드러낸다면 돛배는 이곳에서 저곳으로 끊임없이 유랑하는 시인의 "막막하고 서러운 자유"(「뼈아픈 후회―4 바보들, 환생」)의지를 표상한다. 그것은 시인의 마음을 따라 검은색으로, 흰색으로, 푸른색으로 무수히 돛을 올려 망명 정부를 향한 출항의 뜻을 알린다. 그러나 열두 개의 촛불이 꺼지듯 그의 돛배는 "어디로도 가려 하지 않는 바람과 배 한 척"(「달」)으로 신열의 바다 앞에 정박해 있다.

음악들

멀리 있는 사물을 위하여 기타는 운다네, 뜨거운 남쪽 나라 모래는 하얀 동백 꽃잎을 구하네, 표적 없는 화살인 양, 아침 없는 오후에 나뭇가지 위에서 제일 먼저 죽어간 새를, 기타는 울어주네, 아, 기타여! 다섯 개의 검으로 베어진 심장이! (울고 있는)
「그리고 그후에 기타의 눈물이 시작되네―4 그리고 그후에」 부분

온통 백기처럼 휘날리던 폭설, 바다 위의 폭설, 배가 북쪽 항구에 닿았을 때, 그때도 그랬다, 나는 배의 갑판에 붙박혀 추운 곳으로부터 더 추운 곳으로 떼지어 몰려온, 바람의 푸르디푸른 음악 소리를 들었다
「음악들―10」 부분

잃어버린 사랑과 추억, 그리고 그곳에 도달하기 위한 열두 개의 촛불과 한 척의 돛배가 망명자의 꿈을 대변해준다면, 그 꿈의 좌절이 생성시키는 슬픔과 외로움을 박정대는 '음악'이라는 상징어로 표현하고 있다. 그의 음악은 '다섯 개의 검으로 베어진 심장'이 내는 상처의

노래이다. "끊임없이 바람의 전화벨 소리가 울린다. / 나무들이 아프기 때문이다"(「열두 개의 촛불과 하나의 달 이야기 — 8 다시 만항 이야기」), "누군가 빗속에 춥게 서 있었네 아무도 그에게 말을 걸지 않았네 누군가 빗속에 떨면서 서 있었네 그의 턱에선 턱의 눈물이 떨어졌네 누군가 빗속에 서 있었네 그토록 차디찬 음악 속에서"(「목련통신 — 5 그토록 차디찬 음악 속에서」)라는 시 구절에서도 알 수 있듯이 그의 음악들은 상처받은 영혼의 울음주머니에서 나오는 소리이다. 즉 그의 음악은 '추운 곳으로부터 더 추운 곳으로 떼지어 몰려온' 시린 영혼의 고백들이다.

그 고백의 간절함으로 시인은 '너'와 '나' 사이에 놓여 있는 폐허를 가로질러 "새롭게 이 세계의 지도를 그려"(「열두 개의 촛불과 하나의 달 이야기 — 10 밤의 여행자들」)넣으려 한다. 그러나 음악이 되려하는 나를 그대는 "들으려고 하지 않는다"(「열두 개의 촛불과 하나의 달 이야기 — 8 다시 만항 이야기」). 즉 나의 음악은 그대에게 가고자 하는 열망 속에서, 그러나 갈 수 없는 비애 속에서 탄생한다. 따라서 나의 음악은 그대와의 화음으로 이루어지는 것이 아니라 홀로 연주되는 '푸르디푸른 추운 음악'이다. 외로움과 슬픔은 시인이 말하는 음악과 동일어인 것이다. 부재와 상실이 나를 음악이 되게 하는 것이며, 그것이 또한 부재하는 꿈과 사랑을 기억하는 방법이다. 그러니 그의 음악은 아이러니하게도 불멸의 사랑인 것이다. 불멸하는 사랑, 불멸하는 꿈, 이것이 박정대가 세운 '망명 정부'이며 '격렬비열도'이다. 그의 격렬비열도엔 아직도 음악 같은 눈이 내리고, 흰 돛배가 겨울바람을 밀고 가고, 열두 개의 촛불이 불타고 있다. 그러는 한 그는 외로울 것이며 고통스러울 것이다. 그러나 그러는 한 그는 불멸하는 사랑과 추억을 간직할 것이다.

3. 길을 방목하는 자의 자유와 고독

폐허와 망명 정부 사이에서 유동하는 박정대의 시적 상상력은 외로움과 비애에 가득 차 있지만 결코 자기 감상을 낭비하지 않는다. 그를 유폐시키는 조건들과 그로부터 야기되는 상실과 고통 속에 스스로를 방목한다. 따라서 그는 감상을 딛고 끊임없이 움직이는 시혼(詩魂)으로 거듭 생성된다. 외로움과 슬픔에 침윤되지 않은 채 그것들을 먼 곳까지 풀어놓음으로써 고독한 자의 자유와 활기를 자신의 내부의 동력으로 되돌려놓는 것이 박정대의 시적 상상력이라 할 수 있다. 비통하지만 활동하는 영혼 속에서 그의 시는 호흡을 조절하고, 밤의 고요와 고독을 온전히 자기 것으로 소유하게 되는 것이다. 제14회 김달진 문학상 수상작인 「마두금(馬頭琴) 켜는 밤」 또한 이와 같은 박정대의 상상적 자질을 잘 드러내고 있는 작품이라 할 수 있다.

밤이 깊었다
대초원의 촛불인 모닥불이 켜졌다

몽골의 악사는 악기를 껴안고 말을 타듯 연주를 시작한다
장대한 기골의 악사가 연주하는 섬세한 음률, 장대함과 섬세함 사이에서 울려나오는 아름다운 음악 소리, 모닥불 저 너머로 전생의 기억들이 바람처럼 달려가고, 연애는 말발굽처럼 아프게 온다

내 생(生)의 첫 휴가를 나는 몽골로 왔다, 폭죽처럼 화안하게 별빛을 매달고 있는 하늘
전생에서부터 나를 따라오던 시간이 지금 여기에 와서 멈추어 있다

풀잎의 바다, 바람이 불 때마다 풀결이 인다, 풀잎들의 숨결이 음악처럼 번진다
고요가 고요를 불러 또 다른 음악을 연주하는 이곳에서 나는 비로소 내 그토록 오래 꿈꾸던 사랑에 복무할 수 있다

대청산 자락 너머 시라무런 초원에 밤이 찾아왔다, 한 무리의 대상(大商)들처럼
어둠은 검푸른 초원의 말뚝 위에 고요와 별빛을 매어두고는 끝없이 이어지던 대낮의 백양나무 가로수와 구절초와 민들레의 시간을 밤의 마굿간에 감춘다, 은밀히 감추어지는 생(生)들

나도 한 때는 무천(武川)을 꿈꾸지 않았었던가, 오래된 해방구 우추안
고단한 꿈의 게릴라들을 이끌고 이 지상(地上)의 언덕을 넘어가서는 은밀히 쉬어가던 내 영혼의 비트 우추안

몽골 초원에 밤이 찾아와 내 걸어가는 길들이란 길들 모두 몽골리안 루트가 되는 시간
꿈은 바람에 젖어 펄럭이고 펄럭이는 꿈의 갈피마다에 지상의 음유시인들은 그들의 고독한 노래를 악보로 적어 넣는다

밤이 깊었다
대초원의 촛불인 모닥불이 켜졌다

밤은 깊을 대로 깊어, 몽골의 밤하늘엔 별이 한없이 빛나는데 그리운 것들은 모두 어둠에 묻혀버렸는데 모닥불 너머 음악 소리가 가져다

주던 그 아득한 옛날

　아, 그 아득한 옛날에도 난 누군가를 사랑했던 걸까 그 어떤 음악을
연주했던 걸까

　그러나 지금은 두꺼운 밤의 가죽 부대에 흠집 같은 별들이 돋는 시간
지상(地上)의 서러운 풀밭 위를 오래도록 헤매던 상처들도 이제는
돌아와 눕는 밤

　파오의 천창 너머론 맑고 푸른 밤이 시냇물처럼 흘러와 걸리는데 아
갈증처럼 여전히 멀리서 빛나는 사랑이여, 이곳에 와서도 너를 향해
목마른 내 숨결은 밤새 고요히 마두금을 켠다

　몇 개의 전구 같은 추억을 별빛으로 밝혀놓고 홀로 마두금 켜는 밤
밤새 내 마음이 말발굽처럼 달려가 아침이면 연애처럼 사라질 아득
한 몽골리안 루트

　나는 박정대 시인이 몽골의 대초원에 정말 가보았는지, 몽골의 악
기 마두금을 켜보았는지 알지 못한다. 무슨 상관이랴. 이미 광활한
'몽골리안 루트'와 '오르틴도'(장중하고 편안한 몽골의 장가(長歌))가
그의 몸 속에서 움직이고 있으니 말이다. 길과 음악이 한 존재의 내부
에서 흘러 넘치는 몽골의 대초원을 상상해보는 것만으로도 이 밤의
여행은 모자람이 없이 느껴진다. '말을 타듯 연주'하는 '장대하고 섬세
한' 음악의 밤, 그리고 그 선율이 불러내는 또 다른 음악으로서 고요
는 슬픔과 외로움만이 아니라 '지상(地上)의 서러운 풀밭 위를 오래
도록 헤매던 상처들도 이제는 돌아와 눕는' 풍부한 휴식을 함께 제공
한다. 아무런 방해도 받지 않은 채 '오래 꿈꾸던 사랑에 복무'할 수 있
는 시간의 성찬이 여기에 있는 것이다. 즉 그는 생의 한가운데 몸을

담그고 있는 것이다. 이는 정주(定住)를 거부하고 거듭 움직임으로 자신을 몰고간 영혼만이 누릴 수 있는 생의 한때이다. 유폐의 공간을 넘어 페루와 혜화만과 은척과 해미읍성과 몽골의 대초원으로 지도를 확장해가는 박정대의 상상력은 그런 의미에서 성곽을 쌓지 않고, 대신 끊임없이 길을 만드는 유목민의 생존방식과 닮아 있다. 그는 길에서 풍찬노숙(風餐露宿)하는 고단함을 마다하지 않는다. 길들이 되돌려 주는 무한한 자유로부터 그가 얻는 것은 '끝없이 이어지던 대낮의 백양나무 가로수와 구절초와 민들레의 시간'이며, 그 시간들이 은밀히 감추고 있는 생의 비밀이다. 그것을 악보로 적으며 그는 밤을 밝히는 모닥불이 되고 대초원을 울리는 마두금이 된다. 즉 열두 개의 촛불과 푸른 음악이 되고 있는 것이다. 모닥불과 마두금으로 '나'는 그대를 향한 수천 갈래의 '몽골리안 루트'를 풀어놓고 있는 것이다. 그러나 그의 몽골리안 루트는 아침이면 '연애처럼 사라질 아득한' 꿈이기도 하다. 이 덧없음에 지치지 않고 '복무'하는 것이 그의 음악이다.

4. 다시 떠나는 밤의 여행자

외로운 자는 불면의 밤을 지새며 눈물을 흘리고, 그보다 더 외로운 자는 자기의 외로움을 베기 위해 날카로운 검이 된다. 그보다 더욱더 외로운 자는 마침내 스스로 외로운 악기임을 깨닫는다. 박정대의 시에서 그 악기는 다섯 개의 검에 베인 한 개의 심장이며, 열두 개의 촛불이며, 한 척의 흰 돛배이다. 음악이 먼 곳까지 울려가듯 아픈 심장으로, 촛불로, 바람의 돛배로 먼 꿈에 도달하고자 하는 것, 그것이 박정대의 시적 지향이다. 박정대의 시는 잃어버린 세계를 찾아가는 '밤의 여행자'의 노래이다. 길고도 긴 밤처럼 그의 여행은 아직 끝나지 않았다. 그의 여행지는 이곳과 저곳이 단절되어 있으면서 또한 완강히 이어져 있다. 아무도 없으면서 너로 가득하다. 과거이면서 현재이다. 외로움이면서 사랑이다. 이것을 가능케 하는 것이 촛불이며 돛배이며 음악이다. 마음에서 넘쳐나는 '추운 음악들'은 검으로도 막을 수 없는 이 시인의 내적 힘이다. 그것으로 그는 내려왔던 꿈의 사다리를 다시 오르고 있는 중이다. 그는 꿈과 현실의 경계에 있는 것이다. 이 고통의 경계에서 그는 다음과 같이 고백한다.

나는 스스로 아무것도 할 수 없는 나를 위하여
나는 스스로 아무것도 아닌 것들을 위하여.
나는 스스로 감히 글을 쓴다
「아무것도 아닌 것을 위하여」 부분

아무것도 할 수 없는 것, 아무것도 아닌 것을 위해 '복무'하는 것이 가장 시적인 일인지 모른다. "시(詩)는 아무것도 아니지만 / 아무것도 바라지 않는다"(「시(詩)」)는 채성병의 말처럼 '아무것도 아닌 것'을 향해 '아무것도 바라지 않'으며 몸과 마음을 열 때 지나가던 생의 시간은 거기 머물며, 보이지 않았던 아름다움은 거기 담긴다. 무욕한 마음이 빚어내는 시의 소중한 가치 또한 거기서 탄생한다.

현대 사회와 섹슈얼리티의 문제

— 김언희론 —

1. 섹슈얼리티의 변혁과 엽기 텍스트

성 체험이란 가장 사적인 것이기 때문에 예전부터 그것을 보여주거나 혹은 말하는 것이 금기시되어 왔다. 성에 대한 금기를 지속적으로 견지해올 수 있었던 요인에는 종교적 금욕주의뿐 아니라 인간을 이성적 존재로 규정짓는 도그마(dogma)의 역할이 컸다. 기존의 세계관은 여타의 다른 생명체와 인간을 구분 짓는 가장 확실한 종차(種差) 개념으로 줄곧 이성을 신봉해왔다. 그러나 이성이 욕망을 제어하고 세계를 질서화할 수 있는 인간정신의 가장 위대한 힘이라는 믿음은 후기산업사회에 접어들면서 흔들리기 시작한다. 이성중심적 사고가 후기산업사회의 다양한 문제들을 근원적으로 해결할 수 없다는 회의감이 일면서 인간에게 부여되었던 이전의 신뢰와 가치는 삼엄한 검문의 대상이 된 것이다.

이처럼 이성에 대한 회의감과 더불어 그간 억압되어 왔던 '신체'의 의미를 강조하고 있는 것이 현대 사회의 문화 특징 가운데 하나이다. 이성중심의 사회에서 억압되고 도구화되었던 신체는 한낱 정신의 그

룻이 아니라 삶의 의미를 생성해내는 보다 직접적인 진리의 현현 방식으로 의미화된다. 이러한 현상 속에서 좀더 솔직하고 대담한 몸의 언어는 그간 은폐되어왔던 존재성을 폭로함으로써 밀담으로서의 성을 공론화한다.

성의 공론화는 한편 기존의 섹슈얼리티의 구조적 변화에 따른 것이기도 하다. 친족관계나 출산, 결혼 등으로부터 끊어져 나온 조형적 섹슈얼리티(plastic sexuality)는 성의 개방을 촉진했을 뿐 아니라 도착과 변태, 엽기로 치부되었던 것들, 그리고 호모섹슈얼이나 레즈비언 등 비정상적인 관계로 치부되었던 것들을 다원주의라는 새로운 영역으로 대체시켰다. 이러한 사회적 분위기 속에서 성에 관한 공공연한 탐색은 이제 어색한 일이 아니라 일상의 한 범주로 자리잡고 있다. 그 양상은 페티시즘(fetishism) 경향에서부터 인간의 근원성을 묻는 실존적 맥락에 이르기까지 다양한 수준으로 전개되고 있다. 예를 들어 대중문화 곳곳에 침투해 있는 성적 스펙터클(spectacle)이 상품 미학의 기수로서 자본시장의 중요한 에너지원이 되고 있음은 물론이요, 예술의 영역에서도 성은 중요한 소재거리일 뿐만 아니라 시대 의식을 표출할 수 있는 중요한 상징물로 부상하고 있는 것이다.

우리 시에서 성담론은 특히 여성 시인들의 작품을 통해서 빈번하게 드러나는데, 김혜순, 김승희, 고정희, 최승자 등은 각각 독자성을 지니면서 한편으로는 자신들의 삶과 고통을 신체언어를 매개로 드러내고 있다는 점을 공유한다. 이들은 기존의 섹슈얼리티에 저항하거나 사회적 금기를 위반함으로써 우리 시대의 새로운 어머니로서, 때로는 악녀나 마녀로서의 역할을 당당하게 수행해내고 있는 전복적 사고의 소유자들이다. 여성시가 보여주고 있는 성담론은 사회적 관계 속에서 여성의 정체성을 묻는 페미니즘 운동과의 강한 연대성을 띠고 확산된 것이면서, 동시에 이리가레이(Irigaray)의 지적처럼 생리, 출산, 수유와 같은 몸의 변화를 직접 경험해야하는 여성들이 남성들에 비해 '접촉'에 의한 촉각중심의 육체적 텍스트에 더 본질적으로 밀착되어 있기 때문에 나타나는 것이기도 하다.

그러나 시양식을 통해서 표출되고 있는 성담론이나 성을 모티브로 한 특정 주제가 모두 진정한 의미를 생산해내고 있는 것은 아니다. 때로 과도하게 성을 남용하거나 왜곡시킴으로써 오로지 생물학적 존재로 인간을 가차없이 폄하시키거나 혹은 인간의 삶의 구조를 지나치게 단순화시키는 병적 징후가 발견되기도 한다. 김언희의 시가 그 대표적인 경우이다. 김언희의 시는 거의 대부분이 거리낌없이 노출된 육체적 텍스트라 할 수 있다. 그의 첫 번째 시집 『트렁크』(세계사, 1995)와 두 번째 시집 『말라죽은 앵두나무 아래 잠자는 저 여자』(민음사, 2000)에 파종된 언어들은 유래없을 만큼 과격하게 신체를 사실화할 뿐 아니라 인간의 육체가 지닌 아름다움을 철저히 배제한다. 그리고 구강, 항문, 성기만으로 인간의 신체를 축소시킴으로써 인간의 존재론적 의미를 비천한 영역에 감금시킨다. 일반인들의 온건한 상상과 기대감을 가차없이 뭉개버리고 피와 고름, 정액과 타액, 그리고 똥으로 질척이는 타자와의 관계를 그려내고 있는 김언희의 시세계는 섬뜩하고 음란하며 기괴하고 추하다.

이와 같은 김언희의 시를 대하는 독자는 보상케(Bosanquet)가 말한 '감상자의 약점'을 여지없이 경험하게 된다. 보상케는 추(醜)란 난해한 미를 간직하고 있는데 그것은 기실 복잡하게 얽혀 있음과 더불어 많은 감상자들이 지속할 수 없는 강한 정서적 긴장을 유발하기 때문이며, 대상이 관습적으로 존재하는 믿음을 따르지 않기 때문이라고 설명한다. 이러한 감상자의 의식성은 약점인가 아니면 당연한 것인가의 여부는 차치하고 김언희의 시가 서정시에 대한 기대지평뿐 아니라 일반인들의 도덕적 가치와 강하게 충돌하고 있는 것만은 사실이다. 불편하기 그지없는 과장과 왜곡으로 시인은 독자의 친숙한 현실을 맹렬히 파괴함으로써 독자로 하여금 분노, 경멸, 모욕, 공포, 불쾌, 불안, 역겨움 등의 심리에 시달리도록 유도한다. 이는 때로 그의 시에 대해 방어적 태도를 취하도록 하는 데까지 나아가기도 한다.

김언희 시가 독자로 하여금 극도의 부정적 감정을 일으키는 요인은 일차적으로 시적 의미보다는 시의 표면을 덮고 있는 엽기적 이미지들이다. 이질적인 것들을 혼합하거나 충돌시키는 방식을 통해서 시인은 비인간화된 신체의 카니발을 연출하고 있는데, 예를 들어 "말랑말랑한 이빨로 / 내 머리를 씹는, 옴쭉 / 옴쭉 나를 / 삼키는 구멍"(「황혼이 질 때면」), "낡아빠진 침대 스프링이 / 저 혼자 삐걱이며 자위를 하고"(「HOTEL ON HORIZON」), "코스모스 꽃잎 하나 당겨본다…… 질겨빠진 고무줄의 음순"(「비디오 가을」), "활짝 핀 종이 개나리들이 / 바싹 마른 음핵을 / 침을 묻혀가며 문질러대는 대낮의 오나니"(「저, 옐로우 하우스」), "귀 떨어지고 / 코 떨어지고 / 혀 떨어지고 // 자지가 / 대가리에 옮겨붙은 놈"(「이따만한」), "자궁의 목구멍에 아버지가 걸려 있다 / 하수구에 걸린 슬리퍼처럼"(「가족극장, 삭망(朔望)」) 등에서 보여지는 이질적 이미지의 비정상적인 결합은 혐오스럽고 불결한 성 이미지로 독자를 자극한다.

불일치, 소름끼침, 경악스러움, 섬뜩함, 불길함을 유발시키는 김언희 시의 낯설음은 곧바로 그로테스크(Grotesque) 미학과 만나게 되는데 그러나 그의 시에는 그로테스크 미학의 핵심이 되는 유머와 그 유머가 생성시키는 탄력의 묘미가 결여되어 있다. "속창 빠진 나를 / 하느님 / 꽈리 / 부시네"(「꽈리 부시네」), "침과 거품으로 뒤덮인 시의 돼지 주둥이"(「0시의 부에노스 아이레스」), "나비가 날아간다……좆이 / 덜렁덜렁한다"(「봄은 똥밭이네」), "내 머리 속을 털 난 구름이 되어 지나가는 / 노 브라 노 팬티의 / 시"(「털 난 구름」) 등 간혹 당혹스러운 농담이 발견되기도 하지만, 그의 시에서 이러한 농담과 희화적 이미지는 곧바로 공포의 용광로 속에 녹아버리고 말기 때문에 어떤 해방감을 주기보다는 대부분의 경우 공포감을 더욱 증폭시키는 역할의 의미가 더 강하다. 공포의 용광로 속에 끓고 있는 이미지들은 삶에 대한 깊이 있는 통찰로 이어지지 못하고 인간은 다만 서로가 지옥을 만들어내는 욕망의 고깃덩이라는 단순한 의미만을 반복 생산할 뿐이다. 이처럼 기괴한 이미지들이 은폐하고 있는 의미의 단순성이 그의 시를 실패로 이끄는 가장 큰 요인이기도 하다. 따라서 주로 기괴한 공포감과 그를 통해 인간적 유대를 비인간적 차원으로 전이시키고 있는 김언희의 시는 부조리한 삶과 맞서는 전위적 그로테스크라기보다 기괴함만을 탐닉하는 엽기 텍스트라 할 수 있다.

엽기는 현대인들의 권태적 심리를 가장 잘 드러내고 있는 문화현상 가운데 하나이다. 충격적이고 자극적인, 그리고 새로운 것을 생산하고 소비하려는 후기산업사회의 병적 욕구는 기괴한 이미지에 사로잡히길 좋아한다. 그렇기 때문에 현대인들에게 엽기는 기괴한 것이라기보다 흥미롭고 즐거운 것이라는 긍정적 의미의 말로 사용되기도 한다. 영화, 만화, 포르노그라피 등에 이미 널리 유포되어 있는 엽기는 키치가 과거의 다양한 양식을 모방, 위조하여 통속적인 싸구려 문화를 대량생산한 것과 마찬가지로 대중적 취향과 야합된 또 하나의 문화 목록이다. 엽기적 상품들은 권태에 빠져 있는 대중을 현혹시키고 광적인 정서로 몰아넣음과 동시에 대중의 기호를 유도하고 조작해낸다. 요즘 엽기 사이트가 폭발적인 인기를 끌고 있는 이유도 이 때문이다.

김언희의 시 또한 이러한 문화현상 가운데의 일부로 보인다. 왜냐하면 그가 엽기 텍스트를 통해서 그려내고 있는 기괴한 세계의 이면을 뒤져보면 "폭력적 세계는 숙명적인 것이다"라는, 실체가 없는 추상성과 마주치게 되기 때문이다. 또한 그의 시에는 그러한 세계에 대한 무비판적 사고가 팽배해 있을 뿐만 아니라, 인간을 다만 욕망의 고깃덩어리로 축소시키는 포르노그라피적 환상의 그늘이 드리워져 있기 때문이다. 그의 시는 잔혹하고 야만적인 세계를 기상천외한 이미지로 그려내고 있지만 그것이 함축하고 있는 의미는 기실 단순하기 그지없다. 그런 의미에서 김언희의 시는 공허한 현대인들에게 매혹적 스펙터클을 제공해 온 천박한 자본주의자들의 생산품과 닮아 있다.

2. 에로스의 죽음, 독백으로서의 몸

김언희 시에 가장 많이 등장하는 인물은 주체할 수 없는 '욕망의 고깃덩이'들이다. 그 욕망의 고깃덩이들은 일차적으로 성적 행위에 몰입되어 있는 성 중독자이거나 색광의 얼굴을 하고 있다. 그들은 배고픔의 신에게 붙들린 희랍 신화의 인물 에릭직톤처럼 거대한 허기증을 몸속에 담고 있는 강박적 존재들이다. 중독에 의한 강박행동이란 의

지력으로 멈출 수 있는 것이 아니기 때문에 자기 통제나 자율이 불가능한 상태 속에서 이루어진다. 김언희의 시에 등장하는 색광들 역시 오로지 '한다'라는 동사에 예속되어 있는 오토머신적 인간들이다.

한다
한시간이고
두시간이고한다
물을먹어가며한다
하품을해가며꾸벅꾸벅
졸아가며한다
한다깜빡
굴러떨어질뻔하면서그는
그가왜하는지
모른다무엇
과,하고있는지도
부르르진저리를치면서그가
한다무릎과팔꿈치가벗겨지면서이제는
목을졸라버리고싶지도
않으면서,한다
한다밤새도록걸어서다니는침대위에서
칠십네바늘이나꿰맨그가
죽다살아난그가
한다한다
한다천번이넘는

「한다」 전문

'무릎과팔꿈치가벗겨지면서' '죽다살아난그가' '왜하는지' '무엇 /
과,하고있는지도' 모르면서 '한다'. '그'의 이러한 행동은 과도하다는
인상을 넘어서 공포스럽기까지 하다. 그것은 '그'가 비인간적인 느낌
으로 형상화되어 있기 때문이다. 더 정확히 말해 '그'에게는 몸 이외
의 것은 존재하지 않는다. 인간의 본질적 요소인 사유라든가 감정이
라든가 하는 것들이 '그'에게는 없다. '한다'의 맹목성을 반복하는 기
괴한 에너지의 덩어리, 그것은 인간도 동물도 아닌 괴물이다. 이때
띄어쓰기가 고의적으로 배제되어 있는 이 시의 빠른 리듬은 '한다'라
는 동사의 주체를 물리적 감각의 층위로 육체화한다.

광기에 가까운 집착과 자기 파괴적 몰입 속에서 '그'는 왜 하는지
무엇과 하는지 모른다. 그에게는 행동의 의미성과 행동을 유발시키
는 대상성이 진공상태로 비어 있는 것이다. 이러한 그의 행위는 육체
와 정신의 상호작용에 의해 이루어지는 '에로스'와는 거리가 멀다. 에
로스가 지향하는 육체와 정신의 통합방식은 무엇보다 대상의 가치나
의미를 강조한다. 그것은 간단하게 말해 누구를 사랑한다는 감정의
충일성과 관계된다. 그런 면에서 에로스는 대화적 관계방식이다. 반
면 이 시에서 '그'의 행위는 대화적인 것이 아니라 독백적이다. 성
(性) 독백은 대상과의 접촉과 그 접촉이 파생시키는 의미에는 관심
이 없다. 오직 자신의 욕망을 실현시키는 데 목적이 있다. 따라서 '그'
의 상대는 사물 이상의 의미를 갖지 못한다. 시인은 '그'의 성적 상대
를 시의 표면에서 아예 지워버린다. 이처럼 대상에 대해 무관심한 성
독백은 그 자체로 상대에게는 가학적이며 폭력적인 것이다. 우리가
일반적으로 말하는 포르노그라피는 에로스적 대화를 제거한 채 성
독백으로 가득한 육체의 이미지로 이루어진다. 그런 의미에서 이 시

의 기저는 포르노그라피적 상상력과 긴밀한 관련을 맺는다.

김언희의 포르노그라피 속에 가장 많이 등장하는 색광은 '아버지'이다. '그'라는 이름을 아버지라는 이름으로 바꾸면서 김언희는 더욱 복잡한 의미망 속에서 자신의 시를 읽어줄 것을 간접적으로 요구한다. 왜냐하면 익명의 '그'와는 달리 아버지는 결코 '나'와 무관할 수 없는 존재이며 '뿌리'와 관련된 원형성을 함의하기 때문이다. 그런데 그런 아버지가 그의 시에서는 무지막지한 성 탐닉자로 등장하고 있는 것이다.

> 거울 속의
> 아버지, 새빨간
> 패티큐어를 하고, 아이,
> 꽃만 보면 소름이 쪄요, 허리를
> 꼬는 아버지, 과부가
> 된 아버지,
> 생리중인 아버지,
> 시뻘건 아버지의 음부, 아버지의
> 질, 하룻밤에 여든여덟 체위로
> 내 남자와
> 하는,
>
> 빗자루 손잡이와 그짓을 하고, 자동차 뒷자리에서 스무켤레의 구두와 하고, 유리상자 속에서 왕뱀과 동거를 하는,
>
> 아버지이, 아버지의 목청으로 부르르 나를
> 부르는 아버지
>
> 「가족극장, 과부가 된 아버지」 전문

이러한 시를 우리는, 아니 우리의 정서는 어떻게 받아들여야 하는 가? 남성동성애자인 패곳(faggot)으로서의 아버지, 색광으로서의 아버지, 여자의 몸을 한 기괴한 아버지. 이러한 아버지를 탐욕에 눈이 먼 권력자로, 혹은 남성이데올로기의 문화적 상징으로 해석하고, 아버지는 이 시대에 탄핵해야 마땅할 존재라 생각하며 텍스트를 덮으면 되는가? 이 시를 자세히 읽어보면 그렇지 않다. 그의 '아버지'가 문화적 상징으로서의 '아버지'라면 문화적으로 억압되었던 '어머니'가 대응을 이루어야 하는데, 그러한 맥락은 별로 드러나 있지 않다. 뿐만 아니라 이 시에서 '새빨간 페티큐어' '생리' '시뻘건 음부' 등 여성적 이미지와 관련된 시어들 또한 음란함을 불러일으키는 장치로 사용되고 있다. 여기에는 아버지로 대변되는 남성뿐만 아니라 여성에 대한 혐오감도 함께 내포해 있는 것이다. 따라서 김언희의 시는 여성 대 남성의 문제가 아니다.

이를 통해 볼 때 김언희의 시에 반복적으로 등장하는 '아버지'는 권위의 주체도 검열관으로서의 억압자도 아니다. 다만 '색광'일 따름이다. '빗자루 손잡이와 그짓을 하고, 자동차 뒷자리에서 스무켤레의 구두와 하고, 유리상자 속에서 왕뱀과 동거를 하는' 아버지는 어떠한 것도 가리지 않는 광적인 성 중독자며 성 독백자인 것이다. 그리고 그 색광의 모습은 「가족극장, 나에게 벌레를 먹이는」 「가족극장, 코 없는 콧구멍으로」 「가족극장, 삭망(朔望)」 등의 시에서 하나같이 시적 화자(딸)와의 성적 관계를 통해 구체화된다. '딸'을 겁탈하는 '아버지'의 모습 역시 여성을 억압하는 문화적 상징으로 반복 오인하게 하는 요인이기도 한데, 김언희의 시에 자주 등장하는 '딸' 또한 '아버지'와 동일하게 폭력적인 인물이다.

여기서 또 하나 생각해볼 것은 '색광'을 대변하는 '아버지'라는 이름이 「아버지」「HOTEL ON HORIZON」「아버지, 아버지」「아버지의 자장가」「벗겨내주소서」「가족극장, 문고리」 등 많은 시에서 자주 반복됨으로써 그 아버지가 친족관계의 아버지로 읽히기까지 한다는 점이다. 특히 '가족 극장'이라는 제목 하에 등장하는 아버지를 통해서 시인은 가족의 일원으로서 '아버지'를 강조하기도 한다. 이러한 의도적 장치는 언어의 지시적 기능으로부터 자유로울 수 없는 독자를 고스란히 모독하는 효과를 얻어낸다. 하나의 단어가 일정한 시적 구조 속에서 전혀 다른 이차적 의미를 생산해내기도 하지만, 그러나 언어가 가지고 있는 지시성을 완전히 벗어날 수 없음 또한 사실이다. 김언희의 시에서 동일 단어의 반복작용은 지시적 의미를 환기함과 동시에 그것을 더 강하게 고착시키는 역할을 하기 때문에 독자는 색광과 아버지를 동일시해야 하는 불쾌한 감정에 빠지게 되는 것이다. 포르노그라피가 아름답기 때문에 사람의 시선을 끌어들이는 것이 아니듯이, 이러한 혼란은 적어도 독자에게 충격을 주어 그의 시선을 사로잡는 데 성공할 수 있는 것으로 보인다.

김언희의 시에서 아버지에 비해 아주 적은 횟수로 등장하지만 '어머니' 또한 아버지와 별반 다를 바 없는 색광으로 그려진다.

살진 어머니가
천천히
벽 위를 기어 내려오시네, 어머니는 결코
서두르시는 법이 없네, 어마어마한
어머니의 둔부, (누가

이 궁둥이의
음탕한
움직임을 거역할 수 있을까), 나는
어머니하고
해야
하네, 구불텅거리는
뱀의 침대 위에서 어머니하고,
사백 살 먹은 어머니의
네 개나 되는 위를
채워주어야 하네,
마흔 개나
되는 음부를
채워주어야만 하네

　　　　　　　　　　　　「가족극장, 살진 어머니」 전문

　네 개나 되는 위와 마흔 개나 되는 음부를 가진 '어머니'는 우리의
의식 속에 각인되어 있는 보편적인 어머니 상을 지워버린다. 이 시에
등장하는 어머니는 대식가이며, 끊임없이 색을 밝히는 매음녀이다.
김언희의 다른 시 「가족극장, 중절되지 않는」에서도 "탯줄에 매달려
어머니 쪼록쪼록 나를 / 빨아먹는다 내가 / 쭈글쭈글해진다"와 같은
구절을 발견할 수 있다. '나'는 그러한 어머니의 무시무시한 욕망의
먹이로서 어머니하고 해야하는, 아니 해줘야하는 예속적 존재이다.
'나'라는 존재의 의사나 감정과 무관하게 어머니의 욕망을 채워주어
야한다는 강압적 상황은 독백적 관계 양태를 그대로 드러낸다. 그렇
기 때문에 앞서 살펴본 '그'나 '아버지'와 마찬가지로 '어머니'에게 접

촉의 의미나 접촉의 대상은 문제가 되지 않는다. 중요한 것은 욕망을 채우는 일이다. 이러한 '어머니'의 모습이 상징하고 있는 것처럼 김언희의 시에는 근원으로서의 아니마(anima)에 대한 몽상이 완전히 제거되어 있다.

「가족극장, 살진 어머니」에서처럼 강요된 근친 섹스가 김언희 시에서는 매우 큰 비중을 차지한다. 근친상간, 특히 부모와 자식간의 성교는 모든 성적 행위 가운데 가장 완강하게 금기시되고 있는 부분이다. 굳이 오이디푸스의 비극을 끌어들이지 않더라도 그것은 상상만으로도 죄를 짓는 기분을 들게 한다. 그렇다면 이와 같은 근친상간의 독백적 스펙터클을 반복적으로 연출하고 있는 김언희의 의도는 무엇인가? 그는 인간의 본질을 '욕망'으로 파악한다. 삼인칭으로서의 '그'뿐만 아니라 '나'의 뿌리인 '아버지'와 '어머니'까지 모든 인간은 근원적으로 욕망의 덩어리인 것이다. 이러한 맥락에서 본다면 '욕망'의 태반 속에서 생겨난 '나' 또한 다름 아닌 욕망의 덩어리일 수밖에 없다. 여기에는 '한다'라는 동사 이외의 것을 전혀 인정하지 않으려는 부정적이고도 숙명적인 인간관이 자리잡고 있다.

따라서 '한다'라는 동사는 '싸우다'와 동일한 의미이며, 이는 싸움이 삶의 필연적 전제라는 논리를 만들어낸다. 김언희의 또 다른 시 「태어나보니」에서 "육회와 수육 / 창창한 / 육절기(肉切機)의 세월이 기다리고 있다고 // 정다운 갈고리 아버지 / 나를 꿰어 들고 / 계셨어요"라는 고백을 볼 수 있는데 이는 부조리한 세계가 '나'와의 관계에 의해 만들어진 것이 아니라 숙명적으로 전제된 것임을 나타낸다. 그런데 인간은 이 세계에서 다만 '식육(食肉)'으로 태어나고 존재한다는 숙명론적 인식은 막연하고도 추상적인 관념성을 드러낼 뿐만 아니라 세계의 복잡성을 아주 단순화시켜버리는 것이기도 하다. 즉 폭력을 생산해내는 권력의 다양성을 인정하지 않음으로써 세계에 대한 비판의식을 원천적으로 봉쇄하고 있는 것이다. 그러나 과연 세계의 모든 악을 인간의 본질로 환원시킬 수 있는가. 특정 개체가 갖게 되는 막연한 숙명론은 어쩔 수 없는 것이기도 하지만 독자의 입장에서는 적어도 그것이 진실인가 아니면 개인사가 만들어낸 사적인 관념에 불과한 것인가 생각해보지 않을 수 없다. 인간의 위대성이나 가능성을 애초부터 포기하고 있는 김언희의 관념적 구도는 세계에 대한 새로운 해석을 불가능하게 하며, 따라서 창조적 주체의 능동성을 소거시킨다. 그에게 진보적 삶에 대한 믿음은 허위일 뿐이다. 그의 시가 무비판적이고 무반성적인 채 인간 군상의 잔인한 드라마를 끊임없이 반복하는 이유도 여기에 있다. 이처럼 극단적 비관론 속에는 독백하는 몸만이 존재할 수밖에 없으며 인류가 오랫동안 지향해왔던 에로스는 질식할 수밖에 없다.

3. 폭력의 순환성

욕망의 덩어리로 인간을 인식할 때 그들의 관계를 상징적으로 드러내는 성이 추악한 폭력의 양상으로 귀결되는 것은 당연한 논리이다. 이때의 성, 혹은 타자와의 접촉이나 관계방식은 일방적으로 주관화될 수밖에 없다. 그렇기 때문에 객관으로서의 대상은 주관을 실현시키기 위한 도구적 가치 이상일 수 없다. 접촉대상의 육체는 훼손되거나 해체됨으로써 상대의 물리적 힘의 작용력을 드러낸다.

너는 나를 뿌려진 나를 밟고 간다 즈려밟는 발이 내 몸속에 푹푹 빠진다 오오 진달래 꽃빛으로 뭉그러진 살이 네 발에 엉겨붙는다 황황히 너는 발을 뽑는다 한쪽 발이 더 깊이 박힌다 뿌려진 눈 뿌려진 코 뿌려진 입으로 밟힌 꽃의 내장이 비그러져 나온다

오오 나, 보기 역겨워

역겨운 역겨운 역겨운 노래를 부른다 눈구멍 콧구멍 귓구멍으로 내장을 몰고

오오, 영변 약산

얼굴이 있어야 할 자리에
구두 한 짝이 박혀 있다

염통이 있어야 할 자리에
구두 한 짝이 박혀 있다

「역겨운, 역겨운, 역겨운 노래」 전문

금방 알 수 있듯이 이 시는 김소월의 「진달래꽃」을 패러디하고 있는 작품이다. 「진달래꽃」의 처연함 위에 시인은 '역겨운 노래'를 덮어 씌운다. '진달래꽃'을 즈려밟힌 '나'의 신체로 전이시킴으로써 님에 대한 애절함이나 그리움보다는 훼손된 육체의 추한 몰골을 강조함과 동시에 고전적 사랑의 방식을 아름다움이라고 여겨왔던 믿음을 와해시킨다. 따라서 '님'은 더 이상 눈물 흘리며 보내야하는 흠모의 대상이 아니라 '나'를 짓밟는 가해자인 것이다. 즉 이 시인이 강조하고 있는 것은 '진달래꽃'으로 승화된 이별의 슬픔이 아니라 님의 폭력성인 것이다. 이때 죽처럼 엉긴 신체에 박혀 있는 '구두 한 짝'은 '너'의 발

길질을 물질화함과 동시에 '너'의 부재를 가시화하는 이미지로 비천하게 전락해버린 너와 나의 관계를 증명해주는 상징물이다.

이 시에서처럼 김언희의 시에 등장하는 타자는 행복한 동반자가 아니라 언제나 폭력적 존재로 의미화된다. 예를 들어 "의자였는데 / 내가앉으니도마였다 / 베게였는데 / 내가베니작두였다"(「의자였는데」)라든가 "얼음톱밥에 / 삶은 피를 끼얹어 먹는 팥빙수"(「얼음여자」)와 같은 구절이 환기하는 잔혹한 삶의 구도가 이를 말해준다. 그런데 더 중요한 것은 시적 화자로 등장하는 '버림받은 자' 또한 때론 잔인한 박해자의 얼굴로 등장한다는 것이다. 즉 세계와 타자는 폭력적 가해자이고 '나'는 폭력의 희생자라는 도식을 김언희는 거부한다. 그의 시에 나타나는 시적 화자는 폭력의 희생자인 동시에 폭력의 막강한 행사자이기도 하다. 「겸상」은 그런 의미에서 「역겨운, 역겨운, 역겨운 노래」와 대응되는 작품이라 할 수 있다.

　　더운 밥 한 그릇 잘 먹고 온 사람에게
　　쉰밥 한 그릇 권한다
　　밥상보 둘러쓰고
　　저 혼자 쉬어터진 쉰밥 한 그릇 자꾸 권한다
　　쉬어터진 밥알과 밥알 사이 실곰팡이 허이옇게 늘어지는
　　손가락 사이가 쩍쩍 들어붙는 희미한 옛사랑의 그림자 한 그릇
　　꾸역꾸역 권한다
　　둘이 먹다 하나가 죽어도 모른다고
　　냉장고 속에서 막 꺼낸 얼음밥 한 그릇 또 권한다
　　밥주발 가장자리 말라붙어 찌르는 회한의 밥풀
　　남김없이 긁어 먹자고 둘이

먹다가 하나가
죽자고 죽은 줄도 모르고
마주앉아 썩어가자고

　'희미한 옛사랑의 그림자'라는 표현에서 감지할 수 있듯이 이 시는 버림받은 자의 미련과 증오의 감정을 '쉰밥' '얼음밥'으로 비유하고 있는데 여기서의 밥먹이기는 버린 자를 학대하는 행위로 볼 수 있다. 이 시 또한 서정주의 「춘궁(春窮)」을 패러디한 작품으로 보이는데 서정주는 「춘궁(春窮)」에서 '보름을 굶은 아이'의 결핍을 '보름을 더 굶은 아이' '또 보름을 더 굶은 아이'로 증폭시켜감과 동시에 이를 극복해 가는 정신적 힘의 작용을 '밥상을 받은 듯' '겸상한 양' '인제는 다 먹고 난' 등으로 비례화하고 있다. 이러한 대비는 빈곤과 굶주림을 풍요로 뒤바꿔 놓으려는 서정주의 지향성을 드러낸다. 반면 이 시는 타자에 대한 보살핌과 애정으로서의 밥먹이기가 아니라 상대를 고문하는 밥먹이기라 할 수 있다. 밥먹이기는 곧 '배 터져 죽이기'라는 폭력적 상황을 만들어냄으로써 풍요가 아닌 결핍의 아이러니로 치닫고 있는 것이다. 이는 버림받음이라는 결핍을 더 큰 결핍으로 몰고 가려는 파괴심리를 내포한다. 김언희의 상상력은 이처럼 삶의 부정적 요인들을 극복해가려는 정신의 힘보다는 그것과 함께 자멸하고자 하는 인간의 파괴심리에 기반해 있다.

　김언희 시에서 이와 같은 순환적 폭력은 독백하는 몸의 '욕망 채우기'로 거듭 회귀한다. 즉 폭력과 '욕망 채우기'는 등가의 의미인 것이다. 가장 극단적인 몸의 독백이 '하다'의 몰입이며, 그것은 그의 시에서 '먹다'와 동일어로 사용되기도 한다. 「아버지의 자장가」는 그러한 작품들 가운데서도 가장 잔혹함을 보여주는 예라 할 수 있다.

이리 온 내 딸아
네 두 눈이 어여쁘구나
먹음직스럽구나
요리 중엔
어린 양의 눈알요리가 일품이라더구나

잘 먹었다 착한 딸아
후벼 먹힌 눈구멍엔 금작화를
심어보고 싶구나 피고름이 질컥여
물 줄 필요 없으니, 거
좋잖니……

어디 보자, 꽃핀 딸아
콧구멍 귓구멍 숨구멍에도 꽃을
꽂아주마 아기작 아기작 걸어 다니는
살아 있는 꽃다발
사랑스럽구나

이리 온, 내 딸아
아버지의 바다로 가자
일렁거리는 저 거대한 물침대에
너를 눕혀주마
아버지의 바다에, 널
잠재워주마

이 시에서도 김언희 특유의 '질척거림'은 정서와 감각을 자극함으로써 독자를 견딜 수 없는 공포 속으로 밀어넣는다. '아버지'의 부드럽고 섬뜩한 어조 속에서 자행되는 이 살해 장면은 그야말로 엽기적이다. '금작화'의 악마적 이미지는 파헤쳐진 육체와 대비를 이루면서, 이미 생명을 박탈당한 육체를 더욱 비생명적인 것으로 전경화(foregrounding)한다. 이와 같이 이질적 이미지의 충돌에 의해 발생하는 부조리함은 '아버지'의 야만적 가학성을 폭로하는 데 기여한다. 그리고 여기서 '거대한 물침대'는 '먹다'라는 행위가 '잠재우다' '수장(水葬)하다'로 이행해 감을 뜻하기도 하지만, 이는 '아버지'의 욕망이 식욕에서 성욕으로 옮겨가고 있음을 암시하기도 한다.

'먹다' '먹히다'에 의한 타자와의 관계방식은 인간 존재의 의미를 '음식'과 등가의 것으로 치환시킨다. 따라서 인간은 그것이 주체이든 타자이든 관계없이 모두가 먹고 먹히는 욕망의 덩어리로 의미화될 수 있다. 이는 김언희 시에서 반복적으로 나타나는 양상인데 특히 성적 모티브를 끌어오고 있는 시에서 더욱 지배적으로 드러난다. "당신의 음경에 꼬치 꿰인 채 / 뜨거운 전기오븐 속을 / 빙글빙글빙글 / 영겁회귀 / 돌고 돌께요 간도 / 쓸개도 없이"(「늙은 창녀의 노래 · 2」), "마늘 대신 쑥 대신 당신 / 당신을 집어넣고 / 통째 우겨넣고 / 끓는 기름의 고요 / 속으로 투신하고 싶어"(「늙은 창녀의 노래 · 1」), "탱탱한 비닐 정조막을 덮어쓰고 / 비늘 친 알몸으로 당신의 / 식욕을 기다린다"(「거두절미」) 등이 그 예이다. 이처럼 성적 대상을 음식으로 비유하는 발상은 속담과 속언에서 자주 발견되는 아주 보편적인 은유방식이라 할 수 있다. 이러한 비유방식은 인간의 가치를 조금도 인정하지 않는, 그럼으로써 인간 존재를 비하하려는 의식의 소산이다. 즉 육체의 극단적인 물신화가 음식으로 표현되고 있는 것이다.

「아버지의 자장가」에서 보이는 것과 같은 폭력적 아버지의 모습이 김언희 시에서 매우 빈번히 등장하기 때문에 독자는 자칫 '나'를 아버지의 희생물로만 오해할 소지가 있다. 그러나 그의 시에서 폭력의 양상은 언제나 상호적이다. 아버지가 '나'에게 가해자이듯 '나' 또한 한 욕망의 덩어리로서 아버지를 가해한다. 그리고 그 잔인함의 정도도 비슷하다.

이리 와요 아버지 내 음부를 하나 나눠드릴게 아니면 하나 만들어드릴까 아버지 정교한 수제품으로 아버지 웃으세요 아버지 아버지의 첫날밤 침대맡에는 일곱 어머니의 창자로 짠 화환이 붉디 푸르게 걸려있잖아요 벗으세요 아버지 밀봉된 아버지 쇠가죽처럼 질겨빠진 아버지의 처녀막을 찢어드릴게 손잡이 달린 나의 성기로 아버지 아주 죽여드릴게 몇 번이고 아버지 깊숙이 손잡이까지 깊숙이 아버지 심장이 갈래갈래 터져버리는 황홀경을 아버지 절정을 아버지 비명의 레이스 비명의 프릴 비명의 란제리로 밤단장한 아버지 처녀 척하는 아버지 그래봤자 아버진 갈보예요 사지를 버르적거리며 경련하는 아버지 좋으세요 아버지 아버지로부터 아버지를 뿌리째 파드릴게

「가족극장, 이리와요 아버지」 전문

앞서 「가족극장, 과부가 된 아버지」에서 보았듯이 '딸'로 등장하는 김언희의 시적 자아가 아버지를 매질하는 방식은 아버지를 여자로 만들어버리는 것이다. '정교한 수제품'으로 만들어진 '쇠가죽처럼 질겨빠진' '처녀막'을 가진 아버지는 처녀가 아닌 갈보이며, 위선적이고 기만적인 존재이다. 그 '아버지'의 근성을 뿌리째 뽑기 위해 '나'는 '음부'가 아닌 '손잡이 달린' 딜도(dildo: 대용 남근)로 전환된다. 여기

서 주목해야 할 것은 '아버지'를 증오하는 시적 자아가 아버지적인 신체와 근성으로 되돌아가고 있다는 점이다. '나'는 아버지를 죽이기 위해 다시 아버지가 되고 있는 것이다. 즉 '나' 또한 '처녀'의 순수성으로 아버지에게 대응하는 것이 아니라 '나'를 가학했던 아버지의 방식으로 대응하고 있는 것이다. 찢어드릴게, 죽여드릴게, 뿌리째 파드릴게 등의 동사로 증폭해 가는 '나'의 가학성은 아버지의 위선을 탄핵하고 공격하는 것이면서 동시에 '내'가 아버지를 닮아 가는 과정이기도 하다. "내가, 아버지의 / 아가리에 / 똥을 / 쌀 / 차례죠……"(「가족극장, 문고리」), "쥐덫 속에 / 아버지를 / 기르고 꼬리를 / 자르고 웃었어"(「가족극장, 쥐덫 속에」)와 같은 구절에서도 '아버지'와 닮아 있는 가학충동을 발견할 수 있다.

김언희의 시에 등장하는 인물들은 모두가 폭력적이다. 즉 모두가 상대를 먹어야하는 욕망의 덩어리이며, 이 욕망의 덩어리들은 끊임없는 투쟁의 관계를 통해서 자신의 삶을 구축해 가는 부정적 인물들이라 할 수 있다. 가학과 피학만이 악순환하는 지옥의 드라마 속에는 출구가 없다. 서로를 매질하는 '가족'이 있을 뿐이다.

4. 배설의 추악함

욕망은 근원적으로 소비와 친족적이다. 거대한 결핍으로 비어 있는 신체는 끊임없이 '나' 아닌 것으로 '나'를 채워가야 한다. 이러한 과정이 폭력의 악순환을 만들어낸다면, 이 악순환 속에서 만들어지는 또 하나의 욕망은 '배설'이다. 따라서 '먹다'와 '싸다'는 한통속인

것이다. 김언희의 시가 욕망의 덩어리로서 인간 존재를 규정하고 있
다면 그 존재들이 배설의 생리를 탐닉하게 되는 것 또한 당연한 귀
결이기도 하다. 김언희의 시에는 '하다'나 '먹다' 뿐 아니라 '싸다'를
반복하는 인물 또한 빈번하게 등장한다.

장바구니를 들고 오늘은 또 무엇을
똥으로 만들어줄까
미나리 상추 쑥갓
바지락 피조개
펄펄 뛰는 저 도다리란 놈을 똥으로
만들어버려……?
항문을 쩝쩝 다시며 지나가는
과일전 좌판 위에
황도 백도 천도 복숭들
등천하는 저 향기를 구린내로
저 신선한 과육들을
똥으로 만들어버리는 무서운
분뇨의 회로 나를
거치면 모든 것은 왜
심지어 당신, 심지어
하느님까지, 내게서
나오는 것은
왜 모조리

「왜, 모조리」 전문

모든 것을 '똥'으로 만들어버리는 혐오스러운 존재로서 '나'는 위대

한 정신의 창조자로서의 인간과는 전혀 다른 차원의 존재론을 생성해낸다. '항문'이나 '분뇨의 회로'로 표현되고 있는 '나'에 대한 환유들은 '나'로부터 인간 존재에게 부여되었던 긍정적 가치를 일시에 제거해버린다. 여기서 인간 존재로서의 위엄이란 찾아볼 수 없다. 김언희는 다른 시에서도 "나는 방약무인한 구린내로 나의 있음을 진동시킨다"(「홍도야」), "내 인생은……더러움 위에 찍힌…… 똥의 방점……"(「똥의 방점」) 등으로 자신의 존재감을 표방하고 있다. 이와 더불어 음식물을 분뇨의 형태로 만들 듯이 이 시의 시적 자아는 '당신'이나 '하느님'까지 모조리 '똥'으로 만들어버리는 사유구조를 가지고 있다. 예를 들어 그의 시에 나오는 '미륵'이나 '성당' '아버지'는 하나같이 쾌락의 노예가 된 색마로 표현되고 있는데 이러한 신성모독의 상상력이야말로 도도한 권위와 위엄을 단번에 '똥'으로 만들어버리는 사유의 틀이라 할 수 있다. 따라서 '나'는 육체를 통해서뿐 아니라 정신을 통해서도 분뇨를 생산해내는 자이다. 자신의 존재의미를 함의하는 '시쓰기'에 대해 스스로 더럽고 모욕적인 언사를 마구 해대는 김언희의 자기 비하적 포즈는 이러한 분뇨적 상상력에 의해 발현된 것이다.

    1
    누가 내 시에 마요네즈를 발랐지? 누가 내 시에 대고 수음을 한 거야? 세상은 사랑하는 사람의 오래된 시체 같다고? 환장할 개떼들이, 미쳐버린 시간이 누런 이빨을 드러내는데, 공수병 걸린 시는 세상에서 가장 더러운 구녁에서 나온다고? 침이 질질 흐르는 네 년의 열세번째 구녁에서? 손도끼로 하나하나 찍어 만든, 그 구녁에서?
               「누가 내 시에 마요네즈를 발랐지?」 부분

여기서 '시'는 '음식'과 '성기'로 은유되고 있다. 즉 '시'는 고귀한 정신의 산물이 아니라 마요네즈를 발라먹거나 수음을 하는 가장 원초적인 욕망의 대상물인 것이다. 이러한 은유는 영혼이나 정신의 등가체로서의 시의 가치를 먹어치우거나 해버려야 하는 육체적 욕망의 대상으로 전환시킨다. 이 일회성은 '똥'으로 무가치하게 탈바꿈하는 모든 사물들의 운명처럼 시 또한 '똥'이 될 수도 있다는 논리를 만들어낸다. 이는 그가 시어로 자주 사용하는 껌이나 모나리자 화장지와 같은 일회적 사물들과 시가 별로 다를 게 없다는 의식과 연관된다. 시는 영혼의 언어로서 영원히 지상에 남는다는 믿음을 뒤흔들어 놓음으로써 시인은 자신의 언어의 현존성을, 즉 '지금 여기'에 존재하는 살아 있는 몸으로서의 시를 부각시키고 있는 것이다. 그렇기 때문에 그의 시는 '자궁'이 아니라 지극히 사실적인 '세상에서 가장 더러운 구녁'에서 나온다. 특히 김언희의 시에서 '구녁'은 질, 항문, 입, 음부 등을 포괄하는 시어로서 이들 모두의 기능을 하나로 응집시키고 있는 이미지이다. 따라서 그가 말하는 구녁은 먹고 배설하는 생물학의 총화이며, 인간의 내부에 소용돌이치는 욕망의 근원적 회로이다. 그는 이를 통해 자신의 시가 더없이 불결한 육체의 자식임을 선언하고 있는 것이다. 「0시의 부에노스아이레스」 「밀롱가 1」 「털 난 구름」 「벌레 먹은 장미」 「시」 등에 나오는 "시의 돼지 주둥이" "추잡한추잡한추잡한 시" "노브라 노 팬티의 / 시" "벌레먹은 시" "내, 구더기의 영혼" 등의 표현은 모두 「누가 내 시에 마요네즈를 발랐지?」와 동일한 인식을 드러내준다.

자신의 존엄성을 주저없이 박탈해버리고 스스로를 생물학적 존재로 규정해버리는 이러한 솔직성은 관념적 존재가 아닌 리얼한 세계와 맞닥뜨려 있는 생생한 육체로서의 인간의 초상을 그려낸다. 그러나 이와 같은 인간의 초상이 인간 존재에 대한 깊이 있는 고뇌와 성찰을 바탕으로 하고 있는가에 대해서는 매우 회의적이다. 왜냐하면 「왜 모조리?」에서 볼 수 있듯이 시적 자아는 분뇨의 생산자로서의 자신의 욕망에 집중되어 있기 때문이다. '항문을 쩝쩝다시며 지나가는' 행위는 왜 모든 것이 '똥'이 되어야만 하는가에 대한 사유보다는 무엇을 똥으로 만들까 하는 유희와 탐닉을 더 우선적으로 드러낸다. 그렇기 때문에 김언희의 존재론이 표방하고 있는 자학적 성향은 위험한 것이다. 자학이 자신에 대한 진지한 성찰로 이어지지 않는다면 그것은 개인적 유희나 병적 징후로 남게 되기 때문이다.

그리고 김언희가 '하다'와 '먹다' '싸다'를 통해서 보여주고 있는 인간론과 성담론은 인간의 몸을 성기, 구강, 항문으로 국한하고 있다는 점에서 이는 억압된 신체의 해방과 확장을 구가하는 오늘날의 탈근대적 입장에서의 신체 탐구와는 차이를 갖는다. 섬뜩하고도 과격한 포르노그라피를 연출하고 있음에도 불구하고 김언희는 기독교와 부르주아의 노동윤리가 만들어낸 성기중심의 섹슈얼리티를 그대로 답습하고 있는 것이다. 기독교의 엄격한 계율과 부르주아적 노동윤리가 만들어낸 금욕주의는 낭비를 악덕으로 이데올로기화함으로써 인간의 몸을 오로지 성기로 축소시켜버린다. 그것은 생산을 위한 도구로 몸을 통제하기 위한 전략이다. 아이러니컬하게도 김언희의 구강, 항문, 성기로 축소된 몸의 논리 또한 억압과 통제에 대한 저항이 아니라 오히려 그것이 숙명인 것처럼 인간 존재를 더욱 고착시키는 역할을 하고 있는 것이다. 따라서 그의 시가 보여주고 있는 엽기적 기괴함은 독자에게 일시적 충격을 줄 수 있을지 몰라도 기존 이념을 공격하기에는 무기력하다.

지나친 이성주의가 인간 존재의 자연성을 은폐시킴으로써 자기 기만에 빠지게 되는 위험을 가지고 있었던 것과 마찬가지로 지나치게 생물학적 측면에서 인간 존재의 의미를 규정하는 것 또한 위험하기 그지없다. 둘 다 총체성을 잃어버린 극단의 존재 규정인 것이다. 생물학적 인간론이 과거에 사상된 존재의 의미를 찾아내는 것은 의미 있는 일이긴 하나 김언희와 같은 존재론은 인간 존재의 가치를 너무 좁은 영역에 국한시키려는 또 하나의 편협한 시각이라 할 수 있다. 그런 의미에서 한없이 비천하고 왜소한 존재로서 인간의 모습을 부각시키고, 모든 것을 '똥'으로 환원시키는 김언희의 무비판적 상상력은 부분으로 전체를 설명하려는 과장이며, 그 과장은 기 드보르(Guy Debord)가 말한 "스펙터클적 소외"를 야기시킴으로써 우리의 의식을 진정한 삶의 의미감으로부터 떼어놓는다.

5. 반성적 취미 혁신을 위하여

일찍이 청년 헤겔주의자의 한 사람으로서 『추(醜)의 미학』(1853)을 간행했던 로젠크란츠(K. Rosenkranz)는 생리적으로나 도덕적으로 타락한 시대에 조화로운 미가 더 이상 아무것도 말해주지 않기 때문에 극도로 이질적이고 역겨운 것들의 혼합된 감각을 사람들이 좋아하게 된다고 피력한 바 있다. 그가 비록 미와 결합되지 못한 독립된 추를 부정하고는 있지만 이는 추한 것들이 갖는 가치와 의미를 미의 개념으로부터 배제하지 않는다는 점에서 취미의 확장을 가능케 해준 선취적 관점이라 할 수 있다. 이처럼 추에 대한 탐구가 예술적

일 수 있는가 하는 물음은 이 시대의 미학을 설명하는 데 대단히 중요한 역할을 하리라 생각한다. 우리가 미의 그늘에 묻어두었던 추함이 그 어느 때보다도 새로운 가치를 표방함으로써 관습적 미개념을 전복시키고 있기 때문이다. 예를 들어 엽기와 키치, 극단적 잔혹성, 음란함, 역겨운 유머 등이 부조화와 부적절함 속에 서로 뒤얽혀 있음을 다양한 문학 장르를 통해서 곧잘 발견하게 된다.

이러한 예술양상은 참된 관념이나 도덕적 명징성만으로 미를 설명하고자 하는 고전주의적 관점의 편협성을 거부한다. 뿐만 아니라 절대적 진리나 이념에 예술적 기의를 단의성의 세계로 종합하고자 했던 헤겔의 이상론 또한 거부한다. 기의보다는 기표의 자율성과 다성성을 강조하는 오늘날, 아리스토텔레스가 결함이나 추의 자리에 놓았던 것들—그의 경우 특히 희극—, 그리고 헤겔이 불완전하다고 간주했던 것들이 다원주의적 세계관 속에서 기존 질서에 대한 저항 혹은 위반과 탄핵을 위한 전략이 되고 있는 것이다. 그런 의미에서 미를 미적 가치라는 말로 수정하고 있는 제롬 스톨니쯔(Jerome Stolnitz)가 그의 저서 『미학과 비평철학』에서 "미적 가치라는 명칭이 추한 예술을 포함한다면, 추는 미와 반대되는 것이 아니라 오히려 넓은 의미의 미의 일종이다"라고 한 말은 온당한 것이다.

그러나 현대 예술에 수용된 모든 추가 예술적·미학적 가치를 갖는가 하는 반성적 물음은 예술의 건강성을 위해서 불가피하다. 군이 추함을 빌려 삶을 이야기할 수밖에 없다면 그 추의 이면에는 어떤 의미가 반드시 존재해야 한다. 추함이 다만 독자를 현혹시키기 위함이라면 이는 진정한 예술이라 할 수 없다. 특히 요즘처럼 추함과 새로움이 결탁되어 있는 문화 풍토에서는 더욱더 그러하다. 새롭다는 사실은 호기심과 유혹의 심리를 되찌름으로써 고착된 삶을 동요시킨다. 그러나 그것만으로는 부족하다. 그것이 기존의 질서에 대한 반성을 자극하는 계기가 되지 못한다면 진정한 새로움이라 할 수 없다. 따라서 모든 새로움은 옹호되어야 하는가, 혹은 모든 새로움은 가치 있는 것인가에 대한 비판적 성찰은 하나의 새로움을 진리로 정초시키는 과정에서 반드시 동반되어야 하는 변증법적 통과의례이다.

산업화의 말기적 사고 가운데 하나인 '더 이상 새로움을 창조한다는 것은 불가능하다'는 음울한 시대 인식은 오히려 새로움으로 어필해야한다는 강박심리를 부추겨 센세이션을 일으킬 만한 소재 사냥으로 문학인을 몰아넣거나, 위장과 둔갑의 방술(方術)에 뛰어난 무수한 아류와 추종자를 양산해냄으로써 그들을 진정한 문학정신으로부터 멀어지게 만드는 풍조를 낳고 있다. 이렇게 새로움이나 실험성을 전략화하는 문학적 행위들은 간혹 표면적으로 드러난 것과는 달리 전위성을 상실한 채 문학을 유희화하거나 문학의 영토를 오히려 협소화시키는 데 일조하고 있는 것이다. 병적으로 해체와 탈주에 문학의 존재론적 의미를 온통 부여하려는 태도 또한 이러한 현상을 부추기는 것 가운데 하나이다. 따라서 우리 문학 속에 '탈주'의 철학을 가장한 채 잠입해오고 있는 수많은 스펙터클들에 대해 좀더 깊이 있는 성찰이 요구되는 때이다. 그것들은 모두 마치 낡은 도덕과 윤리를 탄핵하려는 듯한 위협적 몸짓으로 다가온다. 그러나 진정 전복적 사유를 보여주고 있는 것은 그리 흔치 않다. 엽기와 키치로 세간의 이목을 현혹시키는 스펙터클이 난무하는 시대에 특히 추한 것이, 더 정확히 말해 추함으로써 자극적인 것이 모두, 니체의 말을 빌리자면, "예술로써 도덕화에 대항"하는 것이 아님을, 반성적 취미혁신을 위해, 더 나아가 보다 진실한 삶과 문학을 위해 재고해야 할 것이다.

색인

저자 · 엄경희

　1963년 서울 출생.
　숭실대 국어국문학과 졸업.
　이화여대 국어국문학과 대학원 석사 및 박사 졸업
　2000년 조선일보 신춘문에 평론으로 등단.
　현재 숭실대학교 국어국문학과 겸임교수.
　저서『빙벽의 언어』『未堂과 木月의 시적 상상력』『질주와 산책』과 공저『한국시의
　미학적 패러다임과 시학적 전통』을 출간한 바 있음.

현대시의 발견과 성찰

초판 1쇄 발행 _ 2005년 2월 25일

저　자 _ 엄경희
발행인 _ 김흥국
펴낸곳 _ 도서출판 보고사
등　록 _ 제6-0429
주　소 _ 서울시성북구보문동7가1번지2층
전　화 _ 922-5120/1(편집) 922-2246(영업)
팩　스 _ 922-6990
메　일 _ kanapub3@chol.com
정　가 _ 14,000원
ISBN _ 89-8433-304-2